SUSANNE EDER

Das zerbrochene Siegel

Buch

Worms im Frühjahr 1066: Burggraf Bandolf stolpert frühmorgens in seinem eigenen Hof über die Leiche des Edelmanns Ulbert von Flonheim. Da der tote Körper auf den ersten Blick keinerlei Anzeichen einer Verletzung aufweist, bittet Bandolf die Heilerin Garsende um Hilfe. Garsende zögert, denn sie hat im Moment andere Probleme. Lothar von Kalborn, ihr heimlicher Geliebter, ist seit einigen Tagen wieder in der Stadt, und sie ist zwischen Vernunft und Leidenschaft hin- und hergerissen. Schweren Herzens erscheint Garsende am Tatort; bei der Untersuchung des Leichnams stellt sie fest, dass der Edelmann mit einer dünnen Klinge, die bis in seine Eingeweide reichte, erstochen wurde. Bei ihren gemeinsamen Ermittlungen stoßen Garsende und Bandolf schon bald auf eine erste Spur: Ulbert hatte vor ein paar Tagen eine offenkundig schwerkranke Frau namens Beatrix am Wegesrand gefunden. Sie hatte ein geheimnisvolles Dokument bei sich, das der Edelmann an sich nahm, bevor er die Kranke ins Hospiz des Nonnenklosters brachte. Seit Ulberts Tod ist das Dokument verschwunden. Nach den ersten Ergebnissen kommen die Ermittlungen jedoch nur schleppend voran. Und Bandolf kann sich nur schwer auf den Fall konzentrieren, als eine Fremde, die junge, verführerisch schöne Serafina, in Worms ankommt. Sehr zum Kummer von Bandolfs Frau Matthäa beginnt Serafina, den Burggrafen mit ihren Reizen zu betören – und verwirrt ihn dadurch zusehends …

Autorin

Susanne Eder wurde in Karlsruhe geboren und arbeitete lange als Angestellte im Steuerbereich, bevor sie sich vor einigen Jahren selbstständig machte. Ihr großes Steckenpferd ist die Geschichte. »Das zerbrochene Siegel« ist nach »Die Verschwörung der Fürsten« ihr zweiter Roman um Burggraf Bandolf und die Heilerin Garsende. Die Autorin lebt mit ihrem Mann und zwei Katzen in Ludwigshafen.

Von Susanne Eder außerdem bei Goldmann lieferbar:

Die Verschwörung der Fürsten (46484)

Susanne Eder

Das zerbrochene Siegel

Roman

GOLDMANN

FSC
Mix
Produktgruppe aus vorbildlich
bewirtschafteten Wäldern und
anderen kontrollierten Herkünften

Zert.-Nr. SGS-COC-1940
www.fsc.org
© 1996 Forest Stewardship Council

Verlagsgruppe Random House FSC-DEU-0100
Das für dieses Buch verwendete FSC-zertifizierte Papier
München Super liefert Mochenwangen.

1. Auflage
Originalausgabe November 2008

Dieses Werk wurde vermittelt durch die Literarische
Agentur Thomas Schlück GmbH, 30827 Garbsen.
Umschlaggestaltung: Design Team München
Umschlagfoto: Collage: Artothek und Tertia Ebert
BH · Herstellung: Str.
Redaktion: Eva Wagner
Satz: DTP Service Apel, Hannover
Druck und Bindung: GGP Media GmbH, Pößneck
Printed in Germany
ISBN: 978-3-442-46485-2

www.goldmann-verlag.de

Für Micha,
mein Zuhause

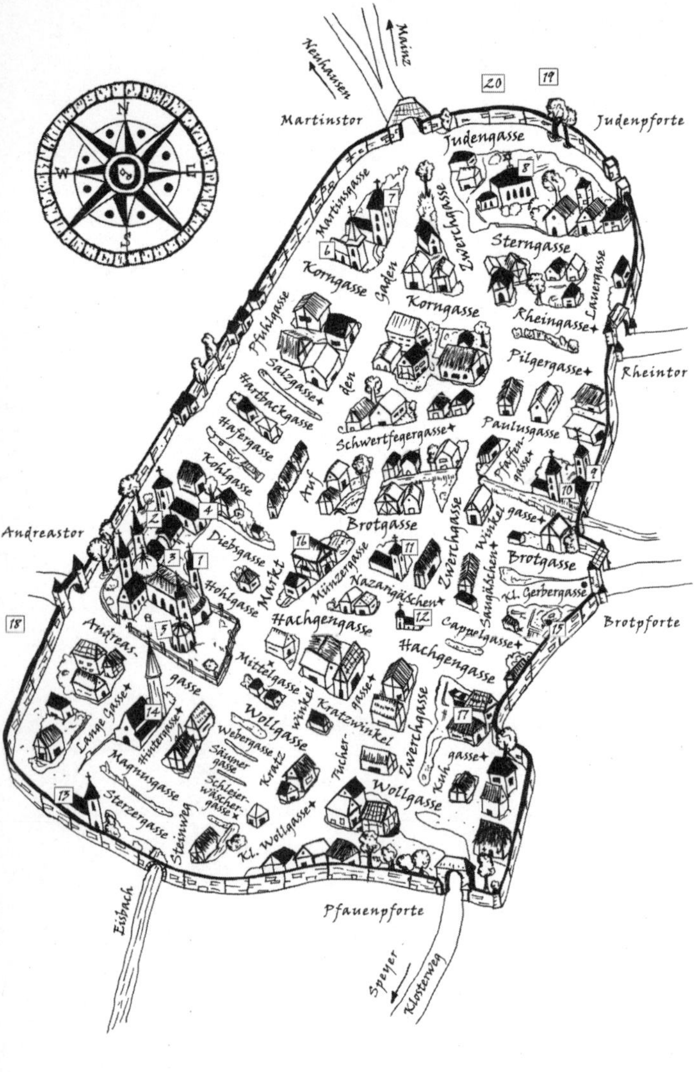
N
W
O
S
Mainz
Neuhausen
Martinstor
20
19
Judenpforte
Judengasse
8
Martinsgasse
7
6
Zwerchgasse
Sterngasse
Korngasse
Gaden
Korngasse
Lauergasse
Rheingasse
Pfuhlgasse
Pilgergasse
Rheintor
Salzgasse
Hartbackgasse
den
Hafergasse
Schwertfegergasse
Paulusgasse
Pfaffen-
gasse
Kohlgasse
Auf
9
10
2
4
Brotgasse
Zwerchgasse
Winkel
gasse
Andreastor
Diebsgasse
16
11
3
1
Brotgasse
Markt
Münzergasse
Saugäßchen
Nazarigäßchen
Kl. Gerbergasse
Hohlgasse
18
5
12
Cappelgasse
15
Brotpforte
Hachgengasse
Andreas-
gasse
Hachgengasse
Mittelgasse
Kratzwinkel
Zwerchgasse
Lange Gasse
14
Hintergasse
17
Wollgasse
Webergasse
Säunergasse
Kratz
winkel
Tucher-
gasse
Kuh
gasse
Magnusgasse
Schleier-
wäscher-
gasse
Wollgasse
13
Sterzergasse
Steinweg
Kl. Wollgasse
Pfauenpforte
Eisbach
Speyer
Klosterweg

1. Dom „St. Peter u. Paul“
2. Bischhofspfalz
3. Pfalzhof
4. St. Stephan
5. St. Johannes
6. St. Lampertii
7. St. Martin
8. Synagoge
9. St. Rupert
10. St. Paulus
11. St. Nazarius
12. St. Kilian
13. St. Andreas
14. St. Magnus
15. Gerbgruben
16. Bandolfs Haus
17. Viehmarkt
18. Judenfriedhof
19. Pestfriedhof
20. Friesenspitze

● fiktiv
✦ nicht eindeutig belegt

Kapitel 1

Worms, im Frühjahr Anno Domini 1066

Mit Einbruch der Nacht kam ein böiger Wind auf, der um die Glockentürme der Kirchen heulte, an Türen und Fensterverschlägen rüttelte und Unrat durch die dunklen Gassen der Stadt wirbelte. Der Wind brachte dichte Wolken mit, die das Mondlicht verbargen, und Kälte – die Abgesandte des Winters. Heimtückisch kroch sie durch jede Ritze in die Häuser, als wolle sie der Menschen spotten, die just an diesem Tag das Frühlingsfest gefeiert hatten.

Gleich einem grauen Schatten huschte Penelope, die Domkatze, am Fuß der Mauer entlang, die das Anwesen des Burggrafen von Worms umgab. In der Nähe des Tors mit der eingelassenen Pforte machte die Katze halt und sprang geschmeidig auf die Mauer. Einen Augenblick lang verharrte sie dort oben, spitzte die Ohren und lauschte. In das Lied des Windes mischte sich ein gedämpftes Stöhnen, das aus dem Abtritt zwischen der Scheune und dem Haupthaus des Burggrafen drang. Das Geräusch schien Penelope jedoch nicht zu beunruhigen. Sie sprang von der Mauer und landete auf weichen Pfoten im Kräutergarten der Burggräfin. Schnurstracks lief sie an den noch winterkahlen Sträuchern vorbei quer über die Beete, dann setzte sie mit einem Sprung über die niedrige Gartenmauer und strebte auf den überdachten Eingang zu, der vom Tor in den Hof führte.

Schwache Rufe von draußen und ein drängendes Klopfen an der Pforte ließen die Katze jäh innehalten. Doch die Geräusche verloren sich im Heulen der heftigen Böen, und niemand außer Penelope schenkte ihnen Beachtung. Mit angelegten Ohren starrte die Katze in die Richtung, aus der die Laute kamen. Kurz darauf verriet das Knarren der Pforte, dass jemand eingetreten war. Schwere, ungleichmäßige Schritte kratzten über den Boden, begleitet von keuchendem Atem. Ein spärlicher Lichtschein tanzte über die gewölbten Wände des Eingangs. Die Hand, die die Lampe hielt, schien zu zittern, denn der Lichtschimmer hüpfte unstet auf und nieder, als würde es dem Träger schwerfallen, ihn auf einen Punkt zu konzentrieren. Hinter der Lampe bewegte sich eine Gestalt, die mit schwankenden Schritten den Hof betrat. Einen Lidschlag lang fiel der Lichtschein auf Penelope, die wie erstarrt flach am Boden kauerte, bevor die Lampe der Hand ihres Trägers entglitt und auf den Boden fiel.

Das Licht erlosch.

Der Eindringling schenkte dem Verlust kaum Beachtung. Keuchend schleppte er sich weiter, dem Haus zu, und hatte die Türschwelle fast erreicht, als ein starker Windstoß seinen Umhang erfasste. Einen Moment lang schwankte er, dann brach er zusammen, und der Wind trug ein letztes Röcheln zu der Katze hinüber.

Eine Weile verharrte Penelope, und nur ihre Ohren, die sich bald hierhin, bald dorthin drehten, verrieten ihre Wachsamkeit. Doch die Gestalt am Boden rührte sich nicht mehr. Schließlich richtete sich die Katze auf und schlich, augenscheinlich so neugierig wie vorsichtig, darauf zu.

Sie hatte das reglose Bündel Mensch noch nicht erreicht, als der Himmel unvermittelt seine Schleusen öffnete. Dicke Regentropfen prasselten auf den Boden und schlugen, vom Wind getrieben, gegen die Mauern. Der plötzliche Schauer trieb Penelope auf das Dach des Eingangs. Von dort aus sprang sie auf das Sims der burggräflichen Schlafkammer, just als Egin, der Torwächter des Burggrafen, fluchend aus dem Abtritt trat und sich hastig im Torgewölbe vor dem Regenguss in Sicherheit brachte.

Ein rhythmisches Klappern drang in Bandolfs Träume und verlangte hartnäckig seine Aufmerksamkeit. Der Burggraf von Worms blinzelte verschlafen. Ein Streifen Mondlicht fiel durch den geöffneten Fensterverschlag, verschwand und erschien wieder, im selben enervierenden Rhythmus, wie der hölzerne Laden hin- und herschwang und gegen den Rahmen schlug. Unmutig brummend wälzte Bandolf sich auf die andere Seite, fest entschlossen, das Klappern zu ignorieren. Doch das penetrante Geräusch hielt an, ärgerte sein Ohr, und der Schlaf wollte sich nicht mehr einstellen.

Schließlich kapitulierte er. Mit einem leisen Ächzen setzte er sich auf und warf einen Blick auf seine Gattin, die in ihre Felldecke gekuschelt neben ihm schlief. Das unstete Mondlicht fiel auf ihr prachtvolles Haar und auf Penelope, die sich auf einer der langen Strähnen breitgemacht hatte.

»Du solltest dich trollen«, empfahl Bandolf der Katze flüsternd. »Wenn mein Weib dich hier erwischt, zieht sie dir das Fell über die Ohren.« Penelope blinzelte ihn unbeeindruckt an.

»Na schön. Wie du willst. Es ist dein Pelz«, raunte er, schob seine Felldecke zur Seite und hievte sich aus der Bettstatt. Ein kalter Luftzug streifte seine Haut und ließ ihn frösteln, als er sich zum klappernden Verschlag hinübertastete.

Die Bohlen vor dem Fenster waren nass. Offenbar hatte es geregnet, doch jetzt war der Himmel sternenklar. Bandolf warf einen Blick auf die ersten blassen Streifen der Dämmerung, im nachtschwarzen Himmel noch kaum wahrzunehmen, und brummte zufrieden. Er würde seinen unterbrochenen Schlaf noch ein Weilchen fortsetzen können. Dann schaute er flüchtig in seinen Hof hinunter, wo sich das Mondlicht in großen Pfützen spiegelte, bevor er den Verschlag schloss, den Riegel vorschob und mit einem erleichterten Seufzen unter seine Decke kroch.

Kaum hatte Bandolf die Augen geschlossen, als er sich mit einem Ruck wieder aufsetzte. Hastig schwang er sich von der Schlafstatt, eilte zum Fenster und entriegelte den Verschlag. Mit zusammengekniffenen Augen starrte er in seinen Hof hinunter.

»Was zum Teufel …?«

In seiner Eile, zur Truhe und zu seinen Kleidern zu kommen, stieß er sich die Zehen an einer mit Sand gefüllten Schale, in der abgebrannte Kienspäne steckten.

»Verdammnis!«

Sein Fluch entlockte Matthäa ein Seufzen, doch ein rascher Blick auf die Bettstatt zeigte Bandolf, dass sie offenbar nicht aufgewacht war. Während er sich eilig Beinlinge und Hemd überstreifte und sich dann mit seinen Stiefeln abmühte, kreisten seine Gedanken um die Gestalt, die dort unten im Hof lag. Vom Fenster aus hatte er nur die Stiefel eines Mannes und die untere Hälfte seines Umhangs erkennen können. Was zum Henker trieb der Kerl zu nachtschlafender Zeit auf seinem Anwesen?

Hastig griff der Burggraf zu seinem Schwert, stahl sich zur Tür und verließ die Kammer. Im Treppenhaus gab es kein Fenster, und es war stockdunkel. Bandolf verharrte einen Moment und lauschte, doch im Haus war alles ruhig. Mit der linken Hand tastete er sich an der Wand entlang bis zur Treppe. Unter seinen Füßen spürte er die erste Stufe, als hinter ihm eine Tür knarrte und ein Lichtschimmer auf die Stufen fiel. Bandolf fuhr herum, sein Schwert kampfbereit ausgestreckt.

»Eltrudis!«

Matthäas Tante huschte aus ihrer Kammer, die neben seiner Schlafkammer lag. Die kleine Öllampe, die sie in ihrer Hand trug, beleuchtete ihr rundes Gesicht mit der langen, scharfen Nase und dem energischen Kinn. Das schummrige Licht glättete die knittrige Haut oberhalb der Halsborte ihres Gewandes, die bei Tageslicht ihr fortgeschrittenes Alter verriet. Vor dem hochgewachsenen, stämmigen Burggrafen wirkte sie klein und zerbrechlich.

Bandolf ließ flugs das Schwert hinter seinem Rücken verschwinden. Er hatte nicht die Absicht, jemandem von dem Fremden in seinem Hof zu erzählen, bevor er sich selbst ein Bild der Lage gemacht hatte, und schon gar nicht Eltrudis. An einem ihrer hysterischen Anfälle war ihm jetzt keinesfalls gelegen.

»Was schleicht Ihr hier herum?«, fragte er scharf.

»Ich will ja nicht klagen, mein Lieber, aber dieser kalte Wind fährt mir durch die Knochen und peinigt mich unsäglich. An Schlaf ist da natürlich nicht zu denken. Filiberta muss mir einen Schlummertrunk zubereiten und mein Lager …«, erklärte sie mit wohldosiert schwacher Stimme.

»Geht zurück in Eure Kammer«, unterbrach er sie barsch und nahm ihr die Lampe aus der Hand. Im Stillen hoffte er, sein rüder Tonfall würde genügen, um sie zum Rückzug zu bewegen. Eltrudis runzelte pikiert die Stirn und schien nicht geneigt, ihr Vorhaben aufzugeben.

»Ich muss schon sagen, Burggraf – wäre ich meiner armen Schwester, Gott hab sie selig, nicht verpflichtet, und würde ich nicht …«

Bandolf verlor die Geduld. »Herrje, Weib. Hört auf mich und tut, was ich sage«, knurrte er. »Ich werde die Magd hernach zu Euch schicken.«

»Und meine Lampe?«

»Die benötige ich.«

Eltrudis machte ganz den Eindruck, als wolle sie protestieren, doch ein Blick in Bandolfs Gesicht überzeugte sie offenbar davon, dass der Zeitpunkt dafür nicht geeignet war. So reckte sie nur ihre lange Nase in die Luft und machte endlich kehrt, nicht ohne ihm noch einen Blick gekränkter Empörung zugeworfen zu haben. Das Schwert in seiner Hand schien sie glücklicherweise nicht gesehen zu haben. Als er die Tür hinter ihr zufallen hörte, lief er bereits die Treppe hinunter.

Unten angekommen öffnete der Burggraf die Tür zu seiner Halle einen Spalt und leuchtete hinein. Um das nur noch schwach glimmende Herdfeuer lagen seine Hauseigenen in tiefem Schlaf. Filiberta, Matthäas erste Magd, schnarchte mit Herwald, seinem Marschalk, und Werno, dem Hausmeier, um die Wette. Die junge Magd Hildrun brabbelte vor sich hin, und Prosperius, sein Schreiber, hatte sich so fest in seine Decke eingerollt, dass nur sein brauner Haarschopf zu sehen war.

Für einen Moment erwog der Burggraf, seinen Marschalk zu wecken, damit er mit ein paar Knechten das Anwesen nach weiteren Eindringlingen absuchte, entschied sich aber dagegen. Draußen war alles ruhig gewesen, und auch im Haus gab es keinerlei Anzeichen, dass außer dem Fremden noch jemand eingedrungen war. Es war besser, er würde zunächst selbst nachsehen, was es mit dem Mann in seinem Hof auf sich hatte, bevor er den ganzen Haushalt in Aufruhr versetzte. Womöglich war es nur ein Trunkenbold, der die Pforte verwechselt hatte und draußen im Hof seinen Rausch ausschlief, und Gott mochte wissen, wieso Egin ihn nicht aufgehalten hatte. Mit grimmigen Gedanken an seinen saumseligen Torwächter betrat der Burggraf den Hof.

Bandolfs Zorn verflog und machte einem unguten Gefühl im Magen Platz, als er seinen Torwächter neben dem Mann knien sah, der auf dem Boden lag – kaum fünf Schritte von seiner Türschwelle entfernt.

Egin schlotterte am ganzen Leib. Als er seinen Herrn bemerkte, sprang er auf und starrte dem Burggrafen mit einer Mischung aus Schuldbewusstsein und Entsetzen entgegen.

»Also, das … das ist nicht meine Schuld«, stotterte er. »Das müsst Ihr mir glauben. Herr, ich schwör's bei meiner Seel'.«

Umstandslos schob Bandolf ihn beiseite und ging neben der reglosen Gestalt auf die Knie, die mit angezogenen Beinen auf der Seite liegend zu schlummern schien.

Offenbar handelte es sich um einen Mann von Stand. Sein dunkler Umhang war aus gutem Tuch, am Saum reich bestickt, und als Schließe diente eine silberne Fibel. Unter dem Mantel lugte der Knauf eines teuren, fränkischen Schwertes hervor.

Bandolf ließ Eltrudis' Öllampe über das noch jugendliche Gesicht des Fremden gleiten. Er schauderte und schlug ein Kreuz.

Regentropfen nässten die verzerrten Züge des Mannes, und das Haar klebte feucht an seinem Schädel. Die Muskeln am Hals traten dick hervor, sein Mund war aufgerissen, als wäre er mitten im Schrei erstarrt, und helle Augen stierten blicklos an Bandolf vorbei. Unzweifelhaft war er tot.

»Wer, zum Teufel, ist das? Und wie ist er hier hereingekommen?«

»Ich … ich weiß doch nicht, Herr«, stammelte Egin. »Ich war bloß einen Lidschlag lang weg. Es war nämlich so, Herr, dass ich …«

Egins langatmiger Erklärung, in dem viel vom Rumoren seines Gedärmes und dem besorgniserregenden Zustand seiner Körpersäfte die Rede war, entnahm der Burggraf, dass der Torwächter verabsäumt hatte, die eingelassene Pforte im Tor zu verriegeln und einige Zeit auf dem Abtritt verbracht hatte. Während dieser Spanne musste der Fremde das Anwesen betreten haben. Die Pforte hatte wohl offen gestanden, als Egin ans Tor zurückgekehrt war. Doch er hatte geglaubt, er hätte sie zuvor nicht richtig zugemacht, und der Wind hätte sie dann aufgeworfen.

Mit einem ärgerlichen Knurren, das seinem Türhüter galt, wandte Bandolf sich wieder der Leiche zu.

»Was habt Ihr mitten in der Nacht von mir gewollt?«

Nachdenklich strich er sich über den Bart, doch so sehr er sein Gedächtnis auch bemühte, fand sich dort kein Gesicht, das mit den Zügen des Toten übereinstimmte.

Erneut schwenkte Bandolf die Lampe über das verzerrte Gesicht und hielt Ausschau nach Anzeichen, die die Pest, die Cholera, das Fleckfieber und andere der gefürchteten Plagen auf der Haut der Toten zu hinterlassen pflegten. Als er nichts dergleichen fand, packte er ihn entschlossen an der Schulter und drehte ihn auf den Rücken. Der Körper fühlte sich kalt an, doch er war noch nicht steif und ließ sich ohne weiteres bewegen.

»Bist du vor oder nach dem Regen auf dem Abtritt gewesen?«, wollte er von Egin wissen, aber er bekam keine Antwort. Sein Torwächter hatte sich klammheimlich aus dem Staub gemacht.

»Hasenfuß«, brummte Bandolf, während er den Mantel des Toten beiseiteschob. Das Hemd aus hellem Leinen war auf der Brust mit dunklen Flecken beschmutzt, doch Bandolf konnte auf den ersten Blick keine Risse oder Löcher entdecken, die auf eine Verletzung hingewiesen hätten. An seinem Gürtel hingen außer dem Schwert noch ein kurzer Dolch in einer Lederscheide und ein Beutel, ebenfalls aus Leder, der einen zerdrückten Kranz aus Pflanzenstängeln, ein paar Hohlpfennige, ein kleines Säckchen Salz und einen in ein Stückchen Leinen gewickelten Zahn enthielt – offenbar eine Reliquie, die der Tote zu seinem Schutz bei sich getragen hatte. Sorgfältig steckte Bandolf die Dinge zurück an ihren Platz und griff dann in die Innentasche des Umhangs, wo er einen Hornlöffel, einen Zinnbecher und einen Münzbeutel zutage förderte. Das Behältnis war schäbig und abgegriffen und besaß eine lange Schnur, sodass man es auch um den Hals tragen konnte. Überrascht pfiff Bandolf durch die Zähne, als er den Inhalt des Beutels auf seine Hand schüttelte. Fünf Silbermünzen blinkten im Schein seiner Lampe auf. Sie waren beidseitig geprägt und schienen schwerer zu sein als die Münzen, die hierzulande in Umlauf waren. Nachdenklich wog Bandolf die Münzen in seiner Hand und fragte sich, ob sie ihm womöglich helfen konnten, die Identität des Toten festzustellen. Schließlich verwahrte er Beutel und Münzen in seiner Tasche.

Noch einmal betrachtete er die verzerrten Züge des Leichnams und seufzte.

»Woran seid Ihr gestorben? Und wieso ausgerechnet unter meinem Dach?«

Es gab unzählige Krankheiten, die, heimlich wie ein Dieb, den Jungen wie den Alten das Leben stehlen konnten. Vielleicht hatte der Fremde auf seinem Weg – wusste Gott wohin – ein Unwohlsein verspürt und nur im nächstgelegenen Haus, welches zufällig das seine war, nach Hilfe gesucht? Doch Bandolf musste es genau wissen. Ein Mann von Stand, der tot im Hause des Burggrafen gefunden wurde, konnte dem Bischof von Worms jenen Vorwand liefern, den er seit langem suchte, um Bandolf aus seinem Amt zu verdrängen. Und wenn der junge Mann gar durch fremde Hand gestorben war …

Bandolf seufzte noch einmal. Ja, er brauchte Gewissheit.

»Garsende«, murmelte er. Die Heilerin war ihm in einer ähnlichen Angelegenheit schon einmal von Nutzen gewesen. Für ein Weib war Garsende wohl klug und verständig, und zweifellos beherrschte sie ihr Handwerk, doch zeigte sie auch die missliche Neigung, sich in seine Belange einzumischen. Der Burggraf zog eine Grimasse. Wie auch immer – er musste wissen, wer dieser Mann war, was er in seinem Haus gewollt hatte und woran er gestorben war. Letzteres konnte ihm die Heilerin womöglich sagen.

Bandolf erhob sich und warf einen letzten Blick auf den Leichnam.

»*Frostiger Schauder schüttelt die Glieder mir, eisig stockt mir das Blut vor Entsetzen. Wieder geh ich daran, eines anderen biegsame Gerte auszureißen und so das Geheimnis genau zu erforschen*«, zitierte er leise seinen Lieblingsdichter Vergil.

Die Nachricht, dass ein Fremder tot im Hof lag, sorgte für Aufregung im Haus des Burggrafen.

Herwald machte ein grimmiges Gesicht und erklärte knapp, er würde sich selbst davon überzeugen, dass keine weiteren Eindringlinge auf dem Anwesen wären. Dann stürzte der Marschalk hinaus, noch bevor Bandolf Einwände machen konnte. Kurze Zeit später sah ihn der Burggraf mit einem Knüppel bewaffnet und mit ein paar Hörigen im Schlepptau im Stall verschwinden. Werno hingegen machte ein düsteres Gesicht und raunte Filiberta zu, man müsse wohl auf einen neuerlichen Ausbruch der Cholera in der Stadt gefasst sein. Seinem Herrn empfahl er, umgehend alle Türen und Verschläge zu verschließen, damit die schlechten Düfte draußen blieben. Ein Priester müsse her, damit er das Haus mit geweihtem Rauch reinige und die Binsen mit Weihwasser besprenge.

Matthäa hatte sich in aller Eile ihr Gewand übergestreift und das dichte, rotblonde Haar zu einem lockeren Zopf geflochten, als Bandolf sie geweckt hatte. Ein paar widerspenstige Strähnchen lösten sich bereits wieder aus dem Gebilde und ringelten sich an ihrem Hals. Ihre großen, rehbraunen Augen verrieten Besorgnis, als sie Bandolf einen raschen Blick zuwarf.

»Werno hat recht«, sagte sie. »Das Haus muss gereinigt werden.«

»Ich habe Prosperius zur Kirche St. Magnus geschickt. Pater Egidius wird bald hier sein und sich des Toten annehmen«, versicherte ihr Gatte. »Und Jacob ist auf dem Weg zur Heilerin.«

»Was will sie noch ausrichten, wenn der Mann doch tot ist?«, wunderte sich Werno und kratzte sich den kahlen Schädel.

»Das braucht dich nicht zu kümmern«, brummte Bandolf. »Geh du derweil nach draußen und lass den Leichnam in die Scheune schaffen. Du hältst Wache bei ihm und sorgst dafür, dass niemand sich dort herumtreibt und Maulaffen feilhält.«

Der Hausmeier machte ein langes Gesicht. »Wäre es nicht besser, man würde ihn lassen, wo er ist?«, wandte er hastig ein. »Der Fremde könnte ansteckend sein und uns allen den Tod bringen. Und selbst, wenn nicht, dann ist seine Seele gewiss in wildem Aufruhr, wo er doch ohne den Beistand eines Priesters gestorben ist. Dann ruft sie womöglich noch andere Geister herbei.«

»Oder finstere Dämonen«, unkte die junge Hildrun mit weit aufgerissenen Augen.

»Und wenn sich Geister und Dämonen vereinen, besudeln sie im Handumdrehen das ganze Haus«, bekräftigte Werno. Er schauderte und schlug ein Kreuz über seiner wohlgenährten Brust. »Als der alte Hufschmied Enolf gestorben ist, folgte ihm eine Heerschar von üblen Dämonen durch seine Schmiede. Sein Weib musste den Priester dreimal um den Segen bitten und hat einen ganzen Herbst lang in St. Rupert um Vergebung seiner Sünden gebetet, bis sie die Heerschar los war. Und hernach war das Haar der Witwe schlohweiß.«

»Wen wundert's«, mischte sich Filiberta ein. Die stämmige Magd kniete vor dem Herdfeuer, legte Holzscheite nach und schürte behutsam die kleine Flamme. »Enolf war ein bösartiger Mensch, und ein alter Geizhals obendrein. Das wusste doch jeder.«

Werno nickte eifrig. »Wer weiß, ob der Fremde da draußen nicht noch schlimmere Sünden begangen hat, und was dann passieren mag.«

»Um so mehr Grund, den Toten mit Respekt zu behandeln«, erklärte Matthäa. »Und wenn bei dem Fremden keine der bösen Anzeichen zu sehen waren ...?« Sie warf ihrem Gatten einen fragenden Blick zu, und Bandolf schüttelte den Kopf.

»... dann tu, was der Herr dir aufträgt«, beendete die Burggräfin ihren Satz. Doch ganz wohl schien ihr auch nicht bei dem Gedanken zu sein, der Fremde könne den Tod in ihr Heim bringen, oder seine Seele würde verärgert im Haus umhergeistern. Ihre sonst so rosigen Wangen waren blass, und sie hatte dunkle Ringe unter ihren Augen. Im Stillen hoffte Bandolf, Pater Egidius möge sich beeilen.

Kaum hatte der Hausmeier mit saurer Miene die Halle verlassen, kam Eltrudis die Treppe heruntergerauscht und verlangte gebieterisch zu wissen, was es mit dem ungebührlichen Lärm auf sich habe, der zu so früher Stunde im Haus herrschte.

Die Ankunft der Heilerin enthob Bandolf einer Erklärung, und mit einem deutlichen Gefühl der Erleichterung verließ er seine Halle.

Die Glocken von Worms läuteten zur Laudes, und das graue Licht der Dämmerung war noch nicht gänzlich verschwunden, als der Burggraf Garsende über den Hof zur Scheune führte. In knappen Worten erklärte er ihr, was vorgefallen war. »Sieh dir den Mann an und sag mir, woran er gestorben ist.«

Schweigend hatte die Heilerin ihm zugehört, doch jetzt schaute sie ihn ungehalten an. »Und deswegen habt Ihr mich gerufen? Herrje, Burggraf, ich kümmere mich um die Lebenden. Nicht um die Toten. Ich weiß wirklich nicht, wie ich Euch behilflich sein kann.«

Ein wenig irritiert musterte Bandolf sein Gegenüber. Es war sonst nicht Garsendes Art, ihm so unwirsch zu begegnen.

Wie stets erstaunte ihn die hochgewachsene Erscheinung der Heilerin. Er war selbst ein großer Mann, dennoch musste sie nicht zu ihm aufschauen. Im Gegensatz zu Matthäa, die ihm gerade zur Brust reichte und ihn mit ihren liebreizenden Rundungen noch immer bestrickte, waren Garsendes Züge schmal und streng. Nur wenn sie lächelte, gewann ihr herbes Gesicht eine gewisse Anmut.

Im Moment jedoch lächelte sie nicht. Ihre Stirn war gerunzelt, und sie hatte wie sein Weib Ringe unter ihren großen, dunklen Augen.

Der Leichnam lag auf ein paar Ballen Stroh gebettet, so weit abseits der Vorratssäcke wie nur möglich. Werno, der sich auf einen Wink des Burggrafen erleichtert davonmachte, hatte ihn mit einem groben Leinentuch zugedeckt.

»Ich weiß wirklich nicht, wie ich Euch hierbei helfen soll«, wiederholte Garsende.

»Tu, was du kannst.«

Seufzend ließ sich die Heilerin neben den Strohballen nieder. »Es gibt viele Krankheiten, die sich in ihren Auswirkungen ähneln«, erklärte sie, schlug ein Kreuz und lüpfte dann das Sackleinen. »Da er tot ist, kann er mir ja nicht sagen, woran er leidet, und … Allmächtiger!«

Bestürzt schlug sie sich die Hand vor den Mund und starrte den Toten an.

»Was hast du denn?«, fragte Bandolf erstaunt. Das Angesicht des Todes und die Spuren, die der Sensenmann zeichnete, konnten der Heilerin ja nicht fremd sein.

Sie warf ihm einen schnellen Blick zu. »Wer ist dieser Mann?«

Bandolf zuckte mit den Schultern. »Wenn ich das wüsste, wäre mir wohler. Wieso fragst du?«

»Ich habe ihn schon einmal gesehen«, sagte Garsende so leise, dass er sie kaum verstand.

»Was sagst du da? Du kennst den Mann?«

Garsende schüttelte den Kopf. »Ich habe ihn nur einmal gesehen. Gestern. Auf dem Marktplatz.«

Argwöhnisch beugte Bandolf sich vor. »Und weiter?«

Mit gerunzelter Stirn ließ die Heilerin den Blick über die Wände der Scheune gleiten und schien sie einer Musterung zu unterziehen. Bandolf wippte ungeduldig auf den Füßen.

Endlich sagte sie: »Er war in einen Streit verwickelt. Ein Mann packte ihn am Kragen und schrie, er sei ein schamloser Lügner und Dieb, und er würde ihm die Wahrheit schon aus dem Hals pressen. Mehr konnte ich nicht verstehen, dazu war ich nicht nah genug. Aber seine Worte schienen den Mann hier zu erschrecken.«

Sie verstummte.

»Herrgott, Weib«, rief Bandolf ungehalten. »Und was geschah weiter?«

Garsende holte tief Luft, bevor sie Antwort gab: »Lothar von Kalborn mischte sich ein, und während er den Angreifer zu beschwichtigen suchte, machte er«, sie wies auf den Toten, »sich davon.«

»Lothar von Kalborn?« Bandolf überlegte, doch der Name sagte ihm nichts.

»Er ist ein Gefolgsmann des Grafen von Braunschweig. Vor geraumer Zeit benötigte er meine Dienste, daher erkannte ich ihn«, sagte sie so schnell, dass Bandolf sie überrascht anschaute. Errötend wich sie seinem Blick aus und schien ihre Hände zu betrachten. Einen Augenblick lang stutzte Bandolf, aber sie sagte nichts weiter, und er war ungeduldig, mehr über den Streit zu erfahren.

»Und der Angreifer?«

Endlich wandte sie ihm wieder ihr Gesicht zu. »Ich weiß es nicht. Er war klein gewachsen und hatte eine dunkle Hautfarbe, ähnlich den Händlern aus Tuskien, Kalabrien oder Rom, die man zuweilen auf dem Markt sieht.«

»Hmm. – Und Lothar von Kalborn? Weißt du, wo er sich aufhält? Ist er noch in der Stadt?«

»Woher soll ich das wissen? Und jetzt lasst mich in Ruhe tun, worum Ihr mich gebeten habt.«

Der Burggraf zog sich ein paar Schritte zurück, um der Heilerin Platz zu machen, und während sich Garsende über den Leichnam des jungen Mannes beugte, um behutsam die Fibel von seinem Umhang zu lösen, richtete Bandolf seinen Blick angelegentlich auf die Spitzen seiner Stiefel.

Er musste herausfinden, wer dieser Mann war, überlegte er. Am besten fragte er in der Bischofspfalz oder im Domstift nach. Ein Mann von Stand, der Worms besuchte, würde zwangsläufig früher oder später dort vorstellig werden. Und sei es nur, um des Segens der kostbaren Reliquien, die im Dom gehütet wurden, teilhaftig zu werden. Falls er nicht durch puren Zufall in Bandolfs Haus gekommen war, musste er ein sehr dringliches Anliegen gehabt haben, sonst wäre er nicht mitten in der Nacht gekommen.

Eine Weile grübelte Bandolf darüber nach, welcher Art ein solches Anliegen sein könnte, dann unterbrach Garsende seine Gedanken.

»Süßer Jesus.«

Die Heilerin hatte den Umhang des Toten beiseitegeschoben, seinen Gürtel gelöst und das Hemd hochgezogen.

»Was hast du entdeckt?«

Garsende hob die Lampe und deutete auf den Leib des Toten etwa in Höhe des Bauchnabels. »Seht Ihr? Hier auf der rechten Seite ist eine Wunde.«

Bandolf kniff die Augen zusammen und sah eine kleine, rotgeränderte Verletzung, schmal und nicht größer als der Nagel von Garsendes kleinem Finger.

»Hmm, ein Stich«, brummte er. »Aber er scheint mir viel zu klein, um daran zu sterben.«

»Groß genug, meine ich, wenn er tief in seinen Leib reicht und auch die Eingeweide betroffen hat«, antwortete Garsende. »Und das tut er, glaubt mir das.«

Bandolf warf ihr einen argwöhnischen Blick zu, versagte sich aber zu fragen, wie sie das festgestellt hatte.

Sie schien sein Misstrauen zu spüren. Mit ärgerlich zusammengezogenen Brauen strich sie das Hemd glatt, zeigte ihm das kleine Loch, das mit der Wunde übereinstimmte, und auf die dunklen Flecken, die das helle Leinen über Halsborte und Brust aufwies.

»Das Blut wird schwarzgallig, wenn die Eingeweide verletzt sind«, erklärte die Heilerin, während sie begann, die Gewänder des Toten wieder in Ordnung zu bringen. »Der arme Mann hat schwarzgalliges Blut ausgespuckt. Das könnt Ihr an seinem Hemd und Umhang sehen, und an seinem Mund noch riechen.«

Darauf wollte Bandolf lieber verzichten. Nachdenklich strich er über seinen Bart.

»Müsste es nicht eine außergewöhnlich schmale Dolchklinge gewesen sein, die eine so kleine Wunde verursacht?«, überlegte er laut. »Solche schmalen Klingen brechen leicht.«

Unerwartet widersprach die Heilerin. »Nicht, wenn sie

sorgsam geschmiedet sind. Ich besitze selbst ein Werkzeug mit einer so schmalen Klinge.«

Bandolf warf ihr einen scharfen Blick zu. »Wozu braucht eine Heilerin eine solche Waffe? Woher hast du sie?«

»Es ist keine Waffe, Burggraf«, erklärte sie ärgerlich, während sie die Fibel des Toten wieder an seinem Umhang feststeckte. »Es ist ein Werkzeug und gehörte einst meiner Großmutter. Ich brauche es, um Eiterbeulen, Furunkel und dergleichen aufzustechen.«

»Aber du könntest damit jemanden töten, und die Klinge würde nicht brechen«, beharrte er.

Garsende erhob sich. »Und wenn ich Euch diese morsche Bohle dort drüben über Euren Dickschädel ziehe, und Ihr sterbt an dem Schlag, dann ist diese unschuldige Bohle ebenfalls eine Waffe«, stieß sie hervor.

»Kein Grund, gleich das Gefieder zu sträuben.« Bandolf lächelte, wurde aber gleich wieder ernst.

»Du bist dir also sicher, dass der Mann an diesem Stich gestorben ist?«

»Ja doch. Soweit man in derlei Dingen überhaupt sicher sein kann.«

»Verdammnis!«, knurrte Bandolf. In Gedanken sah er bereits das feiste Gesicht Bischof Adalberos vor sich, der scheinheilig vor König Heinrich fragte, ob man denn einen Burggrafen im Amt belassen dürfe, in dessen Haus ein Mord geschehen war. Denn womöglich – nun, es sei ja nicht auszuschließen – habe der Burggraf, aus welchen Gründen auch immer, mit Hand angelegt, einen jungen Edelmann zu töten. Bandolfs Gesicht verdüsterte sich.

»Verdammnis!« wiederholte er. »Das bedeutet, dass der Fremde in meinem Haus ermordet wurde.«

»Ich wurde einmal zu einem jungen Fischer gerufen, der bei einem Streit in den Leib gestochen wurde«, sagte Garsende. Ihre Stimme klang nachdenklich. »Die Wunde war größer als die Eures Fremden, aber die Stelle, wo er getroffen wurde, war ähnlich. Sein Weib erzählte mir, der Streit sei zur Mittagsstunde, kurz vor der Sext, gewesen, und ihr Gatte wäre noch den ganzen Weg von St. Martin bis zu seinem Haus in der Cappelgasse gegangen. Er konnte sogar noch stehen, als ich eintraf, und die Glocke von St. Martin läutete zur Non', als er starb. Und meine Mutter erzählte mir einst von einem Bauern, der in seine Heugabel gefallen war und sich den Wanst dabei aufgerissen hatte. Er schaffte es, von seinem Feld bis zu seinem Haus zu wanken, und starb erst, nachdem er sich niedergelegt und ein Priester ihm die Absolution erteilt hatte.« Ein Lächeln zuckte in ihren Mundwinkeln. »Demzufolge ist es sehr wohl möglich, dass der Fremde auf dem Weg zu Euch erstochen wurde.«

Bandolf verzog das Gesicht, als hätte er Schmerzen in einem fauligen Zahn, doch schließlich nickte er. »Ich hoffe, du hast recht.«

Er zog das Sackleinen wieder über das verzerrte junge Gesicht des Toten. Garsende bekreuzigte sich und stieß einen erleichterten Seufzer aus, als sie die Scheune verließen.

Kapitel 2

Und was gedenkt Euer Gatte nun wegen dieses unseligen Toten zu unternehmen?«, fragte Eltrudis spitz. Sie nahm das feuchte Tuch von ihrer Stirn und reichte es Matthäa, die neben der Bettstatt kniete. »Wenn ich gewusst hätte, welche Aufregungen mich hier erwarten, wäre ich trotz Eurer Bitten nicht gekommen, dessen könnt Ihr gewiss sein.«

Wer hat dich denn gebeten?, dachte Matthäa mit einem Anflug unchristlichen Zorns.

Eltrudis war die Schwester ihrer verstorbenen Mutter. Im Gegensatz zu Katharina von Eich, die mit einem Scholasticus des Erzbischofs von Köln vermählt worden war, hatte Eltrudis in die Sippschaft derer von Löfenau eingeheiratet, die reiche Ländereien am oberen Rhein besaßen. Vor kurzem war ihr wohlhabender Gatte gestorben, und Eltrudis, die kinderlos geblieben war, hatte beschlossen, ihr beträchtliches Wittum einem Kloster zu übereignen, in dem sie ihren Lebensabend verbringen konnte. Um ein geeignetes Ordenshaus zu finden, in dem man es ihr auch an nichts fehlen lassen würde, beehrte sie nun reihum ihre Verwandten mit ihrem Besuch, in deren Nähe sich ein Nonnenkloster befand. Bisher hatte noch keines Gnade vor ihren Augen gefunden, und Matthäa schloss in ihre täglichen Gebete die innige Bitte mit ein, die Wahl ihrer Tante möge nicht auf das bei Worms gelegene Mariamünster fallen.

Die Nachricht, dass ein junger Edelmann tot vor der Türschwelle lag, hatte Eltrudis umgehend auf ihr Lager geworfen. Matthäas Vorschlag, die Heilerin zu ihr zu schicken, sobald Garsende in der Scheune mit ihrer Arbeit fertig sei, hatte sie empört zurückgewiesen. »Eine dieser Kräuterdruden kommt mir nicht in die Kammer. Wie könnt Ihr mir dergleichen zumuten?« Und mit ersterbender Stimme hatte sie hinzugefügt: »Doch wenn ich Euch zur Last falle, dann sagt es nur.«

Hastig hatte die Burggräfin versichert, die Tante sei keineswegs eine Last, und sie würde schon dafür sorgen, dass es ihr an nichts fehle. Seither thronte Eltrudis in ihrer Kammer wie eine Königin und scheuchte ihre Nichte mit immer neuen Wünschen treppauf und treppab.

Matthäa unterdrückte ein Seufzen und zwang sich zu einem Lächeln. »Wir hatten Glück im Unglück«, sagte sie laut, während sie das Tuch in eine Schüssel mit Lavendelwasser tauchte. »Pater Egidius hat den Toten erkannt und wusste, dass er mit seiner Gattin und seinem Gefolge im St.-Andreas-Stift logierte.«

»Und was wollte er hier mitten in der Nacht?«

Matthäa zuckte mit den Schultern. »Das wird sich sicher noch aufklären«, meinte sie vage. Bandolf hatte ihr berichtet, dass Garsende zu dem Schluss gekommen war, der junge Edelmann sei ermordet worden. Doch das wollte sie der Tante jetzt nicht sagen. Eltrudis würde es noch früh genug erfahren und ihren Verdruss darob über der Burggräfin ausgießen.

Müde strich sich Matthäa eine rotblonde Strähne aus der Stirn. Schon seit Tagen fühlte sie sich ständig erschöpft und niedergeschlagen, als würde ein finsterer Dämon ihre Sinne vernebeln. Im Stillen hoffte sie, ihr Zustand rühre von der Anstrengung, der Tante den gebührenden Respekt zu erweisen, und wäre nicht Vorbote einer schlimmen Krankheit.

Sie wrang das Tuch aus und legte es zurück auf Eltrudis'

Stirn. »Ihr solltet von dem Brei essen, den ich Euch gebracht habe«, empfahl sie.

Eltrudis warf ihr einen entrüsteten Blick zu. »Wie könnt Ihr annehmen, ich würde auch nur einen Bissen bei mir behalten, solange ein ruheloser Geist in diesem Haus herumgeht?«

Matthäa seufzte. »Pater Egidius' Gehilfen haben den Leichnam zur St.-Magnus-Kirche gebracht, wo er mit allen Ehren aufgebahrt wird.«

Eltrudis reckte ihr rundliches Kinn. »Doch das Haus ist noch nicht gereinigt«, widersprach sie mit fester Stimme, die ihre leidende Miene Lügen strafte.

»Sobald der Pater die nötigen Vorbereitungen getroffen hat, wird er zurückkommen und tun, was nötig ist«, versicherte Matthäa und erhob sich. »Ich werde nachschauen, ob Filiberta mit dem Stärkungstrank für Euch fertig ist.«

»Tut das, meine Liebe. Doch bevor Ihr geht, holt mir meinen Schal aus der Truhe. Mich fröstelt ein wenig.«

Gehorsam ging Matthäa zur Truhe, die vor der Bettstatt stand. »Euer Mantel ist feucht«, bemerkte sie erstaunt, als sie Eltrudis' Umhang vom Deckel nahm, um die Truhe öffnen zu können. Eltrudis richtete sich hastig auf, und für einen Moment hatte Matthäa das Gefühl, als sei sie erschrocken. Doch musste sie sich wohl getäuscht haben, denn Eltrudis legte sich gleich wieder zurück und meinte nur: »Ein kleiner Schauer hat mich überrascht, als ich gestern zur Messe ging.«

Mit einem Stirnrunzeln legte ihr die Burggräfin den Schal um die Schultern und war im Begriff, die Kammer zu verlassen, als Eltrudis sie noch einmal zurückrief: »Ihr habt mir noch gar nicht gesagt, wer der Tote denn nun war?«, fragte sie.

»Pater Egidius sagte, der Mann hieße Ulbert von Flonheim.«

Eltrudis stieß einen gurgelnden Laut aus, und Matthäa drehte sich überrascht um. »Kanntet Ihr ihn?«

»Ich kannte seinen Vater«, flüsterte Eltrudis. Die rosige Farbe war plötzlich aus ihren Wangen verschwunden. »Doch das ist lange her.«

»Das müsst Ihr meinem Gatten erzählen. Womöglich hilft ihm das weiter.«

Eltrudis hob den Kopf und funkelte ihre Nichte an. »Ich sagte doch, es ist lange her. Und für Euren Gatten nicht von Belang. Nun lasst mich allein.«

Verwundert schloss Matthäa die Tür hinter sich und eilte die Treppe hinunter. Unten angekommen, blieb sie plötzlich stehen und runzelte die Stirn. Es hatte gestern tagsüber nicht geregnet. Oder doch?

Der Burggraf zog seinen Mantel enger um sich, als er die Münzergasse in Richtung Hachgengasse hinunterstapfte. Obwohl es der Märzsonne gelungen war, die dunklen Wolken gänzlich zu vertreiben, war es ein frostiger Morgen. Eine kühle Brise wehte die vielfältigen Gerüche der Stadt an Bandolfs Nase. Es roch nach den scharfen Beizen der Gerber, Färber und Abdecker, deren Handwerk und deren Hütten bachabwärts an den äußersten Rand der Stadt verbannt worden waren. Der Gestank mischte sich mit dem Geruch nach Trester, Viehdung und anderen Abfällen, die den aufgeweichten Boden zum schlierigen Morast machten. Doch ganz schwach schmeckte der Burggraf auch schon den Duft von Gebrutzeltem aus den Schankstuben auf den Lippen, und seine Stimmung hob sich. Mochten die Pfaffen die Stadt auch als Sündenpfuhl verschreien, und mochten sich die Edelleute über Gestank und lärmendes Klopfen, Hämmern und Schlagen aus den Werkstätten bei ihm beschweren, wenn sie zu Hof- und Festtagen in die Stadt strömten – hier in Worms herrschte das Leben.

Stiftsherren eilten mit hochgeschlagenen Kapuzen ihrer dicht gewobenen Winterroben durch die Gassen, während Tagelöhner und Knechte sich an ihrer Arbeit und der Aussicht auf eine heiße Suppe zur Sext erwärmen mussten. Einige Edeldamen trotzten der Kälte mit pelzverbrämten Umhängen, um nach der Messe müßig durch die Stadt zu schlendern und sich am neuesten Klatsch zu ergötzen. Pilger zogen mit frommen Gesängen auf den Lippen durch die Gassen, den Stiftskirchen zu, um des Segens ihrer kostbaren Reliquien teilhaftig zu werden.

Handkarren und Fuhrwerke der Bauern, Kaufleute, die um einen Preis für ihre Ware schacherten, Streuner und Tagediebe, die sich hastig um die nächste Ecke drückten, wenn sie den Burggrafen sahen, belebten die Gassen ebenso wie spielende Kinder und Schweine, die im Unrat vor den Häusern wühlten.

Im letzten Jahr hatte Bandolf beim Bischof das Verbot für Gerber und Färber durchgesetzt, ihre Beizwässer auf den Plätzen auszuleeren und das Auswaschen von Unrat in den Brunnen zu untersagen. Ebenso hatte er vorgeschlagen, die Unsitte der Leute mit einer Buße zu belegen, Asche, Bauschutt, Tierkadaver und ähnlichen Kehricht einfach auf die Gassen zu werfen, doch war er damit auf taube Ohren gestoßen.

»Was erwartet Ihr, mein Lieber? Kain hat die Städte erfunden. Denkt nur an Babylon. Da lässt sich nichts ändern«, hatte der Bischof gemeint und ihm anstelle eines Bescheids ein süßes Konfekt angeboten, von dem stets etwas in seiner Nähe zu finden war.

Der Gedanke an Seine Eminenz, Adalbero von Rheinfelden, den Bischof von Worms, brachte Bandolf wieder auf sein gegenwärtiges Problem zurück. Sein Gesicht verfinsterte sich. Schlimm genug, dass Ulbert von Flonheim auf seinem

Anwesen gestorben war, doch musste sich der Mann auch noch ermorden lassen? Der Bischof hielt sich derzeit im Gefolge des jungen Königs in Lorsch auf. Das Reichskloster zu Lorsch war nur knapp einen Tagesritt von Worms entfernt. Es würde also nicht lange dauern, bis der unglückselige Vorfall auch Adalbero zu Ohren käme. Zweifellos würde sich der fette Bischof auf die günstige Gelegenheit stürzen, seinen unliebsamen Burggrafen loszuwerden. Bandolf biss sich auf die Unterlippe, und für einen Moment schien sich sein Magen umstülpen zu wollen. Wenn es ihm nicht gelänge, Ulberts Mörder zu finden und den Verleumdungen Adalberos zuvorzukommen, konnte er sich ohne weiteres alsbald auf dem Richtplatz wiederfinden.

Wenigstens kenne ich den Namen des Toten, überlegte Bandolf, als er den Marktplatz überquerte. Doch viel mehr als das hatte Pater Egidius ihm nicht berichten können, als er im Haus des Burggrafen eintraf, um den Leichnam ins Beinhaus seiner Kirche schaffen zu lassen. Offenbar hatte der junge Ulbert von Flonheim mit seiner Gattin und einem kleinen Gefolge Quartier im Stift St. Andreas genommen.

»Annalinde, sein Weib, besucht regelmäßig meine Messe in St. Magnus. Ich denke, es wird ihr recht sein, dass der Leichnam ihres Gatten dort aufgebahrt wird«, hatte der Pater gesagt, nachdem er mit leiser Stimme ein Gebet für Ulberts Seele gesprochen und das Gesicht des Toten wieder bedeckt hatte. »Ein Jammer, wenn ein so junger Mensch aus dem Leben scheiden muss. Doch wenigstens hinterlässt er einen Sohn.«

Einen schmerzlichen Moment lang dachte Bandolf an das Kind, das Matthäa vor einigen Jahren verloren hatte, als sie die Treppe im Haus hinuntergestürzt war. Es war das einzige Mal geblieben, dass sie guter Hoffnung gewesen war.

Bandolf seufzte. Dann riss er sich von seinen trüben Gedanken los und wandte sich wieder seinem dringenderen Problem zu. Er dachte an den Münzbeutel, den er bei dem Leichnam gefunden hatte. Niemand, der seinen Verstand beisammen hatte, schleppte nach Einbruch der Dunkelheit so viel Silber mit sich durch die Gassen einer Stadt. War er um ihretwillen getötet worden? Doch wenn der dunkelhäutige Mann, der ihn auf dem Marktplatz einen Dieb und Lügner genannt hatte, Ulbert wegen des Silbers nachts auflauerte und niederstach, warum hatte er ihm den Münzbeutel dann nicht abgenommen? War Ulbert am Ende selbst ein Dieb und hatte die Münzen gestohlen?

Bandolfs Ankunft vor der Pforte zum Stift St. Andreas setzte seinen Spekulationen ein Ende.

Eine hohe Mauer, hinter der der Glockenturm der Kirche aufragte, umgab das Stift und verlieh ihm klösterliche Abgeschiedenheit.

Bandolf klopfte an die Pforte.

Er musste sich in Geduld fassen, bis er schlurfende Schritte hinter dem Tor hörte. Der Bruder, der die Pforte nur einen Spalt breit öffnete, schien Mühe mit seinem Gleichgewicht zu haben. Er schwankte, seine Kutte roch nach schalem Wein, und er blinzelte den Burggrafen so schläfrig wie misstrauisch an.

Der Propst sei unabkömmlich, der Kämmerer nicht zu sprechen, und der Dekan befinde sich nicht wohl, informierte er Bandolf, bevor der verdutzte Burggraf noch sein Anliegen vorbringen konnte. Ob der Herr wohl mit dem Cellerar vorliebnehmen wolle?

»Ich bin nicht gekommen, um mit dem Koch zu plaudern«, brummte Bandolf. Das Stift St. Andreas genoss nicht den besten Ruf in der Stadt, und er fragte sich, ob der betrübliche Zustand des Pförtners wohl sein üblicher war oder nur ein Überbleibsel des gestrigen Frühlingsfestes.

Laut fragte er: »Wie ich hörte, hat der Edelmann Ulbert von Flonheim hier Quartier genommen?«

Der Bruder schien nicht gewillt, den Burggrafen einzulassen. Er verzog das Gesicht und dachte augenscheinlich angestrengt nach. Doch schließlich nickte er. »Ihr habt recht. Ich kann Euch aber nicht sagen, ob er auch im Haus ist.«

»Er ist ganz bestimmt nicht im Haus«, knurrte Bandolf. »Ich will mit seiner Gemahlin sprechen.«

Der Pförtner feixte. Bandolf starrte ihn finster an, und das weinselige Grinsen verschwand.

»Um genau zu sein, kann ich Euch auch nicht sagen, ob seine Gemahlin im Haus ist. Womöglich hat sie die Messe in St. Magnus besucht und ist noch nicht zurückgekehrt?«

»Dann seht doch nach«, empfahl ihm der Burggraf.

»Warum kommt Ihr nicht später wieder?«, schlug der Pförtner vor und wollte die Tür offensichtlich vor Bandolfs Nase schließen. Endgültig erzürnt schob der Burggraf rasch seinen Stiefel in den Spalt und warf sein Gewicht gegen die Pforte.

Bevor der Bruder sein Gleichgewicht wiedergefunden hatte und ihm hinterherprotestierte, eilte der Burggraf bereits über den ummauerten Hof, der zwischen dem Tor und der Stiftskirche lag. Links neben der Kirche fand er einen Torbogen, der am Kräutergarten vorbei zur Pforte ins Kapitelhaus führte. In den mager bestückten Beeten grub ein Laienbruder die nasse Erde um und gab Bandolf bereitwillig Auskunft, wo er das Quartier von Ulbert von Flonheim finden würde.

In der Zelle, die man Ulbert und seiner Gemahlin zugewiesen hatte, herrschte ein heilloses Durcheinander. Leibwäsche, Schleier und Hemden lagen über der Bettstatt verstreut. Becher, Schalen und anderer Hausrat stapelten sich auf einem unordentlichen Haufen neben einer geöffneten Truhe.

Ulberts Gemahlin stand mit einem Arm voller Tücher über die Truhe gebeugt und kehrte Bandolf den Rücken zu. Offenbar war sie den Tafelfreuden zugeneigt, denn das reich bestickte Gewand, das sie trug, spannte um ihre fülligen Hüften.

»Stell den Korb mit dem Kind auf die Bank, und dann geh ins Refektorium und sieh zu, dass du etwas Genießbares für mich auftreibst«, befahl sie, ohne sich umzudrehen. »Ich bin sicher, der Cellerar kredenzt den Stiftsherren Besseres als nur einen trockenen Kanten Brot, den man mir in der Früh zugemutet hat.«

Bandolf lächelte. »Davon bin ich überzeugt.«

Annalinde ließ den Stapel Wäsche fallen und wirbelte herum.

»Bei allen Heiligen!«, keuchte sie. »Wer seid Ihr?«

Ihr rundliches Gesicht war gerötet, und sie schaute ihn gereizt an, doch mochte der Ausdruck auch an den dichten schwarzen Augenbrauen liegen, die über ihrer flachen Nase zusammenstießen.

»Verzeiht, wenn ich Euch erschreckt habe«, sagte Bandolf mit einer angedeuteten Verbeugung. »Ich bin Bandolf von Leyen, der Burggraf der Stadt Worms.«

»Der Burggraf«, wiederholte sie leise und biss sich auf die vollen Lippen. »Pater Egidius sagte mir schon, dass Ihr mich aufsuchen würdet. Ich hatte Euch nur nicht so bald erwartet.« Hastig nahm sie eines der Laken von der Bettstatt und warf es über den Stapel neben der Truhe.

»Wollt Ihr Worms verlassen?«, erkundigte sich der Burggraf.

»Nein … ich … nein, warum fragt Ihr?«

Wortlos deutete Bandolf auf die Unordnung im Raum. Annalinde klappte rasch den Deckel der Truhe zu. Einen

Moment blieb sie stehen und runzelte die Stirn, als wäre sie unschlüssig, was sie mit dem Burggrafen anfangen sollte. Dann straffte sie sich. »Was führt Euch zu mir?«

»Nun, zunächst möchte ich Euch meines Beileids versichern.«

»Ich danke Euch, Burggraf. Ich weiß Eure Anteilnahme wohl zu schätzen.«

Einen Augenblick zögerte der Burggraf, während die junge Witwe ihn zurückhaltend musterte.

»Hat Pater Egidius Euch auch berichtet, wie Euer Gatte ums Leben kam?«, erkundigte er sich schließlich.

Annalinde schüttelte den Kopf, sagte jedoch nichts.

»Ulbert von Flonheim wurde niedergestochen«, fiel Bandolf mit der Tür ins Haus und schalt sich gleich darauf einen Tölpel. Annalindes Wangen verloren schlagartig an Farbe. Mit abwehrend vorgestreckten Händen wich sie vor Bandolf zurück und ließ sich matt auf die Bank sinken, die in die Mauer der Zelle eingelassen war.

»Ulbert wurde ermordet?«, hauchte sie.

»Es muss nach der Matutin passiert sein. Euer Gatte konnte sich noch bis vor die Türschwelle meines Hauses schleppen. Dann brach er zusammen und starb.« Er räusperte sich. »Nun stellt sich die Frage: War Euer Gemahl auf dem Weg zu meinem Haus, als man ihn niederstach? Und wenn ja, was wollte er mitten in der Nacht von mir?«

Annalinde, noch immer sehr blass, presste die Lippen aufeinander und sah an ihm vorbei. Ihre Augen bewegten sich unstet, bis ihr Blick irgendwo hinter Bandolf haften blieb. Mit wachsendem Unbehagen folgte er ihrem Mienenspiel.

»Davon weiß ich nichts«, sagte sie endlich.

»Ihr könnt Euch keinen Grund denken, warum Euer Gemahl mich aufsuchen wollte?«, vergewisserte er sich.

Sie schüttelte den Kopf.

»Nun gut. Aber vielleicht könnt Ihr mir sagen, wie Euer Gatte den gestrigen Tag verbracht hat?«

»Warum wollt Ihr das wissen?«

»Es könnte von Belang sein.«

Für einen Augenblick glaubte er, Verärgerung in Annalindes hellen kleinen Augen aufblitzen zu sehen, doch der Eindruck verschwand so schnell, dass er sich auch getäuscht haben konnte.

»Wie Ihr wünscht.« Sie seufzte und schien einen Moment nachzudenken. »Nach der Frühmesse nahmen wir unser Morgenmahl im Refektorium ein. Am Tisch von Propst Crispin«, fügte sie mit Genugtuung hinzu. »Anschließend hatte mein Gatte eine Unterredung mit den Brüdern wegen eines Weinbergs, den das Stift von meinem Gatten zu erwerben wünscht. Wegen dieser Angelegenheit ist mein Gatte nach Worms gekommen.«

»Wurde der Handel gestern abgeschlossen?«, erkundigte sich Bandolf, eingedenk des Münzbeutels in seiner Tasche.

Annalinde schüttelte den Kopf. »Soweit ich weiß, ist noch nichts entschieden.«

»Hat Ulbert kürzlich noch anderweitig Land verkauft?«

»Nein. Warum fragt Ihr?«

Einen Augenblick zögerte Bandolf, dann antwortete er leichthin: »Euer Gatte trug einen neuen Mantel und ein Schwert, das auf mich ebenfalls den Eindruck machte, als wäre es noch ganz neu.«

Ursprünglich hatte er beabsichtigt, die Münzen Ulberts Witwe auszuhändigen. Falls das Silber Ulberts rechtmäßiger Besitz gewesen war, gehörte es jetzt zum Erbe seines Sohnes. Bandolf hatte im Grunde kein Recht, es der Witwe vorzuenthalten. Und doch widerstrebte es ihm, die Münzen aus der Hand zu geben, solange er nicht mehr über ihre Herkunft wusste.

»Oh.« Annalinde errötete. »Das Schwert war gewissermaßen ein Geschenk meines Vaters. Er ermöglichte meinem Gatten den Erwerb.« Mit einem Anflug von Trotz schob sie ihr Kinn vor und fügte hinzu: »Mein Vater ist Kaufmann.«

Ulbert hatte also unter seinem Stand geheiratet, vermerkte Bandolf. Und Annalindes Mitgift war offenbar groß genug gewesen, um den Mangel wettzumachen.

Laut fragte er: »Was tat Euer Gatte, nachdem das Gespräch mit den Stiftsherren beendet war?«

»Er holte seinen Mantel aus unserem Quartier und verließ das Stift.«

»Sagte er Euch, wohin er wollte?«

»Mein Gatte pflegte mir keine Rechenschaft über sein Tun abzulegen«, erklärte Annalinde unwirsch.

Der Burggraf dachte an sein eigenes Weib, und ein Lächeln flog über sein bärtiges Gesicht. »Und doch wissen manche Ehefrauen recht wohl, womit sich der Gatte beschäftigt«, meinte er.

Als Annalinde schwieg, seufzte Bandolf und fragte: »Wann kehrte Ulbert nach St. Andreas zurück?«

Eingehend betrachtete sie ihre Hände, die gefaltet auf dem Schoß lagen. »Zur Sext«, gab sie einsilbig zur Antwort.

»Und dann?«

»Nach dem Mittagsmahl verließ er das Stift wieder, und ich sah meinen Gatten nicht wieder.«

»Hat er Euch denn nicht von dem Streit erzählt, in den er auf dem Marktplatz verwickelt war?«, fragte Bandolf erstaunt.

»Von einem Streit weiß ich nichts.«

Er wartete, ob sie sich nach dem Streit erkundigen würde, doch sie tat nichts dergleichen.

»Wie verhielt er sich, als er zurückkehrte? War er aufgeregt, aufgebracht womöglich?«

Gleichmütig zuckte sie mit den Schultern. »Mir ist

nichts dergleichen aufgefallen«, behauptete sie. »Mein Gatte war so wie immer.«

Bandolf sah auf ihren gesenkten Schopf hinunter und rollte ungeduldig die Augen.

»Ulbert wurde beobachtet, wie er mit einem kleinen, dunkelhäutigen Mann in einen Streit geriet. Der Mann nannte ihn einen Dieb und Lügner. Das ist eine beleidigende Anschuldigung, wenn sie nicht wahr ist. Und Ihr wollt behaupten, Euer Gatte hätte gegenüber Euch, seinem Weib, kein Wort davon gesagt, ja nicht einmal Verärgerung gezeigt?«

Annalinde sprang so plötzlich auf, dass Bandolf unwillkürlich einen Schritt zurückwich.

»Ich verstehe nicht, warum Ihr mich mit solchen Fragen plagt?«, rief sie mit hochroten Wangen. »Mein Gatte ist tot, mein Sohn seines Vaters beraubt. Und Ihr wollt wissen, in welcher Stimmung er gestern gewesen war?«

»Wenn Ihr wollt, dass der Mörder Eures Gatten gefunden und zur Verantwortung gezogen wird, dann solltet Ihr meine Fragen lieber beantworten«, erklärte Bandolf ruhig.

Mit einem leisen Stöhnen griff sie sich an die Stirn, als hätte sie Kopfschmerzen. »Verzeiht mir meine Barschheit.« Ihre Stimme schwankte. »Der plötzliche Tod meines Gatten hat mich mitgenommen. Das versteht Ihr doch sicher?«

»Gewiss«, brummte er so hastig wie unbehaglich, und er hoffte inständig, sie würde nicht in Tränen ausbrechen.

»Ich kann Euch wirklich nicht mehr sagen. Ulbert hielt sich nach der Sext nur kurz in unserem Quartier auf, dann ging er wieder«, fuhr sie leise, doch glücklicherweise wieder mit festerer Stimme fort. »Er sagte, er wolle sich mit Eberold vom Bruch und Winand von Beckenbach beim Wirt am Markt treffen.« Sie zuckte mit den Schultern. »Mein Gatte ist mit den beiden Herren gelegentlich zur Jagd geritten. Eberold vom Bruch besitzt eine Hufe in unserer Nachbarschaft. Er war hin und wieder bei uns zu Gast.«

Eberold vom Bruch kannte Bandolf nicht, dafür war ihm der Name Winand von Beckenbach vertraut. Winands Familie war begütert und besaß ein Stadthaus in Worms. Winand, der einzige männliche Nachkomme, pflegte seine Tollkühnheit durch allerlei Unfug und Protzerei zu beweisen, wobei nächtliches Randalieren in den Gassen von Worms ein Gutteil des Bußgeldes ausmachte, das er regelmäßig vor dem Richtstein zu berappen hatte. Wenn Ulbert sich mit Kumpanen dieses Schlages umgeben hatte, warf das ein bewölktes Licht auf seinen Charakter.

»Gehörte auch Lothar von Kalborn zu Ulberts Kumpanen?«, wollte Bandolf wissen.

»Nicht, dass ich wüsste. Zumindest hat mein Gatte diesen Namen nie erwähnt.«

»Und wie steht es mit einem Mann von kleiner Statur und gebräunter Haut? Er könnte von jenseits der Alpen stammen. Kennt Ihr jemanden, der dieser Beschreibung gleicht?«

»Nein, einem solchen Mann bin ich nie begegnet«, sagte sie – zu heftig, wie es schien. Mit gerunzelter Stirn wartete Bandolf, ob sie noch etwas hinzufügen würde, doch sie biss sich auf die Lippen und senkte den Kopf.

»Hmm. Gab es sonst noch jemanden, in dessen Gesellschaft sich Euer Gatte in Worms gerne aufhielt?«, fragte er nach einer Weile.

Bevor sie antworten konnte, ging die Tür auf, und eine Magd mit einem Weidenkorb auf dem Arm trat ein. Annalindes Gesicht erhellte sich wie durch Zauberhand. Mit einem strahlenden Lächeln lief sie auf die Magd zu und hob ein fest in Leinen eingewickeltes Baby aus dem Korb.

»Mein Sohn«, erklärte sie Bandolf mit offenkundigem Stolz, während sie das Kind sanft in ihren Armen wiegte. »Gestattet, dass ich Euch verabschiede, Burggraf. Ich muss mich um mein Kind kümmern.«

Unzufrieden stapfte Bandolf die spärlich beleuchtete Treppe hinunter, während er über sein Gespräch mit der Witwe nachgrübelte. Er wurde das Gefühl nicht los, dass ihr Mienenspiel etwas anderes verraten wollte, als sie mit Worten gesagt hatte. Hatte sie ihn belogen? Ihm etwas verschwiegen? Doch was könnte sie für sich behalten haben? Und aus welchem Grund? Hatte sie womöglich selbst in irgendeiner Weise mit dem Mord an ihrem Gatten zu tun?

Ein schmaler Lichtschimmer fiel auf die Stufen, als unten die Tür geöffnet wurde und ein Mann, in Umhang und Kapuze, in offensichtlicher Eile eintrat. Er nahm zwei Stufen auf einmal und rempelte den Burggrafen unsanft an, als er an ihm vorbeilief. Ein Grunzlaut, der als Entschuldigung gelten mochte, drang hinter der Kapuze hervor, dann war der Mann schon oben und seine gedrungene Gestalt aus dem Lichtkreis der Fackel verschwunden.

»Tölpel«, brummte Bandolf geistesabwesend und überlegte, wo er wohl den unabkömmlichen Propst finden konnte. Wenn er schon einmal hier war, wollte er die Gelegenheit nutzen, Bruder Crispin nach den Geschäften zu fragen, die Ulbert von Flonheim nach Worms geführt hatten.

Der Burggraf fand Bruder Crispin im Refektorium, wo der Propst zusammen mit dem Bruder Kämmerer und dem Bruder Cellerar ein spätes zweites Frühstück einnahm.

»Rattenfratze«, hatte Prosperius den Propst von St. Andreas genannt. Eine Respektlosigkeit, für die Bandolf seinem jungen Schreiber die Ohren lang gezogen hatte. Doch als Bruder Crispin sich von der Tafel erhob, um den Burggrafen zu begrüßen, dachte Bandolf, dass der Spottname durchaus passte. Bruder Crispin war um gut einen Kopf kleiner als der Burggraf, und sein schmaler Kopf schien halslos an seinen Schultern festgewachsen. Kleine Äuglein funkelten unter buschigen Augenbrauen hervor. Die spitze

Nase mit einem Aufwärtsschwung und überraschend gesunde lange Zähne, die unter der hochgezogenen Oberlippe hervorschauten, vervollständigten noch den Eindruck von schnuppernder Aufmerksamkeit.

»Wir hatten Euch schon erwartet, Burggraf. Setzt Euch und nehmt einen Bissen mit uns«, lud er Bandolf ein.

»Ich nehme an, Pater Egidius hat Euch von Ulberts Tod berichtet?«, mutmaßte der Burggraf.

»Ganz recht«, brummte Bruder Urbanus. Die massige Gestalt des Kämmerers nahm sich neben der kleinen des Propstes wie ein grob behauener Baumstamm aus. Mit einem Blick auf reichlich geräucherten Schinken, weißes Brot, nach Lauch duftenden Brei und goldgelben Käse schob Bandolf sich neben dem Kämmerer auf die Bank. »Ihr pflegt eine üppige Tafel, Propst«, bemerkte er und schnalzte in Vorfreude auf die unerwartete Mahlzeit mit der Zunge.

Ein Hauch von Röte überzog Bruder Crispins Rattengesicht. »Nichts als Reste, die vom gestrigen Fest übrig geblieben sind«, beeilte er sich zu erklären.

Da wird für die Armen nicht viel abgefallen sein, dachte Bandolf bei sich. Er zog seinen Becher aus der Tasche seines Umhangs und löste den Dolch vom Gürtel.

»Greift schu, bevor esch schlecht wird«, ermunterte ihn Bruder Alfrad. Im Gegensatz zu Bruder Urbanus war der Cellerar so mager, als würde ihm die eigene Kost nicht munden, doch dafür befand er sich offenbar in demselben betrüblichen Zustand wie der junge Pförtner, dem Bandolf am Tor begegnet war.

»Ist es wahr, dass Ulbert von Flonheim in Eurem Haus ermordet wurde?«, fragte der Propst.

Bandolf, dessen Magen beim Anblick der Speisen verlauten ließ, es ginge auf die Sext zu, und er sei seit dem eiligen Frühstück vernachlässigt worden, warf Bruder Crispin einen scharfen Blick zu.

»Er wurde auf dem Weg zu meinem Haus erstochen«, betonte er und überlegte, wie lange es dauern würde, bis sich das Gerücht, Ulbert wäre im Haus des Burggrafen ermordet worden, in der ganzen Stadt verbreitet hätte. Bis zur Vesper, schätzte er. In spätestens zwei Tagen würde die Nachricht dann weitere Kreise gezogen haben und in Lorsch das Ohr Seiner Eminenz, des Bischofs von Worms, erreichen. Adalbero wird ein Freudenmahl veranstalten und mich anschließend zerpflücken wie eine Gans zu St. Martin, dachte er und verzog das Gesicht.

»Und was wollte der Mann mitten in der Nacht von Euch?«, erkundigte sich Bruder Urbanus, während er Bandolf eine dicke Brotscheibe reichte.

»Um das herauszufinden, bin ich hier.«

Bruder Crispin zog seine borstigen Augenbrauen zusammen. »Wenn Ihr es nicht wisst, woher sollen wir es dann wissen?«

»Ihr hattet Geschäfte mit Ulbert. Womöglich wollte er mit mir darüber sprechen?« Bandolf schob sich ein Stück Käse in den Mund.

Der Propst schüttelte nachdrücklich den Kopf. »Das glaube ich nicht. Wir standen mitten in der Verhandlung und hatten uns noch nicht geeinigt.«

»Worum ging es bei Euren Geschäften?«

»Ulbert besitzt … besaß … einen Weinberg in der Nähe von Trier. Da wir selbst dort das eine oder andere Stück Land besitzen, dachten wir, der Weinberg würde unsere Güter aufs Beste abrunden. Aber, wie gesagt, wir waren uns noch nicht einig.«

»Was verlangte er für sein Land?«, erkundigte sich Bandolf. Er nahm einen Schluck aus seinem Becher, den der Cellerar aus dem Weinschlauch gefüllt und dabei die Hälfte des guten Roten auf den Tisch verschüttet hatte.

Anstelle des Propstes antwortete Bruder Urbanus: »Er

wollte eine Leibrente für sich und seine Gemahlin. Eine unverschämte Forderung für den mageren Weinberg, wenn Ihr mich fragt.«

Bandolf runzelte ungläubig die Stirn. Der Boden um Trier galt als sehr fruchtbar. Da war eine Leibrente sicher nicht zu viel verlangt.

»War er ein Mann, der sich auf Geschäfte verstand?«

Bruder Urbanus lachte schallend. »Wir verhandelten die meiste Zeit mit seinem Hausmeier. Der junge Edelmann gefiel sich mehr darin, sich in der Stadt mit seinen Kumpanen zu vergnügen und sich vor den Weibern großzutun.«

»Tatsächlich?«, meinte Bandolf.

»Unsinn«, wies der Propst den Kämmerer ärgerlich zurecht. An Bandolf gewandt sagte er: »Zu Beginn der Verhandlungen bekundete Ulbert wie nur jeder andere rechte Mann seinen Willen. Dass er später den Fortgang lieber dem erfahreneren Hausmeier überließ, kann man ihm kaum anlasten.«

»Hatte er eine Kebse?«, fragte der Burggraf, eingedenk des zerdrückten Kranzes, den er in Ulberts Tasche gefunden hatte. Irgendwie machte Annalinde nicht den Eindruck auf ihn, als wäre sie ein Weib, das für ihren Gatten Kränze flocht.

»Hmm ... eine Kebse?«, wiederholte der Propst. »Nein, ich bezweifle, dass er eine Geliebte hatte. Er tändelte nur und sah sich von den Weibern wohl gerne bewundert.« Er zwinkerte Bandolf zu. »Ich denke, um sein Seelenheil mit Untreue zu gefährden, hätte es mehr Mutes bedurft, als Ulbert besaß.«

»Wollt Ihr damit sagen, Ulbert von Flonheim sei ein Feigling gewesen?«

»Aber keineswegs«, protestierte Bruder Crispin. »Er war nur ... nun, vielleicht eine Spur zu nachgiebig, zu wenig nachdrücklich, nicht so tollkühn wie manch anderer seines Alters und Standes, wenn Ihr versteht, was ich meine.«

Bandolf lächelte.

»Wir hätten hier aber auch kaum davon erfahren, würde er eine Kebse gehabt haben«, warf Bruder Urbanus ein.

Der Propst ignorierte ihn. »In jedem Fall kann man getrost behaupten, dass Ulbert von Flonheim ein guter Christ gewesen ist, der zu keiner Messe fehlte, und einer, dem Barmherzigkeit nicht fremd war«, sagte er an Bandolf gewandt. »Er nahm sich wie ein guter Samariter eines kranken Weibes an.«

»Samariter? Ihr macht mich neugierig, Propst.«

»Nun, ›Samariter‹ ist womöglich eine Spur übertrieben«, versetzte Urbanus. »Als Ulbert auf dem Weg nach Worms war, fand er ein krankes Weib am Wegrand. Er las sie auf und brachte sie zu den Nonnen nach Mariamünster.«

»Und wer war sie?«

»Das weiß niemand. Sie war wohl in zu schlechter Verfassung, um zu sprechen, doch ihrem Gewand nach muss es eine Frau von Stand gewesen sein. Obgleich die Nonnen überall herumfragen ließen, hat sie aber offenbar niemand vermisst«, antwortete Bruder Crispin.

Bandolf kniff die Augen zusammen. Vage erinnerte er sich, dass Schwester Margarete, die Äbtissin des Klosters, vor einiger Zeit auch bei ihm hatte nachfragen lassen, ob er etwas über eine vermisste Frau wüsste. Er hatte ihr jedoch nicht weiterhelfen können.

»Ist diese Frau denn noch im Kloster?«

»Wahrscheinlisch ischt schie tot un hinüber«, nuschelte der Cellerar und gab sich augenscheinlich alle Mühe, die Augen offen zu halten. Mit vor Zorn gerötetem Gesicht funkelte der Propst ihn an. »Wolltet Ihr nicht nachsehen, ob die Vorräte durch den Regen heute Nacht gelitten haben?«

Bruder Alfrad hievte sich gehorsam von der Bank, schenkte der Runde am Tisch ein verschwommenes Lächeln und verließ das Refektorium mit nicht ganz sicheren Schritten.

»Ihr müsst unseren Cellerar entschuldigen«, wandte sich Bruder Crispin an den Burggrafen, der das Pantomimenstück des Cellerars interessiert verfolgt hatte. »Er befindet sich derzeit nicht ganz wohl. Seine Körpersäfte machen ihm zu schaffen.« Urbanus verschluckte sich und hustete in den Ärmel seiner Kutte.

»Wenn Ihr das sagt.« Bandolf lächelte kühl.

Nachdem der Cellerar das Refektorium verlassen hatte, erkundigte sich der Burggraf nach Ulberts Tun am gestrigen Tag, doch weder Bruder Urbanus noch der Propst konnten ihm mehr als Annalinde sagen, und auch der Name Lothar von Kalborn war ihnen offenbar nicht vertraut. Doch als er nach einem klein gewachsenen Mann mit dunkler Hautfarbe fragte, kniff der Propst seine Äuglein zusammen.

»Hmm, jetzt, da Ihr es erwähnt, fällt es mir ein: Tatsächlich verlangte ein solcher Mann gestern Einlass, um Ulbert zu sprechen. Es war noch vor der Sext. Ich erinnere mich, weil ich just ans Tor kam, als er unseren Pförtner rüde beschimpfte. Dabei hatte der Bruder Pförtner ihm nur gesagt, dass Ulbert nicht in seinem Quartier wäre. Ich habe ihm …«

»Hat er seinen Namen genannt?«, unterbrach ihn Bandolf.

»Nein.« Crispin verzog das Gesicht. »Ein unangenehmer Zeitgenosse. Er verlangte doch tatsächlich von mir, ich müsse Ulberts Aufenthaltsort umgehend ausfindig machen. Ich sagte ihm, dass die Gäste des Stifts nicht verpflichtet seien, mir oder meinen Brüdern Rechenschaft über ihr Tun und Lassen abzulegen, und ihm nichts anders übrig bleiben würde, als ein anderes Mal erneut nach dem Herrn von Flonheim zu fragen.«

»Gab er sich damit zufrieden?«

»Burggraf, ich bin Propst dieses Stiftes. Was blieb ihm anderes übrig?«

»Natürlich.« Bandolf seufzte. »Hat sonst noch jemand nach Ulbert gefragt? Gestern, oder auch früher?«

»Nein, aber wie Bruder Urbanus schon angedeutet hat, war Ulbert oft in der Stadt unterwegs.«

Bruder Urbanus runzelte die Stirn. »Hat Ulbert von Flonheim nicht auch einmal erwähnt, dass er seinen Vetter in der Stadt aufsuchen wollte?«, fragte er seinen Propst.

Bruder Crispin zuckte mit den Schultern.

»Ihr solltet die Witwe nach dem Vetter fragen«, empfahl Urbanus dem Burggrafen. »Sie wird wissen, wen Ulbert gemeint hat.«

Und ob sie das weiß, dachte Bandolf grimmig und fragte sich, warum Annalinde ihm diesen Vetter vorenthalten hatte.

Ein Mann, eingehüllt in einen braunen Umhang, drückte sich rasch in den Schatten des Torpfostens, als Bandolf durch die Pforte stürmte. Für einen Moment erwog er, dem Burggrafen zu folgen, doch dann entschied er sich anders. Es war unwahrscheinlich, dass Bandolf besaß, was er, der Falke, wollte.

Die Anwesenheit des Burggrafen im Stift hatte ihn überrascht. Dabei hätte er sich denken müssen, dass Bandolf von Leyen mit Ulberts Witwe sprechen würde, sobald er den Namen des Toten kannte. Im Stillen schalt er sich einen Narren. Er hatte genug über den Burggrafen von Worms gehört, um zu wissen, dass man mit seiner Einmischung rechnen musste. Das hatte er verabsäumt. Eine Nachlässigkeit, die er sich bei seinem Vorhaben nicht leisten konnte.

Entschlossen schüttelte der Falke sein Unbehagen ab. Bandolf von Leyens Ausdruck war besorgt gewesen, als er das Stift verließ. Das war nicht die Miene eines Mannes, der sich auf der richtigen Spur wähnt. Und würde sich das ändern, war immer noch Zeit genug, dass er sich um den hartnäckigen Burggrafen kümmerte.

Zudem war im Moment der Kalabrier sein vordringliches Ziel. Ihm war er auf den Fersen, seit der Mann in Worms eingetroffen war. Als er heute Morgen von Ulberts Tod gehört hatte, war er sofort zum Quartier des Kalabriers geeilt und hatte vor der Herberge darauf gewartet, dass er herauskäme. Der Falke war sich sicher gewesen, der Mann würde umgehend die Stadt verlassen. Stattdessen hatte der Kalabrier ihn hierhergeführt.

Mit Bedacht verlagerte der Falke sein Gewicht von einem Bein aufs andere, und während er sich die Kapuze seines Umhangs tiefer in die Stirn zog, ließ er den Blick wachsam über die Gassen gleiten. Gegenüber dem Tor zu St. Andreas zankten sich zwei Knechte; Kinder sammelten auf der Sterzergasse Kuhfladen und Pferdeäpfel, die ihren Familien als Dünger und Brennmaterial dienen würden, und vor der Tür zur Kirche St. Magnus stand ein Grüppchen alter Weiber beisammen und tratschte. Niemand schien auf den Mann im braunen Umhang zu achten, der im Schatten des Torpfostens wartete.

Plötzlich merkte er auf. Hinter der Mauer von St. Andreas hörte er eilige Schritte. Gleich darauf wurde die Pforte geöffnet, und der Kalabrier kam mit übellaunigem Gesicht herausgestürmt. Ohne sich auch nur einmal umzusehen, ging er eilig die Lange Gasse in Richtung Dom hinauf.

Einen Lidschlag lang stutzte der Falke und fragte sich, wohin der Mann wollte, dann zuckte er mit den Schultern, glitt aus dem Schatten heraus und folgte ihm. So oder so, die Stunden des Kalabriers waren gezählt.

Magda ächzte und warf Garsende einen zornigen Blick über ihre Schulter zu.

»Ich weiß, das war schmerzhaft«, sagte die Heilerin mitfühlend, während sie das Gewand über dem Gesäß der Bäuerin glatt zog. »Aber nun bist du das böse Geschwulst los, und in ein, zwei Tagen kannst du auch wieder sitzen.«

»Wenn du mir überhaupt noch Fleisch zum Sitzen übrig gelassen hast«, presste Magda zwischen zusammengebissenen Zähnen hervor.

Garsende dachte, dass da noch genügend Platz für ein halbes Dutzend Furunkel gewesen wäre. Laut sagte sie:

»Ich habe eine Salbe aus altem Schmalz mit Calendula aufgetragen. Lass den Verband drei Tage lang aufgelegt. Doch wenn es in der Wunde anfängt zu klopfen, dann komm damit gleich zu mir.«

Magda versprach zu tun, was immer die Heilerin sagte, und wenig später verabschiedete sie sich.

Erleichtert schloss Garsende die Tür hinter der Bäuerin und schaute dann deprimiert auf die drei kleinen, braun gesprenkelten Hühnereier, die sie als Lohn von der Bäuerin bekommen hatte. Magda war das Weib eines der wenigen freien Bauern in der Umgebung, deren Hof noch nicht von einem der großen Lehnsherren vereinnahmt worden war. Sie hätte ohne weiteres das Doppelte geben können.

Mit einem Kopfschütteln legte Garsende die Eier in eine Holzschale und trug sie hinüber zu ihrem Herdfeuer. Einer der unzähligen Kräuterstängel, die neben Zwiebelgirlanden, Wurzeln und ganzen Pflanzenbüscheln von der niedrigen Decke baumelten, verfing sich in ihrem Haar.

»Heilige Jungfrau!«, zischte sie ärgerlich und schlug dann rasch ein Kreuz, weil die Worte in ihren eigenen Ohren geklungen hatten wie ein Fluch. Ich muss zufrieden sein, dachte sie, während sie den trockenen Stängel vorsichtig aus ihrem Zopf löste. Gerade auf die Fürsprache von Frauen wie Magda war sie angewiesen. Die Zeiten, in denen das Handwerk einer Heilerin noch hochgeschätzt wurde, schienen vorbei zu sein. Die Kirche beanspruchte die Kunst des Heilens für sich, und Kräuterfrauen, die außerhalb des geheiligten Nimbus eines Ordens standen, gerieten immer mehr in den Geruch, dem Allmächtigen mit ketzerischer Zauberei ins Handwerk pfuschen zu wollen. Und weil Garsende überdies ohne den Schutz eines männlichen Verwandten oder Ehemanns lebte, war sie noch mehr als andere von einem guten Leumund abhängig.

Ein kantiges Gesicht, Zorn, gepaart mit Sehnsucht in den dunklen Augen, schlich sich unversehens in Garsendes Gedanken. So hatte Lothar von Kalborn sie angesehen, als er zum letzten Mal bei ihr gewesen war.

Ein Jahr war seither vergangen. Zeit genug, um sich diese unselige Neigung zu einem Mann aus dem Herzen zu reißen, der eine Frau wie sie niemals sein Weib würde nennen können. Jedenfalls hatte sie geglaubt, dass sie sich von diesen Empfindungen befreit hätte. Nach dem gestrigen Tag jedoch war sie sich dessen nicht mehr so sicher.

Seit sie Lothar zum ersten Mal begegnet war, hatte Garsende stets geschwankt zwischen den Gefühlen, die er in ihr geweckt hatte, und ihrem Verstand, der ihr gebot, das, was sie besaß, nicht um einer Leidenschaft willen aufs Spiel zu setzen. Lothar von Kalborn war ein Mann von Stand mit einer einflussreichen Sippschaft im Rücken; sie hingegen war im falschen Bett geboren.

Es war das einzig Richtige gewesen, ihm damals für immer die Tür zu weisen.

Garsende seufzte. Jetzt hielt er sich wieder in der Stadt auf, nur einen Katzensprung von ihr entfernt. Und ihr Gleichmut schien dahin. Was hatte ihn nach Worms geführt? Seit wann war er hier? Hatte er den Mann, der nun tot in der Scheune des Burggrafen lag, gekannt, oder war er nur durch Zufall in den Streit auf dem Marktplatz geraten? Und würde er hierher …?

»Nein!«, rief sie so laut, als könne sie nur durch ihre Stimme dem Wort auch Geltung verschaffen. »Ich bringe meine Seele seinetwegen nicht wieder in Bedrängnis.«

Mit wütendem Eifer begann sie, die mit Blut und Eiter beschmutzten Tücher vom Tisch zu räumen und Schalen, Mörser und Stößel zu säubern, während ihre Gedanken zwischen ihrem einstigen Geliebten und dem Toten vor der Türschwelle des Burggrafen hin und her sprangen.

Der Krug mit der Calendulatinktur, die sie für Magdas Verband gebraucht hatte, entglitt ihren fahrigen Händen, fiel zu Boden und ging zu Bruch. Garsende stand wie erstarrt und betrachtete die Scherben, ohne sie wirklich zu sehen. Ein dumpfer Geruch verbreitete sich in ihrer kleinen Hütte, doch sie rührte sich nicht.

»Warum seid Ihr zurückgekommen?«, flüsterte sie.

Kapitel 3

Mondlicht fiel auf Penelope und ließ ihr graues Fell silbern glänzen. Sie hatte sich im Kreuzgang des Domstifts eingerollt, nur wenige Schritte von der Pforte entfernt, die zum Kapitelhaus der Stiftsbrüder führte. Hinter dem Kreuzgang erhob sich der Dom St. Peter und Paul zu Worms, flankiert von seinen vier mächtigen Türmen, die wie zu Stein erstarrte Wächter über der Bischofskirche aufragten.

Friedliche Stille lag über dem Ort. Die Domherren schliefen, und erst zur Prim würden die Glocken sie wieder zum Gebet rufen.

Unvermittelt hob Penelope den Kopf und starrte wachsam zu der Pforte hinüber, die vom Kreuzgang auf den Domplatz führte. Die Tür knarrte. Gleich darauf glitt eine Gestalt in die Arkaden des Kreuzgangs. Die Domkatze erhob sich und verharrte reglos an ihrem Platz, ohne den Eindringling aus den Augen zu lassen. Auch er blieb stehen und schien angestrengt zu lauschen, während er mit seiner Lampe in die dunklen Ecken des Kreuzgangs hineinleuchtete, so weit der Lichtschein trug. Schließlich zog er die Pforte hinter sich zu und schlich in Richtung Kapitelhaus. Kaum hatte er sich in Bewegung gesetzt, verließ auch Penelope ihren Schlafplatz. Auf leisen Pfoten huschte sie hinter einen der Pfeiler, als wolle sie das weitere Geschehen aus sicherer Entfernung beobachten.

Vor der Pforte zum Kapitelhaus blieb der Eindringling stehen. Penelope spitzte die Ohren, als er einen Schlüsselbund unter seinem Umhang hervorzog und die Tür öffnete. Für einen Moment verharrte die Gestalt, als würde sie horchen, dann glitt sie durch die Pforte.

Eine Weile noch hielt Penelope ihren Blick aufmerksam auf die Tür gerichtet, die sich hinter dem Eindringling geschlossen hatte, doch schließlich schien sie beruhigt. Mit einem Laut, der wie ein Seufzen klang, ließ sie sich, eng an den Sockel des Pfeilers geschmiegt, nieder, bettete ihren Kopf auf die ausgestreckten Vorderpfoten und schloss die Augen.

Der Mond war weitergewandert und warf seinen Silberstrahl auf das Dach der Domkellerei, als die Pforte vom Kapitelhaus plötzlich aufgerissen wurde und die Katze erneut aufschreckte. Der nächtliche Besucher stürmte aus der Tür, eilte den Weg zurück, den er gekommen war, und hatte, ebenso wie die Domkatze, den Kreuzgang längst verlassen, als die alarmierten Dombrüder mit ihrer Suche nach dem Eindringling begannen.

»Zweifelsohne gebt Ihr mir recht, Burggraf?« Erwartungsvoll hielt Eltrudis in ihrem Monolog inne.

Bandolf hob den Kopf von seiner Schüssel und runzelte die Stirn. Er hatte nicht die geringste Ahnung, wovon Matthäas Tante sprach.

Der frühe Morgen war nie seine beste Zeit, und heute um so weniger, da er schlecht geschlafen und sich die halbe Nacht überlegt hatte, wie in aller Welt er Ulberts Mörder dingfest machen konnte, bevor Bischof Adalbero ihm einen Strick aus dieser unglückseligen Angelegenheit drehen konnte.

»Gewiss«, murmelte er und ignorierte geflissentlich das Grinsen seines Marschalks, der neben ihm saß.

Eltrudis war seine Unaufmerksamkeit offenbar nicht aufgefallen. »Der bedauernswerte Graf litt am Schlagfluss«, fuhr sie fort. »Er nuschelte, sodass ihn kaum jemand verstehen konnte, was für die arme Gräfin äußerst unerquicklich war. Doch da war nichts zu machen. Und ein halbes Jahr später ist er ohnehin gestorben.« Sie schüttelte missbilligend den Kopf: »In den Armen seiner Kebse.«

Was blieb dem armen Hund auch anderes übrig, als Zuflucht bei einer Geliebten zu suchen? Bei einem Weib wie Eltrudis, dachte Bandolf, der nur den letzten Satz aufgenommen hatte und glaubte, sie spräche von ihrem Gatten.

Nachdem Matthäas Tante den vergangenen Tag damit verbracht hatte, in ihrer Kammer Hof zu halten, hatte sie sich heute Morgen, sichtlich mühsam, die Treppe heruntergeschleppt und verkündet, sie wolle versuchen, einen Happen zu sich zu nehmen. Um der Höflichkeit Genüge zu tun, hatte Bandolf sich nach ihrem Befinden erkundigt, und seither erging sich Eltrudis in der Aufzählung ihrer eigenen zahlreichen Leiden, die sie mit den Todesfällen aus hochgestellten Kreisen würzte.

Bandolf warf einen Blick zu seiner Gattin hinüber, die am anderen Ende der Tafel neben ihrer Tante saß und die Schüssel mit ihr teilte. Während Eltrudis ihren Appetit wiedergefunden hatte und Löffel um Löffel von Filibertas kräftig gewürztem Dinkelbrei in ihren Mund schob, schien Matthäa keinen Hunger zu haben. Mit gesenktem Kopf stocherte sie unlustig in dem Brei und sprach kaum ein Wort. Die Hauseigenen waren offenbar ebenfalls mit Stummheit geschlagen und ließen das muntere Geplauder, das sonst an seiner Tafel herrschte, vermissen. Bandolfs Stirnrunzeln vertiefte sich. Für einen Moment fragte er sich, woher die trübselige Stimmung in seiner Halle rühren mochte, doch dann schweiften seine Gedanken wieder ab.

Das nächtliche Brüten über den toten Ulbert hatte dem Burggrafen die Erkenntnis gebracht, dass er noch viel zu wenig von dem Mann wusste. Er beschloss, Bruder Goswin im Domstift aufzusuchen.

Mit dem Scholasticus verband Bandolf eine Freundschaft, die einst mit ihrer gemeinsamen Vorliebe für die Werke des Römers Vergil begonnen hatte. Bruder Goswin hegte jedoch noch eine andere Leidenschaft. Seit Jahren arbeitete er an einer Chronik, die von Anbeginn der Zeit bis zum Jüngsten Gericht jedes erwähnenswerte Ereignis in Stadt und Bistum beinhalten sollte. Wenn jemand über Land und Leute Bescheid wusste, so war es Bruder Goswin. Bandolf hoffte, der Scholasticus könne ihm mehr über die Familie von Flonheim berichten, und womöglich war ihm sogar der dunkelhäutige Fremde bekannt, der mit Ulbert in Streit geraten war.

»Ich bin anderes gewohnt, Burggraf, als in einem Haus zu verweilen, in dem man sich des Nachts vor Eindringlingen nicht sicher sein kann«, riss ihn Eltrudis' scharfe Stimme wieder aus seinen Gedanken. »Ohne Euch belehren zu wollen, möchte ich doch nicht verhehlen, dass mir Eure Sanftmut den Hörigen gegenüber nicht angebracht erscheint. Mein Gatte, Gott hab ihn selig, hätte den Torwächter schwer bestraft, dessen könnt Ihr sicher sein.« Sie warf ihm einen strengen Blick zu. »Nicht, dass dergleichen in meinem Haus je geschehen wäre. Wie Ihr wisst, hielt ich immer streng auf Ordnung der Dinge. Glaubt mir, Ihr solltet es ebenso halten.«

»Mit meinen Eigenleuten verfahre ich, wie ich es für angebracht erachte«, brummte Bandolf ungehalten.

Eltrudis hob eine Augenbraue.

»Wo seid Ihr Ulbert von Flonheims Vater zum ersten Mal begegnet?«, fragte Matthäa hastig, als wolle sie einer unwirschen Antwort ihrer Tante zuvorkommen. Überrascht schaute der Burggraf von seiner Gattin zu Eltrudis, die von einem plötzlichen Hustenanfall geplagt wurde.

»Ihr kanntet Ulbert von Flonheim?«

»Seinen Vater«, antwortete Eltrudis mit erstickter Stimme. Sie warf ihrer Nichte einen ungnädigen Blick zu.

»Und wieso erfahre ich das erst jetzt?«, knurrte Bandolf.

Eltrudis straffte ihren Rücken und räusperte sich: »Wie ich schon Eurer Gattin sagte, ist das lange her. Ich begegnete Agilbert vor vielen Jahren in der Pfalz zu Quedlinburg, und das war noch vor seiner Vermählung. Später haben sich unsere Wege nie mehr gekreuzt. Ihr seht also, es gibt nichts, was ich darüber zu erzählen hätte.«

»Was war Agilbert für ein Mann?«

»Er hatte ein zuvorkommendes Wesen, was seinen Mangel an Verstand jedoch nicht auszugleichen vermochte.« Sie kräuselte spöttisch die Lippen. »Er heiratete Mechthild von Fust, daran mögt Ihr seinen Mangel an Weitblick erkennen.«

»Und über den Sohn wisst Ihr nichts?«

»Lediglich, dass er tot in Eurem Hof lag«, erwiderte Eltrudis spitz. Sie schob ihre leere Schüssel von sich, seufzte tief und wandte sich an Matthäa. »Die Mahlzeit hat mich erschöpft, mein Kind. Ich hätte nach all den Aufregungen im Haus mein Lager nicht vorzeitig verlassen sollen. Wenn Ihr mir Euren Arm reichen würdet.«

Gehorsam stand Matthäa auf. Für einen Augenblick schien alle Farbe aus ihrem Gesicht zu weichen. Sie schwankte, und Bandolf sprang auf. »Was habt Ihr denn?«, rief er besorgt und griff nach dem Arm seiner Gattin.

Auch Filiberta war aufgesprungen, doch die Burggräfin hatte sich schon wieder gefangen und winkte ab.

»Ich schicke Jacob zur Heilerin«, erklärte Bandolf.

»Unsinn«, beschwichtigte Matthäa. »Es war nur ein kleines Unwohlsein und ist auch schon wieder vorbei.« Sie schenkte Bandolf ein zittriges Lächeln und bot ihrer Tante den Arm.

»Recht so, meine Liebe«, meinte Eltrudis. »Es tut nicht wohl, sich zu verzärteln.«

Übellaunig verließ der Burggraf sein Haus.

Eine Pest mit diesem Weib, dachte er verärgert und grübelte darüber nach, wie er diesen unwillkommenen Gast in seinem Haus auf dem schnellsten Wege loswerden konnte, ohne sich des Totschlags schuldig zu machen.

Auch fand er es eigenartig, dass Eltrudis ihm nichts von ihrer Bekanntschaft mit Agilbert von Flonheim gesagt hatte, nachdem sie vom Tod seines Sohnes gehört hatte. Sie war doch sonst so gesprächig. Ob sie mehr vom Vater wusste, als sie zugegeben hatte? Die Vorstellung, womöglich auf einen dunklen Fleck im Gewand der reputierlichen Tante zu stoßen, entlockte ihm ein Grinsen.

Der Burggraf sah Bruder Goswin just den Pfalzhof überqueren, als er den Platz erreichte. Wie üblich hatte es der Scholasticus eilig. Mit gesenktem Kopf und einer Robe, die zerknittert an seinem mageren Leib herabhing, bahnte er sich seinen Weg durch die Menge. Kaufleute, Bauern, Edelleute und Pilger überquerten den Platz, an den Armen vorbei, die vor der Bischofspfalz um Almosen bettelten. Manche hatten es eilig, andere standen in Grüppchen beieinander, um Neuigkeiten auszutauschen, während Tagelöhner und Hörige des Bischofs prallgefüllte Säcke zur Bischofspfalz schleppten.

Wo so viel Umtriebigkeit herrschte, waren auch die Beutelschneider nicht fern, und Bandolf ließ seinen Blick wachsam über den Platz gleiten. Am Brunnen sah er den einbeinigen Fortunatus sitzen und warf ein Almosen in seine Bettelschale, während er dem Scholasticus einen Gruß zurief. Bruder Goswin hob den Kopf und winkte ihm zu.

»Ist es Euch jemals in den Sinn gekommen, dass Ihr Eure

Gutherzigkeit stets an denselben Einbeinigen verschwendet?«, begrüßte er Bandolf, als sie in der Mitte des Platzes aufeinandertrafen.

»Was ist Gott gefälliger, Bruder: Wenn man einem viel oder vielen wenig gibt?«

»Eine interessante These, Burggraf. Wir sollten bei einem Becher Wein darüber debattieren.«

Bandolf lachte. »Lieber nicht.« Er beugte sich zu Bruder Goswin hinunter und sagte leise: »Fortunatus hat ein Bein verloren. Nicht aber seine Augen und Ohren.«

»Der Bettler spioniert für Euch?«

»Aber nein, Bruder. Hin und wieder bekommt er ein Zubrot, und hin und wieder erzählt er mir eine Geschichte.«

Bruder Goswin schüttelte lachend den Kopf.

»Habt Ihr es eilig?«, erkundigte sich Bandolf. »Ich war auf dem Weg zum Domstift und wollte mit Euch sprechen.«

»Ihr seht mich in Erfüllung einer lästigen Pflicht, Burggraf, daher kann sie warten.« Achtlos fuhr Bruder Goswin mit den Fingern durch sein borstiges Haar, das daraufhin nach allen Richtungen abstand. »Ich nehme an, Ihr kommt wegen des Toten vor Eurer Türschwelle?«

»Dann wisst Ihr schon Bescheid?«

»Pater Egidius hatte gestern noch keine Kerzen für Ulberts Leichnam in seinem Beinhaus aufgestellt, als unser geschätzter Kämmerer bereits eine Nachricht zu Bischof Adalbero nach Lorsch schickte.«

»Verdammnis!«, knurrte Bandolf. »Das hätte ich mir denken können.«

Während der Kämmerer des Domstifts für Angelegenheiten zuständig war, die den Besitz und die Angehörigen der Wormser Kirche betrafen, war der Burggraf für alle Belange der freien Bürger verantwortlich. Gelegentlich überschnitten sich die Kompetenzen der beiden Männer – ein Umstand, der dem ehrgeizigen Kämmerer ein ständiger

Dorn im Auge war. Wenn ihm eine Gelegenheit in den Schoß fiel, den Burggrafen in Misskredit zu bringen, konnte man sich darauf verlassen, dass er sie zu nutzen wusste.

»Ich glaube trotzdem nicht, dass der Bischof stehenden Fußes hierhereilen wird«, meinte Bruder Goswin.

»Der Leibesumfang Seiner Eminenz gestattet ihm nicht, jemals irgendwohin zu eilen«, bemerkte Bandolf trocken. »Das muss er aber auch nicht. Es reicht völlig aus, wenn er vor den Fürsten das eine oder andere Wort fallen lässt. Und Ihr wisst selbst so gut wie ich, dass der Bischof das in jedem Fall tun wird, sobald er von einem Toten in meinem Haus hört.«

»Es geht das Gerücht, Ulbert von Flonheim sei ermordet worden. Ist es wahr?«, wollte Goswin wissen.

»Leider ist es das«, bestätigte der Burggraf. »Der einzige Lichtblick in der Angelegenheit ist, dass er höchstwahrscheinlich nicht in meinem Haus ermordet wurde. Die Heilerin sagt, der Stich hätte ihm gut und gerne geraume Zeit vorher verabreicht werden können, bevor er mein Haus betrat.«

»Die Heilerin?« Bruder Goswin zog die Brauen hoch. »Mir wäre wohler, Ihr hättet Euch den Rat unseres Bruder Apothekers geholt.«

Bandolf zuckte mit den Schultern. »Mag Garsende auch nur ein Weib sein, versteht sie sich doch auf ihr Handwerk. Und Matthäa hat sich an sie gewöhnt«, fühlte er sich bemüßigt, die Heilerin zu verteidigen. Den eigenen leisen Zweifel hinunterschluckend, fügte er hinzu: »Aber um auf mein Anliegen zurückzukommen …«

»Habt Ihr nicht genügend Schmutz vor Eurer eigenen Tür zu kehren, Burggraf?«, unterbrach ihn Bruder Pothinus' Stimme. Ein strenger Geruch nach Weihrauch, der dem Habit des Kämmerers zu entströmen pflegte, wehte an Bandolfs Nase.

Er drehte sich um und sah in Bruder Pothinus' rundes Gesicht. Wie stets, wenn der Kämmerer auf den Burggrafen traf, hatte er die Nase hochgereckt, und seine zusammengekniffenen Äuglein drückten Ärger aus. Bandolfs Blick wanderte weiter zu dem Mönch, der neben Bruder Pothinus stand und den Burggrafen aufmerksam zu mustern schien. Er war von mittlerer Größe und schlanker Gestalt, und in seinen unscheinbaren Zügen schien noch die Unschuld der Jugend beheimatet. Im Gegensatz dazu standen jedoch die gerunzelte Stirn und der altkluge Ausdruck der braunen Augen. Für einen Augenblick hatte Bandolf das Gefühl, als wäre er dem jungen Benediktiner schon einmal begegnet.

»Man sollte wirklich meinen, der Burggraf von Worms hätte mit seinen Angelegenheiten genug zu tun und müsste sich nicht auch noch in die Belange der Kirche einmischen«, sagte Bruder Pothinus spitz, an den Mönch gewandt.

»Ich habe nicht die geringste Ahnung, wovon Ihr sprecht«, erwiderte Bandolf.

»Pah!« Bruder Pothinus sah den Burggrafen ungläubig an. »Wollt Ihr mir etwa weismachen, Ihr hättet Bruder Goswin nicht nach dem Eindringling ausgeforscht?«

»Der Bruder Kämmerer glaubt, ein Dieb wäre heute Nacht in unser Kapitelhaus eingedrungen«, erklärte Bruder Goswin.

»Natürlich ist es ein Dieb gewesen«, fuhr Pothinus seinen Mitbruder an. »Und hätte sich der heilige Antonius ihm nicht entgegengestellt, wer weiß, was dann mit uns geschehen wäre.«

Irritiert hob Bandolf die Brauen.

Bruder Goswin lächelte. »Der Eindringling hat die Statue des heiligen Antonius umgeworfen. Durch den Lärm sind wir aufgewacht und haben seine Anwesenheit bemerkt«, erklärte er.

»Wurde Euch denn etwas entwendet?«

»Dazu kam es nicht. Der heilige Antonius hat verhindert, dass der Dieb sich an den Schätzen unserer Kirche bereichern konnte.« Die Stimme des Kämmerers klang tief befriedigt.

»Gewöhnlich bewahren wir die Schätze unserer Kirche aber nicht im Dormitorium auf.« Bruder Goswin schnipste einen Krümel von seiner Kutte. »Für mich sieht es so aus, als hätten meine Schüler uns einen Streich gespielt.«

Der junge Benediktiner räusperte sich. »Womöglich hat der Bruder Scholasticus recht, und es handelte sich tatsächlich nur um einen Streich«, meinte er, während er sich bemühte, dem ungnädigen Blick des Kämmerers auszuweichen. »Es scheint mir jene Art Unfug gewesen zu sein, wie sie auch die Novizen unseres Ordens auszuhecken pflegen.«

»Wer immer es gewesen ist, ich werde den Eindringling finden. Und Einmischungen dulde ich nicht«, erklärte der Kämmerer hochtrabend.

»Natürlich.« Der junge Mönch neigte den Kopf. »Verzeiht mir meine Neugier, Burggraf, aber ich habe von dem Todesfall in Eurem Haus gehört. Man sagt, ein junger Edelmann sei in der Nacht in Eurem Hof gestorben. Wisst Ihr schon Näheres darüber?«

»Ulbert von Flonheim wurde auf dem Weg zu meinem Haus erstochen. Ob er jedoch zu mir wollte, oder ob er nur Zuflucht im nächstgelegenen Haus suchte, steht noch nicht fest«, erwiderte Bandolf vorsichtig. »Kanntet Ihr den Mann?«

»Bruder Kilian ist erst vor einigen Tagen in Worms eingetroffen. Woher sollte er wohl einen Fremden kennen, der sich in Eurem Haus erstechen lässt?«, mischte sich der Kämmerer ein und warf Bandolf einen verärgerten Blick zu.

Der Mönch errötete. »Nein, ich kannte ihn nicht, Burggraf.«

Ungeduldig wippte der Kämmerer auf seinen kurzen Beinen. »Nun kommt, Bruder Kilian. Wir sollten den Sakristan nicht warten lassen. Er freut sich darauf, Euch unser Gotteshaus zu zeigen.«

Nachdenklich schaute Bandolf den beiden Männern hinterher. »Mir ist, als hätte ich Bruder Kilian schon einmal gesehen«, überlegte er laut.

»Kilian von Quedlinburg ist ein Abgesandter unseres jungen Königs. Wie man hört, steht er hoch in Heinrichs Gunst.« Bruder Goswin kräuselte spöttisch die Lippen. »Bruder Pothinus ist natürlich bemüht, dem Abgesandten des Königs unser Stift im strahlendsten Licht erscheinen zu lassen, da kam ihm der Vorfall heute Nacht im Kapitelhaus überhaupt nicht gelegen.«

»Kilian scheint mir noch recht jung zu sein für einen Abgesandten«, bemerkte Bandolf.

Bruder Goswin lächelte. »Kilian stand in den Diensten Adalberts von Bremen. Ich vermute, das macht den jungen Mönch für unseren König vertrauenswürdig. Besonders nach den unglückseligen Ereignissen in Tribur.«

Im Januar war es einer Gruppe von Fürsten gelungen, Erzbischof Adalbert von Bremen, den Mentor und Günstling König Heinrichs, zu stürzen. Für den blutjungen König hatte der Verlust seines Ratgebers eine empfindliche Einbuße seiner ohnehin noch nicht gefestigten Macht bedeutet, wogegen die Fürsten, allen voran der Erzbischof von Köln und der Herzog von Schwaben, wieder fest im Sattel saßen. Als Bruder des Schwabenherzogs gehörte auch der Bischof von Worms zum Klüngel jener ehrgeizigen Fürsten, die das Reich in ihrem Sinne zu regieren trachteten. Mit dem Sturz Adalberts von Bremen im Januar waren sie diesem Ziel ein gutes Stück näher gerückt.

»Tribur«, sagte Bandolf gedehnt. »Nach allem, was im

letzten Herbst geschehen ist, hätte ich erwartet, dass Adalbert von Bremen mehr auf der Hut ist.«

Bruder Goswin zuckte mit den Schultern. »Ich fürchte, es hätte ihm nichts genutzt. Die Macht der Fürsten ist noch immer größer als der Wille König Heinrichs.«

Einen Moment lang verweilte Bandolf noch bei dem blutjungen König, der sich vergeblich gegen seine Fürsten zu behaupten suchte, seit er im letzten Jahr seine Mündigkeit erreicht hatte. Dann schob er den Gedanken beiseite und kam auf sein ursprüngliches Anliegen zurück.

»Kanntet Ihr Ulbert von Flonheim?«

»Kennen wäre zu viel behauptet«, antwortete Bruder Goswin nachdenklich. »Ich weiß, dass er schon einige Male in Worms gewesen ist, doch kannte ich ihn nicht näher. Aber Ihr solltet meinen Gehilfen nach ihm fragen, wenn er wieder zurück ist.«

»Euren Gehilfen?«

»Bruder Bartholomäus ist mit Ulbert verwandt gewesen. Der junge Mann hat ihn hin und wieder aufgesucht, wenn er in Worms war.« Nachdenklich runzelte der Scholasticus die Stirn. »Wenn ich mich recht entsinne, dann war Ulbert sogar erst vorgestern bei Bruder Bartholomäus.«

Also, das ist der ominöse Vetter, den Annalinde vergaß zu erwähnen, ging es Bandolf durch den Kopf. Laut fragte er: »Was wollte er von Bruder Bartholomäus?«

Goswin lachte: »Das weiß ich nun wirklich nicht. Wir nahmen gerade unser Mittagsmahl im Refektorium, als der Pförtner Bartholomäus Bescheid gab, sein Vetter stehe draußen und wolle ihn sprechen. Bruder Bartholomäus bat den Kämmerer um Erlaubnis, die Tafel verlassen zu dürfen und war noch nicht zurück, als wir unsere Mahlzeit beendeten. Als ich dann aber ins Skriptorium zurückkehrte, fand ich ihn dort schon an seinem Pult stehen.«

»Ihr sagtet, Bartholomäus sei fort?«

»Bruder Pothinus schickte ihn gestern Morgen mit einem Auftrag zu einer unserer Hufen. Er wird frühestens in zwei Tagen wieder hier sein«, antwortete der Scholasticus.

»Verdammnis«, knurrte der Burggraf. »Dann erzählt mir, was Ihr über Ulbert von Flonheim wisst.«

Offenbar hatte der junge Edelmann die meiste Zeit seines Lebens auf dem kleinen Lehen verbracht, das ihm nach dem Tod seines Vaters bestätigt worden war. Weder der Vater noch der Sohn schienen in der Bewirtschaftung des Gutes Geschick bewiesen zu haben, daher hatte Agilbert von Flonheim seinen Sohn mit der Tochter eines wohlhabenden Kaufmanns vermählt. Wie Goswin berichtete, nahm Ulbert es seinem Vater übel, dass er ihn unter Stand vermählt hatte, was ihn jedoch nicht daran hinderte, Annalindes Mitgift in ritterlichem Prunk anzulegen. Offenbar hatte Ulbert von Ruhm und Ehre geträumt. Da er sich jedoch von der Verpflichtung freigekauft hatte, in den Schlachten des Reiches zu kämpfen, war zu vermuten, dass sich sein Streben nach ritterlichem Ruhm auf das Tragen eines teuren Schwertes beschränkt hatte.

»War er verschuldet?«, fragte Bandolf.

»Darüber weiß ich nichts. Das solltet Ihr die Witwe oder Ulberts Hausmeier fragen.«

»Als ich Ulbert fand, trug er einen Beutel mit Silbermünzen bei sich. Wenn er Schulden hatte, dann war er vielleicht unterwegs, um sie zu begleichen«, meinte Bandolf. Dann fragte er, ob Bruder Goswin einen Mann kannte, der Garsendes Beschreibung von dem Fremden auf dem Marktplatz entsprach, doch der Scholasticus schüttelte den Kopf. Aber bei Bandolfs Frage nach Lothar von Kalborn erhellte sich sein Gesicht. »Lothar von Kalborn ist vor einigen Tagen nach Worms gekommen und nahm Quartier in der Bischofspfalz. Soviel ich weiß, ist er ein Lehnsmann des Markgrafen von Braunschweig.«

»Woher wisst Ihr das?«, erkundigte sich Bandolf.

Bruder Goswin lachte: »Eigentlich solltet Ihr das auch wissen. Bei der Messe anlässlich des Frühlingsfestes stand er im Dom direkt hinter Euch. Und während des anschließenden Banketts in der Pfalz saß er Eurer Gattin gegenüber.«

In Bandolfs Kopf formte sich das Bild eines hochgewachsenen Mannes, der Matthäa mit abstrusen Geschichten über seine Reisen für sich eingenommen hatte. »Zum Teufel auch, das war Lothar von Kalborn? Was will er hier in Worms?«

Mit einem erheiterten Lächeln, das dem grimmigen Ausdruck im Gesicht des Burggrafen galt, zuckte Bruder Goswin die Schultern.

»Na schön«, brummte Bandolf. »Ich werde ihn selbst fragen.«

»Glaubt Ihr denn, er hat etwas mit dem Mord an Ulbert zu schaffen?«, fragte Goswin neugierig.

»Ich weiß nicht einmal, ob Lothar Ulbert überhaupt kannte«, gab Bandolf zu und seufzte. »Im Moment greife ich noch nach jedem Strohhalm.«

-

Erhitzt strich sich Garsende eine vorwitzige Strähne aus der Stirn, die sich aus ihrem langen Zopf gelöst hatte. An ihrer Hand haftete feuchte Erde und hinterließ einen breiten Schmutzstreifen über der Augenbraue. Seit dem Morgengrauen arbeitete sie schon in den Beeten vor ihrer Hütte, lockerte den Boden um die Sträucher, riss Unkraut aus und bereitete die Beete für neue Pflänzchen vor, die bis zum Sommer wachsen und gedeihen sollten.

Fest entschlossen, sich von den Ereignissen der letzen Tage nicht aus dem Gleichgewicht bringen zu lassen, hatte sie sich am Abend niedergelegt, tief und traumlos geschlafen, und war am Morgen erfrischt und mit sich selbst im

Reinen erwacht. Die Arbeit im Freien hatte dazu beigetragen, sie ihre Gelassenheit wiederfinden zu lassen.

Nach einem Blick in den Himmel packte Garsende das ausgegrabene Unkraut in einen Weidenkorb, erhob sich und klopfte notdürftig die gröbsten Brocken Erde von ihrer fleckigen Schürze ab. Während sie sich bückte und den Korb aufnahm, sah sie zufrieden über die säuberlichen Furchen in der Erde.

»Mein Herz und meine Leber.«

Die Stimme fuhr wie ein Messer durch ihren Leib.

Garsende erstarrte.

Der Korb schien plötzlich mit Blei gefüllt zu sein. Ihr Herz schlug Kapriolen und flatterte in ihrem Hals. Sie spürte, wie das Blut aus ihrem Gesicht wich. Ein einziger Windhauch jetzt, und ich sinke in meinen Rosmarin, dachte sie. Zugleich erfasste sie heftiger Zorn. Das Blut schoss zurück in ihre Wangen, und mit blitzenden Augen wirbelte sie herum.

»Hattet Ihr mir nicht gesagt, Ihr würdet mir fernbleiben, solange ich das wünsche?«, rief sie.

Sein Blick lag forschend auf ihr, und sie versuchte erst gar nicht, ihm auszuweichen.

Lothar von Kalborn war ein hochgewachsener Mann, noch eine Handbreit größer als der Burggraf, und seine sehnige Gestalt war ihr bereits so nah, dass sein Umhang ihren Ärmel streifte.

Heilige Jungfrau, wieso habe ich sein Kommen nicht bemerkt?, fuhr es Garsende durch den Kopf. Hastig trat sie einen Schritt zurück.

»Ich hatte auch nicht vor zu kommen«, sagte er. Das vertraute spöttische Lächeln nistete in seinen Mundwinkeln und spiegelte sich in seinen dunklen Augen. »Doch nachdem ich dich auf dem Marktplatz wiedergesehen hatte …«

»Ihr habt mich gesehen?«, entfuhr es Garsende.

Er zuckte mit den Schultern. »Du hast mich doch auch gesehen.«

»Ja … das schon … Aber ich wusste nicht …« Sie stockte. Dann riss sie sich zusammen. »Es tut nichts zur Sache. Ihr hättet nicht hierherkommen sollen.«

»Vielleicht nicht. Doch du magst es leugnen oder nicht, im Grunde deines Herzens hast du mich erwartet.«

In seinen Worten steckte so viel Wahrheit, dass ihr keine passende Erwiderung einfiel. Stumm starrte sie ihn an.

Eine braune Haarsträhne hing Lothar verwegen in die Stirn. Sein Gesicht war schmaler geworden, seit er zum letzten Mal vor ihrer Hütte gestanden hatte. Die Wangenknochen traten deutlich hervor, und das Kinn war noch kantiger, als sie es in Erinnerung hatte. Über dem breiten Mund mit den geschwungenen Lippen dominierte eine große Nase, gebogen wie der Schnabel eines Adlers. Er war kein schöner Mann, doch seine Züge waren von der anziehenden Art, wie man sie nicht vergaß.

Garsende ertappte sich bei dem Bedürfnis, ihm die Strähne aus der Stirn zu streifen, wie sie es früher oft getan hatte.

»Zur Hölle mit Euch«, murmelte sie.

»Aber da bin ich schon gewesen.« Das Lächeln war aus seinem Gesicht verschwunden. »Seit dem Tag, da du mich vor die Tür gesetzt hast. Du bist mein Herzblut, und wie es scheint, lässt sich daran auch nichts mehr ändern.«

»Mein Herzblut ist aber noch immer kein edles, und auch daran lässt sich nichts ändern.« Sie merkte selbst, wie bitter das klang, und senkte den Kopf.

Lothar hob die Schultern. »Nein«, gab er zu. »Und nichts lag mir ferner als hierherzukommen, das kannst du mir glauben. Aber als ich dich dort auf dem Marktplatz stehen sah, konnte ich dir einfach nicht fernbleiben.«

Jetzt, spätestens jetzt war der Zeitpunkt, ihm zu sagen,

dass sein Kommen zwecklos war. Dass er gehen müsste. Dass sie nicht wieder in seine Arme sinken würde, um sich das Herz zerreißen zu lassen. Dass sie ihn nicht mehr liebte.

»Warum seid Ihr überhaupt nach Worms gekommen?«, hörte sie sich mit spröder Stimme fragen.

»Das zu erzählen, würde ein Weilchen dauern«, sagte er. Garsende hob den Kopf und sah ihm in die Augen, doch konnte sie nicht darin lesen, und alles, was sie fand, war ein Blick, der sie zu liebkosen schien.

In verzweifeltem Ringen mit sich selbst biss sie sich auf die Lippen und wusste doch, dass sie den Kampf schon wieder verloren hatte. Das Weidengeflecht schnitt ihr in die Hände, so fest umklammerte Garsende den Korb, als sie ihren Zopf in den Nacken warf und an Lothar vorbei zur Hütte eilte. An den leichten Schritten hinter sich hörte sie, dass er ihr folgte.

Nach seinem Gespräch mit Bruder Goswin hatte der Burggraf die Bischofspfalz aufgesucht, um mit Lothar von Kalborn zu sprechen. Doch dort erfuhr er, dass der Edelmann die Pfalz nach einem Frühstück mit dem Vogt des Bischofs verlassen hatte und noch nicht zurückgekehrt sei.

Die Erwähnung eines Frühstücks erinnerte Bandolf daran, dass auch er seit seinem Morgenmahl nichts mehr zu sich genommen hatte. Er beschloss, das Angenehme mit dem Nützlichen zu verbinden und sich beim Wirt am Markt nach Ulberts beiden Kumpanen zu erkundigen.

Kaum hatte der Burggraf die Pforte passiert und war auf den Domplatz getreten, fand er sich von einem Fremden angerempelt, der es offenkundig eilig hatte, die Bischofspfalz zu betreten.

»Passt doch auf, wo Ihr hintretet!«, knurrte der Mann und starrte Bandolf ungehalten an.

Der Fremde war um gut einen Kopf kleiner als der Burggraf, doch der reich bestickte Mantel, der über der rechten Schulter mit einer aufwendig verzierten Fibel geschlossen war, vermochte seinen muskulösen Körper nicht zu verbergen.

»Die Entschuldigung liegt bei Euch, würde ich meinen«, gab Bandolf kühl zurück.

Der Fremde hob eine Augenbraue, und sein Blick glitt abschätzend vom bärtigen Gesicht des Burggrafen über seine breite Brust und das Schwert, das an seinem Gürtel hing, bis zu den stiefelbewehrten, kräftigen Beinen.

»Und wer fordert sie ein?«, fragte er schließlich.

»Bandolf von Leyen, der Burggraf von Worms.«

Die hellen Augen über der breiten Stirn nahmen plötzlich einen wachsamen Ausdruck an.

»Ihr seid der Burggraf von Worms?«

»Ganz recht. Und mit wem habe ich das Vergnügen?«

»Raoul de Saint Rémy, Graf in Burgund.«

Ein Welscher, fuhr es Bandolf durch den Kopf. Er kniff die Augen zusammen. War es der feindselige Ton? Oder der wachsame Blick? Irgendetwas an diesem Mann erregte seinen Argwohn. »Und was führt Euch in die Stadt?«, fragte er.

»Was geht Euch das an?«, blaffte Raoul.

Bandolf zuckte mit den Schultern. »Jemand hat gestern Nacht das Gesetz des Königs gebrochen und einen jungen Edelmann ermordet. Wollt Ihr Euch verdächtig machen, indem Ihr mir Auskünfte verweigert?«

»Damit habe ich nichts zu schaffen.«

»Wenn dem so ist, wird es Euch auch keine Mühe machen, mir zu sagen, wann Ihr in Worms eingetroffen seid und wo Ihr Euch gestern Nacht aufgehalten habt«, meinte Bandolf.

Der Burgunder warf seinen Kopf in den Nacken und lachte schallend, doch wenig erheitert. »Den Teufel werde ich tun, mich vor einem wie Euch zu rechtfertigen«, rief er und schickte sich an, an dem Burggrafen vorbei durch die Pforte der Pfalz zu treten.

Rasch trat ihm Bandolf in den Weg.

»Mein Stand mag dem Euren nicht ebenbürtig sein, doch als Burggraf dieser Stadt habe ich den Blutbann inne«, erklärte er kalt. »Das berechtigt mich, Euch Fragen zu stellen, wenn es mir angebracht erscheint.«

»Untersteht Ihr Euch, mir zu drohen?« Raouls Hand fuhr an das Schwert, das an seinem Gürtel hing, und für einen Augenblick sah es so aus, als wolle er dem Burggrafen mit der Klinge antworten. Ruhig hielt Bandolf seinem drohenden Blick stand, und langsam entfernte der Edelmann die Hand wieder von seinem Schwert.

»Na schön, Burggraf«, lenkte er ein. »Worms liegt auf meinem Weg in den Norden. Ich traf am Tag der Vierzig Märtyrer in der Stadt ein und beabsichtige, noch einige Tage hier zu verweilen. Meine Leute werden sich in der Stadt nach Proviant für meine Weiterreise umtun. Derweil gedenke ich, einige meiner Freunde aufzusuchen.« Seine Lippen kräuselten sich. »Mit Eurer gütigen Erlaubnis«, fügte er hinzu.

»Zählt Ihr Ulbert von Flonheim zu Euren Freunden?«, erkundigte sich Bandolf, den Spott geflissentlich ignorierend.

»Nie gehört. Und jetzt tretet beiseite.«

Der Burggraf rührte sich nicht. »Eine letzte Frage noch: Wo befandet Ihr Euch in der Nacht des Frühlingsfestes?«

»In meiner Bettstatt, wo denn sonst.«

Als Bandolf einen Schritt zurücktrat, um Raoul de Saint Rémy passieren zu lassen, unterdrückte er ein erleichtertes Seufzen. Männer von Raouls hochfahrender Art, die glaubten, ihr Stand berechtige sie, sich über das Amt des

Burggrafen hinwegzusetzen, waren ihm schon einige begegnet, und nicht immer war eine solche Begegnung glimpflich verlaufen. Nachdenklich sah er ihm hinterher. Stolz und Standesdünkel waren keine ausreichenden Gründe, jemanden des Mordes zu verdächtigen. Der Frage nachzugehen, warum ein burgundischer Graf seine Reise in Worms unterbrach und nicht im nahegelegenen Lorsch, um dem König seine Aufwartung zu machen, mochte sich jedoch lohnen.

Gerüche nach abgehangenem Fleisch, Fisch und Geflügel, vermischt mit dem Duft nach Kräutern und Gewürzen und dem Gestank der Abfälle und Fäkalien, begleiteten Bandolfs Weg die Hohlgasse hinunter zum Marktplatz. Obwohl kein Markttag war, hatte der lange vermisste Sonnenschein die Menschen auf die Gassen gelockt, und sie erfüllten die Stadt mit Leben. Die Hütten der Handwerker, Eigenleute des Bischofs, säumten den Marktplatz, und aus den geöffneten Verschlägen drang der Lärm ihrer Stimmen und ihres Tagewerks.

Der Schankraum des Marktwirts war um diese Zeit noch fast leer. Nur ein Grüppchen eifrig debattierender Pilger saß am Tisch beisammen, die von Bandolf kaum Notiz nahmen, als er sich an der langen Tafel niederließ. Über der Herdstelle hing ein Kessel, dem der Duft nach kräftig gewürzten Linsen und Speck entströmte, was dem Burggrafen ein erfreutes Lächeln entlockte. Kaum hatte er es sich bequem gemacht, stellte Oswin, der Wirt, auch schon unaufgefordert eine Schüssel mit Linsen und einen großzügig bemessenen Kanten Brot auf den Tisch.

»Lasst's Euch schmecken, Burggraf.«

»Sobald du dein vierschrötiges Gesicht aus meiner Schüssel nimmst.«

Der Wirt lachte und ging.

Nach seiner Mahlzeit hatte sich Bandolfs Laune beträchtlich gehoben, und als Oswin seinen Becher ein zweites Mal mit verdünntem Bier füllte, erkundigte sich der Burggraf nach Ulberts Kumpanen.

»Da müsst Ihr zur Non' wiederkommen«, meinte der Wirt. »Um diese Zeit pflegen die Bürschchen noch ihren Rausch auszuschlafen.«

»Soll das heißen, sie haben bei dir Quartier genommen?«

Der Wirt nickte. »Winand ist auf dem Weg zum väterlichen Gut, doch hat er es offenbar nicht eilig damit. Und Eberold vom Bruch wollte nach Lorsch. Er behauptet, er werde dort erwartet. Doch fragt mich nicht, wann er das in die Tat umsetzen will.« Skeptisch verzog er das Gesicht. »Ich will nur hoffen, sie werden ihre Zeche am Ende begleichen.«

»Wenn du Schwierigkeiten damit bekommst, dann sag es mir«, brummte Bandolf. Er stand auf und schüttelte die letzten Tropfen aus seinem Becher auf den strohbedeckten Boden, bevor er ihn in der Tasche seines Umhangs verstaute. »Und jetzt zeig mir den Weg nach oben.«

Oswin protestierte halbherzig und gab zu bedenken, dass es sich immerhin um zwei Herren von Stand handle, die verärgert sein könnten, wenn man sie störte. Doch Bandolf verspürte nicht die geringste Lust darauf zu warten, dass die beiden Burschen wach und nüchtern genug wären, um seine Fragen zu beantworten.

Wie erwartet, fand er Winand und Eberold friedlich schnarchend in der Kammer des Wirts, in der Strohlager für etwa ein Dutzend Gäste aufgeschüttet waren.

»Die Slawen stürmen die Stadt!«, brüllte der Burggraf.

Winands brauner Schopf verschwand unter der Decke, während Eberold mit offenem Mund hochfuhr. Er blinzelte den Burggrafen verschlafen an.

»Was ... was ... soll der Lärm?«, stammelte er und tastete nach seinem Nachbarn. Die Mündigkeit des jungen Burschen lag sicher noch keine drei Jahre zurück, dennoch zeigten sich schon erste Spuren von Verlebtheit in seinem Gesicht. Auch Winand, der nun ebenfalls hinter seiner Decke auftauchte, machte kaum einen frischeren Eindruck. »Der Burggraf«, murmelte er.

»Wie könnt Ihr es wagen, hier einfach einzudringen?«, fauchte Eberold.

»Ich habe Fragen an Euch, die keinen Aufschub dulden«, erklärte Bandolf und starrte mit grimmigem Gesicht auf die beiden hinunter. Winand zog fröstelnd die Decke über seinen nackten Oberkörper und machte ein mürrisches Gesicht. »Was für Fragen?«

»Ihr wart Freunde von Ulbert von Flonheim und habt Euch auch am Tag seines Todes mit ihm getroffen. Ich will wissen, was Ihr an diesem Tag bis zum nächsten Morgen gemacht habt, wann Ihr Euch mit Ulbert getroffen habt und wo Ihr gewesen seid.«

»Hätte das nicht Zeit bis später?«, brauste Winand auf, der seinen Mut offenbar wiedergefunden hatte.

Der Burggraf machte es sich auf einer wurmstichigen Truhe bequem. »Je eher Ihr mir sagt, was ich wissen will, umso schneller könnt Ihr Eure Nachtruhe wieder aufnehmen«, erklärte er freundlich.

Nachdenklich verließ Bandolf das Wirtshaus. Was Eberold und Winand ihm erzählt hatten, ergab für ihn keinen Sinn.

Die beiden hatten sich am Tag des Frühlingsfestes mit Ulbert zur Sext beim Wirt am Markt verabredet, doch Ulbert verspätete sich beträchtlich. Den Grund konnte sich Bandolf denken, denn Ulbert hatte vor dem Treffen beim Wirt am Markt noch seinen Vetter aufgesucht.

Die drei Herren beschlossen, sich auf der kleinen Hahnwiese vor der Stadt unters Volk zu mischen, wo an diesem Tag das Frühlingsfest gefeiert wurde, und verloren sich dort über kurz oder lang im Getümmel aus den Augen. Eberold sah Ulbert später noch einmal, als es bereits dämmerte und er mit einem jungen Weib an seiner Seite das Fest Richtung Fluss verließ.

Die beiden schworen Stein und Bein, dass sie Ulbert hernach nicht mehr begegnet wären und das Fest zu sehr später Stunde gemeinsam verlassen hätten.

Während der ganzen Zeit, die Eberold und Winand mit Ulbert zusammen gewesen waren, hatte er kein Wort über den Streit auf dem Marktplatz verloren. Besorgt hatte er nicht gewirkt – ganz im Gegenteil, er war offenbar in bester Stimmung gewesen.

Die Herkunft des Kränzchens in Ulberts Tasche schien nun geklärt. Das mochte ihm das junge Weib geflochten haben, mit dem Ulbert im Wald verschwunden war.

Aber warum tauchte er nach seinem Stelldichein mitten in der Nacht in der Münzergasse auf, anstatt sein Quartier aufzusuchen?, grübelte Bandolf.

Die kleine Hahnwiese befand sich in der Nähe der Pfauenpforte, und der kürzeste Weg zurück zum Stift St. Andreas wäre durch die kleine Wollgasse über den Steinweg zur Sterzergasse gewesen. Was, zum Henker, hatte Ulbert dann zu nachtschlafender Zeit in eine ganz andere Richtung getrieben? War Bandolfs Haus tatsächlich sein Ziel gewesen? Was konnte Ulbert nur von ihm gewollt haben? Und wer hatte ihm aufgelauert, um ihn niederzustechen? Wer konnte überhaupt davon gewusst haben, dass er dort um diese Stunde sein würde? War ihm jemand von der Hahnwiese aus gefolgt?

Wie Bandolf es auch drehte und wendete, das alles ergab keinen Sinn!

Abgesehen von den Umständen seines Todes, schien sich

Ulbert in nichts von anderen jungen Männern seines Standes unterschieden zu haben. Vielleicht nicht übermäßig klug, tat er für sein Lehen doch, was er konnte, hatte sich nach dem Willen des Vaters vermählt und vergnügte sich mit seinen Kumpanen und willigen Weibern, sobald er in der Stadt war. Außer dem Streit auf dem Marktplatz schien sich in Ulberts Leben nichts Außergewöhnliches abgespielt zu haben. Und auch dieser Vorfall konnte einen durchaus banalen Hintergrund gehabt haben. Wenn sein Angreifer aus dem Italienischen stammte, mochte es ein verärgerter Kaufmann gewesen sein, den Ulbert übervorteilt hatte oder dem er etwas schuldete. Aber Kaufleute pflegten ihre Schuldner nicht umzubringen, sondern die Schulden einzuklagen.

Unversehens hatte Bandolf sein Haus erreicht, doch vor dem Tor zögerte er. Da hatte es doch etwas auf Ulberts Weg gegeben, das als ungewöhnlich gelten mochte.

Seufzend machte der Burggraf kehrt.

Noch so ein Strohhalm, dachte er fatalistisch, als er die Stadt durch die Pfauenpforte verließ.

Kapitel 4

Eine ältere Nonne, die den Dienst bei der Pforte versah, führte den Burggrafen durch die Kirche zum Sprachzimmer des Klosters, in dem die Äbtissin Besucher zu empfangen pflegte. Während sie ihm schweigend vorausschritt, sah Bandolf sich neugierig um. Es war schon längere Zeit her, dass er hier gewesen war, und inzwischen hatte die Kirche einen neuen Anstrich bekommen. Farbenfrohe Fresken prangten an den weiß getünchten Wänden, und Marmorplatten auf dem Boden bildeten ein Schachbrettmuster. Bandolf bestaunte die mit Blei eingefassten Glasfenster, durch die die Sonne in den stillen, weiten Raum fiel. Eine Kostbarkeit, die noch nicht einmal der Dom zu Worms aufweisen konnte. Flüchtig fragte er sich, wer der Spender gewesen sein mochte, der dem Kloster die Mittel für das kostbare Glas bereitgestellt hatte. Vor dem Altar der Heiligen Jungfrau beugte die Nonne ihr Knie und bekreuzigte sich. Bandolf tat es ihr gleich, dann folgte er ihr hinter eine Treppe zur Rechten des Chors und durch eine niedrige Pforte zum Sprachzimmer der Äbtissin.

Fackeln erhellten den Raum. In die der Pforte gegenüberliegende Wand war ein fenstergroßes Gitter in Brusthöhe eingebracht worden, über dem ein schlichtes Holzkreuz hing. Zu Bandolfs Rechter befand sich eine weitere kleine Tür, die offenbar zum Kreuzgang hinausführte. Ansonsten war der Raum leer.

Die Nonne bedeutete ihm, vor dem Gitter zu warten, bevor sie den Raum wieder verließ.

»Benedicite, Burggraf«, grüßte ihn die strenge Stimme der Äbtissin durch das Gitter. »Womit können wir Euch dienen?«

Bandolf räusperte sich. »Gott befohlen, Ehrwürdige Mutter«, sagte er laut, als wolle er der Stille rings um ihn Leben verleihen. »Ich bin gekommen, um mich wegen des kranken Weibes zu erkundigen, das Ulbert von Flonheim zu Euch gebracht hat. Ist sie noch bei Euch?«

»Ja, sie liegt in unserem Hospiz.«

»Dann würde ich gerne mit ihr sprechen.«

»Das müsst Ihr Euch aus dem Kopf schlagen, Burggraf. Ich werde keine Besuche mehr gestatten, die sie beunruhigen könnten.«

»Heißt das, es war schon jemand hier, der sie besuchen wollte?«, erkundigte sich Bandolf.

»Ihr Gatte war hier.«

»Ihr Gatte?«, wiederholte Bandolf überrascht. »Dann wisst Ihr, wer sie ist?«

»Ja, Burggraf«, kam die sparsame Antwort durch das Gitter.

Mühsam kämpfte Bandolf seine Ungeduld nieder. Wie immer, wenn ihn die Äbtissin in ihrem Sprachzimmer empfing, fühlte er sich ihrer körperlosen Anwesenheit gegenüber unbehaglich.

»Wollt Ihr Euer Wissen nicht mit mir teilen?«, erkundigte er sich.

»Aus welchem Grund ist diese Frau plötzlich so von Interesse für Euch?« Die Stimme der Äbtissin war freundlich, doch glaubte er, einen argwöhnischen Unterton darin zu hören.

»Es ist möglich, dass die Kranke in Eurem Hospiz im Zusammenhang mit dem Mord an Ulbert von Flonheim steht.«

»Wir haben vom unseligen Tod des Herrn von Flonheim

gehört«, sagte die Äbtissin. »Glaubt Ihr wirklich, unsere Kranke hat irgendetwas damit zu schaffen?«

»Ich weiß es nicht«, gestand Bandolf. »Doch um Ulberts Mörder zu finden, will ich nichts unversucht lassen und allem nachgehen, womit der Mann in Verbindung stand.«

Eine Weile blieb es still hinter dem Gitter, während die Äbtissin zu überlegen schien. Bandolf wippte auf seinen Füßen.

»Ja, ich verstehe, Burggraf«, sagte sie endlich. »Wenn Ihr so gut sein wollt, dann wartet hier für einen Moment. Ich schicke Schwester Lukas zu Euch. Sie kümmert sich um die Kranke und wird Eure Fragen beantworten, so gut sie es vermag. Jesus Christus mit Euch, Burggraf.«

Noch ehe Bandolf Einwände erheben konnte, hörte er das leise Quietschen einer Tür, und er war allein im Raum. Er musste so lange warten, dass er schon glaubte, man hätte ihn schlichtweg vergessen. Doch schließlich öffnete sich die Pforte, durch die auch er gekommen war, und eine junge Nonne trat ein. Ihr glattes Gesicht unter dem schwarzen Schleier war rosig überhaucht, und sie begrüßte ihn mit einem strahlenden Blick. »Ich bin Schwester Lukas. Die Ehrwürdige Mutter gab mir Order, mit Euch über Beatrix von Teveno zu sprechen, Burggraf«, sagte sie heiter. »Bitte folgt mir in den Garten, dort können wir frei sprechen, ohne meine Mitschwestern zu stören.«

Durch die Tür zu seiner Rechten führte sie ihn schweigend in den Kreuzgang des Klosters. Eine Novizin mit weißem Schleier schöpfte Wasser aus dem Brunnen im Innenhof, doch sonst war niemand zu sehen. Bandolf folgte der jungen Nonne am Kapitelhaus entlang und am Refektorium vorbei, das der Kirche gegenüberlag.

Schließlich gelangten sie zu einem hohen Zaun aus Holzlatten. Eine niedrige Pforte führte in den Klostergarten, der in seiner Üppigkeit den Kräutergarten seiner Gattin wie einen mageren Grasflecken erscheinen ließ. Im vorderen Teil befanden sich sorgfältig abgegrenzte Kräuterbeete, an die sich Reihen mit Winterrüben und Kohl anschlossen. Ein schmaler Pfad führte hinter den Gemüsebeeten durch struppige Hecken von Himbeeren, Stachelbeeren und Brombeeren zu zaghaft knospenden Obstbäumen, die so dicht beieinanderstanden, dass man das Ende des Gartens nicht sehen konnte.

Kaum hatten sie den Eingang passiert, fragte Schwester Lukas: »Wie kann ich Euch behilflich sein?«

»Erzählt mir einfach alles, was Ihr über Beatrix von Teveno und ihren Gatten wisst. Wer ist sie? Woher kam sie? Und wo hat Ulbert von Flonheim sie gefunden?«

Die junge Nonne lachte leise. »Oh Himmel, ich hoffe, ich kann mir all Eure Fragen auch merken.« Der heitere Ausdruck in ihrem Gesicht verschwand, und sie schüttelte betrübt den Kopf. »Ulbert von Flonheim erzählte uns, dass sie in der Nähe der Bergkirche St. Peter bewusstlos am Wegesrand gelegen hat. Seine Gemahlin überließ der Fremden ihre Sänfte. So brachten sie Beatrix zu uns ins Kloster.«

»Waren Ulbert und seine Gemahlin noch einmal hier, um sich nach ihrem Schützling zu erkundigen?«

»Nein. Soviel ich weiß, war außer ihrem Gatten niemand hier, um sie zu besuchen.«

»Wie ging es Beatrix, als sie zu Euch gebracht wurde? War sie bei Bewusstsein? Habt Ihr mit ihr gesprochen?«

Bei den Bohnenranken blieb Schwester Lukas stehen und schob ihre gefalteten Hände unter ihr Skapulier.

»Beatrix hatte hohes Fieber, war kaum bei sich und erholte sich nur langsam. Sie konnte uns nicht sagen, wie sie hieß oder wie sie dorthin gekommen war, wo Ulbert von Flonheim sie gefunden hatte. Und selbst, als es ihr besser ging, wollte sie uns nichts sagen. Vielleicht wusste sie es aber auch selbst nicht. Sie war sehr schwach. Doch dann kam Beatrix' Gemahl zu uns ins Kloster, und daher kennen wir ihren Namen.«

»Wer ist dieser Gatte?«, wollte Bandolf wissen.

»Sein Name ist Arnold von Clemante.« Ein Schatten flog über Schwester Lukas' Gesicht. Sie senkte den Kopf und seufzte. »Ein ungehobelter Mensch«, gestand sie leise. »Er erschreckte Schwester Synesia zu Tode, als er an die Pforte hämmerte und verlangte, umgehend zu seinem Weib gebracht zu werden. Er habe gehört, es befände sich ein unbekanntes Weib im Kloster, erklärte er der Mutter Oberin. Und dabei könne es sich nur um sein Weib handeln. Sie sei auf dem Weg nach Speyer gewesen und wäre dort nicht angekommen.«

»Wann war das?«

»Am Tag des heiligen Pionius.«

Bandolf runzelte die Stirn. St. Pionius war erst vorgestern gewesen, der Tag des Frühlingsfestes. In jener Nacht war Ulbert von Flonheim ermordet worden.

»Und dann?«

»Nun, wir mussten seiner Bitte natürlich entsprechen. Ich begleitete ihn ins Hospiz. Dort angekommen, warf er einen Blick auf die Kranke und bestätigte, dass sie Beatrix von Teveno, seine Gemahlin, sei.« Die Nonne senkte den Kopf und verstummte.

»Beunruhigt Euch etwas, Schwester?«, forschte Bandolf.

»Es ist nur ... Kaum hatte er seine Gemahlin gesehen, wandte er sich wieder von ihr ab und fragte mich nach ihrer Habe. Ich gab ihm natürlich, was sie bei sich gehabt hatte: einen Beutel mit einem Unterkleid darin, einen geschnitzten Kamm aus Horn, ein Säckchen mit Salz und ein schönes, irisches Kreuz, das sie unter ihrem Gewand getragen hatte.« Eine kleine Zornesfalte erschien auf Schwester Lukas' glatter Stirn. »Das Kreuz nehme er besser in seine Obhut, bevor es womöglich verlorenginge, meinte er. Und dann fragte er mich, ob das alles gewesen sei, was Beatrix bei sich gehabt hätte. Ich fragte ihn, ob er denn etwas vermissen würde, und er antwortete, das hätte er nicht behauptet.«

»Und das hat Euch beunruhigt?«

Sie legte den Kopf schräg und dachte einen Moment lang nach. »Es waren nicht die Worte, die er sprach, sondern *wie* er sie sprach. Versteht Ihr?«

Bandolf nickte, doch im Grunde konnte er es dem Mann nicht verdenken, dass er sich um die Habe seiner Gattin gesorgt hatte.

Es hieß, manche Kuttenträger seien so gierig auf Glänzendes wie Elstern. Aber natürlich musste eine solche Unterstellung eine rechtschaffene Nonne verärgern.

Die Unmutsfalte auf Schwester Lukas' Stirn vertiefte sich. »Dann schickte er sich an, seine Gattin zu wecken. Doch das wollte ich nicht zulassen. Es sei dringlich, dass er mit ihr sprechen könnte, meinte er. Ich blieb jedoch fest, und schließlich gab er nach. Er erklärte, er würde am nächsten Tag wiederkommen, um nach Beatrix zu sehen, und wünsche sie dann wach und munter anzutreffen.«

»Hat er sonst noch etwas gesagt?«

»Nun, er wollte wissen, wer der Wohltäter gewesen sei, der seine Gattin vor einem schmählichen Tod am Wegesrand bewahrt hätte. Es sei ja nicht mehr als recht und billig, dass er sich bei ihm bedanke.«

»Habt Ihr ihm Ulberts Namen genannt?«

»Natürlich. Warum auch nicht?«

Arnold erfuhr also den Namen des Wohltäters seiner Gattin, überlegte Bandolf. Was fing er damit an? Suchte er Ulbert in St. Andreas auf? Aber wenn dem so gewesen war, warum hatten weder Annalinde noch die Stiftsbrüder seinen Besuch erwähnt?

»Er kam also gestern wieder ins Kloster«, konstatierte Bandolf nach einer Weile.

»Nein, er kam nicht«, antwortete Schwester Lukas zu seiner Überraschung. »Bestimmt gab es ja Gründe für sein Fernbleiben, aber ein wenig merkwürdig war es schon.«

Das fand auch der Burggraf merkwürdig, und er beschloss, Beatrix' Gatten aufzusuchen.

»Hat Arnold von Clemante erwähnt, wo er übernachten würde?«

Das wusste Schwester Lukas nicht, aber es konnte so schwer nicht sein, den Mann zu finden, denn zweifellos würde Arnold sein Quartier in der Stadt genommen haben.

Ein Knacken hinter seinem Rücken riss Bandolf aus seinen Gedanken, und er spähte über seine Schulter in die Obstbäume. Für einen Moment sah er dort etwas Silbriges hervorblitzen, doch es verschwand so schnell, dass er glaubte, sich getäuscht zu haben.

Schwester Lukas hatte offenbar nichts bemerkt. »Mehr weiß ich Euch nicht zu berichten«, sagte sie.

Mit einem gewinnenden Lächeln wandte Bandolf sich ihr zu: »Ich würde gerne selbst mit Beatrix sprechen«, meinte er, doch die junge Nonne schüttelte den Kopf.

»Das ist leider nicht möglich. Ihr Zustand hat sich wieder verschlechtert.« Sie seufzte tief. »Ich fürchte, es war meine Schuld. Nachdem ihr Gatte das Kloster verlassen hatte und Beatrix aus ihrem Schlummer erwachte, erzählte ich ihr, dass er gekommen sei, um sie zu besuchen. Ich glaubte, ihr eine Freude zu bereiten. Aber die Nachricht schien sie eher zu verstören, und sie sagte kein Wort mehr. Ich konnte auch nicht länger bei ihr bleiben. Es war Nachmittag und Zeit für die Non', und ich verließ das Hospiz, um zur Messe zu gehen. Als ich später zurückkam, war es schon dunkel und ihre Bettstatt leer.« Betrübt schüttelte sie den Kopf. »Einer unserer Hörigen, der auf dem Feld arbeitete, hat sie dann kurz vor der Komplet am Wegrand liegend aufgefunden.«

»In Richtung Worms?«

»Nein, sie hatte den Weg nach Speyer eingeschlagen.«

»Eigenartig«, murmelte der Burggraf.

»Ihr müsst bedenken, die arme Frau war ja noch immer sehr geschwächt. Vermutlich hatte sie einfach nur die Orientierung verloren«, meinte Schwester Lukas. »Durch ihren übereilten Aufbruch zu ihrem Gatten hat sie sich nun aber ein schweres Lungenfieber zugezogen. Sie hustet Blut und ist kaum mehr ansprechbar. Wir befürchten, dass sie sich nicht wieder erholen wird.«

»Hat Beatrix nie davon gesprochen, wohin sie unterwegs war, als Ulbert von Flonheim sie aufgelesen hat?«

»Ihr Gatte sagte, sie hätte nach Speyer gewollt. Beatrix selbst hat nie ein Wort darüber verloren. Und wir haben sie auch nicht bedrängt.«

»Hmm«, brummte Bandolf unzufrieden. So sonderbar die Geschichte der kranken Beatrix auch war, schien sie mit dem Mord an Ulbert von Flonheim nicht das Geringste zu tun zu haben. Offenbar war der Edelmann um Beatrix' Wohlergehen auch nicht mehr besorgt gewesen, nachdem er sie nach Mariamünster gebracht hatte.

»Dieses irische Kreuz, das sie getragen hatte«, fragte er nach einer Weile. »war das ein kostbares Schmuckstück?«

»Ich denke schon«, meinte Schwester Lukas. »Es war aus Silber, reich mit Ornamenten verziert, und die Mitte schmückte ein großer Mondstein.«

»Dann ist sie also nicht beraubt worden«, überlegte Bandolf laut.

»Ihr Gatte hätte das sicher bemerkt«, sagte die junge Nonne. »Und ich zeigte ihm ja alles, was Beatrix bei sich hatte. Ich …« Sie verstummte, runzelte die Stirn, und ihre Wangen verloren an Farbe. »Oh Himmel«, hauchte sie. »Die Reliquie.«

Bandolf merkte auf. »Was für eine Reliquie?«

»Es war meine Aufgabe, die Kranke zu waschen, als sie

zu uns gebracht wurde. Dabei entdeckte ich ein Stückchen Pergament in ihrer Faust. Ich dachte, es müsse sich um eine Reliquie handeln, da sie es selbst in ihrem geschwächten Zustand noch fest umklammerte«, antwortete sie leise und schlug ein Kreuz über ihrer Brust. »Gott verzeih mir, aber ich vergaß, das ihrem Gatten gegenüber zu erwähnen.«

»Und wo ist das Stück Pergament jetzt?«

»Ich gab es der Ehrwürdigen Mutter, und sie zeigte es Schwester Maria Donna, der Vorsteherin unseres Skriptoriums. Sie meinte, es könne sich unmöglich um eine Reliquie handeln, da man kein entsprechendes Behältnis bei der Kranken entdeckt habe.« Errötend senkte sie den Kopf. »Aber ich legte es dennoch unter Beatrix' Lager, damit es ihr bei der Genesung helfe.«

»Offenbar hat es nicht geholfen«, murmelte Bandolf. Er dachte an Strohhalme und fragte laut: »Könnt Ihr mir das Pergamentstück zeigen?«

Für einen Moment schien die junge Nonne geneigt, seinen Wunsch abzuschlagen, doch dann nickte sie. »Wenn Ihr das wünscht. Bitte wartet hier.«

Ungeduldig ging der Burggraf zwischen Hecken und Beeten auf und ab, während er auf die Rückkehr der Nonne wartete. Der Besuch hier im Kloster hatte sich als reine Zeitverschwendung erwiesen. Es ging auf die Mittagszeit zu, sein Magen verlangte dringend nach einer Stärkung, und im Grunde bezweifelte er, dass dieses Stückchen Pergament sich bei der Suche nach Ulberts Mörder als hilfreich erweisen würde. Mit jedem Schritt verschlechterte sich seine Laune.

Ein neuerliches Knacken, lauter diesmal, ließ ihn herumfahren. Für einen Moment von der Sonne geblendet, blinzelte er und sah nur schemenhaft eine Gestalt zwischen den Hecken auf ihn zuschweben.

»Verzeiht mir, ich wollte Euch nicht erschrecken«, hörte er eine melodische Stimme sagen. Bandolf kniff die Augen zusammen und starrte die bezaubernde Erscheinung sprachlos an.

Sie trug ein blaues Gewand, das nur am Saum mit filigraner Stickerei verziert war und sich wie eine enge Hülle aus Kornblumen an ihren biegsamen, schlanken Leib schmiegte. Ein Schleier umschmeichelte ihre feinen Züge und bedeckte nur einen Teil ihres dunklen Haars, das bis zu den gerundeten Hüften über ihren Rücken floss und in der Sonne wie eine reife Kastanie glänzte. Im ersten Moment dachte Bandolf, sie müsse noch fast ein Kind sein, doch dann erkannte er an der Gelassenheit ihrer Bewegungen, dass es sich um eine junge Frau handelte.

Zwei Schritte vor ihm blieb sie stehen. Bandolf nahm den Duft nach Lavendel wahr, der sie wie eine hauchzarte Wolke einzuhüllen schien.

»Ich wollte Euch wirklich nicht erschrecken«, wiederholte sie. Ein Lächeln umspielte ihre schön geschwungenen Lippen und spiegelte sich im dunklen Blau ihrer Augen.

Endlich fand Bandolf seine Sprache wieder. »Ihr habt mich nicht erschreckt«, behauptete er.

Zweifelnd hob sie eine wohlgeformte Augenbraue, doch ihr Lächeln vertiefte sich. »Ich bin im Obstgarten spazieren gegangen, als Ihr mit Schwester Lukas in den Garten gekommen seid, und wollte Euer Gespräch nicht stören. Darum blieb ich, wo ich war«, erklärte sie. Mit einer anmutigen Bewegung hob sie ihr Gewand an, zeigte ihm die Spitze eines schmalen Schuhs und schickte sich an, den Weg zu den Obstbäumen zurückzukehren, den sie gekommen war.

Unwillkürlich folgte Bandolf ihren Schritten. »Ihr seid Gast im Kloster?«, fragte er.

Sie warf ihm über die Schulter einen heiteren Blick zu

und nickte. »Für ein Weilchen noch«, sagte sie. »Meine Familie besitzt Ländereien jenseits der Alpen, doch ich verbrachte die letzten beiden Jahre in Bamberg bei meiner Tante. Nun wird aber mein Bruder vermählt, und ich reise nach Hause. Mein Vetter sollte mich begleiten, doch unvorhergesehene Geschäfte veranlassten ihn, die Reise abzubrechen.« Abrupt blieb sie stehen und drehte sich so rasch zu ihm um, dass er beinahe mit ihr zusammengestoßen wäre. Der feine Lavendelduft umschmeichelte ihn, und für einen Moment verlor sich Bandolf in ihren Augen. Er spürte, wie ihm das Blut in den Kopf schoss. Rasch trat er einen Schritt zurück. Sie schien ebenso verwirrt wie er, und das betörende Blau verschwand hinter dem Schleier langer schwarzer Wimpern. Mit einem verlegenen Lachen trat auch sie einen Schritt zurück. »Die Schwestern von Mariamünster waren so gütig, mich aufzunehmen, bis mein Vetter zurückkehrt und wir die Reise fortsetzen können«, fügte sie mit einem kaum hörbaren Seufzen hinzu.

Der Burggraf ertappte sich dabei, wie er andächtig der schlanken Linie ihres Halses über die Halsborte bis zum Ansatz ihrer wohlgeformten Brüste folgte. Energisch räusperte er sich und hoffte, dass sie seinen ungehörigen Blick nicht bemerkt hatte.

Falls doch, ließ sie es sich nicht anmerken. »Und was führt den Burggrafen von Worms nach Mariamünster?«, erkundigte sie sich. Flüchtig streifte Bandolf die Frage, woher sie wusste, wer er war. Dann fiel ihm ein, dass die Nonne ihn so genannt hatte. Er lächelte, und ehe er sich's versah, hörte er sich von Beatrix und dem Mord an ihrem Samariter, Ulbert von Flonheim, erzählen.

Ihre Züge nahmen einen schmerzlichen Ausdruck an, und Bandolf schalt sich einen hirnlosen Trottel. »Das … das hätte ich Euch nicht sagen sollen«, stotterte er verwirrt.

»Lasst nur gut sein«, flüsterte sie. Ihre schmalen Nasenflügel bebten, doch sie fing sich schnell wieder. »Wir haben hier alle von der fremden Frau im Hospiz gehört und von Ulberts großherziger Tat. Als die Nachricht die Runde machte, er sei erstochen aufgefunden worden, haben die Nonnen in der Messe seiner gedacht. Aber was hat die Kranke im Hospiz mit dem Mord an dem jungen Edelmann zu tun?«

»Vermutlich nichts.« Bandolf seufzte.

Mitfühlend schaute sie ihn an. »Es heißt, er wäre in Eurem Haus verschieden?«

Der Burggraf nickte.

»Wie schrecklich«, hauchte sie.

»Schlimmer ist, dass ich nicht die geringste Ahnung habe, was er um diese Zeit von mir wollte.«

»Konntet Ihr denn nicht …« Sie unterbrach sich. »Schwester Lukas ist zurück.« Bandolf folgte ihrem Blick und sah die Nonne auf sie zueilen.

Schwester Lukas warf der jungen Frau an Bandolfs Seite einen erstaunten Blick zu. »Ihr seid schon zurück? Wir hatten Euch vor der Komplet nicht erwartet.« Ohne eine Antwort abzuwarten, wandte sich die Nonne an den Burggrafen und überreichte ihm ein handtellergroßes Stück Pergament.

Stirnrunzelnd drehte Bandolf den Fetzen Pergament in seinen Händen. Es war bereits vergilbt, die Tinte verschmiert und die Buchstaben kaum zu entziffern. Am unteren Ende haftete noch das Bruchstück eines Siegels. Offenbar gehörte es zu einem Dokument, doch um was für ein Schriftstück es sich im Ganzen gehandelt hatte, war auf den ersten Blick nicht zu erkennen.

»Woher habt Ihr das?«, fragte die junge Frau, an die Nonne gewandt. Sie war näher getreten und spähte auf den Fetzen in Bandolfs Hand. Schwester Lukas schüttelte nur den Kopf. Offenbar war sie in Eile.

»Es wird bald zur Sext läuten. Die Ehrwürdige Mutter erwartet uns zur Mittagsmesse«, drängte sie und strebte unmissverständlich dem Gartentor zu.

Bandolf steckte das Stück Pergament in den Beutel an seinem Gürtel und folgte den beiden Frauen zurück zum Kreuzgang.

»Ich werde den Burggrafen zur Pforte bringen«, erbot sich die junge Frau, doch Bandolf widersprach.

»Ihr dürft Euch meinetwegen nicht verspäten. Ich finde den Weg schon selbst hinaus«, versicherte er.

»Dann lebt wohl, Burggraf«, hauchte sie und schenkte ihm ein bestrickend tiefgründiges Lächeln, bevor sie sich umdrehte und mit der Nonne an ihrer Seite davonschwebte.

Gedankenverloren stierte Bandolf ihr hinterher, und erst, als sie hinter der Tür zur Kirche verschwand, riss er sich aus seiner Verzückung.

Der Burggraf hatte die Klostermauern weit hinter sich gelassen, als er immer noch bei dem Lächeln und den verheißungsvollen Rundungen der Fremden im Garten der Nonnen verweilte. Dann spürte er, dass seine Lippen sich zu einem dümmlichen Grinsen verzogen hatten, und rief sich streng zur Ordnung.

Herrje! Hatte er nicht Dringlicheres zu tun, als sich von den unerreichbaren Reizen eines jungen Weibes den Kopf verdrehen zu lassen? Schließlich war er doch kein Heißsporn mehr, nass und grün hinter den Ohren! Er kannte ja nicht einmal ihren Namen. Über diesen Missstand grübelte Bandolf nach, bis er die Münzergasse erreichte und ein unmissverständliches Knurren in seinem Magen die Erinnerung an die betörende Gegenwart der Fremden aus seinen Gedanken verdrängte.

Eltrudis hatte sich in den Kopf gesetzt, dass nur ein Gebet vor der Reliquie des heiligen Martin ihren zerrütteten Zustand zu bessern vermochte, und war mit Matthäa zum Stift St. Martin aufgebrochen. Filiberta unterrichtete den Burggrafen bei seiner Rückkehr darüber, und ihre vorgeschobenen Lippen machten deutlich, was sie von derlei Firlefanz hielt. Zu Bandolfs Leidwesen vereitelte jedoch sein Hausmeier jeden Versuch, seine verspätete Mahlzeit in Ruhe einzunehmen. Aufgebracht beschwerte Werno sich über Herwald, den Marschalk des Burggrafen, der es gewagt hatte, seine, des Hausmeiers, Kompetenz in Zweifel zu ziehen, was die Einteilung der letzten Wintervorräte betraf.

»Glaubt mir, Herr, es wäre nur gut, würdet Ihr dem Marschalk gegenüber ein Machtwort sprechen«, raunte der Hausmeier. Gewichtig presste er sein feistes Kinn gegen seinen Hals. »Sonst sehe ich den Frieden des Hauses ernsthaft gefährdet.«

Verärgert starrte der Burggraf seinen Hausmeier an. »Wenn dir nicht daran gelegen ist, dass ich mein Machtwort gegen dich richte, dann hör auf, mich mit deinem ewigen Lamentieren zu belästigen, und schaff dich und deine Anschwärzerei aus meiner Halle«, empfahl er trocken.

Nachdem Werno beleidigt abgezogen war, spülte Bandolf geistesabwesend seinen letzten Bissen mit einem Schluck verdünntem Wein hinunter. Dann sah er auf und bemerkte, dass sein junger Schreiber über beide Ohren grinste.

»Hast du etwas dazu zu sagen?«, knurrte er.

Prosperius, der die Gelegenheit genutzt und Filiberta ebenfalls noch eine Stärkung abgeschwatzt hatte, beeilte sich, seine Erheiterung hinter einem unschuldigen Augenaufschlag zu verstecken.

Bandolf fasste seinen Schreiber scharf ins Auge. Obwohl Prosperius schon über ein Jahr in seinen Diensten stand und jede Mahlzeit bis zum letzten Krümel hinunterschlang, sah seine kleine schmale Gestalt noch immer so halb verhungert aus wie an jenem Tag, an dem Bandolf ihn beim Beutelschneiden erwischt hatte. Hin und wieder hegte der Burggraf den Verdacht, sein junger Schreiber sei eine Abart der Natur und besäße zwei Mägen.

»Hast du dich der Sache mit dem gestohlenen Gewand angenommen, wie ich dir aufgetragen habe?«, wollte Bandolf wissen.

Kurz nachdem Pater Egidius Ulberts Leichnam in seine Kirche hatte schaffen lassen, war ein Tucher im Haus des Burggrafen aufgetaucht und hatte mit verlegenem Gesicht vermeldet, dass am Tag des Frühlingsfestes das beste Gewand seines Weibes abhandengekommen war. Er schien selbst nicht davon überzeugt gewesen zu sein, dass es sich tatsächlich um einen Diebstahl handelte, aber sein Weib hatte ihm offenbar so lange in den Ohren gelegen, bis er die Sache dem Burggrafen vorbrachte. Bandolf, den Kopf voll mit dem Mord an Ulbert, hatte die Klärung der Angelegenheit in die Hände seines jungen Schreibers gelegt.

Prosperius schenkte seinem Herrn einen verschmitzten Blick. »Nun ja, Herr: Das Weib des Tuchers ist ein rechter Besen. Sie beschuldigte ihre Nachbarin, das Gewand gestohlen zu haben, was die Nachbarsfrau natürlich heftig abgestritten hat. Sie zeigte mir ihre Truhe und hieß mich empört, ihre Stube zu durchwühlen, während die Frau des Tuchers mit verkniffenem Gesicht dabeigestanden hat. Aber da war nur das eigene Kleid der Nachbarin. Anschließend befahl mir das Tuchersweib, ihre Truhe zu durchsuchen, damit ich sähe, dass sie nicht log und das Gewand weg wäre.« Mit schiefgelegtem Kopf kratzte er sich an der Nase.

»Merkwürdig ist es schon, dass das gute Stück nicht mehr auffindbar ist. Das Weib des Tuchers hatte es am Morgen zum Lüften über einen Pflock vor ihrem Haus gehängt, weil sie es zum Fest tragen wollte. Sie schwor Stein und

Bein, dass sie das Gewand nur einen Lidschlag lang aus den Augen gelassen hatte, und schon hing es nicht mehr an seinem Platz.«

»Und in der Stube des Tuchers hast du auch nichts gefunden?«

»Nein, Herr, da war nichts. Und ihr Alltagsgewand trug sie ja am Leib.«

»Hat sich vor dem Haus des Tuchers an jenem Tag ein Fremder herumgetrieben?«

Verlegen biss sich Prosperius auf die Lippen, und Bandolf seufzte. »Du hast nicht gefragt«, mutmaßte er.

»Nein, Herr«, antwortete Prosperius kleinlaut.

Bandolf brummte. »Dann hol das nach. Und anschließend suchst du mir das Quartier eines Mannes, der sich Arnold von Clemante nennt. Frag im Rostigen Kübel, beim Wirt am Markt und beim Fischerwirt nach ihm. Wenn du ihn dort nicht findest, dann versuche es in den Gästequartieren der Stifte.«

Das schmale Gesicht seines Schreibers wurde lang. »Aber Herr, da muss ich ja die ganze Stadt längs und quer abklappern. Könnte das nicht auch der Kurze Thomas tun? Und was, wenn ich den Mann bis zum Abendbrot nicht finde?«

»Dann suchst du weiter, bis du ihn findest«, erklärte Bandolf streng und unterdrückte ein Lächeln über Prosperius' erschrocken vorgeschobene Unterlippe.

»Die Burggräfin sieht es gar nicht gerne, wenn man am Tisch fehlt«, hörte er seinen Schreiber noch leise brummeln, als er die Halle verließ.

Erst nachdem die Tür hinter Prosperius zugeschlagen war, bemerkte Bandolf Penelope, die würdevoll zu seinen Füßen saß und ihn unentwegt anstarrte. Suchend schaute sich der Burggraf auf dem Tisch um, doch von der Mahlzeit war nur noch ein Kanten dunklen Brots übrig geblieben. Erwartungsvoll schnupperte die Katze an dem Brocken, um sein mageres Angebot dann mit deutlichem Missfallen abzulehnen.

»Du bist so verfressen wie Prosperius und so anspruchsvoll wie der fette Bischof«, teilte der Burggraf Penelope mit, die sich davon nicht beeindruckt zeigte. Kurzerhand befahl er Filiberta, ihm nachzuschöpfen. Dass seine besondere Beziehung zu der Domkatze Erheiterung im Haushalt hervorrief, war ihm nicht verborgen geblieben, und so schob er noch ein paar Löffel mit Dinkel und Speck in seinen Mund, bis die Magd sich am Herdfeuer zu schaffen machte und er die Schüssel unbeobachtet unter dem Tisch verschwinden lassen konnte. Eine Weile sah Bandolf zu, wie die Katze die Schüssel mit pedantischer Sorgfalt zu säubern begann, doch dann kehrte er in Gedanken zu seinem dringlichsten Problem zurück.

Was hatte er bis dato über Ulbert von Flonheim herausgefunden? Die Antwort, die sich ihm prompt aufdrängte, war entmutigend. Nichts hatte Bandolf herausgefunden. Zumindest nichts, was ihm Ulberts Mörder näher gebracht hätte.

Ulbert war nach Worms gekommen, um ein Stück seines Landes zu veräußern. Auf seinem Weg in die Stadt war er über die kranke Beatrix gestolpert, die er nach Mariamünster gebracht hatte. Und damit hatte sich sein Interesse an dem kranken Weib offenbar auch schon erschöpft.

Die Verhandlungen mit dem Stift liefen zäh, doch war das durchaus nichts Ungewöhnliches. Und wie es schien, hatte Ulbert die Zeit genutzt, um in der Stadt seinem Vergnügen nachzugehen, wie es die meisten jungen Männer seines Standes taten.

An seinem Todestag war Ulbert dann mit einem Fremden in Streit geraten, und ein Edelmann, der sich einmischte, hatte ihn davor bewahrt, Prügel zu beziehen.

»Ich muss mehr über diesen dunkelhäutigen Mann erfahren und Lothar von Kalborn endlich zu fassen bekommen«, überlegte Bandolf. Der burgundische Edelmann, auf den er vor der Pfalz getroffen war, kam ihm wieder in den Sinn. Nachdenklich strich er über seinen Bart. Zugegeben, sein Argwohn gegen Raoul de Saint Rémy war vage und mochte nur im Auftreten des Mannes begründet sein, aber dass er just einen Tag vor dem Mord an Ulbert in Worms eingetroffen war, schien ihm allzu passend, um für einen Zufall zu gelten. Er sollte Bruder Goswin oder auch den Vogt des Bischofs nach dem Burgunder ausforschen. Womöglich gab es doch eine Verbindung zwischen Raoul und Ulbert, die im Moment noch im Verborgenen lag?

Allmählich kehrten Bandolfs Gedanken zu Ulberts Todestag zurück.

Nach dem Streit auf dem Marktplatz war der junge Edelmann noch einmal in seinem Quartier gewesen. Dann hatte er seinen Vetter im Domstift besucht und war anschließend mit seinen Kumpanen beim Wirt am Markt zusammengetroffen.

Wieso suchte Ulbert seinen Vetter auf, wo er doch mit Eberold und Winand verabredet gewesen war?

»Verdammnis!«, knurrte Bandolf halblaut, als ihm wieder einfiel, dass Bruder Bartholomäus just nicht in der Stadt war und er ihn nicht danach fragen konnte. Wieso legst du mir solche Steine in den Weg?, haderte er mit seinem Schöpfer, um dann hastig ein Kreuz zu schlagen und ihm zu versichern, dass es nicht so gemeint war.

Penelope hatte ihre Mahlzeit beendet und war auf die Bank neben ihren Gönner gesprungen. Nachdem sie sich mit derselben Sorgfalt geputzt, wie sie die Schüssel ausgeschleckt hatte, lag sie nun an Bandolfs kräftigen Schenkel geschmiegt. Sie schnurrte vor Wohlbehagen. Unwillkürlich streckte der Burggraf seine Hand aus, um über ihr Fell zu streichen, und kehrte zu seinen Überlegungen zurück.

Was hatte Ulbert noch an diesem Tag getan, der sein letzter auf Erden war?

Augenscheinlich unbeschwert hatte er auf dem Frühlingsfest mit einer jungen Magd angebandelt und war mit ihr im Wald verschwunden.

Bandolf seufzte. Hier verlor sich Ulberts Spur – erst als Toter tauchte er vor seiner Türschwelle wieder auf. Was war passiert, nachdem Ulbert das Fest verlassen und in die Stadt zurückgekehrt war?

Hatte er sofort den Weg in die Münzergasse eingeschlagen, oder war er zuvor noch einmal in sein Quartier zurückgekehrt und hatte erst später beschlossen, den Burggrafen aufzusuchen? Doch darüber hatte Annalinde nichts verlauten lassen.

Überhaupt hat sie nicht viel verlauten lassen, überlegte Bandolf. Noch immer nagte der Verdacht an ihm, dass die Witwe mehr über die Belange ihres Gatten wusste, als sie zugegeben hatte. Aber würde sie ihm gegenüber bei einem zweiten Besuch mitteilsamer sein?

Die Hand des Burggrafen verharrte über Penelopes Fell. Die Katze blinzelte, das Schnurren stockte. Offenbar unzufrieden mit ihm, reckte sie den Kopf und rieb ihn an seiner Hand. Gedankenverloren spielte Bandolf mit ihren Ohren.

Vielleicht konnte Garsende die Witwe dazu bewegen preiszugeben, was sie wusste?

Unschlüssig drehte der Burggraf seinen leeren Becher in der Hand und grübelte über seinen Einfall nach. Der Gedanke war ihm unwillkommen. Die Heilerin verstand sich aufs Zuhören, und Menschen erzählten ihr Dinge, die sie ihm nicht anvertrauen würden. Eine ihrer Eigenheiten, die ihm bereits äußerst nützlich gewesen war. Andererseits jedoch erweckte just diese Gabe in ihm ein gewisses Unbehagen, war es Garsende doch gelungen, nicht nur sein Weib, sondern auch ihn selbst für sich einzunehmen. Zuweilen fragte er sich, wie sie das scheinbar mühelos zuwege gebracht hatte, und dann pflegten ihm Gedanken an geköpfte, schwarze Hähne und Kübel voller Blut durch den Kopf zu gehen. Da Bandolf aber noch niemals einen schwarzen Hahn, geschweige denn einen geköpften, in ihrer Hütte gesehen hatte, und das einzige Blut, das ihm in ihrer Stube begegnet war, sein eigenes gewesen war, gelang es ihm stets, seinen Argwohn wieder zu verdrängen.

Auch jetzt schien es einfach vernünftig zu sein, Garsende zu Annalinde zu schicken.

In ihrer Hingabe hatte Penelope eine Vorderpfote über das Bein des Burggrafen geschoben, und im Rhythmus ihres Schnurrens trieb sie behaglich ihre Krallen in sein Fleisch. Behutsam schob Bandolf die Katze zurück auf die Bank, rieb seinen misshandelten Schenkel und erhob sich.

Garsendes zerzauster Schopf ruhte auf Lothars Brust. Mit geschlossenen Augen lauschte sie auf seinen Herzschlag, der allmählich ruhiger wurde, und eine Welle der Zufriedenheit überschwemmte sie. Heilige Jungfrau, wie sehr hatte sie seine Nähe doch vermisst!

Lothar rührte sich und strich träge über ihr Haar. Garsende blinzelte. Ihre Stube lag im Halbdunkel. Das spärliche Tageslicht, das durch die Ritzen in ihrer Tür fiel, ließen die Konturen ihres Tischs und der kleinen Bank dahinter verschwimmen, und ihr Herdfeuer, das bis auf ein wenig glimmendes Holz heruntergebrannt war, verriet ihr, wie viel Zeit vergangen sein musste, seit sie die Tür hinter sich verriegelt hatte.

Seufzend richtete Garsende sich auf.

»Was ist, mein Herz?«, murmelte Lothar und fuhr liebkosend über ihren nackten Rücken.

»Es ist spät.«

Er lachte leise. »Hättest du dir einen anderen Zeitvertreib gewünscht?« Mit einem Ruck zog er sie an sich, bis ihr Gesicht über seinem schwebte. »Nein, sag es lieber nicht, und lass mir meine Traumgespinste.« Sein Mund suchte ihre Lippen, doch sie drehte den Kopf zur Seite. Einen Moment lang grub sie ihr erhitztes Gesicht in seine Halsbeuge, um seinen vertrauten Duft zu atmen, dann machte sie sich widerstrebend von ihm los und schlüpfte aus der Bettstatt.

Ihr Gewand lag zerknüllt neben seiner Tunika auf dem Boden. »Nichts liegt mir ferner, als Euch Eurer Truggebilde zu rauben, aber Eurer Unersättlichkeit werde ich keinen Vorschub leisten«, scherzte sie, während sie ihr zerknülltes Kleid aufhob und über ihren Körper streifte.

»Darüber darfst du dich nicht beschweren. Du warst es schließlich, die mich hat darben lassen.«

»Aus gutem Grund.«

Garsende nestelte an den Bändern ihrer Ärmel, doch als er schwieg, drehte sie sich zu ihm um.

Er hatte sich aufgerichtet und sah sie an. »Du nimmst es mir gram, dass ich dich nicht zu meinem Weib nehmen kann. Ist es das?«, fragte er. Nachdenklich betrachtete Garsende sein Gesicht. Das dämmrige Licht milderte seine scharfkantigen Züge. Seine dunklen Augen lagen hinter halbgeschlossenen Lidern verborgen und verrieten ihr nicht, ob es eine ernst gemeinte Frage war.

»Ich kann Euch nicht übelnehmen, was sich nicht ändern lässt«, sagte sie schließlich ruhig. »Aber es ist zu meinem Schaden, was wir hier tun, und das könnt Ihr nicht leugnen.«

»Das Fatale ist, dass du recht hast«, gab er zu.

Nein, dachte Garsende. Das Fatale ist, wie entsetzlich schnell ich wieder bereit gewesen bin, das zu vergessen.

»Gib dem Schädling im Beet deines Lebens sein Wams, damit er sich zerknirscht in sein Quartier davonschleichen kann«, meinte Lothar mit einem schiefen Lächeln, und Garsende musste lachen.

»Wo ist das Quartier meines Schädlings?«, wollte sie wissen. Sie hob seine Tunika auf und warf sie ihm zu.

»Der Vogt des Bischofs lässt mich in der Pfalz logieren, solange ich in der Stadt bin.«

Garsende kniete sich vor ihr Herdfeuer und legte ein Scheit Holz nach.

»Und was hat Euch nach Worms geführt?«, fragte sie. Vorsichtig blies sie in die schwach schimmernde Glut, bis der Holzscheit Feuer fing.

»Warum fragst du?«

»Schlichte Neugier«, sagte sie und hob den Kopf, um ihn anzusehen.

Lothar lachte. Inzwischen hatte er sich angekleidet, nur sein Umhang lag noch auf der Bank.

»Als mein Onkel hörte, dass ich mich auf den Weg nach Lorsch mache, um mich Ekbert von Braunschweig anzuschließen, bat er mich, zuvor nach Worms zu reisen«, antwortete er, während er nach seinem Becher griff, der auf dem Tisch stand und den sie – vor Ewigkeiten, wie es schien – mit verdünntem Bier gefüllt hatte. »Seine Tochter befindet sich auf der Rückkehr aus dem Alemannischen, und Worms liegt auf ihrer Route. Er wollte, dass ich mich von ihrem Wohlergehen überzeuge.«

»Und habt Ihr das?«

»Habe ich was?«

»Euch vom Wohlergehen Eurer Base überzeugt.«

»Sie ist noch nicht eingetroffen.«

»Dann wartet Ihr hier also auf ihre Ankunft«, stellte Garsende fest. »Werdet Ihr denn nicht in Lorsch erwartet?«

»Willst du mich schon wieder loswerden?«, erkundigte er sich mit einem Zwinkern.

»Vielleicht. Wer weiß.«

Lothar neigte den Kopf und betrachtete sie sinnend. »Ekbert von Braunschweig weiß, dass ich in Worms bin, und warum«, sagte er schließlich. »Sobald ich meinen Auftrag hier erledigt habe, werde ich mich dem Gefolge des Königs anschließen.« Mit einem Lächeln fügte er hinzu: »Allzu bald werde ich mich also nicht von dir verabschieden.«

Als ob ich das wirklich wollte, dachte Garsende. Über sich selbst lächelnd, wandte sie sich wieder der Herdstelle zu. Nachdem sie das Feuer endlich in Gang gebracht hatte, blieb sie noch einen Moment davor sitzen und überlegte, wie sie die Frage stellen sollte, die ihr noch auf der Zunge brannte.

Sie entschied sich für den direkten Weg. »Kanntet Ihr Ulbert von Flonheim?« fragte sie, erhob sich und strich glättend über ihr Gewand. Sie hätte gerne sein Gesicht gesehen, doch Lothar kehrte ihr den Rücken zu. Vorsichtig nippte er an seinem Becher, als wolle er kosten, dann trank er ihn mit einem Zug leer, bevor er sich zu ihr umdrehte.

»War das nicht der Name des jungen Edelmanns, den der Burggraf tot in seinem Hof aufgefunden hat?« Sein Gesicht lag im Schatten, doch seine Stimme klang gänzlich unbefangen.

»Ja, so hieß er. Ich dachte, Ihr kanntet ihn vielleicht, da Ihr ihm doch auf dem Marktplatz beigestanden habt, als er angegriffen wurde.«

Langsam schüttelte er den Kopf. »Ich wusste nicht, dass es sich um denselben Mann handelte.« Er kniff die Augen zusammen, hob ihr Kinn mit einem Finger und sah ihr forschend in die Augen. »Dachtest du, ich hätte etwas mit dem Tod des jungen Mannes zu tun?«

»Ich habe Euch mit Ulbert von Flonheim zusammen auf dem Marktplatz gesehen. Da liegt es doch nahe, dass Ihr ihn auch kanntet.«

Er lächelte. »Was für finstere Gedanken verbergen sich

noch hinter deiner schönen Stirn, Liebste?«, fragte er spöttisch.

Erleichtert atmete Garsende auf. Wie war sie nur auf den absurden Gedanken verfallen, er könne mit dem Mord an Ulbert irgendetwas zu schaffen haben?

»Herrje, man wird doch fragen dürfen?«

»Du darfst mich alles fragen, mein Herz.« Er hob seinen Umhang auf, warf ihn sich um die Schulter und wandte sich zur Tür, doch plötzlich blieb er noch einmal stehen und drehte sich zu ihr um. »Woher wusstest du, dass der Tote derselbe ist wie der Mann, dem ich auf dem Marktplatz Prügel erspart habe?«

»Der Burggraf ließ mich rufen, nachdem er Ulberts Leiche in seinem Hof gefunden hatte. Ich erkannte ihn wieder.«

»Verdammnis! Was denkt sich der Burggraf nur dabei, dich mit derlei Dingen zu belasten?«, rief er, deutlich verärgert.

Garsende lächelte. »Ich habe nur meine Arbeit getan«, meinte sie leichthin, doch ihre Worte schienen ihn nicht zu beschwichtigen.

»Du solltest dich nicht in solche Angelegenheiten einmischen, hörst du!«, sagte Lothar scharf. »Mord ist ein gefährliches Spiel, und ich will nicht, dass du zu Schaden kommst.«

Garsende lachte. »Ihr und der Burggraf, Ihr würdet Euch ausgezeichnet vertragen.«

»Wie kommst du darauf?«

»Nun, er sagt häufig dasselbe.«

»Dann hör auf ihn!«

Draußen dämmerte es bereits, und die untergehende Sonne warf lange Schatten über die kleine Lichtung, auf der Garsendes Hütte stand. An der Tür wandte sich Lothar noch einmal zu ihr um. Er küsste sie, dann strich er ihr liebevoll über die Wange. »Du bist in meinem Herzen. Ich komme wieder.«

Nachdem Garsende die Tür hinter ihm geschlossen hatte, lehnte sie sich mit geschlossenen Augen dagegen. In ihr stritten die unterschiedlichsten Gefühle um die Vorherrschaft. Sie hatte den Großteil ihrer Jugend im Kloster verbracht und wusste, dass ihr Tun Sünde war, nur wollte sich die rechte Reue nicht einstellen. Doch was wäre geschehen, hätte ein Kranker an ihre Tür geklopft, während Lothar bei ihr war? Aber nicht einmal die Sorge um ihre Zukunft konnte im Moment die wärmende Erinnerung an seine Nähe vertreiben.

»Du bist eine elende Närrin«, sagte sie laut. Seufzend stieß sie sich von der Tür ab.

Bis auf das Licht, das ihr Herdfeuer verbreitete, war es dunkel in der Hütte. Mit einem Kienspan entzündete sie zwei Talglampen, dann warf sie einen traurigen Blick in den Kessel, der über dem Feuer hing. Die Wurzeln, die sie in der Früh dort aufgestellt hatte, um sie einzukochen und aus der Essenz eine Salbe herzustellen, schwammen verschrumpelt auf dem Wasser. Sie hatte das Feuer ausgehen lassen, und jetzt waren sie verdorben.

»Ob meine Ziegen Geschmack daran finden?«, überlegte sie laut, während sie die Wurzeln aus dem Kessel fischte und in einen Eimer warf. Mit unmutig verzogenem Gesicht trug sie den Eimer zur Tür, öffnete – und wäre fast mit Bandolf von Leyen zusammengestoßen, der just die Hand gehoben hatte, um zu klopfen. Beide fuhren erschrocken zurück.

»Herrgott! Burggraf«, japste Garsende. »Was macht Ihr denn hier?«

»Ich habe etwas mit dir zu bereden.«

Nachdem die Umstände ihn für einige Zeit zur Untätigkeit zwangen und der Zufall es so gewollt hatte, dass sein Weg den des Burggrafen kreuzte, hatte der Falke beschlossen, sich an Bandolfs Fersen zu heften.

Nun stand er hinter dem Stamm einer Buche und starrte mit zusammengekniffenen Augen auf die Hütte hinüber, in der Bandolf von Leyen verschwunden war. Was, zum Henker, wollte der Burggraf hier?

Einen Augenblick lang sah sich der Falke aufmerksam um, dann huschte er geduckt am Rand der Lichtung entlang, bis er die rückwärtige Seite der Hütte erreicht hatte. Eine der beiden Ziegen, die auf der winzigen Wiese hinter dem Haus grasten, begrüßte ihn mit einem Meckern.

Er blieb stehen, lehnte sich vorsichtig an die Wand und lauschte, aber die Holzwand war dick, und er konnte nur eine Frauenstimme ausmachen, deren Worte er nicht verstand.

Der Falke zögerte. Vorne an der Tür zu horchen war riskant, doch schien es die einzige Möglichkeit zu sein, wenn er wissen wollte, was in der Hütte gesprochen wurde. Mit einem unterdrückten Seufzen entschied er sich, das Wagnis einzugehen.

Er hatte Glück. Niemand trat aus der Tür, während er sein Ohr dagegenpresste.

Als er genug gehört hatte, lag ein eigentümlicher Glanz in seinen Augen. Dann glitt er so lautlos in den Schatten der Bäume zurück, wie er gekommen war.

Kapitel 5

Nächtliche Stille lag über der Abtei des heiligen Nazarius zu Lorsch, und in der königlichen Pfalz war endlich Ruhe eingekehrt.

Ich scheine die Einzige zu sein, die nicht schlafen kann, dachte die junge Bertha von Turin.

Die Luft in der kleinen, fensterlosen Schlafkammer war unerträglich stickig. Seit die Herzöge von Schwaben, Bayern und Lothringen mit ihrem Gefolge in der Abtei eingetroffen waren, um sich dem Hofstaat König Heinrichs anzuschließen, war es in der Pfalz zum Bersten voll geworden. Selbst sie, die in Bälde Königin des Reiches sein würde, musste sich eine Kammer mit drei Frauen teilen: mit ihrer Mutter, der Markgräfin Adelheid von Turin und Savoyen, mit ihrer Base, Mathilde von Tuskien und Canossa, und mit einer Magd.

Während Berthas Mutter und ihre Base ruhig und gleichmäßig atmeten, schnarchte die Magd zu Füßen der Markgräfin zum Gotterbarmen. Auch schien sie an einem Ungleichgewicht ihrer Körpersäfte zu leiden, denn in unregelmäßigen Abständen begann ihr Gedärm laut zu gluckern, und übelriechende Winde verließen ihren Leib.

Entschlossen kniff das Mädchen die Augen zu und versuchte, den Schlaf herbeizuzwingen, doch ihr aufgewühlter Geist kam nicht zur Ruhe.

Königin des Reiches, wiederholte sie in Gedanken. Das Gewicht dieser Worte legte sich wie ein schwerer Eisenring um ihre Brust. Heinrich und sie waren einander schon im

Kindesalter versprochen worden, und seit sie denken konnte, hatte man sie darauf vorbereitet, eines Tages Königin zu werden. Im Gegensatz zu ihrer Base Mathilde, die sich gegen die geplante Vermählung mit ihrem Stiefbruder heftig auflehnte, war Bertha jedoch kein rebellischer Geist. Längst hatte sie sich damit abgefunden, einen jungen Mann zu heiraten, der bestenfalls brüderliche Gefühle für sie hegte.

Als Kinder hatten sie miteinander gespielt, und auch später war Heinrich ihr zumeist freundlich begegnet, falls er sie überhaupt bemerkt hatte. Dennoch: Der Gedanke, Königin des Reiches zu werden, machte ihr Angst, und insgeheim quälte sie die Sorge, der Last nicht gewachsen zu sein. Hinzu kam, dass sie sehr wohl wusste, welchen Widerstand ihr Anverlobter dieser Hochzeit entgegenbrachte.

Seit König Heinrich im vergangenen Jahr die Vormundschaft der Erzbischöfe abgestreift hatte, begehrte er gegen die Macht der Fürsten auf, und auch gegen die geplante Vermählung, die von seinen Vasallen befürwortet wurde. In einer stillen Stunde hatte er ihr anvertraut, sie sei ihm lieb wie eine Schwester, aber er könne sich beim besten Willen nicht vorstellen, das Bett mit seiner Schwester zu teilen.

Die junge Bertha konnte sich das ebenso wenig vorstellen, aber kein Mensch hatte sie je danach gefragt.

Das Mädchen seufzte tief. Womöglich würde es dazu nun auch gar nicht mehr kommen. Seit zwei Tagen lag der junge König mit einem schweren Fieber auf seinem Lager, und es war ungewiss, ob er die Krankheit überstehen würde. Trotz seiner Vorbehalte gegen ihre Hochzeit war sie dem Spielkameraden von einst zugetan. Und wenn Heinrich vor der Zeit starb, was wurde dann aus ihr?

Bertha öffnete die Augen und starrte in die Dunkelheit.

Es gab noch etwas anderes, das sie beunruhigte. Schon vor Heinrichs plötzlichem Fieber hatte sie zu spüren geglaubt, dass bei Hof etwas im Gange war. Heimliches Getuschel der Fürsten in verborgenen Nischen, das verstummte, wenn Bertha vorüberging; ihre Mutter, die sie bei der kleinsten Unachtsamkeit gereizt anfuhr; Heinrich selbst, der tagelang in aufgeregter Stimmung war und den Erzbischof von Köln »seinen lieben, treusorgenden Freund« nannte, obwohl Bertha doch wusste, dass er seinen ehemaligen Vormund bis aufs Blut hasste. Eine eigenartig angespannte Stimmung herrschte in der Pfalz zu Lorsch, ja, im ganzen Kloster, und schien nun in der Krankheit des jungen Königs zu gipfeln. Aber was genau vorging, das hatte sie nicht herausfinden können.

Fröstelnd zog sich Bertha die schwere Felldecke bis übers Kinn, was das Atmen jedoch nur noch mühsamer machte.

Allmächtiger, gib mir ein Quäntchen Luft, flehte sie stumm, aber der Herrgott schien anderweitig beschäftigt zu sein und erhörte sie nicht.

Endlich schob sie die Felldecke zurück, tastete in der Dunkelheit nach ihrem Gewand, das sie zu Füßen der Bettstatt abgelegt hatte, und streifte es über.

Die Tür knarrte, als Bertha sie öffnete. Erschrocken lauschte sie einen Augenblick, doch die Geräusche in der kleinen Kammer veränderten sich nicht. Leise schlüpfte sie hinaus und schloss vorsichtig die Tür hinter sich.

Ein paar Fackeln an der weiß getünchten Wand tauchten den Gang in ein schummriges Licht. Türen an den Seiten zeigten den Einlass zu anderen kleinen Kammern wie der ihren, und am Ende des Korridors führte eine Treppe hinunter in die Halle der Pfalz. Vor der ersten Stufe zögerte das Mädchen. Wie spät mochte es sein? Nach der Komplet waren sie zu Bett gegangen, doch wie viel Zeit seither verstrichen war, ließ sich schwer schätzen. War es noch vor der Matutin, oder schon danach? Bertha konnte sich nicht erinnern, dass sie das Glockengeläut gehört hatte, das die Mönche zum Mitternachtsgebet rief.

Und was würde es für einen Eindruck machen, wenn man sie mitten in der Nacht dabei ertappte, wie sie in der Pfalz umherschlich? Aber der Drang nach frischer Luft und ein wenig Abgeschiedenheit war stärker als die Furcht, erwischt zu werden. Entschlossen raffte Bertha ihr Gewand und lief die Stufen hinunter.

In der Halle hingen noch die abgestandenen Gerüche nach schalem Bier und Wein, kaltem Fett und gewürztem Fleisch von der letzten Mahlzeit. Die Hörigen hatten die Fackeln an den Wänden längst gelöscht. Nur wenig Licht fiel von oben in den Raum, doch es genügte, um ihr den Weg zur Pforte zu weisen, die nach draußen in den Hof führte. Ungeachtet der kalten Luft, die ihr entgegenschlug, als sie ins Freie trat, lachte Bertha laut auf, so erleichtert war sie, der stickigen Enge ihrer Kammer entronnen zu sein.

Schräg gegenüber des Pfalzbaus lag die Pfalzkapelle, und Bertha überlegte, ob die friedliche Stille der Kirche ihr ruheloses Gemüt vielleicht besänftigen würde. Entschlossen steuerte sie darauf zu. Sie hatte keine Lampe bei sich, doch der Himmel war klar, und ein abnehmender Mond begleitete ihre beschwingten Schritte.

Als sie die Pfalzkapelle erreicht hatte, legte Bertha, plötzlich zögernd, ihre schmale Hand gegen die eisenbeschlagene Pforte, als könne sie durch das Holz erspüren, ob sich jemand im Inneren aufhielt: Was sollte sie tun, wenn man sie hier entdeckte? Es sei verdächtig, wie sich die zukünftige Königin nachts heimlich aus ihrer Kammer schlich, würden böse Zungen behaupten. Unschlüssig biss sie sich auf die Lippen. Noch hatte niemand sie gesehen. Sie konnte immer noch umkehren. Aber wer würde ihr übel vermerken, wenn sie, beunruhigt durch die schwere Krankheit ihres Verlobten, für Heinrichs Genesung beten wollte?, beschwichtigte sie sich selbst. Nur Gott und später ihr Beichtvater würden wissen, dass sie hauptsächlich um ihrer eigenen aufgewühlten Seele willen gekommen war.

Vorsichtig öffnete sie die Pforte und spähte hinein. Neben dem Tabernakel brannte das Ewige Licht. Die kleine Lampe erhellte nur den Hochaltar und den Chor. Das Mittelschiff lag im Dunkel, und die Pfeiler, die die Decke trugen, ragten scheinbar endlos nach oben.

Nichts und niemand rührte sich, als Bertha eintrat.

Die Ledersohlen ihrer Schuhe machten kaum ein Geräusch auf dem mit bunten Marmorplättchen ausgelegten Boden. Vor dem Altar erwies Bertha dem Kreuz ihre Referenz, doch dann wandte sie sich einer seitlichen Nische zu, wo eine Statue der Muttergottes stand. Zu Füßen der Heiligen Jungfrau kniete sie sich nieder, schloss die Augen, und wie von selbst begannen ihre Lippen, ihr Gebet zu formen.

Salve Regina, mater misericordiae. Gegrüßt seist du, Königin, Mutter der Barmherzigkeit. Vita, dulcedo et spes nostra, Salve! Unser Leben, unsere Süßigkeit und Hoffnung, sei gegrüßt! Ad te clamamus, exsules filiae Hevae. Zu dir rufen wir, die elenden Töchter Evas. Ad te suspiriamus. Zu dir seufzen wir. Gementes et … Trauernd und …

Jäh wurde Bertha aus ihrem Gebet gerissen.

Die Pforte der Kapelle knarrte. Erschrocken presste Bertha die Augen fest zusammen und hielt den Atem an. Sie hätte sich umdrehen müssen, um sehen zu können, wer eingetreten war. Doch sie wagte nicht, sich zu rühren. Schwere Schritte näherten sich dem Chor, und das Mädchen hoffte inständig, die Dunkelheit in der Nische würde sie vor den Augen des Ankömmlings verbergen. Für eine kurze Weile war es still. Bertha stellte sich vor, wie er vor dem Altar kniete, um zu beten. Die Vorstellung beruhigte sie.

»Wie geht es dem König?«

Die leise Stimme gehörte Rudolf von Rheinfelden, dem Herzog von Schwaben. Und er war offensichtlich nicht allein gekommen.

»Nicht gut, wie man hört. Abt Udalrich ist jetzt bei ihm. Ich habe ihn ersucht, er möchte uns noch vor der Matutin von Heinrichs Zustand unterrichten«, antwortete Otto von Northeim. Otto, dem großen, stämmigen Bayernherzog, gelang es nie, auch nur ein Wort zu flüstern, und seine tiefe, dröhnende Stimme schien in der kleinen Kapelle nachzuhallen.

Süßer Jesus! Mussten es ausgerechnet diese beiden Fürsten sein? Der riesenhafte Otto hatte Bertha schon als Kind Angst gemacht, und Rudolfs spottgefärbte Art war ihr nicht geheuer. Sie riss die Augen auf und sah sich gehetzt nach einem Ausweg um. Außer der Hauptpforte gab es noch eine kleine niedrige Tür, die auf der anderen Seite hinter dem Chorraum nach draußen führte, doch sie würde keine der beiden Pforten erreichen können, ohne den Fürsten in die Arme zu laufen. Ihr würde nicht anderes übrig bleiben, als still zu verharren und zu hoffen, dass man sie in der dunklen Nische nicht bemerkte.

»Weiß der Abt, wo er uns finden wird?«, wollte Rudolf wissen.

»Natürlich. Ich sagte ihm, wir würden hier in der Kapelle für die Gesundheit des Königs beten.«

»Dann sollten wir das vielleicht auch tun.«

Der Herzog von Bayern lachte schallend. »Mir braucht Ihr nichts vorzumachen. Heinrichs Tod käme Euch doch mehr als gelegen. Ihr wärt nur zu gewillt, seinen Platz einzunehmen.«

»Ich strebe nicht nach der Königswürde«, erklärte Rudolf ruhig.

»Ihr würdet Euch also nicht zur Wahl stellen, falls der König stürbe?«

»Das habe ich nicht gesagt.«

Otto schnaubte. »Pah! Versucht es nur. Die Sachsen werden Euch niemals folgen. Und solange ich Herzog von Bayern bin, auch nicht die Bajuwaren.«

»Ach, und Ihr denkt, die Fürsten und die übrigen Stämme würden Euch folgen?«, erkundigte sich Rudolf.

»Warum nicht? Mein Weib ist eine Tochter aus Ezzos hohem Geschlecht, eines Enkels von Kaiser Otto dem Großen.«

»Welcher Hahn kräht noch nach dem Geschlecht Ottos?«, spottete Rudolf. »Ich muss mich zumindest nicht mit der Herkunft meines Weibes schmücken, stammt doch meine Mutter selbst in direkter Linie von Kaiser Konrad ab. Und es ist die salische Linie, die gegenwärtig von Bedeutung ist.«

Verstört schlug sich Bertha die Hand vor den Mund, um nicht laut aufzustöhnen. Kaum einen Spatzenflug von hier entfernt kämpfte Heinrich um sein Leben, während seine Vasallen hier bereits um seine Krone schacherten. In ihre Angst, entdeckt zu werden, mischte sich tiefes Mitleid mit ihrem zukünftigen Gemahl.

Dann hörte sie, wie die Pforte hinter dem Chor aufging, doch die beiden Streithähne schienen den Neuankömmling nicht zu bemerken.

»Es war ein Fehler, dass die Krone nach dem Tod Heinrichs II. in salische Hände fiel. So viel ist gewiss«, dröhnte Otto. »Sie hätte schon damals in sächsischen Händen verbleiben müssen.«

Rudolf lachte leise. »Nur waren die Sachsen dazumal nicht Manns genug, um einen Nachkommen zu zeugen.«

»Das ist doch ...«, brauste Otto auf, aber der Neuankömmling unterbrach ihn.

»Vielleicht solltet Ihr das Fell des Bären nicht verkaufen, ehe er erlegt ist«, sagte er. Auch seine Stimme kam

Bertha vertraut vor, doch sie klang dumpf und auf eine Weise fremd, als wäre der Mund des Sprechers verdeckt. Sie konnte das Gesicht in ihrem Gedächtnis nicht finden, das zu der Stimme gehörte.

»Wenn der König stirbt, lässt er keinen Erben zurück. Das Reich wäre führerlos. Und was das bedeuten könnte, muss ich Euch nicht erklären«, schnappte der Bayernherzog ungehalten.

»Und doch hat er recht. Es ist weder die rechte Zeit noch der rechte Ort, um über Heinrichs Nachfolge zu sprechen«, räumte Rudolf ein. »Was führt Euch zu uns?« Die Frage schien an den geheimnisvollen Neuankömmling gerichtet.

»Ich komme direkt von Heinrichs Lager. Sein Zustand ist unverändert. Abt Udalrich bat mich, Euch das mitzuteilen«, antwortete er. Dann senkte er seine Stimme zu einem schwer verständlichen Flüstern herab. »Und noch etwas: ... habe Nachricht von unserem Auge in Worms erhalten. Die Spur sei vorübergehend erkaltet, doch was wir suchen, könnte sich bereits in Lorsch befinden ... jedoch nicht sicher.«

Die Schritte und Stimmen zeigten an, dass die Männer sich auf die Pforte der Kapelle zubewegten.

»Wir wüssten es, wenn dem so wäre, darauf verwette ich meine Schwurhand«, erklärte Rudolf mit Nachdruck. »Gibt es sonst noch etwas?«

»... berichtet, dass der Burggraf von Worms die Angelegenheit ebenfalls verfolgt. Offenbar wählte der übereifrige Narr von Flonheim ausgerechnet das Anwesen des Burggrafen, um sein Leben auszuhauchen. ... möchte wissen, wie er damit verfahren soll?«

»Verdammnis«, knurrte Rudolf verhalten. »Ich kenne den Mann. Bandolf von Leyen ist wie ein Frettchen auf Rattenjagd. Erwischt er auch nur den Schwanz, lässt er die Ratte nie mehr los.«

»Dann sollte man ihn daran hindern, besagten Schwanz zu erwischen«, warf Otto ein.

»... Order geben, der Mann möge einen bedauerlichen Unfall erleiden?«

»Seine Eminenz, mein Bruder, wäre gewiss nicht gänzlich untröstlich, erführe er vom Ableben des Burggrafen«, meinte Rudolf trocken. »dennoch sollte das als letzte Möglichkeit betrachtet werden. Eine Ablenkung muss vorerst genügen. Doch falls nicht ...« Der Rest seiner Worte ging im Knarren der Pforte unter.

Es dauerte eine kleine Ewigkeit, bis Bertha von Turin es endlich wagte, sich wieder zu rühren. Während sie noch versuchte, dem Gehörten Sinn zu geben, öffnete sie vorsichtig die Hände, die zu Fäusten geballt auf ihrem Schoß lagen. Die Handballen schmerzten von ihren Nägeln, die sie sich ins Fleisch getrieben hatte, ohne es zu merken. Als ihr Verstand die Worte der Männer endlich eingeholt hatte, sammelten sich Tränen der Hilflosigkeit in ihren Augen. Der Einzige, der ihr Gehör schenken und womöglich etwas bewirken könnte, lag im Fieberwahn auf seinem Lager. Niemand sonst fiel ihr ein, dem sie davon erzählen konnte, ohne sich am Ende selbst ins Unrecht zu setzen.

Sie seufzte tief. Wie hatte sie nur jemals glauben können, die Mauern von St. Nazarius wären dick genug, um alles Finstere fernzuhalten?

KAPITEL 6

Mit einem flauen Gefühl im Magen stand Garsende vor der Pforte zum Andreasstift und biss sich unschlüssig auf die Lippen.

»Himmel, Burggraf! Was glaubt Ihr denn, soll ich der Witwe sagen, weshalb ich – eine völlig Fremde – sie mit Fragen belästige?«, hatte sie schon gestern protestiert, nachdem Bandolf ihr erklärt hatte, was er von ihr wollte. Um sie zu überzeugen, setzte ihr der Burggraf auseinander, was er bis dato über Ulbert von Flonheim wusste, und wieso er glaubte, dass Annalinde ihm etwas verschwieg. Warum ihm so daran gelegen war, Ulberts Mörder so bald wie möglich dingfest zu machen, musste er ihr nicht erklären. Garsende wusste nur zu gut, welch schweren Stand er zwischen den gegensätzlichen Interessen des Bischofs und des Königs hatte.

»Die Stiftsbrüder werden mich nicht einlassen«, gab sie zu bedenken.

»Darüber mach dir keine Gedanken. Ich habe bereits mit dem Propst gesprochen und dein Kommen angekündigt«, erklärte er, und schließlich gab Garsende nach. Immerhin hatte sie es Bandolf von Leyen zu verdanken, dass sie noch ein Heim besaß. Sie schuldete ihm mehr als nur ein Gespräch mit Ulberts Witwe.

Widerstrebend hob die Heilerin die Hand und klopfte an die Pforte von St. Andreas.

Annalinde trug einen Umhang und hielt ihr Kind auf dem Arm, als die Heilerin eintrat. Offenbar war sie im Begriff auszugehen. Entgegen Garsendes Befürchtungen schien sie nicht sehr überrascht, eine Fremde in ihrem Quartier zu sehen.

»Augenblicklich hat wohl die ganze Stadt Interesse an meinem Befinden«, bemerkte sie. Die Worte klangen ironisch, Annalindes Stimme jedoch angespannt, und Garsende sah den gehetzten Blick in ihren Augen.

Einen Moment lang musterte Annalinde stirnrunzelnd das schlichte Gewand der Heilerin, das am Saum bereits geflickt war, dann überreichte sie das schlafende Kind der Magd und befahl ihr, schon vorzugehen. Sie würde in Kürze folgen. Kaum war die Magd aus der Tür, fragte sie: »Wer bist du? Was willst du von mir?«

Garsende räusperte sich. Alle Ausflüchte, die sie sich unterwegs zurechtgelegt hatte, erschienen ihr plötzlich hanebüchen, und so sagte sie nur: »Mein Name ist Garsende. Ich bin Heilerin und komme auf Geheiß des Burggrafen.«

»Ich brauche keine Heilerin«, erklärte Annalinde ungehalten. »Es geht mir gut.« Um ihrer Behauptung Nachdruck zu verleihen, warf sie den Kopf in den Nacken und rang sich ein Lächeln ab. Die Blässe in ihrem Gesicht und die Ringe unter ihren Augen straften ihre Behauptung Lügen.

»Vielleicht könnt Ihr mir dennoch ein wenig Eurer Zeit schenken?«

»Wie du willst, aber fasse dich kurz. Ich möchte die Messe in St. Magnus nicht versäumen.«

Garsende unterdrückte ein Seufzen. Sie hatte gehofft, durch unverfängliches Geplauder Annalindes Vertrauen gewinnen zu können, bevor sie sich dem Kern ihres Besuches näherte. Doch eine Frau, die es eilig hatte, würde sich kaum zu müßigem Geschwatze mit einer Fremden herbeilassen.

»Der Burggraf hofft, es wäre Euch womöglich noch das eine oder andere eingefallen, was zur Aufklärung des

Mordes an Eurem Gatten beitragen könnte«, sagte sie, während sie ein paar Schritte in den Raum trat.

»Warum sollte ich mit einer Fremden über meinen Gatten sprechen wollen?«, erkundigte sich Annalinde.

»Mir müsst Ihr gewiss nicht Rede und Antwort stehen«, erwiderte Garsende leise. Sie drehte sich um und sah die Witwe an. »Doch eines Tages ist Euer Sohn mündig. Dann wird er Euch vielleicht fragen, ob Ihr alles getan habt, damit der Mörder seines Vaters gefasst werden konnte.«

Annalinde schien noch um eine Spur blasser zu werden, als sie ohnehin schon war. Für einen Moment nagte sie auf ihrer Unterlippe, dann sagte sie tonlos: »Ich habe dem Burggrafen alles gesagt, was es zu sagen gab.«

»Wirklich?« Sofort erkannte Garsende, wie ungeschickt die Frage gewesen war. Sie spürte förmlich, wie Annalinde sich versteifte.

»Versteht doch, ich will Euch keinesfalls schaden. Oder Euch quälen«, sagte sie so rasch wie eindringlich. »Aber es könnte Euch und auch Euren Sohn in Gefahr bringen, wenn Ihr etwas verschweigt. Und der Burggraf ist sicher, dass Ihr ihm mehr über Euren Gatten hättet berichten können, als Ihr es tatet.«

Auf den Wangen der Witwe erschienen hektische rote Flecken, und ihre Stimme überschlug sich vor Entrüstung, die an Hysterie grenzte. »Der Burggraf nennt mich eine Lügnerin?«, schrie sie. »Wie kann er es wagen?« Sie trat einen Schritt zurück und sank auf der Bank nieder, als hätten sich ihre Kräfte durch den heftigen Ausbruch plötzlich verzehrt.

»Aber nein, das dürft Ihr nicht denken.« Garsende unterdrückte ein tiefes Seufzen. Wie, in aller Welt, sollte sie Annalinde nur dazu bringen, ihr zu vertrauen? Irgendwie musste sie der Witwe einen Weg zeigen, wie sie ihr Versäumnis zugeben konnte.

»Als der Burggraf bei Euch war, so bald, nachdem Ihr vom Tod Eures Gatten erfahren hattet, befandet Ihr Euch in verständlicher Erregung. Da ist es nur natürlich, wenn Erinnerungen getrübt sind«, sagte sie schließlich.

Annalinde sah auf und starrte stumm an der Heilerin vorbei, während sie ihre Hände unablässig knetete. Ihr Mienenspiel verriet die unterschiedlichsten Gefühle: Misstrauen, Erschöpfung, und nicht zuletzt Furcht.

Unaufgefordert setzte sich Garsende neben die junge Witwe und legte eine Hand auf Annalindes verkrampfte Finger. »Wollt Ihr mir nicht sagen, was Euch bedrückt?«, fragte sie leise.

Mit einem Laut, der wie ein unterdrücktes Schluchzen klang, ließ Annalinde den Kopf sinken. »Wären wir doch nur niemals nach Worms gekommen«, flüsterte sie.

Nach einem Frühstück, das Eltrudis mit müßigem Geschwatze untermalt hatte, verließ Bandolf mit seinem jungen Schreiber das Haus. Eine Weile schritt der Burggraf kräftig aus, begleitet von Prosperius' Keuchen, der mit seinen kurzen Beinen Mühe hatte, ihm zu folgen. Seine Gedanken kreisten um Matthäa, die auch heute Morgen mit bleichen Wangen und müden Augen an der Tafel gesessen und kaum ein Wort gesprochen hatte.

»Ihr seht blass aus. Fühlt Ihr Euch noch immer nicht wohl?«, hatte er sie gefragt, als Matthäa ihm in der Diele den Umhang um die Schultern legte. »Die Heilerin sollte Euch ansehen.«

»Ihr wollt Euch ritterlich für mich in die Bresche werfen und gegen meine Tante antreten?«, erkundigte sie sich erheitert. »Ihr wisst doch, dass sie Garsende nicht leiden mag.«

»Es kümmert mich einen Haufen Hühnermist, was Eltrudis denkt«, brummte Bandolf. »Wenn Ihr krank werdet, hilft das keinem. Ich habe die Heilerin mit einem kleinen Auftrag betraut, und sie kommt heute nach der Sext ins Haus, um mir Bericht zu erstatten. Bei der Gelegenheit solltet Ihr Garsende von Euren Beschwerden erzählen.«

Für einen Moment schien es ihm, als wolle Matthäa zustimmen, doch dann schüttelte sie den Kopf. »Das wird nicht gehen. Eltrudis hat heute Nachmittag eine Unterredung mit Äbtissin Margarete, und sie möchte, dass ich sie begleite.«

»Filiberta kann sie ebenso gut begleiten. Mir wäre wohler, wenn die Heilerin ein Auge auf Euch werfen würde.«

»Aber es geht mir doch gut«, beteuerte Matthäa. »Macht Euch nur keine Gedanken. Das Einzige, das mir fehlt, ist Schlaf.« Schalk blitzte in ihren Augen auf. »Nach der gestrigen Nacht müsst Ihr doch selbst am besten wissen, warum dem so ist.« Und nach einem zärtlichen Kuss auf seine bärtige Wange hatte sie ihn energisch aus der Tür geschoben.

Trotzdem war es ihr nicht gelungen, seine Besorgnis gänzlich zu zerstreuen.

Der Burggraf verzog das Gesicht. Matthäa würde es ihm übelnehmen, wenn er gegen ihren Willen ein Wörtchen mit der Heilerin wechselte. Und seine Gattin war nicht die Frau, die damit hinter dem Berg hielt. Falls er sie kränkte, würde sie ihm tagelang die kalte Schulter zeigen, und danach verspürte der Burggraf nicht das geringste Verlangen.

›Weibsleute!‹, dachte er verdrossen und beschloss, vorerst abzuwarten, bevor er sich womöglich übereilt in die Nesseln setzte. Vielleicht war Matthäa tatsächlich nur erschöpft, und wen mochte das wundern, mit einem Besen wie Eltrudis im Haus?

Ein lautes Schnaufen in seinem Rücken riss den Burggrafen aus seinen Gedanken.

»Herr, Ihr rennt ja, als gäb's beim Bischof heut' die Absolution umsonst«, rief Prosperius hinter ihm.

Bandolf blieb stehen, damit sein junger Schreiber aufholen konnte.

»Wieso habt Ihr es denn so eilig, Herr?«, keuchte Prosperius. »Ich dachte, wir wären auf dem Weg zum Domstift? Es hat doch noch nicht einmal zur Terz geläutet.« Er blinzelte vertraulich und fügte hinzu: »Bruder Osbert tischt erst nach den Gebeten auf.«

»Was du nicht sagst«, meinte Bandolf. »Ich würde mein Lieblingshuhn darauf verwetten, dass du auch weißt, wann beim Kupferschmied die Schüssel auf dem Tisch steht.«

»Immer erst nach der Sext, weil der Kupferschmied Witwer ist und seine Base das Essen bringt«, kam es prompt. Bandolf lachte und setzte sich wieder in Bewegung.

»Wie ist das nun mit dem Huhn?«, erkundigte sich Prosperius wie beiläufig, als Bandolf stehenblieb, um eine Bäuerin vorbeizulassen, die ein paar unwillige Ziegen in Richtung Marktplatz trieb.

»Ich habe kein Lieblingshuhn. Mir sind alle meine Hühner teuer. Und zu teuer für deinen unmäßigen Schlund.«

Prosperius machte ein langes Gesicht. Augenscheinlich hatte er Einwände, verkniff sich jedoch eine Antwort.

»Vergiss jetzt Deinen Magen«, befahl Bandolf und warf seinem Schreiber einen forschenden Blick zu. »Ich habe dich mitgenommen, damit du mir erzählst, was du über Arnold von Clemante herausgefunden hast. Du hast doch getan, was ich dir aufgetragen habe?«

Prosperius pflegte sonst keine Mahlzeit auszulassen, doch gestern war er erst weit nach dem Abendbrot zurückgekehrt, und der Burggraf hatte keine Gelegenheit mehr gehabt, mit ihm zu sprechen.

Eine feine Röte überzog Prosperius' schmales Gesicht. »Gewiss, Herr.«

»Was hast du erfahren?«

»Nun, Herr, ich habe mir die Füße durch die ganze Stadt

wund gelaufen und hatte erst im ›Rostigen Kübel‹ Glück. Dort war der Herr von Clemante nämlich abgestiegen.«

»War?«

»Ja, Herr. Weil er dort nicht mehr ist, versteht Ihr?«

Bandolf rollte ungeduldig die Augen. »Und wo ist er jetzt?«

»Also, das weiß ich nicht. Der Wirt vom Rostigen Kübel sagte mir, Arnold von Clemante habe am Tag des Frühlingsfestes bei ihm Quartier genommen. Am nächsten Mittag sei der Mann aber schon wieder abgereist.«

»Eigenartig«, murmelte der Burggraf. Langsam setzte er sich wieder in Bewegung.

Demnach hatte Arnold sich ein Quartier in der Stadt gesucht, nachdem er sich davon überzeugt hatte, dass es sich bei der Kranken im Kloster um sein Weib handelte. Den Nonnen hatte er verkündet, er würde am nächsten Tag wiederkommen, war dann jedoch abgereist, ohne noch einmal in Mariamünster vorzusprechen. Warum? Es war ihm doch offenbar so dringlich gewesen, mit seiner Gattin zu sprechen. Wieso hatte er Worms dann unverrichteter Dinge verlassen?

»... fand der Wirt auch, zumal der Herr von Clemante mindestens bis zum Gertrudistag hatte bleiben wollen«, sagte sein Schreiber, als sie in die Hachgengasse einbogen und Bandolf den Faden seines Berichtes wieder aufnahm.

»Dann gab's wohl auch einen Streit, weil der Mann nicht für die Unterbringung seines Gauls hatte zahlen wollen. Der Wirt nannte ihn einen ungehobelten Klotz und Pfennigfuchser und überheblich wie alle Römer. Er meinte ...«

»Was sagst du da? Ein Römer? Bist du dir sicher?«, rief Bandolf und blieb so abrupt stehen, dass ein Mönch, der hinter ihnen gegangen war, in ihn hineinstolperte.

»Verzeiht«, sagte Bandolf.

Der Mönch rappelte sich auf und schüttelte den Kopf. »Es ist meine Schuld gewesen.«

Er trug einen schlichten Umhang über seiner schwarzen Robe. Die Kapuze war verrutscht, und erst als er sich aufrichtete, erkannte Bandolf sein Gesicht. »Bruder Kilian?«

Der junge Benediktiner errötete. »Ein Missgeschick, Burggraf«, murmelte er hastig. »Ich war in Eile und habe Euch nicht gesehen.« Er nickte Bandolf zu und setzte seinen Weg, nun weniger eilig, fort. Für einen Augenblick sah der Burggraf ihm stirnrunzelnd hinterher. Flüchtig dachte er, dass irgendetwas merkwürdig an dem Mönch gewesen sei, doch dann zuckte er mit den Schultern und wandte sich wieder an seinen jungen Schreiber.

»Ein Römer?«, wiederholte er.

Prosperius, der dem Mönch ebenfalls hinterhergeschaut hatte, warf dem Burggrafen einen verständnislosen Blick zu.

»Der Wirt sagte, Arnold von Clemante sei Römer?«, half ihm Bandolf auf die Sprünge.

»Nun, so nannte er ihn jedenfalls.«

»Und wie sah der Mann aus?«

»Woher soll ich das wissen, Herr?«, fragte Prosperius erstaunt. »Ich habe Arnold von Clemante doch noch nie gesehen.«

»Hat der Wirt sonst noch etwas über den Mann gesagt?«, wollte Bandolf wissen.

Prosperius grinste. »Er sagte, der Mann vertrüge seinen Wein nicht. Nach dem ersten Becher sei er in der Laune, sich mit jedermann anzulegen, um dann nach dem zweiten Becher über sein Elend zu jammern.«

Bandolf strich gedankenverloren über seinen Bart. Ob aus Rom, Kalabrien, Tuskien oder von noch weiter südlich – die meisten Männer aus Italien waren von eher kleinem Wuchs und dunkelhäutig. Ob Arnold womöglich der Mann gewesen war, der Ulbert von Flonheim auf dem Marktplatz angegriffen hatte? Die Frage war nur, warum er das hätte tun sollen. Immerhin hatte Ulbert Arnolds Weib aufgelesen und dafür gesorgt, dass die kranke Beatrix in gute Obhut kam. Sei's drum, Arnold sollte ihm selbst Rede und Antwort stehen.

»Du musst noch einmal zum ›Rostigen Kübel‹«, befahl er Prosperius, der das Mienenspiel seines Herrn mit offenkundiger Neugier beobachtete. »Lass Dir vom Wirt beschreiben, wie Arnold von Clemante aussieht. Versuche in Erfahrung zu bringen, wohin der Mann wollte, wo er hergekommen ist, ob er ein Lehen besitzt, ein Haus, eine Hufe. Falls es im ›Rostigen Kübel‹ niemand weiß, dann erkundige dich bei den Wachen an den Stadttoren, ob ihnen ein Mann aufgefallen ist, auf den die Beschreibung des Wirts zutrifft. Vielleicht kannst du herausfinden, durch welches Tor er Worms verlassen hat und in welche Richtung er geritten ist. Außerdem will ich alles wissen, was er getan hat, mit wem er gesprochen und mit wem er sich getroffen hat, solange er sich in Worms aufhielt.«

»Gleich, Herr?«, erkundigte sich Prosperius eifrig.

Bandolf nickte. Sein junger Schreiber schenkte ihm ein strahlendes Lächeln, bevor er sich umdrehte und die Hachgengasse hinunterlief. Abwesend blieb der Burggraf für einen Moment stehen. Es gab noch jemanden, den er nach Beatrix' Gatten fragen konnte. Auch Lothar von Kalborn mochte wissen, ob es sich bei Arnold um denselben Mann handelte, der Ulbert auf dem Marktplatz angegriffen hatte. Es war ohnehin höchste Zeit, dass er mit diesem Edelmann ein Wörtchen wechselte. Und womöglich würde sich in der Pfalz auch die eine oder andere Gelegenheit ergeben, mehr über den maulfaulen Raoul de Saint Rémy zu erfahren.

Erst als der Burggraf den Pfalzhof überquerte und der Bischofspfalz zustrebte, erregte der ungewöhnlich willfährige Eifer, mit dem Prosperius seinem Befehl nachgekommen war, seinen Verdacht, und er fragte sich, ob sein junger Schreiber irgendetwas im Schilde führte.

Als der Burggraf die Aula Minor der Bischofspfalz betrat, um nach Lothar von Kalborn zu fragen, spürte er sofort, dass etwas vorgefallen sein musste. Wie immer bevölkerten Heimische, Fremde, Edelleute, Geistliche, Bauern, Hörige und Pilger die Kleine Halle, um ihre Anliegen dem Bischof vorzutragen. Stets war die Aula Minor mit lautem Stimmengewirr erfüllt. Heute jedoch waren die Stimmen in der Kleinen Halle gedämpft, man tuschelte hinter vorgehaltener Hand, und die Gesichter wirkten betreten.

In absentia Seiner Eminenz und in Ermangelung eines Dompropstes stritten sich der Kämmerer Pothinus und der Vogt des Bischofs darum, sich der Bittsteller anzunehmen. Heute hatte offenbar der Vogt das Sagen. Er empfing den Burggrafen in einer kleinen Kammer, die der Bischof gewöhnlich dazu benutzte, Bittsteller zu empfangen.

»Was ist passiert?«, platzte Bandolf heraus, kaum dass er die Kammer betreten hatte. »Wieso stehen die Leute in der Halle mit Trauermienen herum, als ging's zu einem Begräbnis?«

Die Stirn in sorgenvolle Falten gelegt, berichtete der Vogt, dass vor knapp einer Hore eine Pilgergruppe im Domstift eingetroffen war. Sie erzählten, der König sei schwer erkrankt und ringe in der Abtei des heiligen Nazarius mit dem Tod.

»Zum Teufel auch!«, entfuhr es Bandolf. Hastig bekreuzigte er sich. Das war zweifellos eine schlimme Nachricht. »Seid Ihr sicher, dass die Nachricht stimmt?«

Der Vogt nickte betrübt. »Ich habe keine Veranlassung, an den Worten der Pilger zu zweifeln, und sicher wird auch der Bischof bald einen Boten mit der Kunde schicken. Einstweilen habe ich alle Hände voll zu tun, um die Gemüter zu beruhigen.«

»Woran ist der König erkrankt?«

»Das wussten die Pilger nicht genau. Es war von der Cholera die Rede. Ein anderer meinte, er sei vom Fleckfieber befallen.«

Bandolf seufzte. »Ich werde veranlassen, dass die Wachen an den Stadttoren verstärkt werden«, erklärte er.

»Glaubt Ihr, dass das nötig ist?«

»Allerdings«, meinte Bandolf. Man konnte nie wissen, was den Nachbarn einfallen würde, sollte sich die Nachricht von der schweren Krankheit des Königs bewahrheiten. Ein geschwächter Herrscher bedeutete ein geschwächtes Reich. Und ein geschwächtes Reich war wie eine Einladung an sämtliche Aasfresser, die sich an einem gefallenen Riesen zu laben gedachten.

Schließlich kam Bandolf auf den eigentlichen Zweck seines Besuches zurück und fragte nach Lothar von Kalborn. Doch auch dieses Mal hatte er kein Glück. Der Edelmann war nicht in seinem Quartier.

»Was macht der Mann eigentlich in Worms?«, fragte Bandolf verärgert. Der Vogt zuckte gleichgültig mit den Schultern und meinte, das müsse der Burggraf den Herrn schon selbst fragen.

Über Raoul de Saint Rémy wusste er kaum mehr zu sagen. Der burgundische Edelmann sei einen Tag vor dem Frühlingsfest in Worms eingetroffen. Er habe ein Schreiben des Bischofs von Metz bei sich gehabt, der sich für Raouls guten Leumund verbürgte. Schreiben dieser Art waren nicht ungewöhnlich für einen Reisenden und pflegten ihm die Aufnahme in der Fremde zu erleichtern.

»Hat der Graf erwähnt, warum er in Worms Aufenthalt genommen hat und nicht in Lorsch?«, wollte Bandolf wissen.

Nachdenklich runzelte der Vogt die Stirn. »In der Tat meinte er, die Pfalz zu Lorsch sei ihm allzu überfüllt mit Hofnarren. Da hielte er sich lieber an einem Ort auf, an dem er nicht auf Schritt und Tritt über einen solchen stolpern würde.«

Wider Willen musste Bandolf grinsen. »Hatte er Besuch, seit er hier ist?«, fragte er dann.

Der Vogt verneinte, und auch auf Bandolfs Frage, ob Raoul den einen oder anderen Namen von Freunden erwähnt hätte, die er besuchen wollte, schüttelte er den Kopf. »Überhaupt scheint er mir nicht sehr gesellig zu sein«, meinte er. »Gewiss hätte er sonst das Frühjahrsbankett nicht versäumt, obgleich er natürlich eingeladen war.«

Bandolf merkte auf. »Wollt Ihr damit sagen, der Burgunder hat sich in der Nacht des Frühlingsfestes nicht in der Pfalz aufgehalten?«

»Ob er in der Nacht wieder hier war, kann ich Euch wirklich nicht sagen, aber zur Sext habe ich ihn auf dem Pfalzhof gesehen. Er bestieg just sein Pferd. Auf dem Bankett war er jedenfalls nicht.«

Bandolf ersparte sich die überflüssige Frage, ob der Vogt wüsste, wohin Raoul geritten sei. Welches Ziel der burgundische Edelmann an diesem Tag auch gehabt hatte, dem Vogt hatte er es sicher nicht mitgeteilt.

»Richtet Lothar von Kalborn aus, er möchte mich aufsuchen, sobald er Euch unter die Augen kommt«, wies der Burggraf den Vogt noch an, bevor er sich verabschiedete.

Kurz darauf klopfte Bandolf an die Pforte zum Domstift.

Am Abend zuvor hatte er das Stück Pergament in Augenschein genommen, das die kranke Beatrix umklammert hatte, als sie ins Kloster gebracht worden war.

Doch obgleich Bandolf seine Buchstaben gelernt hatte und auch des Lateinischen mächtig war, halfen ihm seine

Kenntnisse hier nicht weiter. Offenbar war das Schriftstück dem Regen ausgesetzt gewesen. Die Tinte war an einigen Stellen verlaufen, und die Schrift schwer zu entziffern. Auf dem Fetzen fanden sich drei Zeilen Text, darunter schienen die Namen derer aufgelistet, die die Urkunde bezeugt hatten, und neben einem Schnörkelgebilde, das aussah wie ein Bienenstock, klebte das Bruchstück eines graugrünen Siegels. Die Jahreszahl war noch intakt, und aus dem A D MLV entnahm Bandolf, dass das Schriftstück im Jahre des Herrn 1055 ausgestellt und bezeugt worden war. Vom Text hatte Bandolf nur ein paar zusammenhängende Buchstaben entziffern können, wie nobilis, vir und honorem. Bei den Namen der Zeugen war er noch weniger erfolgreich gewesen, und schließlich hatte er es aufgegeben. Es mochte sich um eine Besitzurkunde handeln, die Schenkung an ein Kloster beinhalten, die Übereignung eines Lehens oder auch etwas gänzlich anderes sein. Um dem Fetzen mehr zu entlocken, bedurfte es größerer Kenntnisse, als er sie besaß.

Bruder Goswin hingegen beschäftigte sich schon sein halbes Leben lang mit Schriften jeglicher Art. Er mochte mehr aus dem Stückchen Pergament erfahren als der Burggraf.

Der Scholasticus hatte es jedoch eilig. Kaum hatte Bandolf ihm das Stück Pergament überreicht mit der Bitte, es für ihn zu entziffern, als die Glocken des Doms den Bruder in die Kirche riefen. Die Domherren wollten für die baldige Genesung des Königs beten. »Wollt Ihr mich nicht zur Messe begleiten?«, lud ihn Goswin ein, doch Bandolf lehnte ab.

Die schwere Erkrankung des Königs erforderte andere Maßnahmen von ihm als seine Fürsprache vor dem Allmächtigen, und bevor er sich diesen Verpflichtungen widmete, gedachte Bandolf noch einen anderen Faden zu entwirren, der mit Ulberts Tod zu tun hatte. Der Beutel mit den Silbermünzen, die er bei der Leiche gefunden hatte, lag noch immer wohlverwahrt in der Tasche seines Mantels. Es wurde Zeit, dass er herausfand, was es damit auf sich hatte.

Nachdem er den Pfalzhof überquert und die Diebsgasse hinter sich gelassen hatte, bemerkte der Burggraf, dass die Nachricht vom schlechten Befinden des Königs bereits die Runde durch die Stadt machte. Wie in der Bischofspfalz standen auch auf dem Marktplatz kleine Grüppchen bedrückter Menschen beisammen, spekulierten und tauschten ihre Ängste aus. Nach jedem zweiten Schritt musste Bandolf stehenbleiben, um die immer gleichen Fragen zu beantworten, auf die er selbst keine Antwort wusste.

»Burggraf! Wisst Ihr, wie es um den König steht?«

»Habt Ihr Neuigkeiten aus Lorsch?«

»Woran ist der König erkrankt, Herr? Ist es die Pest? Die Cholera?«

»Wird der König wieder genesen, Burggraf?«

Im Stillen teilte er die Sorgen seiner Schutzbefohlenen.

König Heinrich würde keinen Erben hinterlassen, und in Heinrichs Rücken standen gut und gerne ein halbes Dutzend Fürsten parat, die alle auf die eine oder andere Weise Anspruch auf seinen Thron würden geltend machen können. Falls sie sich nicht einig werden konnten, wer von ihnen das Zepter erhalten sollte, würde die Stärke ihrer Heere und ihr Geschick in der Schlacht darüber entscheiden. Der Krieg wäre so unvermeidlich wie die Strafe Gottes.

Auch Bandolfs eigenes Schicksal war ungewiss, wenn der König starb. Daran gab es nichts zu deuteln. Und als er auf der Brotgasse auch noch in einen Kuhfladen trat, der so frisch war, dass er dampfte, hatte seine Stimmung ihren Tiefpunkt erreicht. Gab es wohl noch ein schlechteres Omen?

»Ich stinke wie ein Iltis!«, knurrte Bandolf ärgerlich.

Während er leise vor sich hin fluchend den Kot mit Hilfe eines Zweiges abschabte, fragte er sich, ob der Unrat nur an seinen Stiefeln klebte oder ob er bereits bis zum Hals darin festsaß.

Er hatte sich Feinde unter den Fürsten gemacht, und wenn einer von ihnen König würde, wären seine Tage als Burggraf ohnehin gezählt. Gleichgültig, ob er sich von jeglichem Verdacht reinwaschen konnte oder nicht.

Für einen Augenblick war er geneigt, die Suche nach Ulberts Mörder aufzugeben.

Aber noch lebte der König, und was der Morgen bringen würde, lag in Gottes Hand.

Bandolf holte tief Luft, um seine Niedergeschlagenheit zu vertreiben, schleuderte den Zweig weit von sich und setzte seinen Weg fort.

Der ohrenbetäubende Lärm des Schmelzofens und der Walze, das Hämmern und Schlagen der Münzer und die Gerüche nach Metall und scharfen Beizen drangen ungehemmt auf die Gasse, als der Burggraf die Tür öffnete und aus der Werkstätte heraustrat.

Auf der gegenüberliegenden Seite stand der Falke in einem schmalen Durchlass. Geduldig verharrte er auf seinem Platz, bis der Burggraf ein gutes Stück die Gasse hinuntergegangen war.

Just schickte er sich an, seine Deckung zu verlassen, als er plötzlich stutzte. Mit schmalen Augen beobachtete er, wie eine Gestalt, das Gesicht hinter einer Kapuze verborgen wie er selbst, am anderen Ende der kleinen Gasse verstohlen um die Ecke bog, sich hastig nach links und rechts umschaute, um dann eilig denselben Weg einzuschlagen, den auch der Burggraf genommen hatte.

An sich war es nicht von Bedeutung, wenn jemand denselben Weg hatte wie Bandolf von Leyen, aber es war heute bereits das zweite Mal, dass diese Gestalt seinen Weg – und den des Burggrafen – kreuzte. Der Falke glaubte an Bestimmung. Nicht aber an Zufälle. Alarmiert runzelte er die Stirn. War außer ihm noch jemand am Tun und Lassen des Burggrafen interessiert? Womöglich aus demselben Grund wie er?

Die Hand des Falken glitt an seinen Gürtel, an dem neben seinem Schwert auch ein Dolch hing. Einen Augenblick lang verharrte seine Hand über der Dolchscheide, dann schloss er sie zur Faust und schüttelte den Kopf.

Er würde sich später darum kümmern, ob ihm womöglich jemand in die Quere kam. Für den Augenblick hatte er etwas anderes zu tun.

Gemächlich schlenderte er zur Münzerwerkstatt hinüber, die der Burggraf just verlassen hatte.

Auch in Bandolfs Heim war die Nachricht von König Heinrichs Erkrankung eingetroffen und hatte auf dem Weg in seine Halle einiges an Ausschmückung erfahren.

»Es heißt, der König sei vom Pferd gefallen und habe sich alle Knochen gebrochen«, berichtete Filiberta düster, während sie ihrer Herrin half, die Tafel für das Mittagsmahl zu decken.

»Das ist doch gar nicht wahr«, rief die junge Hildrun. »Der König ist auf der Jagd von einem wilden Keiler angegriffen worden. Der hat ihn übel zugerichtet, bevor der König ihn erlegen konnte.« Ihre glänzenden Augen verrieten, dass ihr diese Vorstellung – ungeachtet dessen, wie unwahrscheinlich sie klang – weitaus besser gefiel.

»Wer behauptet das?«, erkundigte sich Matthäa.

»Die Magd vom Leinenweber hat es mir erzählt.«

»Mumpitz«, erklärte Werno, drückte sein Kinn gewichtig nach unten und verkündete mit Grabesstimme: »Es ist die Seitenkrankheit.« Mit offenkundiger Befriedigung vermerkte er die erschrockene Stille, die auf seine Worte folgte. Die Seitenkrankheit war ein übles Leiden, das mit Stechen im Gedärm und heftigen Krämpfen einherging und fast unweigerlich mit dem Tod endete.

»Großer Gott«, hauchte Matthäa.

Die beiden Mägde bekreuzigten sich.

»Woher willst du das wissen?«, fragte Bandolf.

Er hatte Herwald, seinen Marschalk, mit der Aufgabe betraut, die Wachen an den Stadttoren zu verstärken und die Waffen zu inspizieren, die im Turmhaus für den Fall eines Angriffs lagerten. Nun schob er sich auf die Bank hinter seiner Tafel. Hungrig schielte er nach der Schüssel mit Dinkelbrei, die Matthäa auf den Tisch stellte.

»Ein Pilger hat es mir auf dem Marktplatz erzählt, und der kommt geradewegs aus Lorsch«, trumpfte Werno auf.

»Das kommt davon, wenn man einem jungen Mann die Zügel schießen lässt«, erklärte Eltrudis streng, die, mit einer Nadelarbeit auf dem Schoß, dem Burggrafen gegenübersaß. »Ich ahnte längst, dass es mit dem König eines Tages ein schlimmes Ende nehmen würde. Bei all dem Sittenverfall, dem man heutzutage bei Hofe begegnet, wird das niemanden verwundern. Ich war stets der Meinung, dass …«

Mit einem begehrlichen Blick auf das helle Brot und den Käse, die sich zu der großen Schüssel gesellt hatten, unterbrach sie der Burggraf: »Wir wollen dem Herrn für die Mahlzeit danken.«

Kaum hatte Bandolf das Mittagsgebet in seinen Bart gemurmelt und das Brot gebrochen, als Matthäa ein leises Seufzen ausstieß: »Für Kaiserin Agnes muss es schrecklich sein, wenn sie erfährt, wie schlecht es um ihren einzigen Sohn steht.«

»Sie hat es doch vorgezogen, sich in ein Kloster zurückzuziehen, anstatt König Heinrich zu unterstützen, wie es sich gehört hätte«, meinte Eltrudis mit bebenden Nasenflügeln, die deutlich zeigten, was sie von solcher Pflichtvergessenheit hielt. Sie hob die Brauen und fügte hinzu: »Doch glaubt mir, meine Liebe, falls der König stürbe, würde es Adelheid von Turin noch bitterer treffen als die Kaiserin.«

»Wie könnt Ihr so etwas nur behaupten?«, rief Matthäa mit erstickter Stimme. »Wen könnte der Tod des Sohnes schwerer treffen als die Mutter?«

Bandolf warf der Tante seiner Gattin einen zornigen Blick zu. Musste sie unbedingt in der Wunde herumstochern, die der Tod seines ungeborenen Kindes in seinem und Matthäas Leben hinterlassen hatte?

Eltrudis war sich ihres Missgriffs offenkundig nicht bewusst. »Ihr sprecht von Dingen, die Ihr nicht versteht, mein Kind«, wies sie Matthäa zurecht. »Es ist kein Geheimnis, dass König Heinrich sich eine andere Braut als Adelheids Tochter wünscht. Man sagt, er habe Mathilde von Tuskien im Auge, obwohl sie ihm um ein paar Jahre voraus ist.«

»Aber ist Mathilde nicht ihrem Stiefbruder Gottfried von Lothringen versprochen?« Matthäa hatte sich augenscheinlich wieder gefangen.

»Herrje, der Bucklige!«, quiekte Hildrun. »Da möcht ich doch an Mathildes Stelle auch lieber den König nehmen.«

»Pah!«, schnaubte Filiberta. »Als würde der dich haben wollen.«

Die junge Magd schleuderte ihren blonden Zopf in den Nacken und zog ein Schmollmündchen. »Dass du dich da bloß nicht täuschst. Da gibt es noch ganz andere.«

»Wer möchte das wohl sein?«

»Du würdest dich wundern«, erklärte Hildrun hochtrabend und wurde bis über die Ohren rot. Filiberta warf ihr einen argwöhnischen Blick zu, doch die Magd wandte sich hastig ab.

»Eine Verbindung des Königs mit dem papsttreuen Haus

Tuskien wäre für das Reich nicht sehr wünschenswert«, sagte Bandolf trocken.

»Warum nicht?«, erkundigte sich Matthäa.

»Mathildes Mutter ist mit Gottfried von Lothringen vermählt«, erklärte Bandolf und fügte mit einem Seitenblick auf die junge Magd hinzu: »Mit dem Vater des Buckligen. Der alte Haudegen ist ein mächtiger Fürst, der ausschließlich seine eigenen Interessen verfolgt und bereits einige Male König Heinrichs Entscheidungen unterlaufen hat.«

»Vor Mathildes Mutter war Gottfried mit der Tochter von …«, setzte Eltrudis an, doch Bandolf, der kein Bedürfnis nach Hofklatsch verspürte, unterbrach sie:

»Mit seiner Stieftochter Mathilde an Heinrichs Seite würde Gottfried noch mehr Macht und Einfluss auf sich vereinen, als er ohnehin schon hat. Das würde nicht nur das Reich, sondern auch den Einfluss der anderen Fürsten erheblich schwächen. Und das wünscht sich keiner. Nicht einmal die Fürsten, die so bestrebt sind, des Königs Befugnisse zu beschneiden.«

»Und Adelheid von Turin?«, fragte Matthäa.

»Berthas Mutter Adelheid ist dem König treu ergeben. Zudem besitzt die Markgräfin von Turin noch Ländereien wie Maurienne und Savoyen. Sie kontrolliert einige der wichtigsten Pässe über die Alpen. Und damit auch Handelswege, Heerstraßen und Pilgerpfade zwischen dem Reich und Italien. Wer immer im Reich das Sagen hat, kann mit Turin an seiner Seite das mächtige Lothringen in seine Schranken verweisen.«

»Also wäre doch eine Vermählung zwischen Heinrich und Bertha von Turin nur von Vorteil für den König?«, vergewisserte sich Matthäa.

»Ganz bestimmt«, antwortete Bandolf.

Matthäa runzelte die Stirn. »Aber warum sträubt er sich dann so gegen diese Verbindung?«

Der Burggraf zuckte mit den Schultern. »Wenn nicht allein aus Trotz den Fürsten gegenüber, die diese Hochzeit befürworten, dann womöglich, weil er noch jugendliche Flausen im Kopf hat.«

»Selbstverständlich hängt auch Adelheid ihr Seelenheil daran, dass diese Vermählung zustande kommt«, merkte Eltrudis an. »Berthas Mutter und Mathildes Mutter sind Schwestern. Einen König ihren Eidam zu nennen, hätte Adelheid von Turin ihrer Schwester nur zu gerne voraus. Ich war mit meinem Gatten dazumal in Quedlinburg, als …«

Dieses Mal war es Egin, Bandolfs Torwächter, der ihre Ausführungen unterbrach. Mit Leidensmiene kam er in die Halle geschlurft und verkündete, draußen stehe ein Bote Seiner Eminenz, des Bischofs von Worms, und wünsche mit dem Burggrafen zu sprechen.

Bandolf warf einen betrübten Blick auf seine noch halb volle Schüssel. Sein Appetit hatte sich mit einem Mal deutlich vermindert.

Als Garsende nach der Mittagsstunde das Anwesen des Burggrafen betrat, traf sie im Hof auf Filiberta, die ein Bündel Holz zum Haus trug. Die stämmige Magd blieb stehen, legte den Holzstoß bei der Türschwelle ab und begrüßte sie mit finsterer Miene. »Falls Ihr zu meiner Herrin wollt, kommt Ihr umsonst. Frau Eltrudis hat darauf bestanden, dass die Burggräfin sie zum Nonnenkloster begleitet.«

»Was machst du denn für ein saures Gesicht?«, erkundigte sich Garsende erstaunt.

Filiberta presste die Lippen aufeinander und schüttelte stumm den Kopf.

Garsende lächelte ihr aufmunternd zu. »Nun sag schon, was dich drückt.«

Für einen Moment schien die Magd mit sich zu ringen,

dann trat sie nah an Garsende heran und raunte: »Es ist die Tante. Die Frau ist mit einem bösen Geist beseelt. Da habt Ihr mein Wort darauf.«

Verblüfft runzelte Garsende die Stirn. »Du meinst doch nicht Frau Eltrudis?«

Filiberta nickte düster. »Seit sie im Haus ist, gibt's nur Unheil!« Sie rückte noch näher an die Heilerin heran und flüsterte: »Am Tag ihrer Ankunft fand ich eine tote Amsel im Hof, direkt unter ihrer Kammer. Und am Morgen danach war die Milch sauer. Kurze Zeit später hat der Braune des Burggrafen gelahmt. Und«, wisperte sie, »als wär's noch nicht genug, hatten wir plötzlich den toten Edelmann im Hof liegen. Wenn das kein Zeichen ist, dass ein Dämon im Haus umgeht, dann weiß ich's auch nicht.«

»Du liebe Zeit«, murmelte Garsende.

»Dabei wisst Ihr noch längst nicht das Schlimmste!«, trumpfte Filiberta auf. »Der Dämon hat es nämlich auf meine Herrin abgesehen.«

»Großer Gott, wie kommst du darauf?«

»Seit die Tante im Haus ist, geht es der Burggräfin schlecht. Sie will es mir nicht zugeben, aber ich sehe doch, wie sie bleich umherläuft, als wär sie selber schon ein Geist, nicht schlafen kann, ihr Brot nicht anrührt und dauernd würgen muss.«

»Warum kommt sie damit nicht zu mir?«, flüsterte Garsende bestürzt und mehr zu sich selbst als zu Filiberta.

»Der Dämon will's nicht dulden.«

»Und du glaubst, der Dämon gehe in Gestalt von Frau Eltrudis um?«

Filiberta warf sich in die Brust. »Ja, glaubt mir nur. Wäre all das andere nicht schon Beweis genug, so hab ich mit eigenen Augen gesehen, wie die Tante just in der Nacht, als der Edelmann in unserem Hof starb, im Haus umhergeschlichen ist. Bei all der Jammerei und ihren Zuständen hätte sich Frau Eltrudis doch niemals aus freien Stücken Wind und Regen ausgesetzt. Nein, nein. Der böse Geist treibt sie um. Das weiß ich gewiss.«

»Du hast Frau Eltrudis in der Nacht gesehen, als Ulbert von Flonheim starb?«, vergewisserte sich Garsende alarmiert.

»Herrje, ich hab doch Augen im Kopf.«

»Wann genau hast du sie gesehen?«

»Ich weiß nicht, wie spät es war. Ich wachte auf, als sie in der Halle herumhantierte, sah sie Wasser in eine Schale schöpfen, und dann ging sie wieder. Aber sie muss im Regen gewesen sein. Sie trug nämlich einen Umhang, und ich sah im Schein ihrer Lampe, dass er nass war.«

»Hast du das dem Burggrafen erzählt?«, fragte Garsende scharf.

»Pah!«, schnaubte Filiberta. »Als würde der Herr mir zuhören. Wo er doch bis zum Hals mit der toten Leiche des Flonheimers beschäftigt ist.«

Tief beunruhigt betrat Garsende die Halle. Doch der Anblick, der sich ihr dort bot, vertrieb die Sorgenfalten auf ihrer Stirn und entlockte ihr ein erheitertes Lächeln.

Der Burggraf war an seiner Tafel eingenickt. Mit halb geöffnetem Mund und geschlossenen Augen lehnte er mit dem Rücken an der Wand, und auf seiner breiten Brust schlummerte die Domkatze mit ausgestreckten Vorderpfoten. Den Kopf in seine Halsbeuge geschmiegt, schnurrte Penelope im selben Rhythmus, wie der Burggraf schnarchte.

Als Garsende behutsam näher kam, hob die Katze den Kopf und funkelte sie argwöhnisch an. Dann sprang sie plötzlich auf, krallte die Pfoten in Bandolfs Hemd und fauchte. Der Burggraf fuhr mit einem verstörten Japsen hoch, und Penelope machte einen Satz auf den Boden, wo sie unter dem Tisch verschwand.

»Was zum Teufel …«, knurrte Bandolf, während er sich die Brust rieb und die Heilerin verständnislos anblinzelte.

Garsende gluckste. »Verzeiht mir, ich wollte Euch nicht stören.« Vergeblich versuchte sie, das Lachen in ihrer Stimme zu unterdrücken.

»Herrje, hast du noch nie einen erschöpften Mann gesehen?«, fragte er unwirsch.

»Und ich glaubte, Ihr wärt tief in Gedanken.«

Bandolf warf ihr einen misstrauischen Blick zu. »Machst du dich über mich lustig?«

»Das würde mir nie einfallen«, beteuerte Garsende hastig.

Während sie sich ihm gegenüber auf die Bank setzte, betrat Filiberta mit dem Holzstoß unter dem Arm die Halle. Die Magd rief nach Hildrun, und als niemand antwortete, brummte sie verärgert etwas über nichtsnutzige Gören, die sich den lieben langen Tag vor der Arbeit drückten, um sich Gott weiß wo herumzutreiben. Bandolf setzte ihrem Lamentieren ein Ende. »Bring einen frischen Krug Bier und Brot für die Heilerin«, befahl er. Dann lehnte er sich zurück und rieb sich die Augen.

»Kurz nach der Sext kam ein Bote Bischof Adalberos aus Lorsch. Er bestätigte, dass König Heinrich schwer erkrankt ist«, sagte er unvermittelt.

»Ich habe davon gehört.« Garsendes Heiterkeit verschwand, und sie dachte betrübt an den blutjungen König, wie sie ihn zuletzt in der Bischofspfalz gesehen hatte. »Hat der Bote Euch gesagt, was dem König fehlt?«, erkundigte sie sich.

»Es scheint ein Fieber zu sein, das ihn plötzlich überfallen hat.«

»Ein Fieber«, grübelte sie laut. Vom Geschnäuf bis zur Pest konnte das alles bedeuten. »Mehr wusste der Bote nicht?«

Bandolf schnaubte. »Mir vom Gesundheitszustand des Königs zu berichten, war offensichtlich nicht das Hauptanliegen Seiner Eminenz.«

»Schlechte Nachrichten?«

»Befehle«, grunzte der Burggraf.

Er schwieg, als Filiberta Brot und Bier auf den Tisch stellte, und fuhr erst fort, nachdem die Magd sich wieder zurückgezogen hatte.

»Seine Eminenz wünscht, dass ich umgehend den Bau eines Turmes zwischen Martinstor und Andreaspforte in die Wege leite«, fuhr Bandolf fort. »Sein Baumeister habe diesbezüglich Order, doch ich solle mich selbst davon überzeugen, dass die Qualität des Gesteins den Anforderungen entspricht. Außerdem heißt er mich, sämtliche Gassen und Feuerstellen der Stadt zu inspizieren, ob sie der Vorschrift entsprechen, den Ausbau der Taufkapelle St. Johannes zu überwachen, und persönlich ein Auge auf die Vorstädter zu haben, welche er verdächtigt, Waren in die Stadt zu bringen, ohne den entsprechenden Zoll zu entrichten.«

»Und was missfällt Euch daran?«

»Alles missfällt mir daran!«, knurrte Bandolf. »Beispielsweise baut man in ungewissen Zeiten wie jetzt, da der König erkrankt ist, keinen Turm, der von geringer Bedeutung für die Verteidigung der Stadt ist. Momentan täte es mehr Not, die Bewaffnung der Bürger aufzustocken oder die Stadtmauer zu inspizieren und gegebenenfalls auszubessern. Ganz davon zu schweigen, dass ich den Baumeister zum Steinbruch in den Odenwald begleiten müsste, um zu sehen, ob die Steine für den Bau des Turms geeignet sind. Worauf ich mich, wohlgemerkt, auch keineswegs verstehe!

Und wenn schon ein Turm gebaut werden soll, wieso dann nicht zwischen der Pfauen- und der Judenpforte? Was den Ausbau der Taufkapelle St. Johannes betrifft, ist das die Aufgabe seines Vogts oder des Kämmerers. Ganz bestimmt nicht meine!« Mit zusammengekniffenen Augen schüttelte er den Kopf. »Mir will scheinen, als wolle der Bischof mich um jeden Preis beschäftigt halten.«

Hätte Garsende nicht selbst schon Bekanntschaft mit Bischof Adalbero geschlossen, wäre ihr die Vermutung des Burggrafen hanebüchen erschienen. So aber fragte sie nur: »Aus welchem Grund sollte er das tun? Um Euch daran zu hindern, Ulbert von Flonheims Mörder zu finden?«

Bandolf verzog das Gesicht. »Womöglich. Doch wüsste ich nur zu gerne, warum er solchen Aufwand treibt.«

»Was werdet Ihr tun?«

»Ich tue genau das, was Seine Eminenz wünscht.«

»Tatsächlich?«, entfuhr es ihr überrascht.

»Werno habe ich damit beauftragt, die Gassen zu inspizieren, einen Büttel, die Feuerstellen zu überprüfen, während sich mein Marschalk um Waffen und Befestigung der Stadt kümmert. Dem Vogt werde ich im Namen des Bischofs Dampf unter dem Hintern machen, dass er den Ausbau von St. Johannes vorantreibt. Prosperius soll sich um die Vorstädter kümmern. Und auf meinem Gut bei Sallach habe ich einen jungen Mann, der sich ausgezeichnet auf Steine versteht. Dorthin ist Jacob unterwegs.« Der Burggraf verzog den Mund zu seinem schmalsten Lächeln. »Wie du siehst, kümmere ich mich um alles selbst.«

Garsende lachte.

Mit einem Zug leerte Bandolf seinen Becher. Dann wischte er sich mit seinem Ärmel über den Bart und beugte sich vor. »Konntest du von Ulberts Witwe etwas Neues erfahren?«

Zögernd senkte Garsende den Kopf und dachte an Annalinde, die ihre Hand umklammert hielt, als wäre die Heilerin ihr Anker, während sie stockend und mit verwirrenden Umwegen ihr Herz erleichtert hatte. Einen Moment lang fühlte sie sich wie ein Judas. Annalinde hatte ihr, einer

Fremden, ihr Vertrauen geschenkt, und es schien Garsende, als würde sie dieses Vertrauen missbrauchen, wenn sie dem Burggrafen alles erzählte, was die Witwe ihr gesagt hatte. Andererseits hatte Annalinde sehr wohl gewusst, dass der Burggraf die Heilerin zu ihr geschickt hatte.

»Nun?«, forderte Bandolf.

Garsende hob den Kopf, schöpfte tief Atem und begann mit ihrem Bericht.

Kapitel 7

Am ersten Tag im März war Ulbert mit Gemahlin, Kind und einem kleinen Gefolge von seinem Flonheimer Gut aufgebrochen, um nach Worms zu reisen«, begann die Heilerin. »Zwei Tage später, am Tag der heiligen Kunigunde, hatten die Reisenden just die Bergkirche St. Peter passiert, als sie plötzlich von einem Gewitter überrascht wurden. Ulberts Pferd erschrak über einen Blitz und ging mit ihm durch. Einige Zeit später fanden die Hörigen ihren Herrn über den leblosen Körper einer Frau gebeugt, die abseits des Weges im Unterholz lag. Ulbert befahl seinen Hörigen, sie zum Wagen seiner Gattin zu tragen. Gewand und Umhang des Weibes waren durchnässt, schmutzig und an einigen Stellen zerrissen, doch sie gehörten zweifellos einer Frau von Stand. Ulbert wollte die Bewusstlose zunächst zur Bergkirche schaffen lassen, doch Annalinde glaubte nicht, dass man sich dort angemessen um sie kümmern konnte. Zum Nonnenkloster Mariamünster war es nicht mehr allzu weit, und sie schlug vor, den kleinen Umweg zu machen und die Kranke dorthin zu bringen. Schließlich gab Ulbert nach.«

Garsende trank einen Schluck aus ihrem Becher.

»In ihrem Gefährt hatte Annalinde Gelegenheit, den Beutel zu durchsuchen, den die Fremde bei sich hatte«, erzählte sie weiter. »Sie hoffte, etwas zu finden, das ihr Aufschluss über die Herkunft des Weibes geben würde. Aber sie fand nur ein wenig Proviant, einen Kamm, ein Unterkleid – Dinge, die man auf Reisen mitnimmt.«

»Hatte sie auch Münzen bei sich?«, erkundigte sich Bandolf.

»Münzen?« Garsende runzelte die Stirn. »Davon hat Annalinde nichts gesagt. Wie kommt Ihr darauf?«

Bandolf klaubte einen abgetragenen Beutel aus einer Tasche, die an seinem Gürtel hing, und schüttelte den Inhalt auf den Tisch. Silber glänzte im Schein der Fackeln, die an den Wänden der Halle befestigt waren. Garsende schnappte hörbar nach Luft. »Woher habt Ihr das?«

»Ich fand sie in der Tasche von Ulberts Umhang, als er tot in meinem Hof lag.« Bandolf nahm eine der Münzen und drehte sie nachdenklich zwischen Daumen und Zeigefinger. »Heute Morgen war ich beim Münzmeister. Seinem weitschweifigen Geschwatze über den Unterschied zwischen den Münzen in früheren Zeiten und den Münzen, die heutzutage in Umlauf sind, und Begriffen wie Initialen und Buchstaben, Prägungen und Stempel, die er mir um die Ohren schlug, konnte ich schließlich entnehmen, dass diese Münzen vor mindestens einer Dekade geprägt wurden. Sie stammen eindeutig aus der Grafschaft Maurienne.« Behutsam, als handle es sich um zerbrechliches Gut, steckte er die Münzen zurück in den Beutel. Mit einer steilen Falte zwischen den Brauen sah er Garsende an. »Und nun frage ich dich: Wie kommt ein kleiner Edelmann wie Ulbert von Flonheim an wertvolle Denare, die aus einer Münzwerkstatt in Maurienne stammen? Mit dem Bildnis Odos, Graf von Maurienne und Savoyen, Markgraf von Turin. Des verstorbenen Vaters unserer zukünftigen Königin?«

»Womöglich bekam er sie von seinem Schwiegervater«, überlegte Garsende laut. »Annalindes Vater ist Kaufmann. Er könnte die Münzen eingetauscht und sie Ulbert, seinem Eidam, gegeben haben.«

»Vielleicht«, räumte der Burggraf ein. »Aber was in dem Beutel steckt, mag so manchem als Schatz gelten. Damit ließe sich leicht eine kleine Hufe nebst Vieh und Hörigen erwerben.«

»Es könnte sich um Annalindes Mitgift handeln«, schlug Garsende vor, doch Bandolf schüttelte den Kopf.

»Wie es scheint, hat Ulbert die Mitgift seiner Gattin in Pferd, Rüstung und Schwert angelegt. Da wird nicht viel übrig geblieben sein.«

»Ließe sich das nicht leicht in Erfahrung bringen?«, fragte Garsende vorsichtig.

»Hmm«, murmelte der Burggraf, offenbar in Gedanken. Schließlich räusperte er sich und fragte: »Was hatte dir die Witwe sonst noch zu sagen?«

Garsende sammelte ihre Gedanken. »Annalinde erzählte mir, der Trubel ihrer Ankunft in Worms habe sie derart in Anspruch genommen, dass die Begebenheit mit der Fremden …«

»Beatrix von Teveno. Ich erfuhr ihren Namen im Kloster«, warf Bandolf ein.

Mit einem Lächeln nickte Garsende. »… die Begebenheit mit Beatrix bei der Bergkirche bald ihrem Gedächtnis entschwunden sei. Es vergingen einige Tage, bis sie eine Veränderung im Verhalten ihres Gatten wahrgenommen habe.«

Zunächst nahm Ulbert am Tisch des Propstes noch an den Verhandlungen um seinen Weinberg teil. Doch dann schien sein Interesse plötzlich nachzulassen. Mehr und mehr übertrug er die Sorge um einen rechten Preis seinem Vogt, während er sich selbst immer häufiger, fern seiner Gattin und seines Sohnes, in der Stadt aufhielt. Auch seine Stimmungen wechselten rasch von Ausgelassenheit, die an Übermut grenzte, zu gereiztem Zorn, den sich seine Gattin kaum erklären konnte. Ihre Verbindung war nicht aus Neigung geschlossen worden, doch, wie Annalinde behauptete, war Ulbert ihr doch größtenteils mit Freundlichkeit begegnet. Zu Anfang ihrer Ehe hatte Annalinde befürchtet, er würde sie spüren lassen, dass er unter seinem Stand vermählt worden war. Aber wenn es Vorwürfe darüber gab, äußerte er sie nur seinem Vater gegenüber. Nun jedoch begegnete Ulbert auch ihr ungehalten und mürrisch und machte spitze Bemerkungen über die Kaufmannstochter, die sich glücklich schätzen durfte, sein Weib zu sein.

»Obwohl Ulbert im Grunde vom Wohlwollen des Kaufmanns lebte, bekam es Annalinde mit der Angst, er könne sie und ihren Sohn verstoßen«, erklärte Garsende.

»Hatte er eine Kebse?«, fragte der Burggraf.

Garsende zuckte mit den Schultern. »Dasselbe habe ich Annalinde gefragt, doch sie meinte, er habe trotz seines eigenartigen Verhaltens regelmäßig ihr Lager geteilt.«

»Das muss nichts heißen«, murmelte Bandolf.

Seine Bemerkung rief ein kantiges Gesicht vor ihr inneres Auge, und Garsende spürte einen Anflug von Ärger. »Wie auch immer Mannsleute darüber denken mögen«, sagte sie scharf.

Bandolf warf ihr einen erstaunten Blick zu. Hastig senkte sie den Kopf und fuhr in milderem Tonfall fort: »Annalinde konnte sich keinen Reim auf Ulberts verändertes Verhalten machen, und wenn sie ihn fragte, ob ihn etwas bedrücke, wurde er zornig und hieß sie, sich nicht in seine Belange einzumischen. Also fragte sie nicht mehr. So ging es bis zum Tag des Frühlingsfestes.«

An jenem Tag um die Mittagsstunde war Ulbert von Flonheim aufgebracht und offenkundig tief beunruhigt von einem Gang in die Stadt zum Stift St. Andreas zurückgekehrt. Er war so aufgewühlt und augenscheinlich ratlos gewesen, dass Annalinde all ihren Mut zusammennahm und in ihn drang, bis Ulbert ihr gestand, was er getan hatte.

Angespannt beugte sich der Burggraf vor.

»Als Ulbert seinen durchgegangenen Gaul endlich zum Stehen bewegen konnte und Beatrix auf dem Boden liegen sah«, berichtete Garsende, was Annalinde ihr stockend und unter Tränen erzählt hatte, »stieg er ab und beugte sich über sie. Beatrix atmete noch, schien aber das Bewusstsein verloren zu haben. Neben ihr lag ein Bündel, und Ulbert tat das, was später auch seine Gattin tat: Er durchsuchte den Beutel, um einen Hinweis auf die Herkunft des Weibes zu erhalten. Doch der Beutel enthielt nichts Aufschlussreiches. Bis auf eine gesiegelte Schriftrolle, sorgsam eingewickelt in ein Stück Leinen. Und damit das offenkundig wichtige Dokument nicht in die falschen Hände geriete, nahm Ulbert es an sich.«

Die Miene des Burggrafen verfinsterte sich. »So hat er es seiner Gattin erzählt?«

»So hat es seine Gattin mir erzählt.«

»Eine sehr geschmeidige Auslegung dessen, was wohl in Wahrheit geschehen ist«, knurrte Bandolf.

Garsende runzelte die Stirn und warf ihm einen fragenden Blick zu.

»Beatrix hielt den Fetzen eines Dokuments mitsamt einem Teil des Siegels in ihrer Faust, als man sie zu den Nonnen gebracht hatte«, erläuterte er. »Ulbert muss es ihr aus der Hand gerissen haben.«

Nachdenklich nickte Garsende.

»Dann war sie womöglich nicht zur Gänze bewusstlos und hat bemerkt, dass Ulbert das Dokument an sich nahm«, überlegte sie.

»Lassen wir es dabei bewenden. Ulbert nahm dieses Schriftstück also an sich. Was geschah dann?«

Da Ulbert nicht lesen konnte, hatte er das Dokument einige Tage nach seiner Ankunft in Worms zu seinem Vetter Bartholomäus gebracht. Nachdem Bruder Bartholomäus es übersetzt hatte, wusste Ulbert, dass er ein äußerst gefährliches Kleinod in seiner Tasche trug. Was ihn einerseits in ein Hochgefühl, andererseits in Schrecken versetzte.

»Er schwor seiner Gattin, dass er fest davon überzeugt gewesen wäre, dass Beatrix ihr schlimmes Fieber nicht überleben würde. Und wenn sie stürbe, wäre ihr das Dokument ja auch nicht mehr von Nutzen«, berichtete Garsende. »Ganz abgesehen davon konnte Ulbert sich auch nicht vorstellen, wie eine solche Urkunde überhaupt in Beatrix' Hände gelangt war.« Nachdenklich neigte sie den Kopf. »Was da in seinen Besitz gelangt war, würde ihn und die Seinen mit einem Schlag in schwindelerregende Höhen führen, hat er Annalinde gesagt. Zumindest, wenn es ihm gelänge, das Schriftstück in die richtigen Hände zu legen. Wären es aber die falschen, würde es womöglich fatale Folgen für ihn haben.«

Nachdem Bruder Bartholomäus das Dokument übersetzt hatte, war Ulbert noch am Überlegen, wie er es zu seinem Vorteil nutzen konnte, als er an jenem Tag des Frühlingsfestes von einem Mann auf dem Marktplatz angesprochen wurde. Er sei Arnold von Clemante, Ehemann des Weibes, das Ulbert aufgelesen habe, stellte sich der Mann vor, und es solle Ulberts Schaden nicht sein, dass er sich Arnolds Gattin angenommen hätte. Er, Arnold, sei auch dankbar, dass Ulbert das Dokument aufbewahrt habe – und das habe er doch? –, das sein Weib bei sich getragen hätte.

Ulbert, der sich an den Gedanken gewöhnt hatte, bald ein vermögender Mann und unabhängig vom Kaufmannsvater seiner Gattin zu sein, bestritt, das Dokument an sich genommen zu haben.

Ein Lächeln huschte über Garsendes Gesicht. »Annalinde sagte, ihr Gatte sei ein Mann gewesen, dem man jede Regung vom Gesicht ablesen konnte«, bemerkte sie. »Es hat sie nicht verwundert, dass Arnold ihm nicht glaubte.« Ihr Lächeln verschwand. »Nachdem Ulbert auch weiterhin jede Kenntnis über das Schriftstück leugnete, verlegte sich Arnold aufs Drohen. Ulbert sei des Todes, wenn er das Dokument nicht herausgäbe. Schließlich wurde er handgreiflich, und nur das Eingreifen eines Dritten hat verhindert, dass Ulbert schlimmer zugerichtet wurde.«

»Der unsichtbare Lothar von Kalborn«, bemerkte Bandolf.

Garsende spürte, wie ihre Wangen heiß wurden. »Unsichtbar?«

»Jedes Mal, wenn ich in der Bischofspfalz nach Lothar von Kalborn frage, ist er nicht da. Und ich muss wissen, ob er einen der beiden Männer kannte«, erklärte der Burggraf verärgert. »Offenbar hat er sich schon des Öfteren in Worms aufgehalten, doch was er in der Stadt eigentlich zu schaffen hat, scheint niemand zu wissen. Die Frage ist, was treibt dieser Mann eigentlich den lieben langen Tag?«

Für einen Augenblick war Garsende, als würde ihr Herzschlag vor Schreck aussetzen. Was würde geschehen, wenn der Burggraf herausfand, mit wem Lothar seine Zeit verbrachte? Sie spürte, wie das Blut in ihre Wangen schoss, und aus dem Augenwinkel sah sie Bandolfs irritierten Blick. Rasch senkte sie den Kopf.

Dumme Gans, nimm dich zusammen!, schalt sie sich, doch erst, als der Burggraf ungeduldig auf den Tisch zu klopfen begann und wissen wollte, wieso sie nicht weiterspräche, gelang es ihr, sich wieder zu sammeln. Mit einem weiteren Schluck aus dem Becher benetzte sie ihre plötzlich trocken gewordene Kehle und fuhr dann schließlich fort:

»Ulbert kehrte zu Tode erschrocken in sein Quartier zurück. Nachdem er Annalinde alles gestanden hatte, beschwor sie ihn, sich dieses gefährlichen Dings sofort zu entledigen, und riet ihm, das Dokument Euch oder dem Kämmerer des Bischofs auszuhändigen. Doch obwohl Arnold ihn mächtig eingeschüchtert hatte, konnte Ulbert sich dazu nicht entschließen.« Garsende seufzte. »Die Aussicht, das Schriftstück möchte ihm den ersehnten Reichtum bringen, war wohl zu verlockend. Er und seine Gattin gerieten darüber in Streit, und schließlich holte er die Schriftrolle aus der Truhe und stürmte davon. Das war das letzte Mal, dass Annalinde ihren Gatten sah.«

»Was stand denn nun in dem Dokument?«, fragte der Burggraf ungeduldig.

Garsende zuckte mit den Schultern. »Ich weiß es nicht.«

»Was?« Die Stimme des Burggrafen überschlug sich, und er sprang auf. »Willst du damit sagen, die Witwe hat dir all das preisgegeben, um dir das Wichtigste zu verschweigen?«, brüllte er so laut, dass Filiberta vor Schreck ihren Kochlöffel in den Kessel fallen ließ und Penelope wie ein Pfeil unter dem Tisch hervorschoss, um das Weite zu suchen.

Ruhig erwiderte Garsende: »Annalinde wusste es nicht.«

Die Kiefer des Burggrafen mahlten, als er sich offenkundig bemühte, seines Zornes Herr zu werden. Langsam schien er sich auch zu beruhigen, und nachdem er die Tafel einmal umrundet hatte, als wäre ihm der Raum zu eng geworden, setzte er sich wieder.

»Verdammnis!«, brummte er. »Bist du dir gänzlich sicher, dass die Witwe es nicht weiß?«

Garsende nickte. »Es hat seinen Grund, warum ich glaube, dass Annalinde mir das nicht verschwiegen hat«, sagte sie und spürte, wie sich ihre Nackenhaare aufstellten. »Nachdem Ihr bei der Witwe gewesen seid, um mit ihr zu sprechen, wart Ihr kaum fort, als ein Mann in Annalindes Quartier stürzte. Er packte sie hinterrücks, setzte einen Dolch an ihre Kehle und verlangte die Herausgabe des Schriftstücks. Aber Ulbert hatte es ja mitgenommen, als er ging. Sie konnte es ihm nicht geben. Im letzten Augenblick fiel ihr ein, dass Ulbert es womöglich seinem Vetter zur Aufbewahrung gegeben haben könnte, und sie beschwor ihren Peiniger, bei Bruder Bartholomäus danach zu fragen.

Endlich ließ der Mann von ihr ab und verschwand, wie er gekommen war – nicht ohne Annalinde zu drohen, sie würde es bitter bereuen, wenn sie ihn belogen hätte.«

»Allmächtiger!«

»Ich glaube, dieses entsetzliche Erlebnis gab auch den Ausschlag, dass sie mir all das erzählte.«

Nachdenklich kniff der Burggraf die Augen zusammen und strich über seinen Bart. »Wie sah der Mann aus, der sie angegriffen hat?«, erkundigte er sich nach einer Weile.

»Annalinde konnte ihn nicht genau sehen.«

»Sie muss doch wissen, wie der Mann ausgesehen hat«, beharrte Bandolf. »War er groß oder klein, dünn oder feist?«

Ärgerlich erwiderte sie: »Herrje, Burggraf. Wenn mir jemand ein Messer an die Kehle setzte, wäre sein Äußeres auch meine allerletzte Sorge.«

»Verdammnis«, wiederholte er.

Filiberta trat an die Tafel, um sich zu erkundigen, ob der Burggraf sie noch brauche. Sie würde nämlich den Teufel tun und Hildruns Arbeit machen, während sich das faule Stück, Gott wusste wo, herumtriebe. Als Bandolf den Kopf schüttelte, verließ sie die Halle mit finsterer Miene, die nichts Gutes für die säumige Magd verhieß.

Eine Weile war es totenstill im Raum.

»Als ich die Witwe verließ, begegnete ich einem Mann, der die Treppe zu den Gästequartieren hinaufstürmte«, unterbrach Bandolf die Stille. »Er rempelte mich an, doch er hatte die Kapuze seines Umhangs tief in die Stirn gezogen, und ich konnte sein Gesicht nicht erkennen. Wenn ich mir alles recht zusammenreime, könnte das Arnold von Clemante gewesen sein. Auf dem Weg zu Ulberts Witwe.«

Schweigend, um seine Gedankengänge nicht zu unterbrechen, beobachtete Garsende sein Gesicht, während sie darauf wartete, dass er weitersprach. Finster starrte er auf den

Grund seines Bechers, als ließen sich dort Antworten auf seine Fragen hervorzaubern. Ein dichter dunkler Bart, der trotz aller Sorgfalt, die er ihm angedeihen ließ, immer ein wenig struppig abstand, verlieh seinen Zügen etwas Grimmiges und verbarg ein energisches Kinn und empfindsame Lippen. Doch in seinen Augen spiegelte sich häufig seine Stimmung wider. Für einen Augenblick fragte sich Garsende, warum sie im Gesicht des Burggrafen zu lesen verstand, während ihr der Ausdruck in Lothars dunklen Augen oft ein Rätsel blieb. Waren es womöglich ihre eigenen Gefühle, die Nähe zu ihrem Liebsten, die ihr den Zugang zu seiner Seele verwehrten?

Ein tiefes Seufzen entfuhr ihr. Der Burggraf sah auf.

»Arnold von Clemante muss der Mörder von Ulbert gewesen sein,« sagte er. »Alles andere ergibt keinen Sinn.«

Energisch rief sich Garsende zur Ordnung und verbannte Lothar aus ihren Gedanken.

»Aus irgendeinem Grund hatte Beatrix auf ihrer Reise nach Speyer das vermaledeite Dokument bei sich«, überlegte der Burggraf laut. »Unterwegs wird sie krank und trifft nicht dort ein, wo sie hinwollte. Arnold, auf der Suche nach seinem Weib, hört von einer Fremden, die im Hospiz von Mariamünster liegt, reist nach Worms und erkennt seine Frau. Offenkundig ist das Schriftstück von großem Wert für ihn, denn das Erste, das er im Kloster macht, ist, den Beutel seiner Frau zu durchsuchen. Doch es befindet sich kein Schriftstück unter Beatrix' Habseligkeiten. Arnold folgert ganz richtig, dass Ulbert es an sich nahm, als er Beatrix aufgelesen hat. Er hört von den Nonnen, dass Ulbert sich im Stift St. Andreas aufhält, eilt dorthin und erfährt von den Stiftsbrüdern, dass Ulbert in der Stadt unterwegs ist. Auf dem Marktplatz begegnen sich die beiden Männer. Doch Ulbert streitet ab, dass das Dokument in seinem Besitz ist, und durch von Kalborns Eingreifen gelingt es ihm, sich dünnezumachen. Arnold, der ja nun weiß, wo Ulbert wohnt, lauert ihm auf, folgt ihm, und als Ulbert nach dem Frühjahrsfest in die Stadt zurückkehrt, sieht er den rechten Augenblick gekommen. Er sticht Ulbert nieder.«

»Aber wenn er Ulbert des Schriftstücks wegen getötet hat, kann er doch nicht derjenige gewesen sein, der später Annalinde darum anging«, wandte Garsende ein. »Schwer verletzt, wie Ulbert war, wäre es doch ein Leichtes für Arnold gewesen, ihm das Dokument abzunehmen.«

Langsam schüttelte der Burggraf den Kopf. »Aber Ulbert trug das Schriftstück nicht bei sich. Nachdem er sein Quartier verlassen hatte, lief er schnurstracks zu seinem Vetter zum Domstift. Bruder Goswin hat Ulbert dort nach der Sext gesehen. Ulbert muss das Dokument Bruder Bartholomäus gegeben haben, genau so, wie Annalinde vermutet hat.«

»Und weil Arnold es bei Ulbert nicht fand, als er ihn tötete, bedrängte er am nächsten Tag dessen Witwe«, ergänzte Garsende. »Und erfuhr, dass es in sicherer Verwahrung im Domstift ist.« Mit einem tiefen Gefühl der Erleichterung erhob sie sich und lächelte den Burggrafen an. »Dann müsst Ihr Arnold von Clemante nur noch dingfest machen, das Schriftstück von Bruder Bartholomäus einfordern, und seid Eurer Sorge ledig«, erklärte sie heiter.

Sie schickte sich an, sich zu verabschieden, doch die zweifelnde Miene des Burggrafen ließ sie innehalten. »Ihr seid Eurer Sorge doch ledig?«

»Arnold hat die Stadt verlassen«, sagte Bandolf dumpf. »Ich frage mich, warum? Wenn er vor einem Mord nicht zurückscheute, um an sein Eigentum zu kommen, wieso verlässt er dann ohne das Dokument die Stadt? Bruder Bartholomäus wurde vom Kämmerer mit einer Aufgabe außerhalb der Stadt betraut, wird aber in Bälde zurückerwartet. Es wäre für Arnold ein Leichtes gewesen, das herauszufinden. Wieso wartet er nicht auf Bartholomäus' Rückkehr, um zu versuchen, über ihn an das Schriftstück zu kommen? Warum verlässt er die Stadt unverrichteter Dinge? Und ohne Bescheid an die Nonnen, in deren Obhut sich sein Weib befindet?«

»Vielleicht glaubt er, Bartholomäus würde ihm das Dokument nicht aushändigen. Der Bruder weiß ja nun, was es damit auf sich hat.«

»Das ist es, was mich beunruhigt«, murmelte Bandolf. »Mir wäre um vieles wohler, wenn ich ebenfalls wüsste, was dieses unselige Ding beinhaltet.«

Einen Moment lang überlegte Garsende, dann erhellte sich ihr Gesicht. »Ich werde Annalinde noch einen Besuch abstatten. Womöglich hat Ulbert doch eine Andeutung darüber gemacht. Vielleicht ein Wort geäußert, das Annalinde in ihrer Aufregung vergaß, und …« »Guter Gott, Weib!«, fuhr Bandolf auf. »Den Teufel wirst du tun!«

»Aber ich könnte ohne weiteres …«

»Herrje, du hältst die Füße still, hörst du? Wegen dieses Stückchens Pergament wurde bereits ein Mann getötet. Willst du als Nächste Fraß für die Würmer sein?«

Gereizt gab sie zurück: »Was sollte mir bei einer harmlosen Plauderei mit Annalinde denn schon Grässliches passieren?«

»Erinnere dich daran, was beim letzten Mal geschehen ist, als du meintest, dich einmengen zu müssen.«

»Heilige Jungfrau, ich lebe ja noch!«

»Mit mehr Glück als Verstand«, knurrte er. »Ich will nicht, dass du dich in meine Belange mischst, Punktum!«

»Ich habe mich bereits eingemischt«, schnappte Garsende. »Und zwar auf Euer Geheiß!«

»Ein Umstand, den ich nachgerade bereue!«

Aufgebracht funkelte sie ihn an. »Habt ihr nicht Nutzen daraus gezogen?«

Bevor der Burggraf seine ärgerliche Rede formulieren

konnte, die ihm zweifellos auf den Lippen lag, öffnete sich die Tür zur Halle.

»Das dumme Gör ist wie vom Erdboden verschluckt«, schimpfte Filiberta bei ihrem Eintritt vor sich hin. »Jetzt muss ich selbst den Fisch ausnehmen.« Flüchtig nickte sie dem Burggrafen und der Heilerin zu, bevor sie die Ecke mit den Kochutensilien ansteuerte und mit Schneidbrett und Messer zu hantieren begann.

Garsendes Ärger verschwand, während sie beobachtete, wie sich der Burggraf irritiert am Bart kratzte und offenkundig versuchte, den Faden seines Zorns wiederzufinden.

»Was wollt Ihr nun tun?«, fragte sie.

Einen Moment lang musterte er sie argwöhnisch, dann lächelte er und schüttelte den Kopf. »Du gibst wohl niemals Ruhe, wie?«, meinte er launig. »Nun gut. Da Bruder Bartholomäus erst in zwei, drei Tagen zurückerwartet wird, ist Beatrix derzeit die Einzige, die wissen kann, was es mit diesem Schriftstück auf sich hat. Ich werde also noch einmal im Kloster vorsprechen.«

»Wenn Arnolds Gattin noch immer in derselben schlechten Verfassung ist, wie Ihr mir gestern geschildert habt, wird man Euch womöglich nicht zu ihr lassen«, gab sie zu bedenken.

»Womöglich werde ich nicht fragen«, meinte der Burggraf, und Garsende musste lachen.

Der Himmel hatte sich zugezogen. Nur hin und wieder bahnte sich ein Sonnenstrahl den Weg durch regenschwere Wolken. Bis zu einer Wegkreuzung hinter der Pfauenpforte hatten die Heilerin und der Burggraf denselben Weg. Eingedenk ihres Versprechens, das sie Filiberta gegeben hatte, erkundigte sich Garsende nach Matthäas Befinden.

Als sie zum Haus des Burggrafen gerufen worden war, um sich Ulberts Leiche anzusehen, hatte sie nur kurz Gelegenheit gehabt, mit der Burggräfin zu sprechen. Eine Bemerkung, dic Matthäa über die Meinung ihrer Tante zu Kräuterfrauen im Allgemeinen und Garsende im Besonderen entschlüpft war, hatte Garsende bewogen, auf ihre Besuche bei der Burggräfin zu verzichten, solange Frau Eltrudis noch als Gast in Bandolfs Haus weilte.

Die Heilerin seufzte. Sie vermisste die ungezwungene Plauderei mit Matthäa. Im Gegensatz zu anderen Frauen ihres Standes war die Burggräfin ohne jeden Eigendünkel, und Garsende schätzte sich glücklich, ihr Vertrauen gewonnen zu haben.

Natürlich war ihr nicht entgangen, wie erschöpft Matthäa an jenem Morgen gewirkt hatte, doch war das angesichts der Umstände auch nicht verwunderlich gewesen.

Als der Burggraf nun zögerlich berichtete, sein Weib scheine sich in letzter Zeit nicht ganz auf der Höhe zu fühlen, ihr mangele es wohl an Schlaf, runzelte sie beunruhigt die Stirn.

»Sobald Eltrudis herausgefunden hat, dass die Mutter Oberin von Mariamünster nicht zur nachgiebigen Art von Äbtissin zählt, wird es meiner Gattin besser gehen«, fügte er bissig hinzu.

»Was meint Ihr damit?«, fragte sie, doch Bandolf blieb ihr die Antwort schuldig.

Vor ihnen, wo die Wollgasse die Zwerchgasse kreuzte, hatten sich zwei Karren ineinander verkeilt und blockierten jegliches Durchkommen, während die beiden Fuhrknechte lautstark die Schuldfrage verhandelten. Lachende Kinder, fluchende Passanten und solche, die Witze rissen, begleiteten ihr Geschrei, und als die beiden Knechte geneigt schienen, sich an die Gurgel zu gehen, ließ der Burggraf ein donnerndes »Auseinander! Aber plötzlich!« vernehmen.

Betreten hielten die beiden Zankhähne inne. Die gaffende Menge machte Platz, um den Burggrafen durchzulassen, und während er den Schaden begutachtete, trat Garsende in einen schmalen Durchlass zwischen zwei Häusern, um nicht im Weg zu stehen. Eine schwarze Kutte schob sich vor ihr Blickfeld. Ihr Träger blieb vor dem Durchlass stehen. Auf den Zehenspitzen balancierend, reckte Garsende den Kopf, um zwischen der Holzwand des Hauses und der Robe hindurchzuspähen.

Eine Weile verfolgte sie, wie die beiden Knechte sich unter Bandolfs gebellten Befehlen abmühten, die verkeilten Karren auseinanderzuhieven, dann erregte eine junge Frau auf der gegenüberliegenden Straßenseite ihre Aufmerksamkeit. Ihr blaues Gewand war schlicht, aber es passte zu der Farbe ihrer Augen. Ein Schleier umrahmte ihre Züge und ließ die Pracht ihres glänzenden dunklen Haars nur erahnen.

Es war jedoch nicht das Äußere der zweifellos schönen jungen Frau, das Garsendes Neugier erweckte, sondern die Art, wie sie den Kopf reckte, als würde sie jemanden suchen, um dann blitzschnell ihre Magd am Ärmel zu packen und mit sich in eine Nische zu ziehen. Wie die Heilerin stellte sie sich auf die Zehenspitzen, um das Geschehen auf der Gasse zu beobachten. Was die junge Frau sah, schien sie nicht zufriedenzustellen. Eine Weile behielt sie die Bemühungen der Knechte und des Burggrafen, die beiden Fuhrwerke aus dem Weg zu schaffen, mit offenkundiger Verärgerung im Auge. Dann glitt mit einem Mal ein kühles Lächeln über ihr Gesicht. Rasch sprach sie ein paar Worte mit ihrer Magd, der zu missfallen schien, was die Herrin ihr auftrug. Doch schließlich nickte die Hörige. Sie trat auf die Gasse hinaus und hob kurz die Hand wie zum Gruß, bevor sie aus Garsendes Blickfeld verschwand. Gleich darauf verließ auch die junge Frau, den Schleier tief über ihr Gesicht gezogen, die Nische.

Mittlerweile war es den Knechten gelungen, die beiden Fuhrwerke zu trennen. Kurze Zeit später holperten die Karren in entgegengesetzter Richtung davon, und die Gaffer schickten sich an, ihres Wegs zu gehen.

Auch Garsende hätte den Durchlass gerne verlassen, doch der Kuttenträger versperrte ihr noch immer den Weg und stand wie festgewachsen. Sie überlegte, ob sie sich nicht einfach an ihm vorbeidrängen sollte, ließ es dann aber sein und hoffte, er würde nicht das Osterfest hier abwarten wollen.

Zwischen der Wand und seiner Kutte hindurchspähend, sah sie den Burggrafen mit einem der Passanten sprechen, der sich offenbar über den schlechten Zustand der Gassen beschwerte. Hinter dem Burggrafen bemerkte Garsende die Magd der jungen Frau. Ihre Herrin hingegen schritt mit abgewandtem Gesicht auf ihn zu, scheinbar ohne ihn zu sehen. Verblüfft beobachtete Garsende, wie der Burggraf plötzlich nach vorne stolperte, als das schöne Weib ihn fast erreicht hatte. Unsanft stießen sie aufeinander. Sie strauchelte und japste nach Luft, doch er packte sie geistesgegenwärtig am Arm, und nur ihr Schleier sank zu Boden.

Garsende runzelte die Stirn. Wäre es nicht so abwegig erschienen, hätte sie geglaubt, dass die junge Frau absichtlich mit dem Burggrafen zusammengestoßen war.

»Großer Gott!«, stieß Bandolf hervor. »Habt Ihr Euch wehgetan?«

Sie schüttelte den Kopf, verzog aber schmerzerfüllt das Gesicht, als sie auftrat.

Besorgt drängte sich Garsende nun doch an dem Mönch vorbei. Als sie seinen Ärmel berührte, fuhr er herum, und für einen Augenblick fiel ihr Blick auf sein junges Gesicht. Er starrte sie so entgeistert an, als sähe er sich dem Leibhaftigen gegenüber. Offenbar war ihm nicht bewusst gewesen, dass jemand hinter ihm gestanden hatte.

»Verzeiht mir«, murmelte Garsende. Dann war sie an dem Mönch vorbei und nach wenigen Schritten am Ort des kleinen Unfalls.

»Seid Ihr verletzt?«, fragte sie.

Die junge Frau hob irritiert eine zarte Braue. Es dauerte nur einen Lidschlag lang, aber der kurze Blick auf die Heilerin schien ihr zu genügen, um Garsende der Gattung von Weib zuzuordnen, der man keine Beachtung schenken musste. An Bandolf gewandt, hauchte sie: »Es ist nichts. Nur ein unbedeutender Schmerz in meinem Knöchel.«

Zu Garsendes Erstaunen wurde der Burggraf rot bis über die Ohren und starrte das hübsche Weib mit einem nachgerade hohlköpfigen Grinsen an.

Sie erwiderte seine Würdigung ihrer Schönheit mit einem reizenden Lächeln. »Ich danke Euch, Burggraf. Ihr habt mich vor einem üblen Sturz bewahrt.«

Bandolf murmelte etwas Unverständliches, dann schien er sich zu fangen und wies mit dem Kopf auf die Heilerin. »Garsende ist eine Heilkundige. Gewiss kann sie etwas für Euch tun.«

Ohne die Heilerin auch nur eines Blickes zu würdigen, schüttelte die junge Frau den Kopf. »Das tut wirklich nicht not. Aber ich wäre dankbar um Euren starken Arm. Wenn Ihr so gütig sein wolltet, mich bis zum Kloster zu begleiten …?«

Plötzlich kam Garsende die Begleiterin der jungen Frau in den Sinn, die gerade noch hinter dem Burggrafen gestanden hatte. Suchend sah sie sich um, konnte die Magd jedoch nirgends entdecken. Nachdenklich runzelte sie die Stirn, während sie den Burggrafen sagen hörte:

»Natürlich. Stützt Euch nur auf mich.« Er räusperte sich mit deutlicher Verlegenheit, als die junge Frau zaghaft eine feingliedrige Hand auf seinen Arm legte. »Ich habe ohnedies denselben Weg. Und die Heilerin wird uns ebenfalls noch ein Stück begleiten, sodass sie gleich zur Stelle ist, falls sich der Schmerz in Eurem Knöchel verschlimmert.«

Ärgerlich dachte Garsende, dass die Heilerin es zu schätzen wüsste, wenn man nicht einfach über sie bestimmen würde, sondern sie gefragt hätte. Mit einem unterdrückten Seufzen schluckte sie ihren Unmut hinunter.

Sorgsam darauf bedacht, keine allzu langen Schritte zu machen, setzte sich der Burggraf in Bewegung. Die Anwesenheit der Heilerin, die mit etwas Abstand folgte, schienen beide einträchtig vergessen zu haben, und während sie die Pfauenpforte passierten und an den ärmlichen Hütten der Vorstädter vorbeischlenderten, lauschte Garsende ihrem müßigen Geplauder. Offenbar waren sich der Burggraf und die junge Frau kürzlich im Kloster begegnet, und ihr Gespräch drehte sich zunächst um den üppigen Garten und die prachtvoll ausgestattete Kirche von Mariamünster. Dann wandte es sich dem beklagenswerten Zustand König Heinrichs zu.

»Auf dem Marktplatz geht die Rede, er ringe mit dem Tod«, sagte die junge Frau. »Steht es tatsächlich so schlecht um Seine Hoheit?«

»Bedauerlicherweise scheint es kein Gerücht zu sein, dass er mit hohem Fieber darniederliegt«, meinte der Burggraf.

»Ein Fieber? Gütiger Himmel! Ich glaubte, er sei vom Pferd gestürzt.« Mit einem Mal klang ihre Stimme erregt. »Ist sonst noch jemand bei Hof an dem Fieber erkrankt?«

Auch dem Burggrafen war die Veränderung nicht entgangen.

»Habt Ihr denn Anverwandte bei Hof, um die Ihr Euch sorgen müsst?«

»Ich …« Einen Moment lang schien sie um eine Antwort verlegen, doch dann lachte sie leise auf: »Nein, ich war noch nie bei Hof. Ich dachte nur eben, das Fieber könnte womöglich ansteckend sein.«

Als der Pfad die Vorstadt verließ und in das kurze Waldstück mündete, das bereits zum Nonnenkloster gehörte, trat ein kurzes Schweigen ein. Äste und Zweige, die der

Sturm vor ein paar Tagen von den Bäumen gerissen hatte, machten ein Fortkommen mühsam.

Garsende, die Muße hatte, die anmutigen Bewegungen zu betrachten, mit denen die junge Frau die Hindernisse bewältigte, fragte sich im Stillen, ob sie überhaupt je einen Schmerz in ihrem Knöchel verspürt hatte. Nachgerade erschien ihr der ganze Vorfall wie ein geschicktes Manöver der Fremden, den Burggrafen auf sich aufmerksam zu machen. Doch zu welchem Zweck? War ihr daran gelegen, mit dem Burggrafen anzubandeln? Nicht nur um Matthäas willen wollte ihr dieser Gedanke nicht behagen. Mit wachsendem Unbehagen musterte sie den biegsamen Rücken der Fremden.

Als hätte sie die Augen der Heilerin auf sich gerichtet gespürt, warf die junge Frau einen kurzen Blick über ihre Schulter. Aber ihre Züge verrieten nicht, was sie dachte.

Der Burggraf räusperte sich.

»Ihr müsst mich für einen ungehobelten Klotz halten«, sagte er. »Nun begegnen wir uns bereits zum zweiten Mal, und ich habe mich noch nicht nach Eurem Namen erkundigt.«

»Es ist mein Versäumnis, Burggraf«, wehrte sie mit Anmut ab. »Da ich Euren Namen kenne, wäre es an mir gewesen, die Höflichkeit zu erwidern. Ich bin Serafina von Asti.«

Zu Garsendes Erheiterung räusperte sich der Burggraf erneut, als fiele es ihm schwer, die rechten Worte zu finden. »Einen schönen Namen hat man Euch da gegeben«, brummte er endlich.

Serafina wandte ihm lächelnd den Kopf zu und gab der Heilerin Gelegenheit, ihr ebenmäßiges Profil zu bewundern.

»Und was führt den Burggrafen von Worms so bald wieder nach Mariamünster?«, fragte sie.

»Ich will sehen, ob es nicht heute möglich ist, mit Beatrix von Teveno zu sprechen«, antwortete der Burggraf, offenkundig erleichtert, sich einem Gegenstand zuwenden zu können, bei dem er sich auf sicherem Boden fühlte.

»Äbtissin Margarete sagte mir, ihr Zustand habe sich nicht gebessert, als ich mich heute früh nach dem Befinden der armen Frau erkundigte. Ich fürchte, Ihr macht den Weg umsonst.«

»Wir werden sehen.«

»Warum ist Euch so daran gelegen, mit Beatrix von Teveno zu sprechen?«

Zu ihrer Überraschung hörte Garsende den Burggrafen antworten:

»Es scheint so, als hinge der Mord an Ulbert von Flonheim mit einem Dokument zusammen. Und das Stück Pergament, das Schwester Lukas mir gestern gab, ist offenbar ein Teil davon.«

Empört verzog Garsende die Lippen. Ihr befahl er, sich nicht in seine Belange einzumischen, und nun gab er munter einer Fremden Auskunft?

»Was könnte wohl ein Schriftstück beinhalten, dass es Anlass gibt, darum sogar zu töten?«, fragte Serafina.

Garsende runzelte die Stirn. Unwillkürlich beschleunigte sie ihren Schritt, um dem Gespräch besser folgen zu können.

»Ulbert brachte das Dokument seinem Vetter, bevor er starb. Doch der ist just mit einem Auftrag des Domstifts unterwegs. Daher scheint Beatrix im Augenblick die Einzige zu sein, die weiß, was in dem Schriftstück steht«, erklärte Bandolf. Flüchtig tätschelte er Serafinas Hand, die auf seinem Arm ruhte, und fügte hinzu: »Aber Ihr müsst Euch nicht beunruhigen. Mit dem Kloster hat mein Anliegen nicht das Geringste zu tun.«

Serafina sah zu ihm auf. »Wie lange wird es denn dauern, bis Ulbert von Flonheims Vetter nach Worms zurückkehrt?«

Zu Garsendes Beruhigung schien der Burggraf nun doch aufzumerken. »Warum fragt Ihr?«

Die junge Frau schüttelte den Kopf. »Wenn Bruder Bartholomäus nicht allzu lange abwesend sein wird, könntet Ihr auf seine Rückkehr warten und müsstet die arme Kranke im Hospiz nicht mit Fragen behelligen. Es scheint ihr wirklich sehr schlecht zu gehen.«

»Glaubt mir nur, ich würde Beatrix nicht belästigen, wenn ich nicht müsste. Doch Bartholomäus wird erst in zwei oder drei Tagen zurückerwartet, und so lange kann ich nicht warten.«

»Zwei oder drei Tage erscheinen mir nicht zu lange, um einem todkranken Weib Ungemach zu ersparen«, erwiderte Serafina so zögernd wie beharrlich. »Doch sicher habt Ihr einen guten Grund, so zu handeln?«

»Den habe ich in der Tat. Denn Beatrix' Gatte …«, begann der Burggraf.

Irgendetwas, vielleicht der Tonfall von Serafinas Stimme, hatte Garsendes Argwohn erweckt. Ihr Stirnrunzeln vertiefte sich, und plötzlich hatte sie das Bedürfnis einzugreifen.

»Verzeiht, dass ich Euch unterbreche, Burggraf«, rief sie hastig, während sie sich den Kopf zerbrach, wie sie die Unterbrechung rechtfertigen sollte.

Bandolf war stehengeblieben und hatte sich zu ihr umgedreht, sodass auch Serafina gezwungen war, der Heilerin ihre Aufmerksamkeit zu schenken.

»Ich sehe doch, wie Ihr Euch beim Gehen plagt«, flunkerte Garsende und bemühte sich um ein mitfühlendes Lächeln. »Ihr seid schwerer verletzt, als Ihr zugeben mögt. Lasst mich Euch helfen. Ich habe eine Salbe bei mir, die verhindern wird, dass der Knöchel noch stärker anschwillt.«

»Das wird nicht nötig sein«, erklärte Serafina kühl und musterte die Heilerin aus schmal gewordenen Augen.

Unwissentlich kam der Burggraf Garsende zu Hilfe. »Himmel«, rief er besorgt. »Ihr solltet auf die Heilerin hören. Garsende versteht ihr Handwerk, darauf mein Wort.«

Der unerwartete Vertrauensbeweis tat ihr wohl, auch wenn er dem Burggrafen gewiss ungewollt entschlüpft war. Garsende lächelte.

»Nun, wenn Ihr darauf besteht«, schickte sich Serafina drein und ließ sich von Bandolf zu einem umgestürzten Baumstamm am Wegesrand führen, wo sie sich niedersetzen konnte. Zögernd hob sie den Saum ihres Gewandes und entblößte eine makellose Fessel.

Mit offenkundigem Wohlgefallen ließ Bandolf seinen Blick einen Moment darauf verweilen, ehe er blinzelte, um dann irgendeinen Punkt im trüben Himmel zu betrachten.

Zwischen Ärger und Erheiterung schwankend, dachte Garsende an das offenbar Unvereinbare von männlichem Verstand und männlicher Lust, während sie in ihrem Beutel nach einem Stück Leinen und der passenden Salbe kramte. Ihre Hand zögerte kurz über einem Tiegel, der eine besonders übelriechende Tinktur enthielt. Doch schließlich griff sie mit einem leisen Seufzen nach der Salbe mit kühlendem Bilsenkraut. Vorsichtig tastete sie den Knöchel ab, fand dort aber nicht die geringste Schwellung. Nicht einmal, als sie den Druck ihrer Finger verstärkte, zuckte die junge Frau zusammen.

Während sie die Salbe auftrug, beobachtete Garsende aus dem Augenwinkel Serafinas Gesicht. Ihre Lippen waren leicht geöffnet, und sie stöhnte leise. Nichts in ihren Zügen verriet die kleine Täuschung, derer sie sich bediente, oder zeigte Verlegenheit darüber, dass die Heilerin sie dabei ertappt hatte. Doch was war nur der Sinn des Pantomimenspiels? Auch wenn Serafina die Bewunderung des

Burggrafen ganz offensichtlich genoss, schien ihr nicht daran gelegen, einer flüchtigen Schäkerei zu frönen. Weniger behutsam als sonst, verknotete Garsende das Leinen um Serafinas Knöchel und stand auf.

»Wie fühlt Ihr Euch?«, erkundigte sich Bandolf besorgt und bot der jungen Frau den Arm.

»Schon sehr viel besser«, erwiderte sie mit einem strahlenden Lächeln, das aus ihren Augen verschwand, als sie sich der Heilerin zuwandte. »Deine Salbe wirkt Wunder. Ich stehe in deiner Schuld.«

Garsende neigte dankend den Kopf. »Ich werde Euch bis zum Kloster begleiten«, erklärte sie, während sie den Tiegel wieder in ihrem Beutel verstaute.

»Deine Fürsorge ist rührend«, bemerkte Serafina. »Aber mach dir meinetwegen keine Umstände. Der Arm des Burggrafen wird mir als Stütze vollauf genügen.«

»Es macht mir keine Umstände. Und bis zum Kloster ist es ja nicht mehr weit.«

Bevor der Burggraf sich noch einmal zugunsten der Heilerin einmischen konnte, sagte Serafina mit fester Stimme:

»Das hieße, dich unnötig aufzuhalten. Wie du sagst, ist es nicht mehr weit.«

Sie warf Bandolf einen schelmischen Blick zu. »Ihr werdet mich doch gewiss nicht mitten im Wald stehen lassen, habe ich recht?«

»Natürlich nicht.«

Garsende gab sich geschlagen. »Wie Ihr meint, dann werde ich mich hier verabschieden.«

»Gott befohlen, Heilerin.« Der Burggraf nickte ihr zu.

Auch Serafina schenkte ihr einen Abschiedsgruß. In ihren Mundwinkeln nistete ein kleines triumphierendes Lächeln.

Kapitel 8

Obwohl Serafina protestierte, man solle doch kein Aufhebens um ihr Missgeschick machen, bestand die Pförtnerin darauf, sie zu ihrem Quartier im Gästehaus zu begleiten. Bandolf blieb an der Pforte zurück und sah der jungen Frau hinterher.

Was für ein bezauberndes Geschöpf, dachte er, während er den anmutigen Schwung ihrer Hüften bewunderte.

Erst als Serafina hinter der Tür verschwunden war, tauchte der Burggraf allmählich aus seiner Verzückung auf und besann sich auf sein ursprüngliches Anliegen.

Er hatte sich den Kopf darüber zerbrochen, wie es der kranken Beatrix wohl gelungen war, das Klostergelände ungesehen zu verlassen, als sie nach dem Besuch ihres Gatten Hals über Kopf nach Speyer aufgebrochen war. Dann war ihm das Büßerpförtchen eingefallen, das hinter der Kirche vom eingezäunten Friedhof aus nach draußen führte. Vor einigen Jahren war er dort Zeuge gewesen, wie die Nonnen eine der Unzucht bezichtigte Schwester durch dieses Pförtchen aus dem Kloster gejagt hatten. Das Vergehen der Nonne bestraften die Schwestern auf ihre Art, während ihr Geliebter, ein junger Handwerksbursche aus Worms, der Gerichtsbarkeit des Burggrafen überstellt worden war.

Ursprünglich hatte Bandolf beabsichtigt, sein Glück durch das Büßerpförtchen zu versuchen, um ungesehen zum Hospiz zu gelangen, doch Serafinas kleiner Unfall bot ihm die Gelegenheit, das Kloster durch die verwaiste Hauptpforte zu betreten.

Stille lag über Mariamünster. Wie es die Regel des heiligen Benedikt bestimmte, nutzten die Nonnen die Zeit zwischen Sext und Non' zur Besinnung und inneren Einkehr.

Zur Rechten des Haupttors lag ein Gebäude, in dem Hospiz und Gästehaus untergebracht waren. Das Gastrecht im Kloster war heilig. Jedermann durfte um eine Unterkunft bitten, und so beherbergten die Quartiere stets Pilger, Ordensleute und Reisende aller Stände. Ein schmaler Durchlass trennte die Unterkünfte vom Hospiz, und nebenan befand sich die Küche, in denen die Mahlzeiten für die Gäste und die Kranken zubereitet wurden.

Als Bandolf den Durchlass betrat, fand er eine niedrige Pforte, die zum Hospiz, und gegenüber ihren Zwilling, der zum Gästehaus führte. Er blieb kurz stehen und lauschte, doch es war nichts zu hören. Offenbar taten es die Gäste den Nonnen gleich und pflegten nach dem Mittagsmahl die Ruhe.

Behutsam öffnete der Burggraf die Tür zum Hospiz und verzog das Gesicht. Es roch nach Elend und Tod. Ein paar Fackeln brannten an den Wänden, und am Ende des Gangs flackerte unstet das Ewige Licht neben einem kleinen Altar. Der Raum auf der linken Seite war in vier kleine Zellen unterteilt. Rechts gab ein Durchgang den Blick auf die Krankenstube frei, und er hörte die laute, raue Stimme einer Nonne, noch ehe er sie neben einem der Strohlager knien sah. Nur wenig Licht, das von einigen Talglampen stammte, beleuchtete den Raum.

Bandolf trat ein und kniff die Augen zusammen, um im Halbdunkel die Gesichter der Kranken besser erkennen zu können. Die Nonne beachtete ihn nicht.

Erst als er hinter ihr stand, schien sie seine Anwesenheit zur Kenntnis zu nehmen und fuhr auf. Ein altes, faltiges Gesicht und erzürnt funkelnde Augen, umrahmt von einem schwarzen Schleier, starrten zu ihm auf.

»Allmächtiger!«, schrie sie. »Was habt Ihr mich erschreckt!«

Einige der benachbarten Kranken rührten sich. Unwillkürlich senkte Bandolf seine Stimme.

»Es tut mir leid, Schwester. Ich wollte Euch nicht ängstigen.«

»Was wollt Ihr?«, schrie die Nonne in unverminderter Lautstärke weiter.

»Ich suche Beatrix von Teveno.«

»Was sagt Ihr da?«, dröhnte die alte Nonne.

Jemand seufzte vernehmlich, und Bandolf drehte den Kopf. Ebenso verschrumpelt wie die Schwester, entblößte der Mann auf der nachbarlichen Schlafstatt seinen zahnlosen Mund.

»Die Gute ist stocktaub«, nuschelte er.

Bandolf nickte und wandte sich wieder an die Nonne. »Wo finde ich Beatrix von Teveno?«, rief er.

»Was meint Ihr?«

Bandolf rollte die Augen und brüllte: »Beatrix von Teveno?«

»Dort drüben. In der ersten Zelle«, schrie die Nonne zurück.

Überzeugt davon, dass mittlerweile jeder im Hospiz von seiner Anwesenheit wusste, beschloss Bandolf, sich zu beeilen.

Doch als er die kleine Zelle gegenüber der Krankenstube betrat, war ihm klar, dass er umsonst gekommen war.

Zwei kleine Talglampen tauchten den winzigen Raum in schummriges Licht und zeigten dem Burggrafen ein frisch aufgeschüttetes Strohlager, auf dem sich Beatrix von Teveno unruhig hin und her wälzte. Ihr hochrotes Gesicht, umrahmt von klebrigem blonden Haar, wirkte so mager, dass die kleine Nase scharf hervorstach. Schweiß perlte auf ihrer Stirn, rann über die eingefallenen Wangen und sammelte sich unterhalb der Kehle in ihrer Halsbeuge. Eine Decke lag über ihrem Leib. Ihr Alter war schwer zu bestimmen, doch trotz der dunklen Ringe unter ihren Augen und der halb geöffneten, rissigen Lippen glaubte Bandolf, eine Spur vergangener Schönheit in Beatrix' Gesicht zu erkennen.

Der Burggraf seufzte. Hier würde er keine Antworten finden.

Unvermittelt stieß die Kranke ein dumpfes Stöhnen aus und fuhr sich mit der Zungenspitze über die Lippen. Offenbar hatte sie Durst. Einen Moment lang zögerte er, und die Furcht vor Ansteckung kämpfte mit simpler Christenpflicht. Doch dann beugte er sich nieder und füllte eine kleinere Schale mit Wasser aus einer größeren, die beide neben der Bettstatt auf dem Boden standen. Vorsichtig schob er einen Arm unter Beatrix' Kopf, um ihn anzuheben, und hielt ihr die Schale an die Lippen. Ohne die Augen zu öffnen, trank sie einen winzigen Schluck. Dann fiel ihr Kopf erschöpft zurück. Behutsam ließ Bandolf sie auf das Lager zurückgleiten, als sie unversehens ihre fieberglänzenden Augen aufriss. Ihre Züge verzerrten sich in panischer Angst. Ein tiefer, gurgelnder Laut entrang sich ihrer Kehle, und sie versuchte schwach, nach ihm zu schlagen. Ebenso plötzlich sank sie matt auf ihr Lager zurück und blieb wie leblos liegen. Nur am kaum merklichen Heben und Senken ihrer Brust konnte er erkennen, dass Beatrix noch atmete.

Mit einem erschrockenen »Heilige Mutter Gottes!« sprang Bandolf auf. Hastig trat er von ihrem Lager weg und bekreuzigte sich.

»Habt Ihr nun erfahren, was Ihr wolltet?« Die beißende Stimme in seinem Rücken ließ ihn herumfahren.

Einen Lidschlag lang hatte er den absurden Eindruck, als stünde der Erzengel Michael vor ihm, bereit, ihn aus dem Paradies zu vertreiben. Dann erkannte er in der kräftigen Gestalt die Äbtissin, die ihn eisig anstarrte.

Wie hat sie nur so rasch davon erfahren?, fuhr es Bandolf durch den Kopf. »Dass es ihr so schlecht geht, hatte ich nicht erwartet«, brummte er und spürte, wie heißes Blut in seine Wangen schoss.

»Nun hattet Ihr Gelegenheit, Euch selbst davon zu überzeugen«, erklärte die Ehrwürdige Mutter kühl, während sie ihm mit einer Geste bedeutete, die Zelle zu verlassen.

Sie verlor kein weiteres Wort über seine Unbotmäßigkeit, und auch der Burggraf schwieg, als er ihr folgte. Erst nachdem sie das Hospiz verlassen hatten, blieb sie stehen und warf ihm einen tadelnden Blick zu.

»Ihr hättet Euch nicht über meine Anordnung hinwegsetzen sollen, Burggraf.«

»Womöglich nicht«, gab er widerstrebend zu. »Doch ich hoffte, Beatrix von Teveno könne Licht auf eine Angelegenheit werfen, die einen Menschen das Leben gekostet hat.«

»Das ist sicher ein dringlicher Grund, doch ich fürchte, Ihr müsst anderswo nach Erleuchtung suchen.«

»Glaubt Ihr, sie kommt noch einmal zu sich?«

»Das weiß nur Gott allein«, antwortete die Ehrwürdige Mutter mit einem leisen Seufzen.

Bandolf strich sich nachdenklich über seinen Bart. »Ich hätte erwartet, dass eine Schwester bei einer so Schwerkranken Wache halten würde.«

»Wollt Ihr uns der Nachlässigkeit bezichtigen?«

Hastig beteuerte der Burggraf, dass ihm dergleichen völlig fernläge.

Im ersten Moment schien ihr eine verärgerte Antwort auf den Lippen zu liegen, doch dann straffte sie sich und sah ihn an.

»Die traurige Wahrheit ist, dass wir nicht genügend Schwestern sind, um all unseren Aufgaben vollauf gerecht zu werden«, erklärte sie ruhig. »Wir dürfen uns nicht beklagen. Im Gegensatz zu manch anderem Kloster ist Mariamünster mit Ländereien gesegnet, die unser Auskommen sichern. Doch fehlt es uns an erfahrenen Händen. Die Cholera vor drei Jahren hat einige der Besten unter uns dahingerafft, und obwohl wir regen Zulauf haben, braucht es Zeit, um aus unseren Novizinnen gute Schwestern zu machen.«

Bandolf nickte. Er konnte sich noch gut an die verheerenden Folgen erinnern, als die Cholera in Worms gewütet und so viele das Leben gekostet hatte.

»Ihr dürft nicht glauben, dass wir saumselig sind, doch unsere erste Pflicht gilt dem Dienst an Unserem Herrn und der Regula des heiligen Benedikt, unseres verehrten Ordensvaters, der wir uns alle unterworfen haben.

Ihr habt doch selbst gesehen, wie viele der Lager im Hospiz derzeit benutzt werden«, fuhr sie fort. »Der Winter war streng, und wir dürfen uns nicht verweigern, wenn ein Kranker an unsere Tür klopft.«

Die Äbtissin seufzte. »Meine Schwestern geben ihr Bestes.«

Dessen bin ich mir gewiss, dachte Bandolf mit einem Blick in ihr strenges Gesicht.

»Was nun Beatrix von Teveno betrifft … Ist ihr Ehemann noch einmal hier vorstellig geworden?«, fragte er laut.

»Nein, Burggraf, er kam nur ein einziges Mal, um sein Weib zu sehen.«

»Und sonst hat sich niemand nach ihr erkundigt? Ulbert von Flonheim vielleicht? Seine Gattin? Oder Bruder Bartholomäus vom Domstift?«

»Der Einzige, der sich noch nach ihr erkundigt hat, war ein Mann mit Namen Lothar von Kalborn.«

Bandolf sog scharf den Atem ein. »Tatsächlich? Und was wollte er von ihr?«

»Er ersuchte darum, die Kranke sehen zu dürfen. Offenbar befindet sich seine Nichte auf dem Weg nach Worms.

Doch sie war noch nicht eingetroffen, als Lothar von Kalborn in die Stadt kam. Er hörte von der namenlosen Kranken in unserem Hospiz und befürchtete, es könne sich womöglich um seine Nichte handeln.«

»Ihm habt Ihr also gestattet, Beatrix aufzusuchen?«

Die Äbtissin hob eine eisengraue Augenbraue. »Ich führte ihn selbst an ihr Lager. Dazumal ging es ihr besser. Sie schien auf dem Weg der Genesung. Ihr Zustand verschlechterte sich erst wieder, nachdem sie das Kloster so Hals über Kopf verlassen hatte.«

»Und was sprachen die beiden miteinander?«

»Himmel, Burggraf, was erwartet Ihr?« Die Stimme der Ehrwürdigen Mutter klang ungeduldig. »Der Edelmann zeigte sich erleichtert, dass es sich nicht um seine Anverwandte handelte. Er fragte sie nach ihrem Namen, und als sie sagte, sie könne sich nicht erinnern, wünschte er der Kranken eine schnelle Genesung und verabschiedete sich. Bei mir erkundigte er sich nach den Umständen ihrer Rettung, und dann ging er wieder.«

»Wann kam Lothar von Kalborn ins Kloster?«

Die Ehrwürdige Mutter dachte einen Moment lang nach. »Das muss zwei Tage vor dem Frühlingsfest gewesen sein.« Überraschend fügte sie hinzu: »Er kam dann einige Tage später noch einmal, um sich nach ihrer Gesundheit zu erkundigen, doch zu diesem Zeitpunkt ging es Beatrix schon so schlecht, dass wir Besuche nicht mehr gestatten konnten.«

»Hmm.« Gedankenverloren strich Bandolf über seinen Bart. »Gab er sich damit zufrieden?«

»Natürlich.«

»Hat sich auch ein Mann namens Raoul de Saint Rémy nach Beatrix erkundigt?«

»Nicht, dass ich davon wüsste.«

Äbtissin Margarete begleitete den Burggraf bis zur Pforte.

»Ihr habt Eure Gattin nur um Weniges verfehlt«, bemerkte sie, kurz bevor sie das Torhaus erreichten. »Ihre Tante hatte um eine Unterredung mit mir gebeten, und sie verließen das Kloster erst vor kurzem.«

Bandolf kniff die Augen zusammen und überlegte, wie er die Frage formulieren sollte, die ihm auf der Zunge lag. Doch die Ehrwürdige Mutter kam ihm zuvor. Sie seufzte leise. »Ich fürchte, Frau Eltrudis wird hier nicht finden, was sie sucht.«

»Jammerschade«, meinte Bandolf. Vergeblich versuchte er, seine Erleichterung zu verbergen.

»Gewiss«, sagte sie, und zum ersten Mal huschte der Hauch eines Lächelns über das strenge Gesicht der Äbtissin.

Dann übergab sie den Burggrafen der Obhut der Pförtnerin, die ihn eilends durch das Tor hinausbugsierte.

Kaum war Garsende vom Klosterweg in den Pfad eingebogen, der zu ihrem Heim führte, fiel ihr ein, dass sie vergessen hatte, dem Burggrafen von Filibertas Befürchtungen zu berichten. Unter all den abstrusen Spekulationen der Magd war ihr etwas aufgefallen, das ihr wichtig genug erschien, es ihm mitzuteilen. Rasch machte sie kehrt und lief den Weg zurück. Doch als sie die Abzweigung erreichte, sah sie den Burggrafen mit Serafina am Arm bereits hinter der nächsten Biegung verschwinden. Einen Moment lang überlegte Garsende, ob sie den beiden folgen sollte. Aus der anderen Richtung sah sie einen Mönch den Pfad entlangkommen und entschied sich dagegen. Sie hatte nicht die geringste Lust, sich der Lächerlichkeit preiszugeben, indem sie dem Burggrafen hinterherkeuchte. Der Mönch passierte die Abzweigung, offenbar ohne Garsende zu sehen. In einiger Entfernung hinter ihm tauchte ein weiterer Mann auf dem Klosterweg auf. Wie der Benediktiner hatte auch er die Kapuze seines Umhangs über seinen Kopf gestülpt, aber Garsende erkannte seinen weichen, federnden Schritt. Ein Lächeln glitt über ihr Gesicht.

Sie wartete, bis er auf gleicher Höhe war, dann trat sie aus dem Pfad heraus auf den breiteren Weg.

Pfeilschnell sprang Lothar zur Seite, und seine Hand fuhr an den Gürtel, wo Schwert und Dolch hingen. Erschrocken wich Garsende zurück. Im selben Moment erkannte er sie und ließ die Hand sinken.

»Bei allen Heiligen!«, keuchte er. »Beinahe hätte ich dich aufgespießt.«

Garsende brachte ein zittriges Lachen zustande. »Ich wusste schon immer, Ihr seid ein gefährlicher Mann.«

»Seit mich die Wegelagerer dazumal erwischten, habe ich dazugelernt«, meinte er leichthin und trat auf sie zu. »Was machst du hier?«

»Dasselbe könnte ich Euch fragen«, gab sie zurück.

»Du siehst mich auf dem Pfad meines Herzens wandeln.« Das vertraute spöttische Funkeln trat in seine Augen, und er lachte. »Ich hatte nur nicht erwartet, meinem Ziel schon hier zu begegnen.«

Garsende runzelte die Stirn. »Dann seid Ihr nicht auf dem Weg zum Kloster?«

»Ach Liebste, ich bezweifle, dass meine Wünsche sich dort erfüllen ließen.«

Zu ihrem Ärger spürte Garsende, dass sie errötete. »Falls Ihr erhoffen solltet, Eure Wünsche ließen sich in meiner Hütte besser erfüllen, muss ich Euch enttäuschen. Ich habe zu tun«, versetzte sie, während sie sich umdrehte und den Pfad zu ihrem Heim betrat.

Mit wenigen Schritten hatte er sie eingeholt. »Gib mir eine Harke, und ich helfe dir«, bot er an.

Die Vorstellung von einem Edelmann, der mit dem Schwert an seiner Hüfte in ihrem Kräutergarten hockte und

Unkraut auszupfte, brachte sie zum Lachen. »Süßer Jesus, das möchte ich wohl sehen«, gluckste sie. »Habt Ihr denn sonst nichts Besseres zu tun?«

»Tag um Tag sitze ich untätig in der Bischofspfalz, lausche dem Geschwafel des sauertöpfischen Vogts und langweile mich zu Tode, während die Tochter meines Oheims auf sich warten lässt. Da erscheint mir das Harken als willkommene Abwechslung.«

»Schwindler.«

»Aber wenn ich es dir sage!«

Garsende warf ihm einen raschen Blick zu. »Der Burggraf sucht händeringend nach Euch, aber Ihr seid offenbar nie in Eurem Quartier.«

»Der Burggraf? Sieh an. Was will er denn von mir?«

»Er möchte wissen, ob Ihr Ulbert von Flonheim gekannt habt, oder Arnold von Clemante.«

Das Lächeln spielte noch um seine Lippen, doch er runzelte die Stirn. »Arnold von Clemante?«, fragte er gedehnt.

»Der Mann, der Ulbert auf dem Marktplatz angegriffen hat«, gab sie ungeduldig zur Antwort.

»Hast du gestern nicht gesagt, der Burggraf wüsste nicht, um wen es sich dabei handelt?«

»Gestern wusste er das auch noch nicht. Im Kloster hat man ihm aber von Beatrix' Gatten berichtet, und wir glauben, dass es sich um denselben Mann handelt. Und denkt Euch nur, er hat auch Ulberts Witwe angegriffen, kaum dass sie vom Tod ihres Gatten erfahren hatte.«

»Tatsächlich«, murmelte er. »Woher weißt du davon?«

Sie runzelte die Stirn. »Der Burggraf bat mich, mit der Witwe zu sprechen, und sie erzählte mir davon.«

Lothars Züge verfinsterten sich.

»Es steht Euch nun wirklich nicht an, mir zu sagen, was ich zu tun und zu lassen habe«, wehrte sie ab, bevor Lothar womöglich etwas einwenden konnte. Doch als er auflachte, beschwichtigend die Arme hob und meinte, dergleichen würde ihm nie einfallen, musste sie ebenfalls lachen.

Lothar schien sich geschlagen zu geben. »Also schön«, meinte er. »Dann erkläre mir, was die Witwe zu dir gesagt hat und warum dir so am Herzen liegt, dass ich mit dem Burggrafen spreche.«

Schwere Wolken bedeckten den Himmel. Das Glockengeläut der Klosterkirche verkündete die Non', doch als Bandolf den Waldweg betrat und die Wipfel der Bäume sich über ihm schlossen, war ihm, als würde es Nacht werden. Auch sein Magen schien dieser Ansicht zu sein, und die Aussicht auf Barsch vom Rost und frisches helles Brot auf seiner abendlichen Tafel beschleunigte Bandolfs Schritt. Er war noch nicht weit gekommen, als ein launiger Wind an den Ästen zu rütteln begann. Die ersten Regentropfen fielen. Rasch wurde der Regen stärker, und der Burggraf stülpte die Kapuze seines Umhangs über den Kopf, während er sich gegen den Wind stemmte. Heftige Böen wirbelten den Mantel um seine stämmigen Beine, zerrten an der Kapuze und schlugen ihm die nassen Zweige vom Wegrand ins Gesicht.

Plötzlich hemmte ein Ruck seinen Schritt. Der Saum des Umhangs hatte sich im Buschwerk zu Füßen der Bäume verfangen. Ungeduldig zerrte Bandolf an dem Stoff, doch der Saum löste sich nicht. Mit einem geknurrten »Verdammnis!« zwängte er sich ein Stück ins Unterholz, um an die Wurzel des Übels zu kommen. Während er noch mit klammen Fingern versuchte, den Stoff aus dem verzweigten Gesträuch zu lösen, hörte das Unwetter so unvermittelt auf, wie es gekommen war. Wind und Regen schienen sich erschöpft zu haben. Mit einem Mal war es so grabesstill, als würde der Wald den Atem anhalten. Bandolf verharrte, um in das beunruhigende Schweigen hineinzulauschen, und erst der trällernde Ruf eines Vogel ließ ihn wieder aufatmen. Endlich gelang es ihm auch, seinen Mantel aus der Umklammerung der dornenbewehrten Zweige zu lösen, doch als er sich anschickte, das Unterholz zu verlassen, hörte er ein anderes Geräusch, das ihn veranlasste, jäh innezuhalten. Einige Schritte hinter ihm verlief ein Trampelpfad ein gutes Stück parallel zum Weg durchs Unterholz, und von dort kam ein verhaltenes Knacken.

Bandolf spürte, wie sich seine Nackenhaare aufstellten. Wie schon gestern auf seinem Rückweg von der Hütte der Heilerin in die Stadt beschlich ihn das eigentümliche Gefühl, als sei ihm etwas Unsichtbares auf den Fersen. Noch während ihm furchterregende Gedanken an Waldgeister, Trolle und andere Höllengeschöpfe durch den Kopf schossen, die von der greifbareren Gefahr durch Wölfe, Bären und Schwarzwild abgelöst wurden, fuhr seine Hand an das Schwert an seinem Gürtel. Das scharfe Geräusch von Eisen auf gehärtetem Leder durchschnitt die Stille, als der Burggraf blankzog. Das Knacken verstummte. Regungslos verharrte er. Dann setzte das Knacken wieder ein, veränderte sich und wurde lauter.

Eine Gestalt trat aus dem Unterholz auf den Weg.

Über sich selbst lächelnd, schüttelte Bandolf den Kopf. Mit einem derben Scherz auf den Lippen wollte er schon auf den Weg treten, um Bruder Kilian zu begrüßen, als er plötzlich die Stirn runzelte. Wo kam der junge Benediktiner her? Wieso hatte er den unbequemen Trampelpfad genommen und nicht den breiteren Weg? Und warum stand er jetzt offenkundig unschlüssig da und reckte suchend den Kopf?

Es schien so, als wäre der Mönch ihm vom Kloster aus gefolgt und hätte den Burggrafen dann im Unwetter aus den

Augen verloren. Die Frage war: Wieso sollte er dergleichen tun?

Mit schmalen Augen beobachtete Bandolf, wie der Mönch nach einer Weile mit den Schultern zuckte, um sich dann eilig in Richtung Stadt in Bewegung zu setzen. Er wartete, bis Bruder Kilian ein gutes Stück vor ihm war, bevor er sich aus dem Unterholz herausschälte.

Es war ein Leichtes, ihm zu folgen. Der junge Mönch blickte nicht einmal hinter sich, während er eilig seines Weges ging, und als sie die Stadt erreicht hatten und die belebten Gassen durchquerten, verflog Bandolfs Argwohn. Was immer der Benediktiner auf dem Pfad im Unterholz gewollt hatte – es schien nichts weiter als ein Zufall gewesen zu sein, dass er ihm dort begegnet war.

An der Diebsgasse angelangt, erwartete der Burggraf, dass der Mönch in Richtung Pfalzhof einbiegen würde, um zum Domstift zurückzukehren, doch stattdessen überquerte Bruder Kilian den Marktplatz. Mit neu erwachtem Misstrauen folgte Bandolf ihm über die Hachgengasse und beobachtete mit grimmiger Genugtuung, wie der Mönch in die Münzergasse einbog.

Ein Karren mit einer Fuhre schrumpeliger Rüben ratterte vor ihm über die Gasse, und Bandolf musste warten, bis das Gefährt vorübergerumpelt war. Obwohl er sich beeilte, hatte er den Mönch aus den Augen verloren, als er die Ecke zur Münzergasse erreichte.

Bandolf blieb stehen. Über die Köpfe der Passanten hinweg spähte er in die Gasse, doch der Mönch war nirgendwo zu sehen.

Plötzlich entdeckte er schwarzes Tuch, das aus einer Hausnische direkt gegenüber seinem Anwesen hervorragte. Das musste er sein! Hol's der Teufel, was trieb er da? Beobachtete er sein Haus? Wartete er auf jemanden? Unzusammenhängende Gedanken, die mit Ulberts Leiche auf seiner Türschwelle begannen und mit Spekulationen bezüglich der Tugend Bruder Kilians einhergingen, schossen ihm durch den Kopf. Eine Zeitlang wartete Bandolf darauf, dass der Mönch wieder aus der Nische herauskäme, doch als all seine stummen Erklärungsversuche keinen Sinn ergaben, die Kälte unter seinen Umhang kroch und sein Magen lautstark nach einer Stärkung verlangte, beschloss er verärgert, dass es genug sei. Der Mönch sollte ihm selber Rede und Antwort stehen!

Doch noch ehe der Burggraf seinen Entschluss in die Tat umsetzen konnte, sah er Bruder Kilian plötzlich aus der Nische treten und die Gasse zu seinem Haus überqueren. Vor dem Tor blieb er stehen. Mit wachsender Neugier beobachtete Bandolf, wie der Mönch die Hand hob, zögerte, die Hand wieder sinken ließ und schließlich zwei Schritte zurücktrat, ohne geklopft zu haben. Offenkundig unschlüssig, sah er sich um. Schließlich hob er die Schultern, trat erneut ans Tor, und dieses Mal klopfte er.

Nach einer kleinen Weile zeigte Egin, Bandolfs Torwächter, sein verschrumpeltes Gesicht durch einen Spalt in der Pforte, dann öffnete er und hieß den Mönch eintreten.

Als Bandolf sein Haus erreichte und die Diele betrat, kam ihm sein Weib mit Bruder Kilian an ihrer Seite entgegen.

»Ach seht nur, nun seid Ihr doch nicht umsonst gekommen«, rief Matthäa. Mit einem Lächeln, das eigenartig erstarrt wirkte, wandte sie sich an ihren Gatten. »Der gute Bruder überbringt Euch Nachricht des Königs aus Lorsch, doch ich wusste nicht, wann Ihr zurück sein würdet, und er wollte nicht warten. Mögt Ihr ihn überreden, sich mit einem Becher Würzwein aufzuwärmen, bevor er uns wieder verlässt.«

»Tatsächlich?« Bandolf sah den Mönch durchdringend an, doch Bruder Kilian hielt seinem Blick stand.

»Dann seid willkommen in meiner Halle und teilt das Brot mit mir.«

Am Fußende der Tafel saß Eltrudis mit einer Nadelarbeit auf dem Schoß. Sie war offenkundig damit beschäftigt, Hildrun eine scharfe Lektion zu erteilen, denn die junge Magd stand mit hochroten Ohren und betretenem Gesicht vor ihr. Als Bandolf mit seinem Gast eintrat, erhob sie sich und schob die Magd beiseite, um Bruder Kilian angemessen zu begrüßen.

Erheitert beobachtete Bandolf das Mienenspiel des jungen Mönches, der Eltrudis' Redeschwall zunächst verwundert und dann mit wachsender Verlegenheit lauschte. Bevor sie sich in Einzelheiten ergehen konnte, unterbrach der Burggraf ihren belehrenden Erguss über den Verfall der guten Sitten und der mangelnden Frömmigkeit der Menschen im Allgemeinen und des Hofes im Besonderen und bugsierte den sichtlich erleichterten Bruder zum anderen Ende der Tafel.

Schweigend nahmen die beiden Männer Platz. Mit stiller Freude bemerkte Bandolf den raschen, gefälligen Blick, den der junge Mönch dem Liebreiz seiner Gattin zollte, als Matthäa heißen Würzwein, Brot und Salzfässchen an den Tisch brachte. Flüchtig dachte er, dass sein Weib tatsächlich frischer schien als seit langem. Dann schob er den Gedanken beiseite und wandte sich seinem eigentümlichen Gast zu.

Bruder Kilian hatte ihm gegenüber Platz genommen. Steif saß er da und erwiderte den forschenden Blick des Burggrafen mit ruhiger Würde. Nur die feingliedrigen Finger, mit denen er ein ums andere Mal über den Rand seines Bechers fuhr, verrieten seine Unruhe. Eine Weile tauschten die beiden Männer Gemeinplätze aus. Bandolf erkundigte sich, ob Bruder Kilian Neues über den Zustand des jungen Königs wüsste, doch der Mönch schüttelte nur betrübt den

Kopf. Seine Hoheit habe ihn noch vor seiner Krankheit nach Worms geschickt, um die Übergabe eines Reichsguts an den Domstift zu regeln, und seither habe er nur gehört, was allgemein bekannt sei.

»Was hat Euch zu mir geführt, Bruder?«, fragte Bandolf, nachdem der guten Sitte Genüge getan war.

Bruder Kilian räusperte sich. »Bevor ich Lorsch verließ, gab König Heinrich mir Order, Euch aufzusuchen. Er wünschte, dass ich Euch seines ausdrücklichen Wohlwollens versichere und Euch seine Grüße übermittle.«

Nachdenklich runzelte Bandolf die Stirn. Wenn ein König sich herbeiließ, einen Sachwalter niederen Adels wie den Burggrafen von Worms seines Wohlwollens zu versichern, dann schien Vorsicht geboten. Und noch dazu eines ausdrücklichen Wohlwollens, dachte Bandolf mit einem Anflug von Sarkasmus. Dankend neigte er den Kopf.

Bruder Kilian fuhr eindringlich fort: »Seine Hoheit hofft, dass Ihr ihm auch weiterhin mit derselben Treue verbunden bleibt, die Ihr in vergangener Zeit an den Tag legtet.«

»Ja?«

»Und seine Sache gegen jedweden Widersacher verteidigt.«

Bandolf wartete darauf, dass der Mönch weiterspräche, doch Bruder Kilian senkte den Kopf und schien seine Aufmerksamkeit gänzlich auf seine um den Becherrand kreisenden Finger zu richten.

»Und hatte der König eine Sache spezieller Natur im Sinn?«, erkundigte sich Bandolf behutsam, nachdem das Schweigen sich dehnte.

Kilian sah auf. »Wie kommt Ihr darauf?«

»Mir war so, als wolltet Ihr dergleichen andeuten.«

»Gibt es denn eine Sache spezieller Natur, die den König beunruhigen müsste?«, fragte Bruder Kilian leichthin.

Schach dem König, fuhr es Bandolf durch den Kopf. Er

hätte wissen müssen, dass er keinem Tölpel gegenübersaß. So jung Bruder Kilian auch war, schien er über seine Jahre hinaus gewandt zu sein. Zudem war der Mönch durch die Schule Adalberts von Bremen gegangen. Mochte der gestürzte Erzbischof auch von seinem Ehrgeiz geblendet gewesen sein, so war er jedenfalls kein Dummkopf gewesen. Und offensichtlich hatte er Kilian auch die Kunst der Wortklauberei bei Hof gelehrt.

»Wenn ein toter Edelmann auf der Türschwelle seines Burggrafen den Dunstkreis des Königs berührt, so hätte er wohl Anlass zur Besorgnis«, antwortete der Burggraf.

»Falls dem so wäre, was würdet Ihr dem König Neues berichten?«

Doch Bandolf hatte genug vom Katz-und-Maus-Spiel des Benediktiners.

»Ist es das, worum es Euch geht?«, fragte er.

Die glatte Miene, die der Bruder aufgesetzt hatte, schien ein wenig zu verrutschen. Unschlüssig kaute Kilian auf seiner Unterlippe, als wäre er im Zweifel, was er darauf antworten sollte. Endlich schien er einen Entschluss gefasst zu haben. »Um der Wahrheit die Ehre zu geben, Burggraf …«

Was immer er sagen wollte, blieb ungesagt. Bandolfs unseliger Schreiber wählte just diesen Moment, um in die Halle zu platzen und lauthals zu verkünden, er habe Arnold von Clemantes Spur bis zur Andreaspforte verfolgt, von wo der Mann sich zweifelsfrei auf den Rückweg zu seinem Gut im Isenachtal begeben hätte.

Bis über die Ohren feixend, sah Prosperius seinen Herrn Beifall heischend an.

Der Burggraf schnaubte. Ungehalten hieß er seinen Schreiber, sich in eine Ecke zu trollen und den Mund zu halten, bis er gefragt würde.

Dann wandte er sich an seinen Gast. »Verzeiht die Unterbrechung.«

Bruder Kilian schien ihn nicht zu hören. Mit nachdenklich gerunzelter Stirn sah er Prosperius nach, der, offenkundig gekränkt, zum Herdfeuer hinüberschlenderte. »Hat die Stadt verlassen«, murmelte der junge Mönch.

Hellhörig beugte Bandolf sich vor. »Kennt Ihr Arnold von Clemante?«

Langsam drehte sich Kilian zu ihm um. Für einen Augenblick hatte Bandolf den Eindruck, als wäre er mit seinen Gedanken woanders, doch dann lächelte der junge Mönch. »Die Unterbrechung kam mir gelegen«, meinte er, ohne Bandolfs Frage zu beantworten. »Ich habe ohnehin zu lange in Eurer Halle verweilt. Der Bruder Kämmerer erwartet mich im Domstift.«

»Kennt Ihr Arnold von Clemante?«, wiederholte Bandolf hartnäckig.

»Einem Mann dieses Namens bin ich nie begegnet.«

»Und was wolltet Ihr sagen, bevor wir unterbrochen wurden?«

»Nichts von Bedeutung, Burggraf.«

»Ihr sagtet: *Um der Wahrheit die Ehre zu geben …*«, beharrte Bandolf.

Der Mönch nickte. »Um der Wahrheit die Ehre zu geben, war ich neugierig auf Euch, nach allem, was Seine Hoheit mir über Euch erzählt hat«, meinte er geschmeidig. »Das wollte ich sagen.«

Das war es nicht, was dir auf den Lippen lag, dachte Bandolf, während er mit schmalen Augen zusah, wie Bruder Kilian entschlossen nach seinem Holzbecher griff. Er roch daran, als wäre er besorgt, der Würzwein der Burggräfin könne unbekömmlich sein, um ihn schließlich in einem Zug hinunterzustürzen. Dann stand er auf und schüttelte seinen Becher über dem mit Binsen bedeckten Boden aus.

»Ein Jammer, dass Ihr so in Eile seid«, bemerkte der Burggraf, während der Bruder den Holzbecher in einem Beutel verstaute, der an seiner Kordel hing.

»Bald wird es zur Vesper läuten. Ich bin Mönch und an die Horen gebunden.«

»Ich stelle mir vor, dass es schwierig ist, sie stets einzuhalten, wenn man im geheimen Auftrag des Königs unterwegs ist«, riet Bandolf aufs Geradewohl und hatte die Genugtuung zu sehen, wie Bruder Kilian einen Lidschlag lang in seiner Bewegung stockte. Doch er fing sich rasch wieder.

»Ich bemühe mich stets, meinen Gelübden treu zu bleiben«, wich er aus.

Bandolf lächelte. »Dessen bin ich mir gewiss. Doch womöglich werden wir dieses Gespräch ein anderes Mal fortsetzen?«

»Womöglich. Einstweilen aber: Gott mit Euch, Burggraf.«

»*Irgendwie lauert Betrug im Ross: misstrauet, ihr Teukrer!*«, murmelte Bandolf, als die Tür der Halle sich hinter Bruder Kilian schloss.

Der Mönch hat mehr Fragen zurückgelassen als Antworten, überlegte er unzufrieden, während er nach dem frischen, hellen Brot griff, das Bruder Kilian unbeachtet gelassen hatte.

Hatte sein Besuch nur jener Botschaft des Königs gegolten? Und wenn es so war, was hatte sie zu bedeuten? Oder hatte dem Mönch die Nachricht als Vorwand gedient, um in sein Haus zu kommen? Falls dem so war, was hatte Kilian dann von ihm gewollt? War er wegen des Mordes an Ulbert von Flonheim gekommen? Hatte der Mönch gehofft, ihm Neuigkeiten darüber zu entlocken?

Wenn ja, dann hat er jetzt eine bekommen, dachte Bandolf und schickte einen ungnädigen Blick in Richtung seines Schreibers, der sich bei Filiberta am Herdfeuer herumdrückte.

Einen Augenblick lang erwog er sogar, ob Bruder Kilian womöglich selbst Ulberts Mörder sein könnte. Aber was sollte ein Vertrauter des Königs mit dem Tod des jungen Edelmanns zu schaffen haben?

Warum, zum Teufel, spricht der Mann auch kein einziges klares Wort, sondern schleicht um den Gegenstand herum wie Penelope um eine verbotene Leckerei? Mit wütender Kraft, als handle es sich um den Hals des Mönchs, biss Bandolf in das Brot.

Wie er seine Gedanken auch hin und her wälzte, sie ergaben keinen Sinn. Weder fand Bandolf eine Erklärung für die nebulösen Worte noch für das eigentümliche Verhalten des Mönchs vor seinem Haus.

»Ich hätte erwartet, Ihr würdet den Gefühlen Eures Weibes gegenüber größere Rücksichtnahme walten lassen«, unterbrach Eltrudis' vorwurfsvolle Stimme seine Grübelei.

Bandolf warf Matthäa einen fragenden Blick zu, den sie mit einem unmerklichen Schulterzucken beantwortete.

»Ich habe nicht die leiseste Ahnung, wovon Ihr sprecht.«

»Es wirft ein schlechtes Licht auf jede Hausherrin, wenn man einen Gast so rasch vertreibt, wie Ihr das tatet«, meinte Eltrudis. »Zumindest hättet Ihr dem Mönch anbieten müssen, das Nachtmahl mit uns einzunehmen. Gewiss hätte er es zu schätzen gewusst, ein paar Worte mit jemandem zu wechseln, der mit den Gegebenheiten bei Hof ebenso vertraut ist wie er.«

»Großer Gott, Weib!«, platzte Bandolf heraus und schüttelte den Kopf. »Glaubt Ihr wirklich, der Mann hätte nichts Besseres zu tun, als Eurem Geschwatze zu lauschen?«

Eltrudis blinzelte verdutzt und starrte ihn sprachlos an.

Dann warf sie den Kopf in den Nacken und rauschte hoheitsvoll aus der Halle.

Matthäa war aufgesprungen. »Himmel!«, fuhr sie Bandolf verärgert an. »Das wird mich Tage der Pflege ihrer Zustände kosten!« Kopfschüttelnd lief sie ihrer Tante hinterher und warf die Tür der Halle vehement hinter sich zu.

»Weibsvolk«, brummte Bandolf verhalten. Dann rief er nach seinem Schreiber.

Leise schloss Matthäa die Tür zu Eltrudis' Kammer und lehnte sich mit geschlossenen Augen an den Türrahmen.

Tief gekränkt, hatte sich Eltrudis den ganzen Abend in ihrer Kammer hinter ihrer erschütterten Gesundheit verschanzt und sich geweigert, das Nachtmahl gemeinsam mit der Familie unten in der Halle einzunehmen. »Meine Liebe, ich weiß wirklich nicht, wie es mir gelingen soll, an der Seite Eures Gatten jemals wieder einen Bissen zu mir zu nehmen, nachdem er mich so schnöde behandelt hat«, beschwerte sie sich bei Matthäa mit hauchzarter Stimme, die andeuten sollte, wie übel man ihr mitgespielt hatte.

»Er wollte es gewiss nicht an Freundlichkeit Euch gegenüber fehlen lassen«, verteidigte Matthäa ihren despektierlichen Gemahl.

Doch es half nichts. Die Burggräfin musste einen endlosen Vortrag über sich ergehen lassen, der all die Ungebührlichkeiten zum Gegenstand hatte, die ihrer Tante in Matthäas mangelhaft geführtem Haushalt begegnet waren. Nach und nach schimmerte in ihrer langatmigen Rede auch ihr Ärger über die Äbtissin von Mariamünster durch. Offenbar hatte die Ehrwürdige Mutter sich nur wenig vom Wohlstand der Witwe beeindruckt gezeigt und war nicht bereit gewesen, irgendwelche Zugeständnisse an Eltrudis' delikate Bedürfnisse zu machen.

Es war weit nach Sonnenuntergang, und die Hauseigenen hatten sich bereits um das Herdfeuer niedergelegt, als Matthäa den letzten Schlaftrunk nach oben trug, die Felle um Eltrudis noch einmal zurechtzupfte und ihr eine gesegnete Nachtruhe wünschte.

Die Burggräfin öffnete die Augen. Von all der Aufregung und Rennerei begann ihr Gedärm wieder zu rebellieren. Sie spürte, wie sie sich verkrampfte.

Wenn es mir morgen nicht besser geht, werde ich Garsende aufsuchen, versprach sie sich selbst, und für einen Augenblick erhellte sich ihr Gesicht. Die Aussicht, in der Hütte der Freundin ein wenig entspannte Ruhe zu genießen, tat ihr wohl.

Und hatte sie nicht auch Grund, erleichtert zu sein, da das Kloster Mariamünster nun als künftiger Altersruhesitz der Tante nicht mehr in Frage kam?

Ein Schatten flog über Matthäas rundliche Wangen.

Sie hatte an Eltrudis' Gespräch mit der Äbtissin nicht teilgenommen und stattdessen die Gelegenheit genutzt, für sich in der friedlichen Stille der Kirche zu beten. Als sie das Gotteshaus verließ, hatte sie ihren Gatten an der Klosterpforte entdeckt. Mit einem jungen Weib an seiner Seite, das wie eine Klette an seinem Arm hing! Die Vertraulichkeit, mit der sie Bandolf anschaute, und der bewundernde Blick, den ihr Gatte ihrer unleugbaren Schönheit zollte, jagten einen schmerzhaften Stich durch Matthäas Leib. Anstatt ihn zu begrüßen, war sie rasch in den Schatten des gewölbten Kirchentors zurückgetreten. Es schien ihr, als würde sich die Welt vor ihren Augen verdunkeln, als sie sah, wie Bandolf mit dem Frauenzimmer scherzte, ehe die Pförtnerin das junge Weib mit sich nahm.

Bandolf hatte ihr nie Anlass zur Klage gegeben, und stets hatte sie sich in seine Neigung gehüllt gefühlt wie in ein zärtlich wärmendes Fell. Niemals war sie auf den Gedanken verfallen, er könne ein Vergnügen außerhalb der ehelichen Schlafstatt begehren. Was war sie doch für eine törichte Närrin!

Wäre es denn ein Wunder, wenn er sich eine Kebse nähme, ein schönes Weib wie dieses, jung genug, um Söhne zu gebären?

Ein eisiger Schreck fuhr durch Matthäas Glieder. Würde er sie um eines Sohnes willen gar verstoßen, da sie nicht in der Lage schien, ihm einen Erben zu schenken? Oft genug kam es vor, dass Männer ihre Ehefrauen der Unzucht beschuldigten, um sich ihrer zu entledigen und sich ein neues Weib zu nehmen.

Nicht mein Burggraf, protestierte eine leise Stimme in ihr.

Gewöhnlich neigte Matthäa nicht dazu, die Dinge übertrieben hoffnungslos zu sehen. Doch die Vorstellung, wie sich dieses Frauenzimmer an Bandolf geschmiegt hatte, ließ sie nicht mehr los und fraß an ihr wie ein eitriges Geschwür.

Der Weg zurück in die Stadt wurde Matthäa endlos, und während Eltrudis über den Dünkel lamentierte, der heutzutage in den Klöstern zu herrschen schien, kämpfte Matthäa mit Übelkeit und schweren Gedanken.

Erst als sie die Halle betrat und die tägliche Arbeit ihre Aufmerksamkeit forderte, schienen die Dinge allmählich wieder ins rechte Licht gerückt. So vorschnell zu urteilen, war unklug, mahnte sie sich. Gewiss gab es eine andere Erklärung dafür, warum dieses junge Weib so anhänglich getan hatte.

Aber ein leiser Zweifel blieb.

Schnarchlaute, die hinter ihr aus Eltrudis' Kammer drangen, schreckten die Burggräfin aus ihren trüben Gedanken.

Vorsichtig stieß sie sich vom Türrahmen ab und huschte auf Zehenspitzen zu ihrer eigenen Schlafkammer hinüber.

Nachdem Matthäa die Tür geöffnet hatte, leuchtete sie mit ihrer Laterne hinter die Truhe und in die anderen dunklen Ecken, wo Penelope hin und wieder ihren nächtlichen Schlummer zu halten pflegte. Doch heute schien sie anderswo ihr Lager aufgeschlagen zu haben. Von der lästigen Katze war nichts zu sehen. Warum ihr Gatte einen solchen Narren an dem Tier gefressen hatte, war Matthäa schleierhaft. Ganz abgesehen davon, dass Penelope gewiss Flöhe, Zecken und anderes Ungeziefer ins Haus schleppte, die Haare ihres Fells überall verteilte und Kratzspuren an der schön geschnitzten Truhe hinterließ, die noch von Matthäas Mutter stammte, sagte man den Katzen nach, sie wären imstande, tief in die Seelen der Menschen zu blicken. Ihr Gatte pflegte über solche Bedenken zu lachen. Doch Matthäa war sich nicht sicher, ob das nicht stimmte.

»Gibt sie endlich Frieden?«

Beim Klang seiner Stimme zuckte Matthäa zusammen. Sie hatte geglaubt, dass Bandolf schon schliefe.

»Wenn, dann ist das nicht Euer Verdienst.« Sie hörte selbst, wie gereizt ihre Stimme klang. Mit einem leisen Seufzen stellte sie ihre Lampe neben der Bettstatt ab und begann, die Bänder ihres Gewandes am Rücken aufzuknüpfen.

»Es wurde höchste Zeit, dass jemand sie in ihre Schranken verweist«, brummte Bandolf. »Und Ihr tut es ja nicht.«

»Sie ist meine Tante und Gast in diesem Haus.«

Ihr Gatte murmelte etwas über die Unsitte mancher Leute im Allgemeinen und einer Anverwandten im Besonderen, das Gastrecht über Gebühr zu strapazieren.

»Womöglich wird Eltrudis nicht mehr allzu lange unser Gast bleiben«, meinte Matthäa, während sie ihr Gewand abstreifte.

»Tatsächlich?« Ein Lächeln glitt über Bandolfs breites, bärtiges Gesicht, während sein Blick über ihren nackten

Körper glitt. Wie stets breitete er einladend seine Arme aus, und sie dachte, dass sie sich vielleicht doch grundlos Sorgen gemacht hatte, während sie ihren Kopf an seine Brust bettete.

»Ihre Unterredung mit Mutter Margarete scheint nicht zu ihrer Zufriedenheit verlaufen zu sein.« Wie beiläufig fügte sie hinzu: »Hat Euch die Ehrwürdige Mutter nichts darüber gesagt?«

»Hmm.«

Bestimmt war es klüger, den Gegenstand, der sie so beunruhigte, nicht zu berühren. Doch der Gedanke an das junge Weib, das ihm schöne Augen gemacht hatte, ließ ihr keine Ruhe.

»Habt Ihr nicht heute erst mit der Ehrwürdigen Mutter gesprochen?«, hakte sie nach.

»Ihr habt mich im Kloster gesehen? Warum machtet Ihr Euch nicht bemerkbar?«

»Es war offensichtlich, dass Ihr beschäftigt wart. Das Weib an Eurer Seite schien Euch gänzlich in Anspruch zu nehmen.«

Er murmelte etwas Unverständliches.

»Wer war die junge Frau?«

»Nur ein Gast im Kloster«, kam die einsilbige Antwort.

Unzufrieden rückte Matthäa von ihm ab. »Und wie kommt es, dass sie an Eurem Arm hing?«, erkundigte sie sich spitz.

Bandolf richtete sich auf. »Herrje, Weib!«, sagte er ungeduldig. »Sie hatte sich den Fuß verletzt. Da gebot es die Höflichkeit, sie zu stützen.« Plötzlich lachte er auf. »Am Ende seid Ihr gar eifersüchtig?«

»Bildet Euch nur nicht zu viel ein«, rief sie empört, drehte sich um und kehrte ihm ostentativ den Rücken zu.

»Und warum seid Ihr mir dann gram?«, fragte ihr Gatte begriffsstutzig.

Darauf wollte ihr keine rechte Antwort einfallen, und so griff sie nach dem erstbesten Gedanken, der ihr kam: »Es will mir einfach nicht gefallen, dass Ihr beabsichtigt, den armen Prosperius zu dieser Jahreszeit ins Bergland zu hetzen.«

Sie hörte, wie Bandolf seufzte. »Mir ist auch nicht wohl dabei«, gab er zu, »doch was bleibt mir anderes übrig? Ich muss mehr über Arnold von Clemante erfahren. Mein Schreiber ist im Augenblick der Einzige, den ich mit einem solchen Auftrag betrauen und den ich just entbehren kann. Alle anderen brauche ich hier, dafür hat der Bischof gesorgt.«

Abgelenkt drehte sich Matthäa wieder zu ihm um. Sie runzelte besorgt die Stirn. »Ich habe gehört, dass Ihr sagtet, dieser Mann könnte mit Ulbert von Flonheims Tod zu tun haben. Wie könnt Ihr den Jungen nur hinter jemandem herschicken, der womöglich ein Mörder ist?«

»Ich tue nichts dergleichen«, brummte ihr Gatte ärgerlich. »Prosperius soll Grimbald vom Diemerstein aufsuchen und herausfinden, was der Alte über den Mann weiß. Sein Heim liegt über dem Isenachtal, wo sich Arnolds Gut befindet. Er müsste ihn also kennen.«

»Es ist keine gute Jahreszeit, um zu reisen«, wandte sie ein. »Die Wege sind gefährlich. Es kann Sturm geben, oder sogar Schnee. Zudem haust Grimbald wie ein Einsiedler in seinem baufälligen Bergfried. Ich glaube nicht, dass er seinen nächsten Nachbarn kennt, geschweige denn jemanden aus dem Tal. Womöglich setzt Ihr Prosperius ganz umsonst der Gefahr einer solchen Reise aus.«

»Zwei meiner Dienstleute werden ihn zum Schutz begleiten.« Bandolf rutschte tiefer in die Felle und schloss die Augen. »Macht Euch keine Sorgen.«

»Eure Männer können ihn aber nicht vor Schnee und Kälte schützen«, beharrte sie. »Und warum muss es schon morgen in aller Frühe sein? Kann die Reise denn nicht noch ein Weilchen warten?«

Ihr Gatte seufzte. »Sorgt Ihr nur für genügend Proviant. Dem Jungen wird schon nichts passieren. Nun blast die Lampe aus und lasst uns schlafen.«

Widerstrebend kam Matthäa seinem Wunsch nach und löschte das Licht. Befreit hatte er sie jedoch weder von der einen noch der anderen ihrer Sorgen.

Kapitel 9

Mit einem Ruck schreckte Garsende aus dem Schlaf auf. Benommen setzte sie sich auf und fuhr sich mit der Zunge über ihre trockenen Lippen. Das Holz, das sie vor dem Schlafengehen unter ihrem Herdfeuer nachgelegt hatte, war kaum niedergebrannt, also konnte die Nacht noch nicht weit fortgeschritten sein. Sie fragte sich, was sie geweckt haben mochte. Ein Alp vielleicht? Ein böser Geist, der sich des Nachts in die Träume der Menschen schlich, um sie zu quälen?

Seufzend schwang Garsende die Beine aus der Bettstatt und tappte zum Tisch hinüber, auf dem ein Krug mit Wasser stand. Ohne sich lange damit aufzuhalten, einen Becher hervorzukramen, setzte sie den Krug an die Lippen und trank mit durstigen Zügen.

Ein plötzliches Geräusch von draußen ließ sie zusammenfahren. Das Wasser im Krug schwappte über und lief über ihre Hand. Mit angehaltenem Atem lauschte sie. Da war es wieder – ein eigentümliches Knarren, das aus unmittelbarer Nähe vor ihrem Haus kam.

War da draußen jemand?

Garsende spürte, wie sich die Härchen ihrer nackten Haut aufstellten, und ein furchtsamer Schauer ließ sie frösteln. Unwillkürlich flog ihr Blick zur Bettstatt hinüber, doch Lothar war nicht da. Natürlich nicht, hatte sie ihn doch selbst weggeschickt, als die Nacht hereingebrochen war. Vielleicht war er zurückgekommen? Aber er würde an die Tür klopfen und sie nicht zu Tode erschrecken.

Vorsichtig stellte Garsende den Krug ab. Während sie auf Zehenspitzen zu ihrer Bettstatt lief, um nach ihrem Gewand zu greifen, jagten üble Bilder von wilden Tieren, grausamen Meuchlern und schwarzen Dämonen durch ihren Kopf. Ihre Hände waren nicht ganz ruhig, als sie ihr Kleid überstreifte.

Das Geräusch kehrte wieder. Sie hielt inne und lauschte angespannt nach draußen. Dann glitt ein erleichtertes Lächeln über ihr Gesicht.

Das Knarren kam eindeutig von der Tür zum Verschlag neben ihrer Hütte. Garsende pflegte dort ihre Kräuter zu trocknen und zusammen mit einigen Vorräten zu lagern. Am Abend zuvor musste sie vergessen haben, den Riegel vor die Tür zu schieben. Ärgerlich auf sich selbst, griff sie nach einem Kienspan, den sie am Herdfeuer entzündete, und hielt ihn an den Docht einer Talglampe. Als er Feuer gefangen hatte, blies sie den Kienspan aus, steckte ihn in eine Schale mit Sand und griff nach der Lampe. Doch dann zögerte sie. Hatte sie wirklich vergessen, die Tür richtig zu schließen?

Angestrengt versuchte Garsende sich zu erinnern, aber ihr Gedächtnis zeigte ihr nur einen verschwitzten Edelmann, der tatsächlich mit einer Harke in der Hand über ihrem Kräuterbeet stand und dort mehr Schaden anrichtete, als er Hilfe bot. Gegen Abend war die Köhlerwitwe um eine Salbe gegen ihre Kreuzschmerzen gekommen. Glücklicherweise brachte sie ihren Enkel mit, der ihr Kommen mit lautstarkem Krakeelen lange vor ihrem Eintreffen angekündigt hatte, und so war es Garsende gelungen, den widerstrebenden Lothar in den Verschlag zu bugsieren, noch ehe die Witwe ihn zu Gesicht bekam.

Garsende runzelte die Stirn. Nachdem die Köhlerfrau und ihr lärmender Enkel sich verabschiedet hatten und sie Lothar aus dem Verschlag herausließ, hatte sie da nicht den

Holzriegel wieder herunterfallen lassen? Doch, das hatte sie! Und nachdem ihr Liebster gegangen war, hatte sie den Verschlag auch nicht noch einmal betreten.

Warum war er dann jetzt offen und knarrte?

Vorsichtig stellte sie die Lampe auf dem Boden ab und griff nach der Harke, die, noch mit Erde behaftet, neben der Tür stand.

Der Gedanke an das, was sie vor ihrer Hütte womöglich erwarten könnte, ließ sie schaudern, und für einen Moment hatte sie das Bedürfnis, sich in ihrer Bettstatt zu verkriechen und zu warten, bis das Morgenlicht den nächtlichen Schrecken vertreiben würde.

Memme!, schalt sie sich selbst, umklammerte entschlossen die Harke und öffnete die Tür. Mit zusammengekniffenen Augen spähte sie durch den Spalt nach draußen.

Es war dunkel. Mond und Sterne hatten sich hinter einer schweren Wolkendecke verkrochen, und das spärliche Licht, das aus dem Inneren ihrer Hütte nach draußen fiel, trug nicht weit. Eine laue Brise fuhr durch die Sträucher ihrer Beete, deren Umrisse sie mehr erahnen als sehen konnte, und ließ das Immergrün im Wald rascheln. Andere Geräusche hörte sie nicht.

Mit der Linken griff Garsende nach der Lampe und schob sich durch den Spalt ins Freie. Lauschend verharrte sie, doch als sich kein Strauchdieb auf sie stürzte und auch sonst alles ruhig blieb, schlich sie auf bloßen Füßen an der Wand entlang bis zum Verschlag, um den die Hütte erweitert worden war. Die Tür stand einen Spalt weit offen.

Garsende holte tief Luft, dann schob sie die Harke hinter die Tür und zog sie auf. Der durchdringende Geruch verschiedenster Pflanzen, die zu Büscheln gebunden von der Decke baumelten, in Öl eingelegt, klein gehackt oder zu Pulver zerstoßen in Krügen, Schalen und Fässchen lagerten, schlug ihr entgegen. Die Heilerin hob die Lampe und leuchtete in den niedrigen Raum. Dann atmete sie erleichtert auf. Hier war nichts, was nicht hierhergehörte. Und nichts schien zu fehlen. Keines der Behältnisse war beschädigt, die wenigen Gerätschaften, die sie besaß, um ihre Beete und die Pflanzen zu bearbeiten, lagen vollzählig auf dem Boden, und auch die halbe Speckseite, die im Verein mit den Kräuterbündeln vom Balken an der Decke hing und sich im Luftzug langsam drehte, war noch da.

Doch plötzlich stutzte sie. Der Anschnitt der Speckseite glänzte im Schein ihrer Lampe. Garsende bückte sich unter dem Türsturz durch und trat näher. Tatsächlich! Jemand hatte eine Scheibe davon abgeschnitten. Nun, da sie sich genauer umschaute, bemerkte sie, dass auch der Käse um ein Stückchen kleiner und der vom Winter übrig gebliebene Vorrat ihrer Äpfel um ein paar dezimiert worden war. Von Magdas braun gesprenkelten Eiern im Flechtkorb fehlte eines, und der Deckel eines Fasses, in dem sie Saubohnen aufbewahrte, lag nicht mehr richtig auf. Garsende hob ihn an, konnte jedoch nicht sagen, ob etwas fehlte. Falls sich jemand daran vergriffen hatte, konnte er nicht viel genommen haben. Auch an ihrem Mehl schien sich der Dieb bedient zu haben. Garsende pflegte die Oberfläche stets wieder glatt zu streichen, wenn sie eine Kelle voll aus dem Fass entnommen hatte, und jetzt war eine Mulde darin.

Mit gerunzelter Stirn schloss sie die Kiste und leuchtete noch einmal in alle Ecken des kleinen Verschlags, ehe sie ihn verließ und den Riegel vor die Tür schob.

Nachdenklich kehrte sie in ihre Hütte zurück, und während sie endlich wieder unter ihr Fell kroch, grübelte sie darüber nach, was für ein rücksichtsvoller Strauchdieb das gewesen sein mochte, der nur das Nötigste gestohlen und ihr den Großteil gelassen hatte.

Im Gegensatz zu seiner Gattin, die Bandolf den morgendlichen Haferbrei mit einem kühlen Nicken reichte, schien sein junger Schreiber bester Stimmung zu sein und seine Abreise kaum erwarten zu können. Der Burggraf folgte seinem eifrigen Geplauder mit wachsendem Argwohn, war Prosperius doch sonst jeglicher Anstrengung abhold und liebte es nicht, sich allzu weit von Filibertas schmackhaften Eintöpfen zu entfernen. Doch jetzt war es zu spät, den Burschen ins Gebet zu nehmen.

Als das Mahl beendet war, drückte Filiberta Prosperius einen prallgefüllten Beutel in die Hand, mit der grimmigen Mahnung, er solle sich den Proviant gut einteilen und sich nicht schon am ersten Tag den Wanst damit vollstopfen.

Während der Burggraf zusah, wie sein junger Schreiber mit leuchtenden Augen und offenkundig sorglos Abschied nahm, überfielen ihn doch Zweifel. Hatte seine Gattin womöglich recht? War Prosperius zu jung für die Aufgabe, die er ihm übertragen hatte? Dann schalt er sich einen gefühlsduseligen Narren. Prosperius war noch jünger gewesen, als er sein Kloster oben im Norden verlassen hatte. In Köln waren ihm seine Mitbrüder verlorengegangen, und er hatte sich allein bis nach Worms durchgeschlagen. Da sollte er doch einen Dreitagesmarsch ins Bergland überstehen, ohne Unsinn anzustellen und Schaden zu nehmen. Zumal Bandolf seinen beiden Dienstleuten eingeschärft hatte, den jungen Burschen gut im Auge zu behalten. Andernfalls würden sie sich rasch unter den Kotkönigen wiederfinden, die die Jauchegruben der Wormser Bürger zu säubern hatten.

Nachdem Prosperius mit seinen beiden Bewachern hinter der Pforte verschwunden war, warf Bandolf einen Blick auf sein Weib, das noch in der Haustür stand. Matthäa hob den Kopf und erwiderte seinen Blick mit hochgerecktem Näschen. Dann warf sie ihren rotblonden Zopf in den Nacken, wandte sich um und rauschte ins Haus. Die Tür schlug sie ihm vor der Nase zu.

»Verdammmich!«, knurrte Bandolf verärgert. Beim besten Willen konnte er sich nicht erklären, womit er ihren Groll verdient haben sollte.

Es war noch nicht Mittag, als Bandolf seinen Schreiber bereits schmerzlich vermisste. Kaum war Prosperius fort gewesen, als ein Tucher in Bandolfs Halle gestanden hatte, seinen Hemdzipfel verlegen zur Wurst drehte und sich mit kaum hörbarem Flüstern danach erkundigte, ob das Gewand seines Weibes mittlerweile gefunden worden sei.

Der Burggraf versprach, sich darum zu kümmern.

Anschließend hörte er sich die Beschwerden zweier streitsüchtiger Bauern an, von denen jeder behauptete, der Marktstand des einen griffe auf den des anderen über. Nachdem er dann einem alten Kaufmann empört die Tür gewiesen hatte, der ihm mit schmieriger Stimme ein Zubrot anbot, wenn der Burggraf dafür sorgte, dass seine Waren ohne den üblichen Zoll in die Stadt gelängen, so wie es Bandolfs Schreiber versprochen hätte, rief er mit grimmigem Gesicht nach einem Krug Bier.

Er hatte den Mund noch nicht zugemacht, als der Knecht eines Pachtbauern an seine Tür klopfte und berichtete, dass seinem Herrn eine Karre mit Winterrüben auf dem Marktplatz gestohlen worden sei. Der Burggraf wunderte sich noch darüber, wie eine ganze Fuhre unter den Augen des Bauern verschwinden konnte, da stand auch schon der aufgebrachte Kämmerer des Domstifts vor ihm. Was dem Burggrafen denn einfiele, einen seiner Büttel in das Viertel der Juden zu schicken? Die Juden unterständen dem König, welcher dem Bischof übertragen hätte, sich ihrer Belange anzunehmen. Und solange Seine Eminenz noch in Lorsch weile, sei es seine, *des Kämmerers!*, Aufgabe, sich darum zu kümmern.

Gereizt setzte Bandolf dem empörten Domherrn auseinander, dass der Büttel sich in der ganzen Stadt, einschließlich des jüdischen Viertels, davon zu überzeugen hätte, dass die Feuerstellen in den Häusern den Vorschriften entsprachen, und dass das sehr wohl die Aufgabe des Burggrafen und keineswegs die des Kämmerers, des Bischofs oder gar des Königs sei.

Als es ihm endlich gelungen war, Bruder Pothinus' gesträubtes Gefieder zu glätten, ließ Bandolf sich enerviert auf die Bank sinken. Im Stillen versprach er seinem abwesenden Schreiber Prügel zur Strafe für seine Bestechlichkeit. Dann schickte er einen Fluch nach Lorsch, der Seine Eminenz, Adalbero von Rheinfelden, den Bischof von Worms, auf der Stelle in die Hölle fahren lassen sollte. Hatte Bandolf es doch ihm zu verdanken, dass alle seine Leute damit beschäftigt waren, seine sonderbaren Wünsche zu erfüllen, anstatt ihren eigentlichen Aufgaben nachzukommen, die ihm nun wie Mühlräder um den Hals hingen.

Just malte er sich aus, wie der umfangreiche Leib des Bischofs am Spieß briet, als Matthäa mit einem Gast an ihrer Seite die Halle betrat. Sie schien freudig erregt, und ihre Wangen waren mit einem zarten Rot überhaucht. Bandolf warf einen scheelen Blick auf den hochgewachsenen Besucher. Sein Umhang aus blauer feingesponnener Wolle mit aufwendigen Stickereien am Saum und das Schwertgehänge um seine Hüfte wiesen ihn als Mann von Stand aus. Sein schmales Gesicht zeigte ein gewinnendes Lächeln, doch Bandolf hätte schwören mögen, dass in den dunklen Augen Wachsamkeit lag.

»Seid gegrüßt, Burggraf. Wie ich hörte, wolltet Ihr mich sprechen?«, sagte er, während er Matthäa Umhang und Schwertgehänge überreichte.

»Lothar von Kalborn, nehme ich an?«

Der Edelmann nickte und deutete Bandolfs unwirsche Geste als Einladung, Platz zu nehmen.

»Ihr seid schwer zu finden«, bemerkte der Burggraf.

Lothar zuckte mit den Schultern. »Ein Gefolgsmann des Grafen von Braunschweig ist viel unterwegs.«

»Seid Ihr deshalb in Worms? Um einen Auftrag Graf Ekberts zu erfüllen?«

»Nein, Burggraf, mein Aufenthalt hier ist gänzlich …«, er unterbrach sich, um der Burggräfin ein gewinnendes Lächeln zu schenken, die mit einem Krug Würzwein an den Tisch kam.

»Eure Gattin bringt den Frühling in Eure Halle«, sagte er zu Bandolf, während sie einschenkte. Matthäa lachte. »Der Hof hat Euch Schmeichelei gelehrt«, meinte sie.

»Für Euren Liebreiz ist Schmeichelei nicht nötig«, erwiderte Lothar. Lächelnd schüttelte die Burggräfin den Kopf und ließ die beiden Männer allein. Bandolf, der dem kurzen Wortspiel mit gemischten Gefühlen gefolgt war, griff das Gespräch wieder auf. »Euer Aufenthalt ist gänzlich …?«

»… familiärer Natur«, ergänzte Lothar.

»Will heißen?«

»Meine Base hat den Winter bei ihrer Schwester im Alemannischen verbracht. Nun hat sie sich in den Kopf gesetzt, das Osterfest in der väterlichen Halle zu verbringen. Und Worms liegt auf ihrer Route.« Lothar zuckte mit den Schultern und seufzte. »Obwohl sie mit großem Gefolge reist, das ihren Weg wohl sichern möchte, macht sich ihr Vater verständlicherweise Sorgen um ihre Sicherheit. Als er erfuhr, dass ich nach Lorsch reite, um mich Graf Ekbert anzuschließen, bat er mich, zuvor in Worms Aufenthalt zu nehmen, bis meine Base wohlbehalten hier eintrifft.«

»Und um Euch die Zeit zu vertreiben, habt Ihr das Kloster Mariamünster besucht?«, erkundigte sich Bandolf.

Lothar lächelte. »Ich hörte von dem namenlosen Weib, das krank im Hospiz der Nonnen liegt. Natürlich musste ich mich davon überzeugen, dass es sich nicht um meine Base handelte.«

»Natürlich.« Der Burggraf neigte den Kopf. »Aber wo wäre das große Gefolge Eurer Base abgeblieben, falls es sich bei der Kranken tatsächlich um Eure Base gehandelt hätte?«

»Die Wälder sind tückisch und gefährlich, zumal in dieser Jahreszeit«, meinte der Edelmann mit einem Schulterzucken. »Da kann auch ein großes Gefolge verlorengehen, denkt Ihr nicht?«

Bandolf ging nicht darauf ein. »Und das Schicksal des kranken Weibes bewegte Euch so tief, dass Ihr sie ein zweites Mal besuchtet?«, erkundigte er sich.

Erheitert lachte Lothar auf. »Was wollt Ihr, Burggraf? Ich bin ein mitfühlender Mensch.« Mit einem spöttischen Funkeln in den Augen schüttelte Lothar den Kopf. »Ich bin zum Müßiggang verurteilt, solange meine Base auf sich warten lässt. Und hattet Ihr je das Vergnügen, Eure Mahlzeiten mit dem Vogt Bischof Adalberos zu teilen?«

Als Bandolf verneinte, lachte er. »Dann wisst Ihr nicht, was es heißt, den Tag mit hohlköpfigem Geschwatze zu beginnen. Glaubt mir, das ist Grund genug, Ablenkung, wo und wie auch immer, zu suchen.«

Auch der Burggraf wusste seinen Frieden beim Essen zu schätzen, und so nickte er mitfühlend. »Also habt Ihr Eure Zeit mit Ulbert von Flonheim verbracht, der über ebenso viel Müßiggang verfügte wie Ihr?«, erkundigte er sich wie beiläufig.

Die Erheiterung verschwand aus Lothars Zügen. »Ihr meint den jungen Edelmann, der in Eurem Haus ermordet wurde?«

»Er wurde *auf dem Weg* zu meinem Haus ermordet«,

stellte Bandolf klar. »Und er wurde am Tag zuvor mit Euch zusammen auf dem Marktplatz gesehen.«

»Falls Ihr glaubt, ich hätte Ulbert von Flonheim gekannt, befindet Ihr Euch im Irrtum«, erwiderte Lothar. »Ich bin ihm auf dem Marktplatz zum ersten Mal begegnet. Er wurde von einem Mann belästigt, den ich, um Eure Frage vorwegzunehmen, ebenfalls nicht kannte. Als ich bemerkte, dass der Streit aus den Fugen geriet, griff ich ein. Und das war auch schon alles. Erst später erfuhr ich seinen Namen. Doch da war Ulbert von Flonheim bereits tot.«

»Seid Ihr Ulbert nach dem Streit auf dem Marktplatz noch einmal begegnet?«

Lothar schüttelte den Kopf. »Es heißt, der Mann, der ihn angegriffen hat, sei der Gatte der Kranken im Hospiz gewesen. Und er hätte nach Ulberts Tod auch dessen Witwe belästigt«, sagte er. »Haltet Ihr es für möglich, dass er Ulberts Mörder war?«

»Wie kommt Ihr darauf?«, fragte Bandolf scharf.

»In der Stadt kursieren die wildesten Gerüchte, das müsst Ihr doch wissen. Eines davon besagt, der Liebhaber der Witwe habe ihn umgebracht.«

»Ein Liebhaber? Ich würde wohl gerne wissen, wer dergleichen behauptet?«

»In der Bischofspfalz wird darüber gemunkelt, doch wer es aufgebracht hat, dürft Ihr mich nicht fragen«, erklärte Lothar mit einem Achselzucken. »Ein anderes Gerücht besagt, Ihr selbst hättet den jungen Edelmann niedergestochen, weil er Eurer Gattin zu nahe gekommen ist.«

»Großer Gott.«

»Das Gerede muss Euch nicht beunruhigen«, meinte Lothar mit einem Lächeln. »Mittlerweile ist der schlechte Zustand des Königs wohl ein weit besserer Nährboden für absurde Vermutungen geworden.«

Unversehens wandte sich ihr Gespräch den besorgniserregenden Nachrichten aus Lorsch zu, und nach einigen Gemeinplätzen über die ungewisse Zukunft des Reiches verabschiedete sich der Edelmann mit einer, wie der Burggraf fand, unnötigen Schelmerei der Hausherrin gegenüber.

Schweigend trank Bandolf seinen Becher leer, während er sich Lothar von Kalborns Worte durch den Kopf gehen ließ. Er war seinen Fragen ohne jede Spur von Verlegenheit oder Ärger begegnet, und seine Antworten hatten plausibel und aufrichtig geklungen. Dennoch glaubte Bandolf, hinter der zuvorkommenden Art des Mannes auch eine gewisse Wachsamkeit und Härte gespürt zu haben. Was womöglich nicht Wunder nahm, wenn man wie Lothar von Kalborn bei Hof verkehrte, wo die Intrige das elfte Gebot schien und man ständig auf der Hut sein musste.

Den Rest des Tages verbrachte der Burggraf damit, Herwalds Fortschritte bei der Befestigung der Stadt zu begutachten, Bürger zu beschwichtigen, denen die Umtriebigkeit bei der Mauer und den Toren verständliche Sorge bereitete, und den Berichten seiner Büttel zu lauschen. Hatte Bandolf gedacht, die Order des Bischofs würde ihn nicht beschäftigt halten, wenn er die Aufgaben seinen Leuten übertrug, schien er sich geirrt zu haben.

Bei Sonnenuntergang fühlte der Burggraf sich so erschöpft, als hätte er ein Turnier geritten, und kaum hatte sein Kopf die Bettstatt berührt, war er auch schon eingeschlafen.

Ein Klopfen an der Tür weckte ihn. Bandolf beschloss, das lästige Geräusch zu ignorieren. Just glitt er wieder in den Schlaf, als er eine Hand auf seiner Schulter spürte.

»Wacht auf. Unten in der Halle wartet jemand auf Euch«, sagte eine vertraute Stimme. Bandolf gähnte, öffnete träge ein Auge und erkannte Matthäa, die sich über ihn beugte. In der Hand hielt sie eine Lampe. Das schwache Licht ließ ihr gelöstes Haar wie eine Aureole um ihren Kopf leuchten.

Der Burggraf lächelte. »*Sprach's und wandte sich, strahlte dann auf mit rosigem Nacken, und ambrosische Locken verströmten himmlischen Duft vom Scheitel*«, murmelte er, drehte sich auf die andere Seite und schickte sich an weiterzuschlafen. Für den wortgewaltigen Vergil schien seine Gemahlin jedoch zu so früher Stunde nicht empfänglich zu sein. Energisch rüttelte sie seine Schulter.

»Herrje, Ihr müsst aufstehen! Ihr werdet unten erwartet.«

»Wer immer es ist, sagt ihm, ich bringe ihn wegen nächtlichen Randalierens an den Schandpfahl«, brummte der Burggraf.

»Das sagt Ihr dem Bruder Scholasticus am besten selbst«, erwiderte seine Gattin kühl.

»Bruder Goswin ist hier?«

»Er erwartet Euch unten«, wiederholte Matthäa.

Als der Burggraf einige Zeit später in die Halle trat, saß der Bruder Scholasticus allein, mit einem Krug verdünntem Bier vor sich, an Bandolfs Tafel. Herwald und Werno hatten sich nicht stören lassen und lagen noch schlafend um das Herdfeuer, während die junge Hildrun mit mürrischem Gesicht das Feuer schürte und Filiberta mit Kelle und Kochlöffel klapperte. Matthäa war oben geblieben, um ihre Tante zu beschwichtigen, die ebenso verschlafen wie der Burggraf aus ihrer Kammer getaumelt war und wissen wollte, ob man in diesem Haus denn niemals zur Ruhe käme und was, bei allen Heiligen, denn nun schon wieder geschehen sei.

»Ich vermute, Ihr seid nicht gekommen, um mir eine Abschrift der Epitome des Julius Valerius über Alexander zu bringen?«, meinte Bandolf, als er sich gegenüber dem Dombruder schwer auf die Bank sinken ließ. Umständlich kramte er seinen Becher aus einem Beutel, der an seinem Gürtel hing, und schenkte sich ein. Dann trank er einen langen Schluck, um den schlechten Geschmack aus seinem Mund zu vertreiben.

»Ich wünschte, dem wäre so«, erwiderte Goswin mit einem betrübten Lächeln. »Ich bin wegen Bruder Bartholomäus hier.«

»Ulberts Vetter?«

Bruder Goswin nickte. »Er ist verschwunden.«

Bandolf runzelte die Stirn. »Ich glaubte, er sei mit einem Auftrag des Kämmerers unterwegs?«

»Das glaubte ich auch. Doch nun stellt sich heraus, dass Bruder Bartholomäus uns belogen hat.«

Bandolfs Stirnrunzeln vertiefte sich. Seine Schläfrigkeit war mit einem Mal verflogen. »Was soll das heißen?«

»Am Tag nach dem Frühlingsfest kam Bruder Bartholomäus vor der Terz zu mir und erklärte, ich müsse in den nächsten Tagen ohne ihn auskommen. Der Bruder Kämmerer hätte ihm Order gegeben, auf einer unserer Hufen im Odenwald nach dem Rechten zu sehen. Ich hatte mich noch gewundert, warum Bruder Pothinus ausgerechnet meinen Schreiber dazu benötigt, da solche Dinge nicht zu seinen Aufgaben gehören. Doch ich ließ es dabei bewenden. Als wir uns heute zur Matutin versammelten, fragte mich Bruder Pothinus plötzlich, wann man denn Bartholomäus aus Lorsch zurückerwarten dürfe. ›Lorsch?‹, fragte ich. ›Ich dachte, Bartholomäus sei im Odenwald.‹ Worauf Bruder Pothinus meinte …« Goswin unterbrach sich selbst mit einer ungeduldigen Geste. »Wie dem auch sei: fest steht, dass Bartholomäus dem Kämmerer sagte, er müsse in meinem Auftrag nach Lorsch reisen, während er mir gegenüber behauptete, der Kämmerer würde ihn in den Odenwald schicken. Keines von beidem entspricht der Wahrheit. Und nun ist Bartholomäus noch immer nicht zurückgekehrt, und wir wissen nicht, wo er steckt. Bruder Pothinus hat sogleich zwei Boten ausgeschickt, die in Lorsch und bei unserer

Hufe nach ihm suchen sollen. Doch ich verwette meine beste Tinte darauf, dass er dort nicht zu finden sein wird.«

Schweigend hatte Bandolf zugehört. Wirre Gedanken schossen ihm durch den Kopf. Ulbert von Flonheim war am Tag des Frühlingsfestes bei seinem Vetter Bartholomäus gewesen. Am nächsten Morgen war Ulbert tot, und Bartholomäus machte sich mit einer List aus dem Staub. Aber wieso? Hatte Bruder Bartholomäus seinen Vetter umgebracht und war dann aus Angst vor Entdeckung geflohen? Gab es irgendeinen Zusammenhang zwischen Bartholomäus' Verschwinden und Arnolds hastiger Abreise aus Worms? Und wer, zum Teufel, war jetzt im Besitz dieses vermaledeiten Schriftstücks?

»Ich bin sehr in Sorge, Burggraf«, sagte Goswin in Bandolfs Gedanken hinein. »Das alles will so gar nicht zu Bruder Bartholomäus passen. Ich befürchte, sein heimliches Verschwinden hat womöglich mit dem Tod seines Vetters zu tun. Deshalb bat ich auch Bruder Pothinus, sich an Euch zu wenden. Doch der Kämmerer ist fuchsteufelswild, weil Bartholomäus es gewagt hat, ihn zu hintergehen. Er hat mir verboten, auch nur ein Sterbenswörtchen darüber zu verlieren.«

»Er wird noch wütender sein, wenn er erfährt, dass Ihr schnurstracks zu mir gekommen seid.«

Den Zorn des Kämmerers tat Goswin mit einem Schulterzucken ab. Angespannt beugte er sich vor und sah den Burggrafen fragend an. »Ergibt Bartholomäus' Verschwinden für Euch irgendeinen Sinn?«

»Gnade, Bruder«, stöhnte der Burggraf und griff nach Brot und kaltem Fleisch vom Vortag, das Filiberta angesichts der frühen Stunde auf den Tisch gestellt hatte. »Es ist mitten in der Nacht. Der Schlaf steckt mir noch in den Gliedern, und mein Magen knurrt. So lässt sich nicht gut denken. Greift zu. Ihr müsst doch auch hungrig sein?«

Goswin lehnte ab. »Es ist Fastenzeit«, bemerkte er.

»Aber noch vor Sonnenaufgang«, widersprach der Burggraf kauend.

»Eine eigenwillige Auslegung, Burggraf.« Ein Lächeln huschte über Goswins hagere Züge, doch während Bandolf hastig sein ausgefallenes Frühstück hinunterschlang, trommelte der Scholasticus ungeduldig mit den Fingerspitzen auf die Tischplatte.

»Nun, was meint Ihr?«, wollte er wissen, als Bandolf den Braten, um einiges dezimiert, beiseiteschob.

Der Burggraf gab keine Antwort. »Erzählt mir, was für ein Mensch Euer Schreiber ist. Was wisst Ihr über ihn?«, fragte er stattdessen.

»Er ist ein stiller Mann, bar jeglichen Ehrgeizes, zurückhaltend und in sich gekehrt«, meinte Bruder Goswin nach einer Weile. »Es mag wohl auch an seinem Äußeren liegen, dass er vermeidet, sich in den Vordergrund zu drängen. Als Kind überlebte er die Blattern und hat viele Narben davon zurückbehalten. Eigentlich solltet Ihr ihm das eine oder andere Mal schon selbst begegnet sein.«

In Bandolfs Gedächtnis regte sich die Erinnerung an einen Mann in mittleren Jahren, magerer noch als der Scholasticus, und allmählich formte sich ein zerfurchtes Gesicht mit mausbraunen Augen und schütterem Haar vor seinem inneren Auge.

»Und seine Aufgaben?«

»Bartholomäus' Begabung liegt weniger darin, einer Schrift Form und Schönheit zu geben, sondern mehr in seinem vortrefflich aufmerksamen Auge. Daher ist seine hauptsächliche Aufgabe, die Abschriften der anderen nach Fehlern zu durchsuchen. Hin und wieder schreibt er auch die Exempel. Musterseiten, die einem Schreiber vorgeben, wie die Schrift des Textes gestaltet werden sollte, welche Linien er beachten muss und wie groß die Buchstaben sein sollen. Gelegentlich mischt er aber auch Tinten an und beweist besonderes Geschick im Hantieren mit Mennige und Zinnober, welches wir zum Röten der Schrift benutzen.« Goswin seufzte. »Ich habe noch nie gehört, dass er über eine Arbeit gemurrt hätte, unehrlich gewesen wäre oder auch nur eine Regel gebrochen hätte. Darum ist mir sein Handeln völlig unverständlich.«

»Haltet Ihr ihn für fähig, einen Mord zu begehen?«

»Jesus Christus!« Bruder Goswin bekreuzigte sich. »Warum, in Gottes Namen, fragt Ihr mich das?«

»Weil Bruder Bartholomäus Schreiber ist, und alles, was im Moment hier geschieht, mit einem Schriftstück zusammenzuhängen scheint«, erklärte Bandolf mit finster zusammengezogenen Brauen. »Wenn es sich also um ein kostbares Schriftstück handelte, glaubt Ihr, das wäre für Euren Schreiber Grund genug, zum Kain an Ulbert von Flonheim zu werden?«

Entsetzt starrte Bruder Goswin ihn an. »Ihr denkt doch nicht, Bruder Bartholomäus hätte seinen Vetter niedergestochen?«

»Haltet Ihr ihn dessen für fähig?«, beharrte Bandolf.

Nachdenklich legte Bruder Goswin den Kopf schief. »Jedermann ist wohl fähig zu morden«, sagte er nach einer Weile. »Aber ich müsste mich sehr täuschen, würde Bartholomäus um der Habgier willen morden. Nein, mein Lieber, lästige Stechmücken im Sommer sind gewiss die einzigen Leichen, die man dem Bruder anlasten könnte.« Mit einem tiefen Seufzen stand er auf. »Ich muss aufbrechen. Es wird mir ohnehin schon eine Rüge einbringen, dass ich mich nach der Matutin davongestohlen habe. Zur Laudes will ich mich nicht auch noch verspäten.«

»Zu dieser Stunde solltet Ihr nicht allein unterwegs sein«, entschied der Burggraf. »Ich werde Euch begleiten.«

Worms lag noch in tiefem Schlummer, als die beiden Männer mit ihren Laternen die Hachgengasse in Richtung Marktplatz hinaufstapften. Das Gezwitscher einer sehr frühen Meise begleitete sie ein Stück des Wegs, und hin und wieder drang das Klappern eines schlecht verschlossenen Verschlags auf die Gassen, doch sonst herrschte nächtliche Stille.

Bandolf war in Gedanken um den abwesenden Schreiber vertieft und versuchte, Bartholomäus' Verschwinden jenen Strohhalmen zuzuordnen, die er mittlerweile über Ulberts Tod gesammelt hatte. Ein knirschendes Geräusch in seinem Rücken veranlasste ihn, über seine Schulter zu spähen, doch in der dunklen Gasse rührte sich nichts.

»Mit jenem wertvollen Schriftstück, das Ihr vorhin erwähntet, meintet Ihr damit das Dokument, von dem Ihr mir jenen Fetzen mit dem Bruchstück eines Siegels zum Augenschein gegeben habt?«, unterbrach Bruder Goswin plötzlich seine Gedanken.

»Ja, ganz recht.«

»Dann muss ich Euch enttäuschen, Burggraf. Nichts, was ich bislang darüber herausgefunden habe, deutet darauf hin, dass es sich dabei um eine Kostbarkeit handeln könnte.«

»Verdammnis!«, knurrte Bandolf. »Es muss aber doch von Wert sein, wenn ein Mensch darum getötet wird.«

»Seid Ihr Euch denn sicher, dass Ulbert von Flonheim wegen dieses Schriftstücks ermordet wurde?«

Bandolf zuckte mit den Schultern. »Alles scheint mir darauf hinzudeuten. Und außer diesem Dokument konnte ich nur wenig Grund finden, warum ein junger Schnösel wie Ulbert sein Leben hätte lassen sollen.«

»Wie verhält sich das mit der Witwe?«, erkundigte sich Bruder Goswin. »Es geht das Gerücht, sie habe einen heimlichen Liebsten.«

»Ja, das hörte ich«, meinte Bandolf nachdenklich. »Aber

woher wisst Ihr davon, Bruder? Und warum habt Ihr mir nichts darüber gesagt, als ich Euch vor einigen Tagen nach Ulberts Familie fragte?«

»Hmm, jemand sprach erst kürzlich davon ...« Bruder Goswin geriet ins Stocken. »Glaubt Ihr denn, der Ruf der Witwe werde mit Absicht verunglimpft?«

»Ich weiß es nicht, Bruder«, sagte der Burggraf mit einem Seufzen. »Mir dünkt nur, als käme jener Liebste doch just allzu passend daher. Belassen wir es vorläufig bei dem Schriftstück. Was konntet Ihr über den Fetzen herausfinden?«

»Das Pergament als solches ist ganz gewöhnlicher Natur. Womöglich gäbe der Inhalt mehr Aufschluss über seinen Wert, würde man ihn kennen«, gab Goswin zur Antwort. »Es könnte eine Schenkungsurkunde sein, eine Übertragung von Besitz, Erwerb oder Veräußerung. Irgendetwas dergleichen.«

Bandolf merkte auf. »Demnach geht es also um Land? Aber wessen Land?«

»Es tut mir leid, mein Lieber. Bislang konnte ich nur einen flüchtigen Blick darauf werfen. Ich vermag Euch kaum mehr zu sagen, als dass der Fetzen nicht von einem Blatt aus einem Evangeliar oder Ähnlichem stammt. Was im Übrigen auch nicht das Siegel erklären würde. Ich konnte die Jahreszahl daneben entziffern, welche, wie es scheint, das Jahr 1050 nach Fleischwerdung des Herrn angibt, während auf dem Siegelbruchstück selbst nur ein Teil der Jahreszahl zu sehen ist: XLIII – es könnte bedeuten, dass das Siegel selbst im Jahre 1043 geschnitten wurde, womöglich aber auch früher. Wie viele Buchstaben davor fehlen, kann ich nicht sagen.«

»Was konntet Ihr noch herausfinden?«

»Der Zusatz *nobilis est* wurde mehrmals erwähnt. Es könnte also möglich sein, dass es sich um die Urkunde eines Mannes von Stand handelt. Auch von *et monastrum* ist die Rede.«

»Ein Kloster?«, überlegte Bandolf laut. »Was könnte das bedeuten? Eine Schenkung an ein Kloster?«

»Wenn ich das wüsste.« Bruder Goswin seufzte. »Gebt mir noch ein wenig Zeit. Links neben dem Siegel sind Namen der Zeugen aufgeführt, doch die Tinte ist verwischt, ebenso wie die Initialen direkt neben dem Siegelstück, welche die Signatur des Ausstellers bedeuten. Womöglich gelingt es mir ...«

»Still!« Abrupt fuhr der Burggraf herum und schwenkte seine Fackel bald in diese, bald in jene Richtung. Mit zusammengekniffenen Augen spähte er dem Licht nach, das die dunklen Ecken und Nischen seiner nächsten Umgebung beleuchtete.

»Was ...?«

Bandolf hob unwirsch die Hand, und Goswin schwieg. Eine Weile stand der Burggraf starr wie eine Statue und lauschte in die Stille. Schließlich atmete er auf. »Ich dachte, ich hätte Schritte hinter uns gehört.«

»Ich habe nichts dergleichen bemerkt.«

Endlich drehte Bandolf sich wieder zu ihm um. »Habt Ihr Bruder Kilian gesehen, als Ihr das Domstift verlassen habt?«

»Bruder Kilian?«, wiederholte Goswin, tief erstaunt. Dann lachte er. »Herrje, Burggraf, Ihr glaubt doch nicht etwa, der Benediktiner würde des nächtens hinter Euch herschleichen? Warum sollte er?«

»Ich habe nicht die leiseste Ahnung. Aber mir ist schon seit einiger Zeit so, als säße mir jemand im Nacken.«

»Womöglich Euer Gewissen?«, scherzte Goswin. »Wann habt Ihr das letzte Mal gebeichtet?«

Doch Bandolf ging nicht darauf ein. Stattdessen berichtete er von Bruder Kilians merkwürdigem Besuch in seinem Haus, und was er zuvor beobachtet hatte.

»Das klingt zwar in der Tat eigenartig«, räumte Goswin ein, »doch könnte Eure Begegnung nicht auch ein Zufall gewesen sein? Ich kann nicht glauben, dass Ihr Euch um den jungen Mönch Gedanken machen müsst.« Im Schein der Fackel sah Bandolf ihn lächeln. »Heute betete er die Psalmen mit uns und war dabei so schläfrig, dass Bruder Wipert in zweimal anstupsen musste, damit er nicht einnickte. Als ich die Kirche verließ, sah ich ihn gähnend den anderen ins Kapitelhaus folgen.«

»Ich dachte, Bruder Kilian sei in der Bischofspfalz einquartiert?«

»Das ist er auch. Doch unser Kämmerer hofiert ihn, wo er kann. Da Pothinus noch immer das Amt des Propstes begehrt und Kilian in der Gunst des Königs steht, glaubt er womöglich, der Mönch würde sich für ihn beim König verwenden, wenn er ihn mit Privilegien überhäuft. Wie beispielsweise, ihn an unseren Versammlungen im Kapitelsaal teilhaben zu lassen.«

Bandolf brummte, nicht gänzlich überzeugt.

»Was wisst Ihr über den burgundischen Edelmann, der in der Bischofspfalz logiert?«, fragte er unvermittelt.

»Meint Ihr Raoul de Saint Rémy?«

Der Burggraf nickte. Im Schein der Lampe sah er den Bruder Scholasticus lächelnd den Kopf schütteln.

»Hat auch der Burgunder Euren Verdacht erregt?«, wollte er wissen.

»Verdacht wäre wohl zu viel behauptet. Sagen wir, der Mann erscheint mir ein wenig zwielichtig.«

»Zumindest Raouls Herkunft könnte man so bezeichnen«, meinte Bruder Goswin.

»Das bedeutet?«

»Es bedeutet, dass er sich brüstet, von König Rudolph III. von Burgund abzustammen, und um nichts weniger als in direkter Linie.«

»Großer Gott!« Hörbar schnappte Bandolf nach Luft. »Stimmt es denn?«

»Nur in gewisser Weise. Ihr müsst wissen, König Rudolph hatte eine Geliebte. Sie gebar einen Sohn, den er zum Bischof von Lausanne machte, so viel steht fest. Es heißt, er zeugte mit seiner Kebse auch eine Tochter, Gisela genannt. Jenes Mädchen verheiratete König Rudolph mit einem Mann geringeren Standes, den er dafür zum Grafen von Saint Rémy machte. Unser Raoul de Saint Rémy ist der Sohn dieser Verbindung.«

»Und was will er hier in Worms?«, entfuhr es Bandolf.

»Das, mein lieber Burggraf, entzieht sich meiner Kenntnis.«

Eine Weile grübelte Bandolf darüber nach, wie ein solcher Mann zu seinen gegenwärtigen Sorgen passen könnte. Doch als er zu keinem erhellenden Ergebnis kam, wandten sich seine Gedanken wieder dem verschwundenen Bruder Bartholomäus zu.

Schweigend überquerten die beiden Männer den Marktplatz, der wie verwaist in der Dunkelheit lag und nur am Schandpfahl Leben zeigte. Eine Hure, die mit kahl geschorenem Kopf zwischen den Brettern eingezwängt ihre Unzucht sühnte, rief den beiden nächtlichen Passanten ein unmissverständliches Angebot zu, wollten sie sie aus ihrer misslichen Lage befreien. Und als Bruder Goswin ihr dringend empfahl zu bereuen, schickte sie ihrem Angebot einen deftigen Fluch hinterher.

»Warum seid Ihr so sehr davon überzeugt, dass das besagte Schriftstück etwas mit Ulberts Tod zu schaffen hat?«, unterbrach Bruder Goswin ihr Schweigen, als sie in die Hohlgasse einbogen.

Einen Augenblick überlegte Bandolf, um seine Gedanken zu sammeln. »Beatrix von Teveno, das Weib, das Ulbert am Wegesrand aufgelesen und ins Hospiz der Nonnen gebracht hatte, führte das Schriftstück mit sich«, zählte er schließlich seine Strohhalme auf. »Ulbert nahm der Bewusstlosen das Dokument ab. Einige Tage später traf Beatrix' Gatte, Arnold von Clemante, im Kloster ein, und das Erste, was er verlangte, war die Habe seiner Gattin. Er schien unzufrieden zu sein, als er nur mehr das irische Kreuz seiner Gemahlin in ihrem Beutel fand.«

Goswin gab einen überraschten Laut von sich. »Ein irisches Kreuz, sagt Ihr?«

Sie hatten den Durchgang der Bischofspfalz erreicht, der zum Domplatz führte. Der Burggraf blieb stehen und sah den Domherrn fragend an.

Goswin schüttelte den Kopf. »Womöglich hat es ja nichts zu bedeuten. Und so selten ist ein irisches Kreuz nun auch nicht.«

»Nun sprecht schon.«

»Gestern beim Nachtmahl saß ich im Refektorium neben dem Tisch des Kämmerers. Einige Pilger waren zu Gast, die in der Bergkirche St. Peter haltgemacht hatten, bevor sie nach Worms weiterwanderten«, erklärte Bruder Goswin endlich. »Einer von ihnen erzählte von einem Fremden, den man am Morgen im Wald vor Hochheim tot aufgefunden hat.« Und leise fügte er hinzu: »Er trug ein irisches Kreuz bei sich.«

Kapitel 10

Die Glocken von Worms, die zum Morgengebet riefen, begleiteten den Burggrafen, als er die Stadt durch das Andreastor verließ. Blassgraue Streifen durchzogen den Himmel, und ihre rötlich schimmernden Ränder verhießen einen sonnigen Frühlingstag.

Am Aasgraben vorbei folgte Bandolf einem Pfad, der durch Roggen- und Weizenfelder nach Westen führte, bevor er in einen dichten Tannenwald mündete. Der Pfad stieg an. Die Wipfel der Bäume schlossen sich über ihm, und es war dunkel, als sei die Nacht zurückgekehrt. Doch allmählich ging die Sonne auf. Ihr goldenes Licht sprenkelte die Baumkronen und schimmerte wie ein Versprechen durch das dunkle Nadelgeflecht der Tannen.

Nach einer halben Wegstunde, in der Bandolf keiner Menschenseele begegnete, öffnete sich der Wald den Wiesen und Äckern, die die Dörfler von Hochheim dem Tannenforst abgerungen hatten. Auf einer Anhöhe über ihren Gehöften lag die Bergkirche St. Peter im Morgenlicht.

Im Gegensatz zur Stille des Waldes war Hochheim bereits zum Leben erwacht. Auf seinem Weg zur Kirche hinauf kamen ihm Bauern und Knechte mit Ochse und Pflug entgegen. Ställe wurden ausgemistet, Kühe gemolken, Mägde schöpften Wasser aus dem Dorfbrunnen, und aus jeder Ecke drang ein Gackern, Grunzen und Muhen. Obwohl Bandolf schon lange nicht mehr hier oben gewesen war, erkannten ihn die Leute. Wie die Städter stets bereit zu einem Schwatz, blieben sie stehen, grüßten und fragten, was es

Neues in der Stadt gäbe, ob er wegen des Toten oben in der Kirche gekommen sei und ob er wüsste, um wen es sich bei dem Fremden handle.

Bandolf erkundigte sich, wer den Toten gefunden hätte.

»Das war Hunfried, was unser Knecht ist«, vermeldete eine Bäuerin. »War ein übler Schreck für ihn, wie er den Mann da plötzlich liegen sieht. Tot und kalt wie ein Fisch lag der da in einer Pfütze voller Blut.« Trübe schüttelte sie den Kopf. »Ist seither zu nichts mehr zu gebrauchen, unser Hunfried.«

»Als wär das was Neues«, brummte der Bauer neben ihr verdrossen. Die Umstehenden lachten.

»Der Knecht soll zur Kirche kommen und draußen auf mich warten«, beschied der Burggraf, ehe er den Leuten zunickte und seinen Weg fortsetzte.

St. Peter stand auf einem Vorsprung der Anhöhe und blickte über das Tal der Pfrimm und die weite Rheinebene nach Osten zur Bergkette des Odenwalds hinüber. Als Bandolf den ummauerten Kirchhof erreichte, blieb er einen Moment lang vor der Pforte stehen und betrachtete versonnen das schlichte Gotteshaus. Ehemals war St. Peter ein kleines Kloster gewesen, von dem es hieß, Bischof Burchard habe es als sein Refugium erbauen lassen, um sich von der Last seines Amtes zu erholen. Ein wehrhafter Turm überragte das Kirchenschiff um ein Geschoss, ebenso das Gebäude südlich der Kirche, in dem die Mönche gelebt hatten. Stille lag über dem Ort. Eine sanfte Brise brachte die Frühlingssüße der Wälder und Wiesen mit, und während Bandolf die Pforte zum Kirchhof öffnete, fragte er sich, warum der Bischof wohl die Abgeschiedenheit hier oben zugunsten der lärmenden Stadt aufgegeben hatte. Dorthin, ins eigens dafür errichtete Stift St. Andreas, hatte der Bischof das Bergkloster verlegen lassen.

Keine Menschenseele war zu sehen. Schon wollte Bandolf kehrtmachen, um zum Eingang im Turm zu gehen, als er am anderen Ende des Kirchhofs den blonden Schopf eines Mädchens hinter der Mauer auftauchen sah. Sie bemerkte ihn nicht, schien jedoch mit jemandem zu sprechen, der sich jenseits der Mauer befinden musste. Bandolf beugte sich über die Brüstung und entdeckte ein altes Weib, das, zu Füßen des Mädchens an die Mauer gelehnt, auf dem Boden kauerte.

Das Mädchen hielt einen Kanten Brot und ein Stück Käse in der Hand. Es hob den Kopf und grüßte, als es den Burggrafen sah.

»Ist außer euch niemand hier?«, fragte er.

Beim Klang seiner Stimme drehte die Alte ihren Kopf und wandte ihm ihr zerklüftetes Gesicht zu. Die getrübten Augen sahen ihn träumerisch an.

»Bruder Elbert von St. Andreas hält in der Krypta Wache bei dem Fremden«, gab das Mädchen Auskunft, während sie der alten Frau Brot und Käse reichte. Unwirsch schob die Alte ihre Hand weg, beschirmte mit zittrigen Fingern ihre Augen und starrte gen Osten, wo die Türme des Doms von Worms hinter den Baumwipfeln hervorragten.

»Was macht sie denn da?«, erkundigte sich Bandolf.

»Seit sich ihr Geist verwirrt hat, sitzt meine Urgroßmutter hier Tag für Tag und wartet darauf, dass ihr Ehemann wieder heimkommt. Er gehörte zum Tross von Bischof Burchard, als der mit dem Kaiser in die Lausitz zog.« Das Mädchen seufzte. »Aber das ist schon viele Jahre her.«

Ehrfürchtig riss Bandolf die Augen auf. Bischof Burchard konnte nur einen Kaiser in die Lausitz begleitet haben: Kaiser Heinrich II. Und dessen Zeit lag schon weit über ein halbes Jahrhundert zurück. Das Weib musste steinalt sein.

»Der Herrgott hat mich auf Erden vergessen, Pater«, murmelte sie undeutlich, ohne den Blick von den Bergen in der Ferne abzuwenden.

Wie jedermann empfand Bandolf tiefe Ehrfurcht vor so hohem Alter. Sachte legte er der greisen Frau die Hand auf die Schulter.

»Bestimmt wird er sich erinnern, wenn deine Zeit gekommen ist.« Dann nickte er dem Mädchen zu und lenkte seine Schritte in Richtung Kirche.

Im Inneren des Gotteshauses war es dämmrig und still. Der Burggraf erwies dem Altar seine Referenz und wandte sich vor dem Chor nach links, wo eine Treppe nach unten führte. Ein leichter, süßlich fauliger Geruch kam Bandolf entgegen.

»Wer immer dort liegt, ist schon einige Tage tot«, dachte er, als er die Stufen hinunterstieg.

Im Eingang zur Krypta blieb er überrascht stehen. Vier schwere Sandsteinsäulen, die in runden Bogen ausliefen und mit der gewölbten Decke verschmolzen, beherrschten den kleinen Raum vollkommen. Im Zentrum der Säulen lag der Tote.

Da St. Peter kein Beinhaus besaß und die Krypta gewöhnlich als Aufbewahrungsort für die Reliquien diente, hatte man kurzerhand einige Strohsäcke zusammengeschoben und die Leiche darauf gebettet.

Eine brennende Öllampe stand in einer der Nischen, die in die Wände eingelassen waren, und durch eine runde Fensteröffnung drang ein wenig Tageslicht. Es fiel auf einen jungen Stiftsherrn, der zwischen zwei Säulen auf seinen Fersen kauerte und offenkundig eingenickt war. Leise schnarchte er vor sich hin.

Mit einem deutlichen Räuspern machte Bandolf sich bemerkbar. Der Bruder fuhr hoch und starrte ihn für einen Moment verwirrt an.

»Ich … ich habe Euch nicht kommen gehört. Verzeiht. Ich war wohl allzu sehr in mein Gebet vertieft.«

»So schien es mir«, sagte Bandolf und verbiss sich ein Lächeln.

Der junge Mann erhob sich. »Ich bin Bruder Elbert vom Stift St. Andreas zu Worms. Man hat mich geschickt, die Totenwache zu halten«, erklärte er, während er seine Kutte glatt strich. »Seid Ihr ein Anverwandter des Mannes?«

Offenbar war der Bruder noch nicht lange in Worms.

»Ich bin Bandolf von Leyen, der Burggraf von Worms. Und ich möchte mir den Fremden ansehen.«

Bruder Elbert blinzelte verunsichert. Zunächst schien es so, als wolle er Bandolfs Ansinnen zurückweisen, doch schließlich zog er sich einige Schritte zurück.

Der Burggraf ging neben der Leiche in die Hocke und betrachtete den Toten.

Er war nicht groß. Man hatte nur drei Strohsäcke gebraucht, um ihn der Länge nach auszustrecken. Fellstiefel, Beinlinge und Tunika des Fremden waren verschmutzt, jedoch aus gutem Tuch, und wiesen an einigen Stellen fleckige Risse auf. Die Halsborte der Tunika starrte vor eingetrocknetem Blut. Der Fleck zog sich bis über seine rechte Brust.

Das Gesicht des Toten war kantig und von brauner Hautfarbe wie bei jemandem, der in sonnigeren Gefilden als dem fränkischen Reich aufgewachsen war. Doch jetzt wirkte die Haut wächsern und fahl.

Er wurde in der Mitte seines Lebens in die Hölle geschickt, dachte Bandolf, während sein Blick über das schwarze Haar glitt, das schon angegraut und aus der Stirn zurückgewichen war. Die dichten Augenbrauen des Mannes drückten auf die geschlossenen Lider, seine Nase hing scharf gebogen wie eine Sichel über den Lippen, und Bartstoppeln zierten das Kinn. Vom rechten Auge bis über den Wangenknochen wies die Haut eine schwarze Färbung auf. Mit angewidert verzogenem Gesicht ob des feinen süßlichen Geruchs, der der Leiche entwich, streckte Bandolf die Hand aus und berührte die Stelle. Sie war angeschwollen.

»Wir haben versucht, den schwarzen Fleck wegzuwaschen, aber es wollte nicht gelingen«, raunte Bruder Elbert. Die Stimme, nahe seinem Ohr, ließ den Burggrafen zusammenzucken. Leise war der Bruder näher getreten und spähte nun neugierig über Bandolfs Schulter.

»Natürlich nicht«, knurrte der Burggraf unwirsch. »Offensichtlich hat ein Kampf stattgefunden. Der Mann wurde geschlagen, und dabei entstand der Bluterguss.«

Der Hals des Toten wies kleine Schnitte auf, und als Bandolf die Halsborte der Tunika nach unten schob, entfuhr ihm ein überraschter Laut. Die Wunde, lang wie Bandolfs Daumen, ließ keinen Zweifel daran, wie der Mann gestorben war. Jemand hatte über ihm gestanden, als er schon am Boden lag, und ihm ein Schwert in die Halsbeuge gerammt. So verfuhr ein erfahrener Kämpfer, wenn er sichergehen wollte, dass sein Gegner nie mehr aufstand.

»Verdammnis!«, murmelte der Burggraf. All seine sorgfältig zusammengetragenen Strohhalme schienen sich mit einem Schlag in alle Winde zu zerstreuen.

Wenn dies, wie Bandolf glaubte, Arnold von Clemante war, wer, bei allen Heiligen, hatte ihn dann umgebracht?

Weder Bruder Bartholomäus noch der eigenartige Benediktiner schienen über derlei Kampfeserfahrungen zu verfügen. Nicht einmal der Tote machte den Eindruck, als sei er im Kampf geübt gewesen. Seine feingliedrigen Hände, die sorgsam über der Brust gefaltet lagen, wiesen keinerlei Verdickungen auf, wie sie für einen Mann üblich waren, der von Kindesbeinen an mit dem Schwert vertraut gemacht worden war.

Bandolf stieß ein tiefes Seufzen aus. Dann stand er auf. »Ich will alles sehen, was der Mann bei sich trug, als er gefunden wurde«, sagte er, ohne den Blick von der Leiche abzuwenden.

Nach kurzem Zögern kam Bruder Elbert seinem Wunsch nach.

Vor der Kirche wartete der Knecht Hunfried – ein schlaksiger, baumlanger Kerl, der aufgeregt vor der Pforte zum Kirchhof auf und ab lief.

Kurz angebunden befahl der Burggraf, er solle ihn zu der Stelle führen, wo er den Toten gefunden habe.

Offenkundig erfreut über den Auftrag, der ihm auf Tage hinaus die ungeteilte Aufmerksamkeit der Dörfler sichern würde, führte Hunfried den Burggrafen zurück zum Wald. Unterwegs beglückte er Bandolf mit einer gefühlvollen Aufzählung all seiner trüben Vorahnungen, die ihn gestern schon von Morgengrauen an bedrängt hatten, bis er über den Toten gestolpert war. Als sie vom Weg nach Worms in einen schmaleren Pfad einbogen, der durch den Wald südlich am Dorf vorbei nach Westen führte, fühlte der Burggraf sich nachgerade erschöpft.

»Hier lang, Herr. Hier hab ich ihn gefunden«, raunte der Knecht endlich und deutete auf eine Öffnung im Unterholz. Abgebrochene Zweige, aufgewühlter Boden und platt gedrückte Gräser zeigten an, wo der Tote gelegen hatte.

Bandolf runzelte die Stirn. Die Stelle lag nicht weit vom Pfad und war gut einsehbar. Warum hatte man den Toten nicht früher entdeckt? Hunfrieds nächste Worte lieferten eine Erklärung.

»Ich hätt ihn ja nie nicht gefunden, hätt ich nicht Augen wie ein Bussard«, warf er sich in die Brust. »War nämlich mit Laub zugedeckt, der Mann. Wär beinah auch an ihm vorbei, hätt nicht der Stiefel rausgeguckt.«

Hat der Kampf hier stattgefunden, oder anderswo?, überlegte Bandolf. Er starrte auf den Boden, der mit Nadeln,

Zweigen und Tannenzapfen übersät war, konnte jedoch weder Spuren eines Kampfes noch Hinweise entdecken, dass der Tote hierhergeschleift worden wäre. Der Mann, der Arnold getötet hatte, musste ihn getragen haben. Offenbar war ihm daran gelegen gewesen, dass der Leichnam nicht allzu bald gefunden wurde.

Aufmerksam sah sich Bandolf um. Zunächst konnte er nichts entdecken. Der Wald schien gewillt, seine Geheimnisse für sich zu behalten. Doch als er den Pfad langsam zurückging, den sie gekommen waren, stieß er auf Hufspuren, die sich in eigenwilligem Muster in den feuchten, weichen Boden eingedrückt hatten. Abgeknickte Zweige im Gebüsch zu beiden Seiten des Pfads schienen seine Vermutung zu bestätigen, dass dies die Stelle war, wo Arnold sein Leben ausgehaucht hatte.

»Der Kampf hat hier stattgefunden«, konstatierte der Burggraf laut.

»Welcher Kampf?«, fragte Hunfried verwundert.

Ohne zu antworten, ging Bandolf in die Hocke. Sein Blick wanderte über den Boden, während er sich vorzustellen versuchte, was sich abgespielt hatte.

Den Spuren nach mochten beide, Arnold und sein Angreifer, zunächst zu Pferd gewesen sein. Dann war es seinem Gegner offenbar geglückt, Arnold vom Gaul zu reißen, und der Kampf war am Boden weitergegangen.

Bandolf dachte an die weichen Hände des Toten und an den langen Dolch, der sich als einzige Waffe unter Arnolds Habe befunden hatte, und seufzte. Seine Gegenwehr war von Anfang an zum Scheitern verurteilt gewesen.

Arnold war niedergezwungen worden, und sein Angreifer hatte ihm das Schwert an die Kehle gesetzt. Das zeigten die kleinen Schnitte am Hals des Leichnams. Aber warum hatte sein Gegner ihm nicht gleich den Garaus gemacht? Langsam strich der Burggraf mit der Hand über einen großen dunklen Fleck am Boden. Seine Finger färbten sich mit einem rötlichen Braun. Er roch daran und seufzte. Unmöglich, jetzt noch festzustellen, ob Blut diesen Fleck verursacht hatte.

Schließlich hatte der Burggraf genug gesehen und richtete sich auf. Doch dann fiel sein Blick auf etwas, das wie ein merkwürdig geformtes Blatt aussah. Er bückte sich danach und hielt ein dreieckiges Stückchen Stoff in der Hand, von einer Farbe, die dem Boden so ähnlich war, dass er es fast übersehen hätte. Mit gerunzelter Stirn betrachtete Bandolf die Kanten. Zwei waren vernäht, eine in unregelmäßiger Linie sauber abgetrennt. Der Stoff gehörte offenbar zum Saum eines Kleidungsstückes. Doch Arnold hatte nichts getragen, was dieser Farbe glich. Ob es von seinem Gegner stammte? Oder hatte es schon hier gelegen, bevor der Kampf stattgefunden hatte?

Nachdenklich verstaute der Burggraf das Stückchen Stoff in der Tasche seines Mantels bei den anderen Dingen, die er aus Arnolds Habe mitgenommen hatte. Sein breites Gesicht verdüsterte sich, und eine unbestimmte Furcht kroch durch seine Glieder, als er einen letzten Blick auf den mutmaßlichen Schauplatz von Arnolds Ende warf. Wo, zur Hölle, war er da nur hineingeraten?

Tautropfen funkelten und benetzten Garsendes Gewand, die mit geschlossenen Augen im hohen Gras lag und die Wärme der Frühlingssonne auf ihrem Gesicht genoss. In der Nähe hörte sie das Wasser des Rheinarms plätschern, an dessen Ufer sie Rast gemacht hatten.

Etwas kitzelte ihre Haut. Träge öffnete Garsende die Augen und sah direkt in Lothars Gesicht, der, über sie gebeugt, mit einem Grashalm ihre Wange streichelte.

»Du wirst doch nicht einschlafen wollen?«, erkundigte er sich.

»Das hättet Ihr Euch selbst zuzuschreiben. Ihr wart es, der mich noch vor Sonnenaufgang aus dem Schlaf gerissen hat.«

»Du musst zugeben, es war ein guter Gedanke, dich von deiner Hütte wegzuschaffen. Hier werden uns kein schmerzender Rücken und keine Körpersäfte stören, die aus dem Lot geraten sind.«

»Ihr haltet mich von meiner Arbeit ab«, klagte sie.

»Bereust du es?«

Garsende richtete sich auf. »Bedauerlicherweise nicht genug«, meinte sie mit einem kleinen Seufzen.

Mit dem Zeigefinger strich Lothar zärtlich über ihre gerunzelte Stirn. »Du machst dir stets zu viele Sorgen«, murmelte er. Abrupt beugte er sich nieder und küsste sie. Sein Kuss war sanft wie ein Hauch, der ihre Haut prickeln ließ. Doch dann wurde er heftiger, und Garsende fühlte, wie sich ihre Sorgen in seiner Leidenschaft verloren. Sie schlang die Arme um seinen Leib und schloss die Augen.

Es war um einige Zeit später, als sie wieder zu Verstand kam und sich schwer atmend seiner Umarmung entzog. Eine Weile trieben ihre Gedanken ziellos wie auf einem ruderlosen Boot dahin, während sie beide, die Finger noch ineinanderverschränkt, nebeneinander im Gras lagen.

»Macht Ihr Euch niemals Gedanken um das Morgen?«, fragte Garsende plötzlich. »Habt Ihr niemals Sorge, was die Zukunft Euch bringen könnte?« Mit einem Mal schien es ihr wichtig, sein Gesicht zu sehen, und sie setzte sich auf.

Lothar lächelte sie an. »Was willst du hören?«, fragte er leichthin.

»Eure Gedanken.«

Er richtete sich ebenfalls auf. Die Sonne verschwand hinter einer Wolke und nahm sein Lächeln mit. Die dunklen Augen sahen an ihr vorbei.

»Das Morgen«, wiederholte er leise. »Für mich ist das Morgen stets ungewiss.«

»Nun, das ist es für jedermann«, gab Garsende zu. »Doch während Gott lenkt, machen wir Pläne.«

Sein Blick kehrte zu ihr zurück wie sein Lächeln. »Und du willst nun wissen, wie es mit meinen Plänen steht?«

Garsende zuckte mit den Schultern. »Wenn Ihr denn welche habt und sie mir sagen wollt.«

»Ich bin ein Lehnsmann, Garsende. Mein Morgen wird zumeist von höherer Warte bestimmt.« Plötzlich lachte er. »Und wenn man's recht bedenkt, wohl mehr noch von einem Weib.« Heiter zwinkerte er ihr zu. »Meine Mutter ist am Verzweifeln, hat sie mir doch bereits zwei Töchter von gutem Stand präsentiert, die ihr geeignet schienen, all die Enkel zu gebären, die sie sich wünscht. Nur leider waren sie dir auch nicht im Entferntesten ähnlich.«

Garsende schob seine Hand weg, die einen Grashalm aus ihrem Haar zupfte, stand auf und strich ihr Gewand glatt. »Einmal wünschte ich eine ernsthafte Antwort von Euch«, sagte sie ärgerlich.

Auch Lothar stand auf. Mit schmerzhaft festem Griff fasste er nach ihrem Kinn, drehte ihren Kopf zu sich und sah ihr in die Augen. »Das war eine ernsthafte Antwort.«

Abrupt ließ er sie los, schüttelte den Kopf und seufzte.

Betroffen starrte Garsende auf seinen Rücken, während er sich nach seinem Schwertgurt bückte.

Die Unbeschwertheit, die zwischen ihnen geherrscht hatte, stellte sich erst wieder ein, als sie den Rückweg zu Garsendes Hütte einschlugen. Lothar erheiterte sie mit einer abstrusen Geschichte über einen Höfling, der versucht hatte, die fromme Kaiserin Agnes zu verführen. Doch ihre fröhliche Stimmung verflog, als sie einen Knecht vor der Hütte vorfanden, der Lothars Apfelschimmel am Zügel hielt. Eine Ahnung von Abschied legte sich schwer auf Garsendes Gemüt.

Lothar winkte seinen Mann beiseite, und aus den Augenwinkeln sah Garsende, wie der Hörige leise auf ihn einsprach.

»Bist du dir dessen sicher?«, fragte Lothar scharf, doch die Antwort des Knechts konnte sie nicht verstehen.

Was immer der Hörige ihm mitgeteilt hatte, schien Lothar zu beunruhigen. Ein eigentümlicher Glanz lag in seinen Augen, als er mit seinem Pferd am Zügel zu ihr trat.

»Ich muss gehen, mein Herz.«

»Ist Eurer Base ein Unheil geschehen?«, erkundigte sich Garsende besorgt.

Er schüttelte den Kopf. »Nachrichten aus Lorsch«, antwortete er.

»Himmel«, entfuhr es Garsende. »Der König ist doch nicht etwa …?«

»Nein, keine Sorge. Es gibt nur ein paar Dinge, die meiner Aufmerksamkeit bedürfen. Offenbar dulden sie keinen Aufschub.«

Stumm nickte sie und spürte, wie unwillkommene Tränen in ihr aufstiegen.

Lothar sah sie forschend an. »Du wirst deine Tür nicht wieder vor mir verriegeln?«

»Das Morgen ist ungewiss«, erwiderte Garsende, verwundert darüber, wie leichtherzig ihre Stimme klang.

Er lachte, dann küsste er sie, ungeachtet des Knechts, der neugierig herüberspähte. Kaum saß Lothar im Sattel, hatte der Wald ihn ihrem Blick auch schon entzogen.

Stattdessen entdeckte Garsende zu ihrem Schrecken die Burggräfin, die auf halbem Weg zu ihrer Hütte stehengeblieben war, um dem eiligen Reiter hinterherzuschauen.

Nachdem Matthäa gegangen war, griff Garsende nach dem Mörser und betrachtete sinnend die Spuren des Pulvers, das sie für die Burggräfin gemischt hatte: Bibernelle, ein wenig Berberitze und Johanniskraut.

Zu Anfang hatte sich die Heilerin gefragt, ob Matthäa den verräterischen Kuss gesehen hatte, doch wenn ja, dann hatte die Burggräfin kein Wort darüber verloren. Und nun schien es Garsende, als wäre diese Frage auch nicht so wichtig.

Matthäas Worte gingen ihr durch den Sinn. »Du darfst es niemandem sagen, hörst du? Niemandem! Schwöre es mir bei deinem Seelenheil!« Und ihre hochroten Wangen zu den bleichen Lippen hatten der Heilerin nicht gefallen. Doch ihre Einwände waren auf unfruchtbaren Boden gefallen, und letztlich hatte die Burggräfin sie an ihr Wort gebunden. Mochte die nervöse Erregung der Freundin auch wohlbegründet sein, Garsende machte sich Sorgen.

Mit einem Seufzen stellte sie den Mörser beiseite. Während sie begann, in der Hütte für Ordnung zu sorgen, und ihre Hände sich wie von selbst mit den alltäglichen Dingen beschäftigten, schweiften ihre Gedanken unversehens wieder zu Lothars Abschied. So rasch, wie er ihrem Blick entschwunden war, kehrte das wehe Gefühl in ihr Herz zurück, das sie während Matthäas Besuch verdrängt hatte.

»Törichte Gans«, schalt sie sich selbst, doch es half nichts, und sie war nachgerade erleichtert, als ein Klopfen an der Tür ihrer Selbstkasteiung ein Ende setzte.

»Ihr könnt nicht bei Sinnen sein!«, entfuhr es Garsende, nachdem der Burggraf ihr erklärt hatte, warum er gekommen war. »Ich gehe nicht nach Mariamünster! Ja, und selbst wenn ich wollte – was ich keineswegs tue –, wäre ich im Kloster mit Bestimmtheit nicht willkommen.«

»Ich habe schon mit der Äbtissin gesprochen«, sagte der Burggraf mit einer Ruhe, die sie noch mehr aufbrachte.

»Wie? Was habt Ihr Euch nur dabei gedacht? Seid Ihr mein Gatte, dass Ihr glaubt, über mich bestimmen zu dürfen?«

»Glücklicherweise nicht«, knurrte Bandolf. »Bei allen Heiligen! Ich verlange doch nicht von dir, dass du den Schleier nimmst.«

Er sah erschöpft aus. In ihren Zorn über seine Eigenmächtigkeit drang die Erkenntnis, dass es ihm sicher nicht leichtgefallen war, sie um Hilfe zu bitten. Matt sank Garsende zurück auf die Bank, von der sie aufgesprungen war.

»Verzeiht mir die rüden Worte.« Sie seufzte. »Ich hatte keinen leichten Tag. Und ich bin müde.«

Der Burggraf winkte ab. »Du würdest dich im Hospiz aufhalten, nicht im Kapitelhaus«, meinte er versöhnlich und griff nach seinem Becher. Nach dem ersten Schluck verzog er verblüfft das Gesicht. »Herrje, was ist das?«, japste er.

Garsende nahm den Krug, den sie aufs Geratewohl auf den Tisch gestellt hatte, und roch daran. »Bitterklee und Tausendgüldenkraut. Der Trank hilft dem Abfluss der Gallsäfte.«

»Bitterklee?« Angewidert schob der Burggraf seinen Becher weit von sich. »Mit meinen Gallsäften ist alles im Lot.«

Ungewollt stahl sich ein Lächeln in ihre Mundwinkel. »Was bringt Euch nur auf den Gedanken, ich vermöchte mehr bei Beatrix ausrichten, als es die Schwestern von Mariamünster können?«, erkundigte sie sich und ärgerte sich zugleich über den nachgiebigen Ton in ihrer Stimme.

»Womöglich kannst du das nicht«, gab er zu. »Doch es wäre zumindest jemand bei ihr.«

Garsende runzelte die Stirn und sah ihn fragend an.

»Arnold von Clemante wurde getötet«, sagte er dumpf.

»Beatrix' Gatte?«

Wortlos nickte er.

»Allmächtiger!«, flüsterte sie und bekreuzigte sich. »Aber ich dachte, er sei Ulbert von Flonheims Mörder. Das verstehe ich nicht. Nach allem, was Ulberts Witwe mir erzählte, glaubte ich ...« Ihre Gedanken wirbelten durcheinander. »Woran starb er? Und wer hat ihn getötet?«

»Jemand hat ihm ein Schwert in den Hals gestoßen. Aber wer es war, das kann ich dir auch nicht sagen«, antwortete der Burggraf, während er aus der Tasche seines Mantels ein Stückchen Stoff hervorkramte und ihr reichte. »Das ist alles, was ich bei der Stelle gefunden habe, wo Arnold vermutlich sein Leben ausgehaucht hat.«

Garsende betrachtete das erdbraune Dreieck und wog es in der Hand. »Es ist schwere Wolle. Von einem Umhang vielleicht, oder auch von einer Decke. Seid Ihr sicher, dass es von Arnolds Gegner stammt?«

»Nein, das bin ich nicht. Es könnte auch schon länger dort gelegen haben. Aber die Kante ist sauber abgetrennt, wie man es von einem scharfen Dolch erwarten würde. Und Arnold hat sich mit einem Dolch verteidigt.«

Garsende gab ihm das Stück Stoff zurück und runzelte die Stirn. »Woher wisst Ihr überhaupt, dass es sich bei der Leiche um Arnold von Clemante handelt?«

»Ich fand ein irisches Kreuz bei seiner Habe. Arnold hatte ein solches mitgenommen, als er seine Gattin im Kloster aufsuchte. Ich nahm es an mich und zeigte es der Schwester, die es ihm gegeben hatte. Und sie bestätigte mir, dass es Beatrix' Kreuz ist.«

»Glaubt Ihr, Arnold und Ulbert wurden von derselben Hand gemeuchelt?«, fragte Garsende.

Der Burggraf zuckte mit den Schultern. »Auch wenn Arnold selbst getötet wurde, könnte er dennoch Ulberts Mörder gewesen sein.« Unversehens schlug er mit der Faust auf den Tisch. »Was immer hier geschieht, stets taucht dieses gottverfluchte Schriftstück auf, das einfach nicht zu fassen ist.« Als müsse er sich Luft verschaffen, sprang er auf und begann, mit gesenktem Kopf in Garsendes kleiner Hütte auf und ab zu laufen. Ihre Anwesenheit schien er vergessen zu haben.

»Beatrix von Teveno führte das Dokument, warum auch immer, mit sich, als Ulbert von Flonheim sie fand«, überlegte er laut. »Ulbert nahm das Dokument an sich und brachte Beatrix ins Hospiz der Nonnen, während er das Schriftstück für sich behielt. Aus irgendeinem Grund schien er zu glauben, es könne ihm nützlich sein. Doch dann traf Beatrix' Gatte in Worms ein, erfuhr von der Fremden im Kloster und eilte schnurstracks dorthin, um herauszufinden, ob es sich um seine Gemahlin handelte.«

Der Burggraf blieb stehen und starrte Garsende gedankenverloren an. »Arnold entdeckte, dass sich das Dokument nicht mehr unter der Habe seines Weibes befand. Er vermutete zu Recht, dass derjenige es an sich genommen hatte, der sie am Wegrand auflas. Und es fiel ihm auch nicht schwer herauszufinden, wer der Samariter gewesen war und wo er ihn finden würde.«

Bandolf nahm seine Wanderung durch ihre Hütte wieder auf. »Also suchte er noch am selben Tag, nämlich am Tag des Frühlingsfestes, Ulbert von Flonheim im St.-Andreas-Stift auf. Doch Ulbert war nicht in seinem Quartier. Er vertrieb sich seine Zeit mit Müßiggang in der Stadt. Das Glück stand aber an jenem Tag auf Arnolds Seite. Er stellte Ulbert auf dem Marktplatz, nannte ihn einen Dieb und Lügner und verlangte die Herausgabe seines Besitzes. Das vermaledeite Dokument. Ulbert bestritt, dergleichen zu besitzen, und Arnold, von römischer Hitzigkeit, wurde handgreiflich. Bevor Schlimmeres geschehen konnte, mischte sich Lothar von Kalborn ein.«

Lothars Name war wie ein schmerzhafter Stich durch ihre Eingeweide, und einen Lidschlag lang hielt Garsende den Atem an. Doch schließlich gelang es ihr, seine Züge aus ihren Gedanken zu vertreiben. Sie bemerkte, dass der

Burggraf verstummt war und sie fragend anschaute. Mit einer Geste forderte sie ihn auf fortzufahren.

»Ulbert nutzte die Gelegenheit, um sich davonzumachen«, nahm Bandolf den Faden wieder auf. »Schnurstracks eilte er in sein Quartier zurück und holte das Schriftstück aus der Truhe, wo er es aufbewahrt hatte. Und brachte das Dokument seinem Vetter Bartholomäus ins Domstift. Vermutlich glaubte er, es sei dort in sicherer Obhut. Und erleichtert, des brisanten Pergaments ledig zu sein, vergnügte er sich den Rest des Tages mit seinen Kumpanen auf der Festwiese draußen vor der Stadt mit Met und Weib.«

Den Blick abwesend über ihren Kopf gerichtet, blieb Bandolf erneut vor ihr stehen und hakte die Finger in seinen Gürtel. »Arnold von Clemante wusste, wo Ulbert logierte. Es wäre für ihn ein Leichtes gewesen, nach dem Zwischenfall auf dem Marktplatz zu St. Andreas zu eilen und Ulbert dort aufzulauern. Er könnte ihm gefolgt sein, als Ulbert das Stift mit dem Dokument im Wams verließ.«

Schweigend hatte Garsende zugehört, doch jetzt unterbrach sie seine Ausführungen. »Wenn es sich so verhielt, wie Ihr sagt, dann muss Arnold jedoch gesehen haben, dass Ulbert das Dokument seinem Vetter gab. Bruder Bartholomäus. Warum also sollte er Ulbert töten, wenn es ihm um das Schriftstück ging?«

Einen Moment lang kaute der Burggraf auf seiner Unterlippe. »Womöglich hat er nur gesehen, wie Ulbert mit seinem Vetter sprach. Je nachdem, wo Arnold gestanden hat, muss er die Übergabe des Dokuments nicht beobachtet haben«, argumentierte er.

Garsende nickte. »Demnach wäre er Ulbert bis zur Hahnwiese gefolgt«, spann sie seinen Gedanken weiter. »Doch dort hätte sich für ihn im Trubel der Feiernden schwerlich eine Möglichkeit ergeben, Ulbert zu stellen. Also wartete er, bis der junge Edelmann in die Stadt zurückkehrte. Es war

Nacht und kaum noch jemand auf den Gassen unterwegs. Niemand würde sehen, wenn er Ulbert niederstäche und sich des Schriftstücks bemächtigte ...« Sie stockte. »Aber woher hätte Arnold wissen sollen, ob Ulbert das, was er wollte, überhaupt bei sich trug? Und wenn er es nicht wusste, warum Ulbert dann niederstechen?«

»Womöglich hatte Arnold nicht die Absicht, ihn zu töten. Nimm an, er stellte sein Opfer und verlangte die Herausgabe seines Eigentums, doch Ulbert weigerte sich. Oder bestritt, es überhaupt zu besitzen. Die beiden könnten in Streit geraten sein, wie schon auf dem Marktplatz geschehen. Doch jetzt war kein Lothar von Kalborn zur Hand, der Schlimmeres verhindern konnte.«

Dieses Mal ließ sie sich vom Namen ihres Liebsten nicht ablenken. »Aber wieso geschah es in der Nähe Eures Hauses?«, grübelte sie laut. »Und wenn der Streit auf Ulberts Weg zu seinem Quartier stattfand, warum hätte sich Ulbert dann bis zu Eurem Anwesen geschleppt? Wäre Hilfe doch in St. Andreas sehr viel näher gewesen.«

Schwer ließ Bandolf sich auf die Bank fallen, die bedenklich unter seinem nicht unbeträchtlichen Gewicht ächzte. »Dafür weiß ich auch keine Erklärung.« Gedankenverloren griff er nach seinem Becher und hob ihn an die Lippen. Gerade noch rechtzeitig schien ihm einzufallen, was sich darin befand. Er verzog das Gesicht und stellte den Trank unberührt wieder ab.

Mit einem Kopfschütteln stand Garsende auf, leerte den Becher aus und füllte ihn aus einem anderen Krug.

»Was ist das?«, fragte er argwöhnisch, als sie ihm den Becher zurückgab.

»Ein Trank aus Gerste und Hopfen«, erwiderte sie erheitert. Sein Gesicht hellte sich auf, und er trank das unverdünnte Bier in einem Zug leer.

»Mir will nur nicht einleuchten, was das alles mit Eurem

Wunsch zu tun hat, mich hinter Klostermauern verschwinden zu sehen?«, fragte sie nach einer Weile.

Der Burggraf warf ihr einen scharfen Blick zu. »Ich frage mich, warum du dich gegen diesen Gedanken derart sträubst?«

»Ich bin in einem Kloster aufgewachsen. Und glaubt mir, Burggraf, weder die Nonnen noch ich hatten rechte Freude daran.«

»Du warst Novizin«, erwiderte er. »Nun aber bist du eine freie Frau.«

Als mache das einen Unterschied, dachte Garsende, versagte sich jedoch, ihm all die Dinge aufzuzählen, die die Schwesternschaft der Kirche an ihr auszusetzen finden würde.

»Wie dem auch sei: Lass für einen Moment die Frage beiseite, ob Arnold von Clemante Ulberts Mörder war oder nicht. Tatsache ist, dass er nun selbst getötet wurde. Und ich müsste mich schwer irren, wenn er nicht des Dokumentes wegen sein Leben lassen musste. Nimm die Tatsache hinzu, dass Bruder Bartholomäus spurlos verschwunden ist, dann …«

»Ulberts Vetter ist verschwunden?«, unterbrach sie ihn. »Glaubt Ihr, Arnold hat auch ihn getötet und das Dokument von ihm bekommen?«

Langsam schüttelte der Burggraf den Kopf. »Bruder Bartholomäus bekam das Dokument am Tag des Frühlingsfestes. Am nächsten Morgen erfuhr er vom Tod seines Vetters Ulbert und machte sich augenblicklich aus dem Staub. Arnold jedoch erfuhr erst von Annalinde davon, dass Ulbert das Dokument zu seinem Vetter gebracht hat. Und zu diesem Zeitpunkt hatte Bruder Bartholomäus die Stadt schon verlassen.«

»Könnte dann nicht Bruder Bartholomäus Arnolds Mörder sein?«

»Warum sollte er Arnold töten? Bruder Bartholomäus hatte das Dokument doch bereits.«

Eine Weile schwiegen beide, und nur das Knistern des Herdfeuers und ein gelegentliches Knacken von draußen belebte die Stille.

Während Bandolf seinen leeren Becher in der Hand drehte und mit finsterem Gesicht vor sich hin starrte, dachte Garsende über all seine Worte nach.

Endlich räusperte sich der Burggraf. »Es gibt einiges, was ich mir nicht zusammenreimen kann und was womöglich nur dann einen Sinn ergibt, wenn man wüsste, was das fatale Schriftstück beinhaltet.«

Garsende sah auf.

»Warum hat Arnold die Stadt verlassen, ohne im Besitz des Dokumentes zu sein? Nachdem er doch offensichtlich hinter dem Schriftstück her war wie der Teufel hinter einer armen Seele. Und ohne sich um seine Gemahlin zu kümmern, die aufs Schwerste erkrankt im Kloster liegt?«, grübelte er laut.

»Er erfuhr, dass Bruder Bartholomäus die Stadt verlassen hat, und sah keine Möglichkeit mehr, in den Besitz des Dokumentes zu kommen«, bot Garsende an.

»Wenn Arnold aber erfahren hat, dass Bruder Bartholomäus aus Worms abgereist ist, hätte er auch erfahren, dass der Bruder in einigen Tagen wieder zurückerwartet wurde«, meinte Bandolf, und ein schmales Lächeln huschte über sein Gesicht. »Der gute Bruder hat sich mit einer List davongemacht, und die Dombrüder gingen davon aus, dass er nach wenigen Tagen wieder zurückkehren würde.«

»Vielleicht wusste Arnold, dass ihm jemand auf den Fersen war, und hat schlicht die Flucht ergriffen.«

»Ja, vielleicht.«

»Und womöglich ist Bruder Bartholomäus aus demselben Grund aus Worms geflohen«, überlegte sie.

»Wenn dem so war, ist es möglich, dass Bruder Bartholomäus ebenfalls tot ist. Doch vielleicht kennt er auch den Inhalt des Schriftstücks, will es für sich selbst nutzen und hat sich darum davongeschlichen. Und möglich wäre auch, dass Bruder Bartholomäus seinen Vetter getötet hat, damit er das Dokument, das Ulbert ihm anvertraut hat, behalten kann.«

»Das sind eine Menge ›Womöglich‹ und ›Vielleicht‹«, bemerkte Garsende.

Finster zog der Burggraf die Brauen zusammen. »Ich habe noch ein weiteres ›Womöglich‹ für dich. Die Frage nämlich, ob Seine Eminenz, der Bischof von Worms, Kenntnis von all diesen Vorgängen hat. Ob seine unsinnige Order dem Zweck dient, mich abzulenken, damit ich meine Nase nicht allzu tief in diese Dinge hineintauche. Oder ob seine Anweisungen nur dem Wunsch entspringen, mich zu ärgern.«

Verständnisinnig lächelte Garsende ihn an, doch der Gedanke, der hinter seinen Worten lag, machte ihr plötzlich Angst.

»Ihr glaubt, so hoch hinauf könnten die Geschehnisse reichen?«

»Würde dich das überraschen?«

Langsam schüttelte sie den Kopf. »Himmel«, hauchte sie. »Was in aller Welt könnte in diesem Dokument nur stehen?« Erschrocken schlug sie sich die Hand vor den Mund. »Ihr glaubt doch nicht, die Krankheit des Königs …?« Die Stimme versagte ihr.

Bandolf zuckte mit den Schultern. »Heinrich wird schon zeit seines Lebens hin und wieder von Fieberanfällen heimgesucht. Ein Umstand, der so manchen glauben lässt, der König sei von schwächlicher Art«, bemerkte er. »Sein derzeit schlechter Zustand mag demnach auch von einer natürlichen Ursache herrühren.« Er seufzte tief. »Mein Kreuz ist, dass ich nicht weiß, was das Dokument beinhaltet. Und ob es für die Fürsten überhaupt von Belang sein könnte.«

Die Schatten in ihrer Hütte wurden länger und zeigten Garsende, dass sie Holz nachlegen musste. Sie stand auf.

»Beatrix von Teveno, Arnold von Clemante, Ulbert von Flonheim und Bruder Bartholomäus«, zählte sie auf, während sie mit dem Schürhaken in den Flammen stocherte. »Alle hatten mit dem Dokument auf ihre Weise zu tun. Arnold und Ulbert sind tot, Bruder Bartholomäus ist verschwunden. Und nun ist Beatrix die Einzige, die wissen mag, was in dem Schriftstück steht. Darum wollt Ihr, dass ich ins Kloster gehe und bei der Kranken wache.« Das Feuer wärmte ihr Gesicht, doch Garsende fröstelte. »Ihr glaubt, jemand könnte auch ihr ans Leben wollen?«

Bandolf holte tief Luft, dann nickte er.

»Aber wer nur?«, überlegte sie laut.

»Jemand, der sich aufs Töten versteht.«

KAPITEL 11

Es dämmerte, als Bandolf die Heilerin mit demselben unguten Gefühl im Magen verließ, mit dem er sie aufgesucht hatte. Eine Weile versuchte er, sich einzureden, es läge an dem unaussprechlichen Gebräu, das sie ihm zuerst kredenzt hatte, doch schließlich gestand er sich ein, dass er sich Sorgen um sie machte.

Er hatte Garsende versichert, ihr Leben sei nicht in Gefahr, sonst hätte er sie keinesfalls gebeten, sich um die Kranke im Kloster zu kümmern. Arnolds Gattin war nicht ansprechbar. Es war ungewiss, ob sie vor ihrem Tod überhaupt noch einmal zu sich kommen würde. Darum glaubte Bandolf auch nicht, der Meuchler, der Arnold getötet hatte, würde Garsende ein Leid antun, nur um Beatrix zum Schweigen zu bringen. Läge die Kranke jedoch allein, könnte die Gelegenheit für den Mörder allzu günstig sein, der Mitwisserin ein Ende zu bereiten.

Zweifelnd nagte Bandolf auf seiner Unterlippe. Und was, wenn er sich irrte? Wenn es dem Meuchler einfiele, Beatrix beseitigen zu müssen, koste es, was es wolle? Verdammnis! Er hätte die Heilerin nicht darum bitten sollen. Matthäa würde ihm nie verzeihen, wenn Garsende durch seine Schuld zu Schaden kam, und er selbst sich auch nicht.

Drauf und dran, umzukehren und alles wieder rückgängig zu machen, blieb er stehen.

Sie ist dort ja nicht allein, argumentierte er mit sich selbst. Dicke Mauern beschirmten das Kloster, die Pförtnerin hatte ein Auge auf jeden, der es betreten wollte, und die

Heilerin wäre auch im Hospiz von Nonnen umgeben, die sich um die anderen Kranken kümmerten. Außerdem würde ein Fremder dort auffallen.

Nicht gänzlich beruhigt, setzte Bandolf seinen Weg fort. Im Stillen hoffte er, Beatrix würde entgegen aller Erwartung doch noch einmal zu sich kommen und Garsende womöglich einen Hinweis geben, dessen er so dringend bedurfte.

Als ihm auf dem Rückweg von Hochheim nach Worms aufgegangen war, dass nur noch Beatrix übrig war, die um das Schriftstück wusste, hatte er überlegt, sie in seinem Haus in Sicherheit zu bringen. Dort, so sein Gedanke, würde er Beatrix schützen können.

Mit seinem Ansinnen war er bei der Äbtissin auf taube Ohren gestoßen. Eine Verbringung der Kranken nach Worms würde Beatrix das Leben kosten, sagte sie. Ein Argument, das Bandolf schwerlich entkräften konnte. Seinen Vorschlag, stattdessen zwei seiner Dienstleute vor Beatrix' Zelle zu postieren, hatte die Ehrwürdige Mutter empört zurückgewiesen. Dies sei ein Nonnenkloster. Ein friedvoller Ort. Weder die Kranken noch ihre Schwestern durften durch waffenstrotzende Männer beunruhigt werden. Was der Burggraf sich denn denke, wo er sei? In einem Kriegslager? Zudem dürfe er versichert sein, dass die Mauern das Kloster schützten, und was diese Mauern nicht fernzuhalten vermochten, würde der Obsorge des Herrn anheimfallen.

Schließlich blieb die Heilerin Bandolfs letzte Möglichkeit, Beatrix im Auge zu behalten. Doch auch dieser Vorschlag wurde zunächst entrüstet abgewiesen. Sie dulde keine Kräuterdruden in ihrem Kloster, erklärte die Ehrwürdige Mutter kategorisch.

»Und was könnte ein Kräuterweib für die Kranke tun, was meine Schwestern nicht ebenso gut und besser vermöchten?«, erkundigte sie sich kühl.

»Ich hörte vor kurzem, Eure Gemeinschaft sei derzeit knapp an Händen«, meinte der Burggraf mit einem schmalen Lächeln. »Garsende könnte jene Hände entlasten, die anderswo gebraucht werden.«

Ein volles Vaterunser lang hatte die Äbtissin ihn in Grund und Boden gestarrt, doch schließlich hatte sie widerstrebend nachgegeben.

Dass auch Garsende sich so sehr dagegen sträuben würde, hatte Bandolf jedoch nicht erwartet. Er wusste, dass die Heilerin ihre Jugend in einem Kloster verbracht hatte, ehe ihr Vater, der Graf von Rieneck, gestorben war und ihre Mutter sie wieder zu sich geholt hatte. Von ihr, und mehr noch von ihrer Großmutter, hatte Garsende ihr Handwerk gelernt.

Stets hatte sich der Burggraf gefragt, warum Garsende den Schleier nicht genommen hatte. Ihm schien, dass den Unwägbarkeiten eines Lebens ohne den Schutz von Gatte und Vormund das Dasein einer Nonne doch allemal vorzuziehen sei.

Ein hörbares Rumpeln in seinem Magen unterbrach Bandolfs Gedanken und erinnerte ihn daran, dass er seit der Sext nichts mehr zu sich genommen hatte. Müßig warf er einen Blick durch die noch kahlen Bäume in den Himmel. Wolken waren aufgezogen und schienen den Einbruch der Nacht zu beschleunigen. Erleichtert sah er, dass der Weg nach Worms, in den der Pfad von Garsendes Hütte aus einmündete, nur noch wenige Schritte von ihm entfernt war.

Ich hätte eine Lampe mitnehmen …

Etwas, das mit plötzlicher Wucht gegen seinen Rücken prallte, ließ Bandolf taumeln. Zugleich presste ihm ein lederbewehrter Arm die Luft aus der Kehle. Metall blitzte vor seinen Augen auf. Nur einen Lidschlag lang schien die Welt mit ihm erstarrt. Dann warf er ruckartig den Kopf zurück und stieß die Ellbogen nach hinten. Sein Schädel krachte schmerzhaft gegen etwas Hartes, kaltes Eisen streifte seinen

Hals, und er hörte ein gedämpftes Stöhnen. Der würgende Griff um seine Kehle schien um ein Quäntchen lockerer zu werden. Bandolf warf sich herum. Sein Hals war wieder frei, und sein Umhang fing den erneuten Stoß der Klinge ab. Eine Faust im Magen nahm ihm die Luft. Ein weiterer Schlag traf ihn mit einem knirschenden Geräusch irgendwo im Gesicht und trieb ihm die Tränen in die Augen. Der nächste prallte jedoch gegen seinen stämmigen Arm, den er geistesgegenwärtig hochgerissen hatte. Hektisch suchte sein Blick die weitaus gefährlichere Klinge, während seine eigene Faust vorschnellte und sein Stiefel das Schienbein des Gegners traf. Aber das Dämmerlicht spielte ihm Streiche, flirrte vor seinen Augen, und er glaubte, den Glanz der Klinge überall zu sehen, bis er ihren Biss in seiner Seite spürte. Durch Zorn und Angst hindurch hörte Bandolf ein Keuchen und einen Schrei, und ihm war, als hörte er in der Ferne bereits das Psalmodieren der Engel, als er sich mit seinem ganzen Gewicht nach vorne warf.

Sein Gegner ging stöhnend unter ihm in die Knie. Bandolf konnte den Schwung seines Körpers jedoch nicht mehr bremsen und fiel auf ihn. Ein gurgelnder Laut drang durch den Stoff der Kapuze, die im Sturz über das Gesicht seines Widersachers gerutscht war. Sie nahm seinem Gegner die Sicht, während Bandolfs Arm eingeklemmt zwischen ihren Leibern lag. Blind versuchte der Mann, sein Knie in Bandolfs Gemächt zu rammen, und seine Rechte schnellte hoch. Die Spitze der Klinge ging scharf an Bandolfs Hals vorbei. Mit seiner Linken bekam Bandolf das Handgelenk zu fassen und drückte zähneknirschend zu. Plötzlich gab der Gegner nach. Sein Arm schwang nach unten, und die Klinge fiel zu Boden.

Erleichtert atmete Bandolf auf.

Dann hörte er einen dumpfen Ton, spürte einen stechenden Schmerz in seinem Schädel und bildete sich ein, der Gesang der Engel würde lauter, bevor es Nacht um ihn wurde.

Matthäa warf einen prüfenden Blick über die Tafel. Brot, Dinkelbrei, Eier und Gepökeltes standen auf dem Tisch, die Holzteller und Becher waren verteilt, und Eltrudis und die Hauseigenen hatten sich am Tisch versammelt. Nur die Plätze des Burggrafen und seines jungen Schreibers waren leer.

Der Burggraf schätzte die Kost seiner Gattin und versäumte nicht oft eine Mahlzeit, doch hin und wieder kam es vor. Einen Augenblick dachte Matthäa auch an Prosperius und fragte sich, wo er jetzt war, ob er es warm hatte und wo er speiste. Dann nickte sie ihrer Tante zu und bat sie, das Tischgebet anstelle des Hausherrn zu sprechen, wie es ihr als Gast und älterer Verwandten zukam.

Wie üblich, besorgte Eltrudis das Reden auch nach dem Tischgebet. Die Burggräfin hörte nur mit halbem Ohr zu und warf hin und wieder ein »Hmm« und »Ja, gewiss« ein, während sie über ihren Besuch bei der Heilerin nachdachte. Garsendes Besorgnis hatte ihr wohlgetan, und sie wusste, dass sie sich auf ihr Schweigen würde verlassen können. Solange ihre Tante im Haus war, würde Matthäa kein Wort …

Die plötzliche Stille im Raum ließ die Burggräfin stutzen. Fragend hob sie den Kopf und sah Eltrudis vorwurfsvollen Blick auf sich geheftet.

»Habt Ihr mir nicht zugehört?«

»Verzeiht«, murmelte Matthäa.

»Ich sagte soeben, dass der junge König sich augenscheinlich von seiner schweren Krankheit zu erholen beginnt«, wiederholte Eltrudis.

»Natürlich, Tante.« Matthäa riss sich zusammen. »Das ist eine gute Nachricht. Wer hat Euch davon erzählt?«

»Agnes vom Dannenberg, die Gute. Ich traf sie nach der Morgenmesse. Ihr Gatte betreibt Geschäfte mit dem Kloster Sankt Nazarius zu Lorsch, müsst Ihr wissen. Der Gehilfe des Cellerars hat gehört, dass Bischof Adalbero eine diesbezügliche Nachricht an seinen Vogt hier in Worms geschickt hat. Der Gehilfe hat es dem Pferdeknecht des Dannenbergers erzählt, und der Knecht hat es Agnes' Magd berichtet.« Tadelnd fügte Eltrudis an: »Ihr wüsstet selbst davon, wärt Ihr nach der Messe nicht so rasch davongeeilt.«

Matthäa seufzte. »Es gab Arbeit für mich im Haus.«

»Wenn Ihr Euch und Eure Hörigen besser zu ordnen verstündet, könntet Ihr auch Euren Verpflichtungen außerhalb des Hauses besser nachkommen. Glaubt mir, meine Liebe, es ist wichtig, den Frauen von Stand in Eurer Umgebung gebührliche Aufmerksamkeit zukommen zu lassen, wenn Ihr wollt, dass Euer Gemahl bei Hof etwas erreicht.«

Unwille kroch wie ein Geschwür durch Matthäas Magen und zog ihn zusammen. Besorgt, ihr könnten die ungehörigen Worte entschlüpfen, die ihr auf der Zunge lagen, senkte sie den Kopf.

Am besten, du hörst nicht hin, empfahl sie sich selbst und begann, aufs Geratewohl im Geiste einen Psalm zur Vesper aufzusagen. *Glückselig der Mann, der den Herrn fürchtet …*

»Agnes hat erzählt, der Bischof würde selbst in einigen Tagen in Worms eintreffen«, berichtete Eltrudis. »Es heißt …«

… er wird große Lust haben an seinen Geboten. Mächtig auf Erden wird sein Same sein; der Frommen Geschlecht … Ungewollt stieg ein Lachen in Matthäas Kehle. Sie gluckste.

»Was erheitert Euch daran?«, erkundigte sich Eltrudis.

Errötend hob Matthäa den Kopf.

»Nichts, Tante. Sprecht nur weiter.«

»Nun, wie Ihr wisst, beabsichtigt man bei Hof, das Osterfest in Speyer zu begehen. Sollte König Heinrich zur rechten Zeit genesen, wird man in Worms Station machen. Agnes meint, Seine Eminenz wird dem Tross des Königs vorauseilen, um in der Bischofspfalz persönlich die Vorbereitungen für den Aufenthalt Seiner Hoheit zu überwachen.«

Aus dem Augenwinkel sah Matthäa, wie Werno, der Hausmeier, verblüfft die Augen aufriss. Und Bandolfs wortkarger Marschalk ließ sich zu der Frage hinreißen, ob Frau Eltrudis Bischof Adalbero je begegnet wäre?

»Nein. Warum fragst du?«, erkundigte sie sich.

Herwald murmelte, das hätte er auch nicht vermutet, bevor er wieder in die übliche Schweigsamkeit verfiel.

Für einen Moment runzelte Eltrudis irritiert die Stirn, dann wandte sie sich wieder Matthäa zu. »Natürlich wird in der Bischofspfalz ein Bankett zu Ehren des Königs stattfinden.«

Der Gedanke schien ihre Tante aufzumuntern, und Matthäa sank der Mut. Eltrudis' nächste Worte bestätigten ihre bange Ahnung. »Mariamünster entspricht bedauerlicherweise in keiner Hinsicht meinen Erwartungen«, erklärte sie mit Nachdruck. »Dennoch dürft Ihr nicht befürchten, ich würde meine Pflicht vernachlässigen. Ihr müsst nicht glauben, ich wäre so selbstisch und würde Euch mit den Vorbereitungen zum Osterfest Euch selbst überlassen. Ihr werdet mir nicht verargen, wenn ich es ausspreche, aber …«

Bittere Galle stieg in Matthäa auf. Heilige Jungfrau, sie wird mich bis zum Jüngsten Gericht drangsalieren, fuhr es ihr durch den Kopf.

»… ich habe wohl bemerkt, dass Ihr noch immer der Unterweisung bedürft.« Eltrudis nickte bekräftigend, schob sich zwei Löffel Brei in den Mund, den sie geziert mit ihrem Ärmel abtupfte.

»So ist das also beschlossen«, erklärte sie. »Natürlich muss sich im Haus einiges ändern, da Ihr die Zügel habt schießen lassen, mein Kind. Und vielleicht solltet Ihr auch Eurem Gatten einen Wink hinsichtlich seines Benehmens …«

Matthäa hörte nicht mehr zu. Ihr Zorn, den sie so lange aus Respekt vor der Älteren und den Geboten der Gastfreundschaft folgend, unterdrückt hatte, brach sich endlich Bahn. Sie spürte, wie ihr das Blut ins Gesicht schoss, und hob den Kopf.

»Genug jetzt!«, rief sie. »Und ihr habt gewiss noch Arbeit draußen«, wies sie ihre Hauseigenen an. Die ungewohnte Schärfe in ihrer Stimme brachte Eltrudis zum Schweigen, und während die Hörigen mit neugierig aufgerissenen Augen die Halle verließen, starrte sie ihre Nichte entgeistert an.

»Was, um des Himmels willen, denkt Ihr Euch?«, empörte sie sich, als sie ihre Sprache endlich wiedergefunden hatte.

»Auch wenn Ihr Gast in diesem Haus seid und ich Euch als der Älteren Respekt schulde, steht es Euch nicht zu, mich in allem zu bevormunden«, erklärte Matthäa mit einer Bestimmtheit, die sie selbst überraschte.

»Was fällt Euch ein, so mit mir …«

»Noch weniger kommt es Euch an, über meinen Gatten zu urteilen, unter dessen Dach Ihr Euch befindet. Ich will nicht länger dulden, wie schlecht Ihr über ihn sprecht und dass Ihr mich vor meinen Hauseigenen demütigt.«

»Kind, es steht nicht dafür, so empfindsam zu sein. Ich bin die Ältere, und hie und da ein gut gemeinter Rat sollte Euch wohl willkommen sein! Zumal ich meiner guten Schwester, Gott hab sie selig, auf dem Sterbelager versprochen habe, ein Auge auf Euch …«

»Ich entsinne mich nicht, Euch am Lager meiner Mutter gesehen zu haben, als sie starb«, unterbrach Matthäa sie kalt. »Soweit ich mich erinnere, kam nur ein Bote, der uns mitteilte, Ihr würdet bedauern, wärt jedoch wegen eines Verlöbnisses in Quedlinburg unabkömmlich.«

»Nun, ich … Doch wie auch immer, was ficht Euch an, so undankbar zu sein? Habe ich nicht meine ganze Kraft den Bemühungen geopfert, Euch meine Hilfe zukommen zu lassen?«

»Hilfe? Ihr scheucht mich und meine Mägde tagaus, tagein herum, während Ihr es Euch in Eurer Kammer wohl sein lasst. Und als wäre das nicht genug, kann es Euch niemand jemals recht machen. Ständig haltet Ihr meine Hörigen von der Arbeit ab und treibt mit all Eurem Gemäkel meinen Gatten aus dem Haus.«

»Allmächtiger! Das ist doch unerhört! Wie redet Ihr mit mir? Ohne Murren habe ich die Unbill ertragen, mich von Eurem mürrischen Gatten kränken zu lassen, und klaglos auf mich genommen, in einem Haus zu verweilen, wo Fremde des nächtens umherschleichen und sich ermorden lassen. In keinem anderen Haus, in dem ich als Gast willkommen war, wurde mir je dergleichen zugemutet.«

»Und wo wart Ihr, als Ulbert von Flonheim ermordet wurde?«, rief Matthäa. »Ihr seid in jener Nacht mit nassem Mantel im Haus unterwegs gewesen. Filiberta hat Euch gesehen.«

»Euch bin ich gewiss keine Rechenschaft über mein Tun schuldig!«, schnappte Eltrudis und sprang auf. Ihr Kinn bebte vor Entrüstung.

»Meinem Gatten aber schon!«, gab Matthäa scharf zurück. »Und seid versichert, ich werde ihm davon berichten.«

»Untersteht Ihr Euch anzudeuten, ich hätte auch nur das Geringste mit dem Tod des jungen Mannes zu tun?«

Matthäa zuckte mit den Schultern. »Mein Gemahl könnte auf den Gedanken verfallen. Und wenn Ihr es mir nicht sagen wollt …«

Mit vor Zorn hochroten Wangen warf Eltrudis ihren Kopf in den Nacken. »Ich habe Rosmarin im Garten geschnitten und mir einen Trunk zubereitet.«

»Mitten in der Nacht?«, entfuhr es Matthäa verwundert.

»Es war Vollmond, und noch dazu die Nacht des Frühlingsbeginns. Da ist der Trunk besonders wirksam. Es möchte auch Euch nicht schaden, dem Alter ein wenig entgegenzuwirken.«

Verdutzt blinzelte die Burggräfin. Kein Wunder, dass Eltrudis damit hinter dem Berg gehalten hatte. Ein erleichtertes Lachen stieg ihr in die Kehle, das sie hastig unterdrückte.

»Aber habt Ihr den Toten denn nicht bemerkt, als Ihr über den Hof zum Garten gegangen seid?«

Für einen Moment schien Eltrudis ihre Empörung zu vergessen. Sie schüttelte den Kopf. »Es war dunkel und hat heftig geregnet«, sagte sie. »Ich hatte mir die Kapuze übergestülpt, doch der Regen schlug mir ins Gesicht.« Dann entsann sie sich offenkundig wieder, wie sehr Matthäa sie beleidigt hatte, und setzte spitz hinzu: »Und hätte ich gewusst, wie wenig Euer Gatte imstande ist, sein Haus zu schützen, wäre ich in meiner Kammer geblieben. Wie ich überhaupt diesem Haus ferngeblieben wäre, hätte ich auch nur geahnt, wie wenig Ihr die Unbill zu schätzen wisst, die ich auf mich genommen habe, nur um Euch zur Seite zu stehen.«

Matthäa stand auf. Ihr Herz klopfte bis in ihre Kehle. Vage war sie sich bewusst, dass sie im Begriff stand, sämtliche Regeln, die man sie gelehrt hatte, zu verletzen, doch dieses eine Mal war es ihr gleich.

»Da Euch Euer Aufenthalt hier so mühsam ist und Mariamünster Euren Vorstellungen ohnehin nicht entspricht, wären wir nicht gekränkt, wenn Ihr uns bald verlasst!«, sagte sie mit fester Stimme.

Sprachlos, mit offenem Mund und wütend blitzenden Augen starrte Eltrudis ihre Nichte an.

Matthäa rührte sich nicht.

Endlich schlug Eltrudis die Augen nieder und griff sich wie ermattet an die Stirn. »Mir wird ganz schwach«, hauchte sie mit ersterbender Stimme. »Eure rücksichtlosen Worte, die Ihr gewiss bedauert … Ich fühle meine Kräfte schwinden …« Sie verstummte.

»Es tut mir leid, falls meine Worte Euch gekränkt haben«, erwiderte Matthäa kühl. »Wenn Ihr Euch nicht wohlfühlt, dann legt Euch nieder. Auf meinen Arm müsst Ihr jedoch verzichten. Ich habe zu tun.« Sie raffte ihren Rock und rauschte mit tiefer Erleichterung im Herzen aus der Halle.

Zunächst drangen die Stimmen wie aus weiter Ferne an sein Ohr. Die Engel, fuhr es Bandolf durch den Kopf.

Dann wurden sie klarer, und der Burggraf versuchte, die Augen zu öffnen. Ein Licht stach schmerzhaft in seine Augen. Er blinzelte, machte die Augen wieder zu und drehte den Kopf von dem Ärgernis fort. Eine Bewegung, die er bitter bereute. Das Brennen in seinen Augen war nichts im Vergleich zum Schlagen des Hammers, der seinen Schädel als Amboss benutzte. Der Schmerz, der sich in seinem Körper fortsetzte, überzeugte Bandolf davon, dass er noch unter den Lebenden weilte. Was, zum Teufel, war mit ihm passiert?

»Seht doch nur, Flodoard, er kommt zu sich«, rief eine Stimme erfreut.

Flodoard gab unwirsch Antwort: »Das wurde auch Zeit. Inzwischen werden die Stadttore von Worms geschlossen sein. Und die Stiftsbrüder haben auch längst zu Abend gespeist. Wir werden unser Lager hungrig aufsuchen müssen.«

»Unsinn«, widersprach eine dritte Stimme. »Für Pilger haben die guten Brüder immer einen Kanten Brot und ein Schüsselchen mit Brei bereit.«

»Wenn Ihr Euch nur nicht irrt«, murrte Flodoard.

»Wie geht es Euch?«

Diese Frage schien Bandolf zu gelten. Widerwillig öffnete er die Augen und richtete sich ächzend auf. Fünf Männer, offenkundig Pilger, umringten ihn.

»Ich bin Meinward«, sagte der Mann, dessen Stimme Bandolf zuerst wahrgenommen hatte. »Meine Kumpane und ich kamen just den Weg von Speyer herauf, da hörten wir Gebrüll. Und als wir zu Hilfe eilten, fanden wir Euch hier liegen. Wie fühlt Ihr Euch?«

»Als wäre ein Ochsengespann über mich hinweggetrampelt«, erwiderte der Burggraf, während er über seinen Leib tastete. Auch wenn er eine Beule am Kopf hatte, so groß wie ein Hühnerei, und sein Körper überall schmerzte, konnte er sich bewegen und schien keine ernsthaften Verletzungen davongetragen zu haben. An seiner Seite hatte er eine Wunde, doch offenbar war sie nicht tief und hatte schon aufgehört zu bluten.

»So nah an der Stadt hätte ich keine Wegelagerer vermutet«, warf einer der anderen Männer ein. Er bot dem Burggrafen die Hand und zog ihn auf die Beine.

Schlagartig kehrte Bandolfs Erinnerung zurück. Jemand hatte ihn hinterrücks angegriffen und ihm einen Dolch an die Kehle gesetzt. Es war ihm gelungen, den Angreifer niederzuringen und ihm die Klinge aus der Hand zu schlagen. Und dann …?

»Der Dolch«, murmelte Bandolf. Mühsam zwang er seinen schmerzenden Körper wieder in die Knie und bat Meinward, mit seiner Lampe über den Boden zu leuchten. Unter den verdutzten Blicken der Pilger tastete der Burggraf mit beiden Händen um die Stelle herum, auf der er gelegen hatte, konnte aber keinen Dolch finden. Dafür entdeckte er einen Ast, an dem Blut klebte. In seinem Kopf entstand das Bild seines Angreifers, der unter ihm lag und mit der Linken nach dem Ast tastete, während Bandolf seine Rechte niederzwang.

Zweifellos hatte ihm das Auftauchen der Pilgergruppe das Leben gerettet.

Der mürrische Flodoard behielt recht. Die Stadttore waren bereits geschlossen, als Bandolf und die Pilger das Stadttor erreichten. Nachdem der Wächter jedoch seinen Kommandanten unter der Gruppe entdeckt hatte, ließ er sie passieren. Da die Pilger zum Stift Sankt Martin wollten, um dort zu übernachten und vor der Reliquie des Heiligen zu beten, führte ihr Weg gemeinsam die Zwerchgasse entlang, bis der Burggraf sich an der Ecke zum Nazarigässchen von seinen Lebensrettern verabschiedete.

Egin roch verdächtig nach Vergorenem, als er seinem Herrn die Pforte öffnete, doch wenigstens war er wach. Seinen bestürzten Ausrufen und Fragen entnahm Bandolf, dass sein Äußeres sich in ähnlich betrüblichem Zustand befinden musste, wie sich seine Glieder anfühlten. Ein geknurrtes »Hör sofort mit diesem Gekreische auf, sonst gnade dir Gott!« schien Egin davon zu überzeugen, dass sein Herr noch im Besitz seiner Kräfte war und nicht auf der Schwelle des Todes stand.

»Hab's doch nur gut gemeint«, hörte Bandolf ihn hinter sich brummeln, als er in den dunklen Hof trat.

Aus dem Verschlag neben der Scheune drang ein gedämpftes Scharren, doch ansonsten lag über seinem Heim schon nächtliches Schweigen. Nur Penelope, die Domkatze, thronte mit um sich geringeltem Schwanz auf der Türschwelle und schien ihn vorwurfsvoll anzustarren, als hätte sie bereits seit einer Ewigkeit auf ihn gewartet. Ohne ihn aus den Augen zu lassen, riss Penelope ihr Mäulchen auf und gähnte.

»Mein Weib hat dich wohl ausgesperrt?«, fragte er leise und warf einen Blick nach oben auf den geschlossenen Verschlag seiner Schlafkammer. Wohlweislich verzichtete er darauf, sich zu bücken und über das weiche Fell der Katze zu streichen, wie er es sonst zu tun pflegte.

Da die offenbar erwartete Begrüßung ausfiel und der Burggraf den Brunnen in der Mitte des Hofes ansteuerte, ohne ihr die Tür zu öffnen, erhob sich die Katze und folgte ihm. Schnurrend strich sie Bandolf um die Beine, während er sich mit Gewinde und Eimer abmühte. Schließlich steckte er den Kopf ins kühle Nass. Prustend tauchte er wieder auf, und Penelope brachte sich mit einem Satz vor den spritzenden Tropfen in Sicherheit.

Das Wasser brannte auf seiner geschundenen Haut. Bandolf stöhnte. Vorsichtig ließ er sich an den Brunnen gelehnt auf dem Boden nieder und streckte seine Beine aus. Eine Weile stierte er gedankenlos vor sich hin.

»Um's Haar hätte mir dieser Hundsfott heute den Garaus gemacht!«, sagte er plötzlich. Die Katze, die akribisch seine Stiefel beschnupperte, hob beim Klang seiner Stimme den Kopf.

»Wären die Pilger nicht just des Weges gekommen, läge ich jetzt tot und kalt im Gebüsch. Und wie, zur Hölle, soll ich die Blessuren meinem Weib erklären?«

Er seufzte. Die Katze schien aufmerksam zu lauschen.

»Was meinst du«, fragte er sie, »war das rechtzeitige Auftauchen der Pilger womöglich ein Omen? Ein Fingerzeig des Herrn, den Dingen ihren Lauf zu lassen?«

Penelope hatte sich schnuppernd bis zu seinem Oberschenkel vorgearbeitet und machte Anstalten, auf seinen Schoß zu klettern, just auf der Seite, wo der Dolch ihn verletzt hatte. Energisch schob er die Katze weg.

»In der Botschaft des Bischofs war keine Rede vom bedauerlichen Hinscheiden Ulberts gewesen. Warum auch immer, scheint Seine Eminenz gewillt, den Tod des jungen Edelmanns auf sich beruhen zu lassen. Wäre es klüger, würde ich ebenso verfahren?«

Penelope hatte ihn umrundet und versuchte ihr Glück auf der anderen Seite. Er ließ sie gewähren. Binnen kurzem hatte sie sich auf seinem Schoß eingerollt und war offenbar geneigt, die Nacht dort zu verbringen. Wie von selbst fand seine Hand den Weg zu ihrem weichen Fell.

»Falls der junge König seiner Krankheit erliegt, ist es nicht mehr von Belang, ob ich Ulberts Mörder finde oder nicht. Ich habe mir Feinde am Hof gemacht, und sollten die Fürsten die Oberhand gewinnen, sind meine Tage als Burggraf in Worms ohnehin gezählt«, argumentierte er. »Warum also sollte ich mein Leben und das Auskommen der Meinen unnütz in Gefahr bringen?«

Annalinde machte nicht den Eindruck, als wäre ihr an Gerechtigkeit für ihren Gatten gelegen. Sie schien Worms nur so schnell wie möglich den Rücken kehren zu wollen, um sich und ihren Sohn in die zweifelhafte Sicherheit des Flonheimer Gutes zu bringen.

Beatrix von Teveno war im Hospiz der Nonnen in guter Obhut der Heilerin, und Arnold von Clemante hatte außerhalb der Stadt den Tod gefunden, was bedeutete, dass er in die Gerichtsbarkeit des Landgrafen fiel.

Warum also stocherte er weiter wie ein Blinder im Heu herum, um einen Meuchler zu finden, den augenscheinlich niemand zu finden wünschte?

Die Antwort kam von selbst. Zwei Leichen, nach deren Tod sonst offenkundig kein Hahn mehr krähen würde. Ein Dombruder, der nicht aufzufinden war. Und dann war da noch immer dieses vermaledeite Schriftstück, das jedem Verderben zu bringen schien, der damit in Berührung kam.

Ganz zu schweigen von jenem Hurensohn, der offenbar bestrebt war, Bandolfs Lebenslichtlein auszublasen.

»Den möcht ich wohl am Galgen baumeln sehen«, knurrte er grimmig.

Penelope sah auf. Ihre bernsteinfarbenen Augen leuchteten in der Dunkelheit wie zwei kleine Lampen.

»Was fragst du mich? Ich weiß nicht, wer mir ans Leder wollte«, fühlte sich Bandolf bemüßigt zu antworten. »Es war schon sehr dämmrig, und der Hundsfott hatte eine Kapuze vor dem Gesicht.«

Nachdenklich zog er die Brauen zusammen. Arnold von Clemante hatte durch einen Schwertstreich den Tod gefunden; Ulbert von Flonheim war mit einer dünnen Klinge niedergestochen worden; ihn selbst hatte man mit einem Dolch bedroht. Folglich musste der Täter jemand sein, der in Waffen geübt war und kräftig genug, um einen Mann von Bandolfs Statur niederzuringen. Bruder Bartholomäus' Gestalt trat vor sein inneres Auge, und der Burggraf schüttelte den Kopf.

»Zu schmächtig«, sagte er laut.

Eine solche Beschreibung traf jedoch weder auf den beredten Lothar von Kalborn noch auf den gewandten Raoul de Saint Rémy zu. Ja, sogar Bruder Kilian wäre jung und kräftig genug, um ein Schwert zu führen und einen großen, stämmigen Mann niederzuwerfen. Gewiss, er war Mönch, aber er könnte dennoch in Waffen geschult worden sein, bevor er die Kutte nahm. Aber welcher von den dreien war es, der meuchelnd durch seine Stadt schlich?

Der Burggraf gähnte. »Zeit zum Schlafen«, teilte er Penelope mit, während er sie von seinem angewärmten Oberschenkel schob. Die Katze protestierte mit einem leisen Maunzen und stob davon. Als er die Haustür erreichte, saß sie jedoch bereits davor, augenscheinlich in Erwartung, dass er sie einließe.

»Ich muss den abgängigen Schreiber finden«, murmelte er. »Und ich muss wissen, was in diesem Dokument steht.«

Aufs Neue gähnend, öffnete er die Tür und sah zu, wie die Katze flink durch den Spalt schlüpfte, noch ehe die Pforte ganz geöffnet war.

»Bis zum nächsten Mal, Burggraf«, zischte der Falke leise. Im Schutz der Bäume und Büsche hatte er Bandolf von Leyen und den Pilgern nachgeschaut, bis das Licht ihrer Lampen gänzlich verschwunden gewesen war. Mittlerweile war es dunkel geworden. Ein launiger halber Mond, der mal leuchtete und dann wieder hinter Wolken verschwand, gab nur wenig von seinem Licht preis. Mehr tastend als sehend, wand der Falke sich aus dem Unterholz heraus zurück auf den Pfad. Für einen Moment blieb er dort stehen und überdachte, was geschehen war.

Nachdem er den Burggrafen bewusstlos geschlagen, sich von seinem schweren Leib befreit und den Dolch wiedergefunden hatte, waren die Pilger just in den Pfad eingebogen. Ihm war nichts anderes übrig geblieben, als sich so schnell wie möglich in die Büsche zu schlagen. Hatte er gehofft, sie würden den bewusstlosen Mann einfach liegen lassen und ihres Weges ziehen, damit er sein Werk vollenden konnte, sah er sich enttäuscht. Offenkundig gehörten die Pilger zu jener Art Menschen, die den Heiligen nachzueifern trachteten.

Vorsichtig streckte der Falke seine Glieder und zog augenblicklich eine schmerzerfüllte Grimasse. Arme und Beine hatten Blessuren abbekommen, sein Handgelenk brannte, und über seinen Leib schien eine ganze Fuhre Fässer hinweggerollt zu sein. Er tastete über sein Gesicht, hatte aber das Gefühl, dass es verschont geblieben war. Erleichtert atmete er auf. Ihm war keinesfalls daran gelegen, aller Welt zu zeigen, was sich hier abgespielt hatte.

Der Falke seufzte. Gedankenverloren kniete er sich auf den Boden und zog eine Öllampe, Feuerstein und Zunder aus einem Beutel an seinem Gürtel. Während seine Hand auf dem feuchten Waldboden nach einem geeigneten Stückchen Holz suchte, das trocken genug für seine Zwecke wäre, stieg Zorn in ihm auf, der weniger dem Burggrafen als sich selbst galt.

Er hatte den Mann unterschätzt. Mit den Schwertkünsten des Burggrafen sei es nicht weit her, hieß es, und das hatte ihn verleitet zu glauben, dass er auch sonst ein leicht zu bezwingender Gegner wäre. Die eiserne Kraft, die in den strammen Armen und Beinen steckte, hatte er nicht bedacht. Und um das Maß seines Leichtsinns vollzumachen, hatte er der stämmigen Statur des Burggrafen Trägheit unterstellt und war auf seine blitzschnellen Bewegungen nicht gefasst gewesen.

Endlich brannten die wenigen trockenen Blätter, die er ertastet hatte. Er zog den Stöpsel aus dem Tongefäß der Lampe, entzündete ein Hölzchen und hielt es an den Docht, bis er aufflammte. Das musste genügen, um in die Stadt zurückzufinden.

Als er das kleine Feuer zu seinen Füßen austrat, huschte ein Lächeln über sein Gesicht. Bandolf von Leyens junger Schreiber hatte ein offenes Ohr für seine rührselige Geschichte und einen offenen Beutel für seine Bitte gehabt. Der Falke fand, dass eine gewisse Ironie in dem Gedanken lag, die Stadttore von Worms des Nachts mit einem Dokument zu passieren, auf dem das Siegel seines Gegners prangte.

Kapitel 12

Mit der trüben Ahnung, dass dies nicht der Ort war, an dem ihn jenes muntere Feuer und das zarte Böcklein am Spieß erwarten würde, das er sich erhofft hatte, starrte Prosperius zu dem baufälligen Bergfried hinauf, der vor ihm aufragte.

Der Diemerstein lag, verdeckt durch hohe Tannen, auf einer Anhöhe mitten im Wald, und der einzige Pfad, der in Windungen hinaufführte, war mit hohem Farn und Brombeergesträuch überwuchert, als hätte ihn seit dem Tod des alten Kaisers niemand mehr betreten.

Prosperius warf einen Blick zurück zu Feist und Kuhn, den beiden Wachmännern des Burggrafen, und sah seine Befürchtungen in ihren langen Gesichtern bestätigt. Fröstelnd zog er seinen Umhang enger um sich.

Als sie Worms verlassen hatten, um den Wegen zu folgen, die südwestlich ins bergige Waldland des Haardt führten, war das Wetter noch freundlich gewesen. Bei Weisenheim hatten sie die Rheinebene hinter sich gelassen. Der Forst war dichter, die Pfade waren unwegsamer und steiler geworden, und es schien so, als wollte ihm der Herrgott mit einem eisigen Wind die Erinnerung an das heimische Herdfeuer und Filibertas schmackhafte Eintöpfe besonders wehmütig machen.

Prosperius stieß ein tiefes Seufzen aus. Hatte er zu Anfang noch die Aussicht begrüßt, Worms verlassen zu können, war ihm sein Eifer längst verlorengegangen. Ja, hätte der Burggraf auch nur zwei Tage früher von seinem Auftrag gesprochen, wäre Prosperius gewiss nicht um eine Ausflucht verlegen gewesen, warum er unbedingt in Worms verbleiben müsse. Über die Magd des Hufschmieds aus der Schwertfegergasse, deren Blicke aus moosgrünen Augen ihn seit Tagen umtrieben, hätte er selbstredend kein Wort verloren. Dann aber, als er in Bandolfs Auftrag Arnold von Clemantes Spuren durch die Stadt gefolgt war, hatte ein Mann seinen Weg gekreuzt. Seine Furcht, der Mann könne ihn wiedererkennen, war ungleich größer gewesen als die Anziehungskraft der moosgrünen Augen, und so war er froh gewesen, Worms verlassen zu können. Prosperius hoffte, der Mann wäre längst weitergezogen, wenn er in die Stadt zurückkehrte.

Beim Anblick des Holzturms, dessen bejammernswerter Zustand sogar noch im Dämmerlicht zu erkennen war, fragte er sich jedoch, ob es nicht eine andere Möglichkeit gegeben hätte, dem Mann auszuweichen, als sich mit hungrigem Magen durch die Wildnis zu plagen – zu einem Ort, wo Fuchs und Hase einander Gut' Nacht sagten.

»Was ist nun? Gehen wir nicht weiter?«, brummte Kuhn. »Bis wir oben sind, wird's dunkel sein.«

Prosperius unterdrückte ein weiteres Seufzen. »Folgt mir«, gebot er und hoffte, sein Gesicht würde nicht das bange Unbehagen widerspiegeln, das ihn beim Anblick des Bergfrieds jäh überfallen hatte.

Eine Weile folgten sie einem Quellbach, dann machte der Pfad eine scharfe Biegung und endete in moosbewachsenen Steinstufen, die sich so steil wie schief nach oben wanden.

Prosperius schluckte. »Der Bergfried sieht verlassen aus«, bemerkte er mit dünner Stimme. »Vielleicht sollten wir umkehren.«

Kuhn war neben ihn getreten. »Wir werden's nicht wissen, bevor wir nicht angeklopft haben. Und zum Umkehren ist's zu spät. Heut Nacht gibt's Schnee. Feist spürt's in seinen Knochen. Da sollte man ein Dach über dem Kopf haben.«

Nach einem zweifelnden Blick auf den wortkargen Feist mit den gesprächigen Knochen und einem weiteren in den Himmel, der immer düsterer wurde, holte Prosperius tief Luft und machte sich an den Aufstieg. Doch es kam noch schlimmer. Die halsbrecherischen Stufen endeten vor einer Hängebrücke, die über einen steil abfallenden Halsgraben hinüber zum Turm führte.

Abrupt blieb Prosperius stehen. Es gab zwei Dinge, die ihm Abscheu einflößten: Das eine war der Anblick von Blut, das andere waren große Höhen.

Entsetzt starrte er auf die morschen und nicht mehr vollzähligen Bohlen des scheinbar instabilen Gebildes, das im Wind leise quietschend hin- und herschwang. Für einen Augenblick glaubte er, sein Herzschlag müsse aussetzen, und es schien auch nicht nur der Hunger zu sein, der in seinem Magen rumorte. Halt suchend griff er nach dem Pfosten, an dem die Brücke festgemacht worden war.

»Gibt es keinen anderen Weg hinüber?«, ächzte er.

»Sag mir nur nicht, Schreiber, dass dir das bisschen Abhang Angst macht«, stichelte Kuhn.

Gekränkt warf sich Prosperius in die Brust. »Natürlich nicht«, behauptete er, und während er mit zitternden Händen das Seil packte, das als Geländer dienen sollte, machte er sich selbst mit der Vorstellung Mut, dass ihn drüben im Bergfried allemal ein dicker Bohneneintopf mit Speck und Zwiebeln, ein saftiges Stück Wildbret und ein guter Roter von den fruchtbaren Hängen der Haardt erwarten würden, die sie auf ihrem Weg passiert hatten.

Unter den anzüglichen Blicken seiner beiden Begleiter, die er deutlich in seinem Rücken spürte, hangelte sich Bandolfs junger Schreiber mit wachsbleichem Gesicht über die

Brücke, und erst als er festen Boden unter seinen Füßen hatte, wagte er wieder zu atmen. Allmählich kehrte das Blut in seine Wangen zurück.

Nachdem er zugesehen hatte, wie Feist und Kuhn die Brücke mit beneidenswerter Leichtigkeit überwunden hatten, warf Prosperius einen Blick auf den Turm, der unmittelbar vor ihnen aufragte, und die Hoffnung auf seine wohlverdiente Mahlzeit schwand.

Der Bergfried nahm den schroffen Felsen, auf dem er stand, fast vollständig ein. Nur ein Pfad, schmal wie ein Nadelöhr, der um den Turm führte, trennte ihn vom steilen, mit Dornengestrüpp überwucherten Abhang ringsherum. Einst musste der Bergfried ein wehrhaftes Bollwerk gewesen sein, doch nun war die Fassade an vielen Stellen geborsten, und das Holz schwarz und morsch von Wind und Regen. Allein die eisenbeschlagene Pforte schien dem Alter zu trotzen.

»Da kann man bloß hoffen, der Herr vom Diemerstein ist freundlicher, als seine Behausung ausschaut«, bemerkte Kuhn. »Nun bist du an der Reihe, Schreiber. Klopf an und verschaff uns Quartier für die Nacht.«

Ein erstes Klopfen zeitigte keinerlei Wirkung. Als auch das zweite unbeantwortet in der zunehmenden Dämmerung verhallte, rief Prosperius mit wachsendem Unmut: »Öffnet die Tür. Ich bin Prosperius, Schreiber des Burggrafen von Worms, und bitte für mich und meine Männer um ein Quartier für die Nacht.«

Endlich öffnete sich die Pforte ächzend einen winzigen Spalt, und Prosperius erhaschte einen Blick auf das Gesicht eines betagten Hörigen, der ihn mürrisch anstarrte.

Hinter dem Leibeigenen dröhnte eine tiefe Stimme aus dem Innern des Turms: »Verschwindet! Streuner, Pilger und sonstiges Gesindel sind auf meiner Burg nicht willkommen.«

»Ihr habt's gehört«, schnarrte der Hörige und schickte sich an, die Pforte vor Prosperius' Nase zu schließen. Rasch stellte der junge Schreiber seinen Fuß dazwischen und rief in den dunklen Raum hinein: »Nur auf ein Wort, Herr! Der Burggraf von Worms sendet Euch Grüße.«

»Den kenne ich nicht«, brüllte es von drinnen. »Bestell deine Grüße drüben beim Frankenstein oder dem Abt von Limburg, aber lass mich damit in Ruhe!«

»Aber Bandolf von Leyen hat mich zu Euch geschickt!«, schrie Prosperius, der Verzweiflung nah.

»Was sagst du da?«

Eine Weile blieb es still hinter der Pforte, doch dann wurde sie aufgerissen, und ein Mann, so groß wie breit, erschien in der Tür. Umstandslos schob er den Hörigen beiseite. Sein Haupthaar, die Brauen und der Bart waren grau, lang und struppig und ließen kaum mehr als eine riesenhafte Nase und blassblaue Augen erkennen.

Argwöhnisch fasste der Herr vom Diemerstein den jungen Schreiber ins Auge: »Mein Hitzkopf von Neffe ist jetzt Burggraf zu Worms?«

Unsicher nickte Prosperius. Davon, dass Grimbald vom Diemerstein sein Oheim war, hatte sein Herr ihm nichts gesagt.

Grimbalds Bart schien sich horizontal zu teilen, und starke, gelbe Zähne wurden sichtbar, als der Herr vom Diemerstein schallend lachte. »Kaum zu glauben«, dröhnte er. »Wenn das so ist, tritt ein und berichte mir, was der Bursche in Worms zu treiben hat.«

Wohlmeinend schlug er Prosperius auf die Schulter. Der junge Schreiber knickte ein. Gleich darauf sah er sich am Wams gepackt und in eine Halle geschoben.

In dem Raum war es kalt, stickig und düster. Das Holz im Kamin gegenüber der Pforte verbreitete mehr Qualm als Wärme, und die wenigen Fackeln, die an den Wänden flackerten, tauchten allenfalls die aufgebockte Tafel in ein trübes Licht. Prosperius schnupperte. Doch der ersehnte Duft nach gebratenem Fleisch drang nicht in seine Nase, hingegen roch es nach altem Stroh und Moder.

Mit einem tiefen Seufzen folgte er Grimbalds Aufforderung, sich an der Tafel niederzulassen, während sein Höriger Kuhn und Feist ans untere Ende des Tisches verwies.

Der Herr vom Diemerstein brüllte nach einer Stärkung, und Prosperius' Lebensgeister regten sich wieder, als aus einer dunklen Ecke der Halle ein weiterer Hauseigener auftauchte, ebenso feist, wie der andere dürr, und Brot, Käse und einen Krug auf den Tisch stellte.

Entgegen seinen Befürchtungen war das Brot frisch, der Käse schmackhaft, und als sich auch der Inhalt des Krugs als Wein entpuppte, der nur wenig verdünnt seine Kehle wärmte, schien Prosperius' sein Los nicht mehr gar so grau zu sein als noch vor kurzem.

»Was will Bandolf von mir?«, fragte Grimbald, nachdem Prosperius seinen Hunger gestillt zu haben schien.

Hastig schluckte Prosperius das letzte halb zerkaute Stück Brot hinunter. Der Bissen blieb in seinem Hals stecken, und er musste husten. »Mein Herr hofft, Ihr könntet ihm einige Auskünfte über einen Eurer Nachbarn geben«, antwortete er schließlich mit Tränen in den Augen.

»Tatsächlich? Und über welchen?«

»Aold vo Clmte«, hustete Prosperius.

Wortlos schob ihm Grimbald den Weinkrug zu.

Nachdem Prosperius sich die letzten Krümel, die noch in seinem Hals steckten, hinuntergespült hatte, wiederholte er: »Arnold von Clemante.«

Grimbald runzelte die Stirn. »Und wozu braucht mein Neffe Auskünfte über den Mann?«

Während Prosperius berichtete, was er darüber wusste, beobachtete er mit Besorgnis, wie sich das Stirnrunzeln seines Gegenübers vertiefte. Als er geendet hatte, knurrte Grimbald: »Verdammmich!« und schlug mit der Faust auf den Tisch. »Ich wusste doch gleich, dass das Weib mir noch Ärger machen würde.«

Auf Prosperius' fragenden Blick antwortete er zunächst nur mit einem verdrießlichen Grunzen, bis er sich endlich zu einer Erklärung bereitfand:

»Vor einiger Zeit kam ich von der Jagd im Erlenbachtal. Ist gutes Gelände für Schwarzwild«, sagte er. »Und was glaubst du, wer huscht mir da über den Weg, mitten im Wald auf dem Dreispitz, noch dazu ohne Magd oder Knecht weit und breit? Arnolds Weib! Sie war so verschreckt wie ein Huhn, dem man die Gurgel umdrehen will, dass ich schon glaubte, sie möchte mir jeden Moment vor die Füße sinken. Tat sie aber dann doch nicht. Als ich wissen wollte, was sie so weit draußen im Wald zu suchen hätte, murmelte sie etwas von einer Kranken, die ihrer Hilfe bedürfe. Nicht, dass ich ihr ein Wort geglaubt hätte, aber was sollte ich mich einmischen? Also ließ ich sie ihres Wegs gehen.«

»Wann war denn das?«, erkundigte sich Prosperius.

Grimbald kniff die Augen zusammen. Dann brüllte er in die dunkle Ecke hinein, in die der schmerbäuchige Hörige wieder verschwunden war. »Otwin! Wann habe ich die Bache vom Erlenbachtal mitgebracht?«

»'s war am Tag des Apostels Matthias, Herr«, kam Otwins Stimme aus dem Dunkeln zurück.

»Da hast du es«, meinte Grimbald. »Und damit nicht genug, tauchte am nächsten Morgen Arnold selbst vor meiner Pforte auf und wollte wissen, ob sein Weib auf dem Diemerstein um Obdach gefragt hat.«

Neugierig beugte sich Prosperius vor. »Was habt Ihr ihm gesagt?«

»Was soll ich ihm gesagt haben? Bin ich der Türsteher

eines Klosters? Nichts habe ich ihm gesagt. Da zog er wieder ab.«

»Ihr habt ihm nicht erzählt, dass Ihr seinem Weib begegnet seid?«, wiederholte Prosperius erstaunt. »Warum denn nicht?«

Der Herr vom Diemerstein verzog das Gesicht zu einer abfälligen Grimasse. »Der Kerl war mir zuwider, vom Tag an, als er ins Isenachtal kam, und daran hat sich bis heute nichts geändert. Wie er zu seiner Hufe gekommen ist, weiß ich nicht. Tatsache ist, dass es ihm gelungen ist, das gute Land innerhalb einer Dekade zugrunde zu wirtschaften und mit jedermann in Streit zu geraten. Und mehr will ich nicht wissen.«

Mit einer unwirschen Geste verbot er sich jede weitere Frage und leerte seinen Becher. Laut gähnend stand er auf, beschied Prosperius, er solle sich niederlegen, wo es ihm gefiele, und warf sich dann ohne viel Federlesens auf sein eigenes Lager vor dem Kamin. Innerhalb eines Lidschlags war lautes Schnarchen zu hören, das sich mit Kuhns und Feists tiefen Atemzügen mischte, die sich schon vor einiger Zeit niedergelegt hatten.

Prosperius seufzte enttäuscht. Das war gewiss nicht viel, was er dem Burggrafen an Neuigkeiten mitbringen konnte. Während er sich noch nach einem Platz umschaute, wo er sich mit möglichst viel Wärme und wenig Qualm zum Schlafen niederlegen konnte, kam der dicke Otwin an den Tisch. Zuerst glaubte Prosperius, der Hauseigene wolle die Reste von Brot und Käse abräumen, doch stattdessen setzte sich Otwin auf die Bank.

»Arnold von Clemante ist wirklich ein übler Mensch und im Tal nicht wohlgelitten«, bemerkte er, während er sich selbst aus dem Weinkrug einschenkte und Prosperius über den Rand des Bechers einen abschätzenden Blick zuwarf.

»Du weißt mehr über den Mann, habe ich recht?«, erkundigte sich Prosperius vorsichtig.

»Das will ich meinen«, antwortete Otwin mit einem breiten Grinsen. »Schließlich bin ich der Hausmeier des Herrn vom Diemerstein. Ich bin des Öfteren im Tal, um Pacht und Zins einzutreiben. Und da höre und sehe ich eine Menge.«

»Dann erzähl mir, was du über Arnold von Clemante und seine Gattin gehört hast«, forderte Prosperius ihn auf.

Gewichtig presste Otwin sein rundes Kinn gegen seinen Hals. »Warum sollte ich mein Wissen mit dir teilen?«

Prosperius' Miene hellte sich auf. Diese Sprache war ihm vertraut. Geschickt klaubte er einen Hälbling aus seinem Beutel und hielt sie dem Hausmeier unter die Nase. Otwins Äuglein blitzten auf. Flink griff er danach, doch ebenso rasch zog Prosperius seine Hand wieder zurück.

»Zuerst will ich wissen, ob das, was du mir zu berichten hast, den Hälbling auch wert ist«, meinte er.

Otwin schüttelte den Kopf. »Zuerst den Hälbling, sonst sage ich kein Wort.«

Bedauernd zuckte Prosperius mit den Schultern und machte Anstalten, die kleine Münze wieder in seinem Beutel verschwinden zu lassen. Wie erwartet, überlegte Otwin es sich anders.

Als Prosperius es sich geraume Zeit später auf dem harten Boden bequem zu machen versuchte, lag ein zufriedenes Lächeln auf seinem schmalen Gesicht. Ihm schien so, als wären die Unbilden, die er auf sich hatte nehmen müssen, um an diesen unwirtlichen Ort zu gelangen, nun doch nicht völlig vergebens gewesen.

Kapitel 13

Heimlich wie ein Dieb war in der Nacht der Winter zurückgekehrt, und als Garsende am frühen Morgen mit einem großen Beutel über der Schulter zum Kloster aufgebrochen war, hatte es angefangen zu schneien. Inzwischen lag der Schnee schon knöchelhoch, und es schneite noch immer.

Ein schlechtes Zeichen, dachte die Heilerin, während sie ihrer schweigsamen Begleiterin folgte, die sie durch den Kreuzgang in jenen Teil des Klosters führte, der nicht mehr der Klausur unterstand.

»Hier entlang«, sagte Schwester Walburga und wies auf ein Gebäude, das dem Kreuzgang gegenüberlag. Es waren die ersten Worte, die sie an die Heilerin richtete, seit sie das Sprachzimmer der Äbtissin verlassen hatten.

Garsende warf ihr einen verstohlenen Blick zu. Sie war nicht ganz so groß wie die Heilerin, doch von kräftiger Gestalt. Der schwarze Schleier umrahmte ein breites Gesicht mit großen hellen Augen, einem energischen Kinn und vollen Lippen. Auch wenn es kein schönes Gesicht war, hätte es gefällig sein können, wäre der Ausdruck weniger verbissen gewesen. Die Äbtissin hatte Schwester Walburga als erste Infirmarin vorgestellt, deren Fürsorge das Hospiz anvertraut war. So auch Beatrix von Teveno, die von nun an unter der Obhut der Heilerin stehen würde.

Garsende seufzte. Es machte nicht den Eindruck, als wäre die Infirmarin glücklich darüber, auch nur diesen kleinen Teil ihrer Verantwortung aus den Händen zu geben.

»Zur Rechten werden unsere Gäste untergebracht; zur Linken ist das Hospiz«, unterbrach die Nonne ihre Gedanken, als sie den schmalen Durchlass erreichten, der das Gebäude in zwei Hälften teilte.

Garsende wandte sich der linken Pforte zu, doch Schwester Walburga schüttelte den Kopf. »Wir haben Beatrix von Teveno in eine Zelle des Gästehauses verbracht.«

»Das ist sehr großzügig«, sagte Garsende überrascht. Die vom Gemeinschaftsschlafraum abgesonderten Zellen eines Gästehauses waren in der Regel den Wohlhabenden unter den Gästen und Pilgern vorbehalten, die im Kloster Aufenthalt nahmen.

Schwester Walburga zuckte mit den Schultern. »So schien es für alle das Beste.«

Sie führte die Heilerin eine Holzstiege hinauf, die in einen Gang mündete. Auf der rechten Seite gab es nur eine Tür, die offenbar in den gemeinsamen Schlafsaal führte. Linker Hand befanden sich mehrere niedrige Pforten, hinter denen Garsende die separaten Gästezellen vermutete.

In der Mitte des Gangs blieb Schwester Walburga stehen. Mit einem Blick, der deutlich ihre Geringschätzung zum Ausdruck brachte, wandte sie sich Garsende zu. »Hinter dieser Tür befindet sich der Raum, den wir für Beatrix hergerichtet haben. Schwester Lukas und ich werden gelegentlich nach dem Rechten sehen und dir alles, was du benötigen solltest, in die Zelle bringen.«

Und ansonsten wäre es dir lieb, könnte ich mich unsichtbar machen, dachte Garsende mit einem Anflug von Sarkasmus, doch sie dankte der Nonne mit einem Nicken. Schwester Walburga presste ein »Gott mit dir« hervor. Dann rauschte sie davon.

Nachdenklich schaute ihr die Heilerin nach. Für Schwester Walburga schien die gebotene Schweigsamkeit weniger der Grundpfeiler ihres Glaubens als Mittel zum Zweck zu sein, um einen heimlichen Groll zu verbergen. Ob der Groll ein allgemeiner war oder der Tatsache galt, dass sich eine Außenstehende in ihre Belange mischen würde, konnte Garsende jedoch nicht entscheiden.

Ein erschrockener Laut und ein schwaches Würgen drangen durch die geschlossene Tür und beendeten ihre müßigen Betrachtungen. Rasch trat Garsende in Beatrix' Krankenstube. Im Dämmerlicht der Lampe sah sie eine Novizin sich damit abmühen, die quälend würgende Kranke bei den Schultern festzuhalten.

»Was machst du da?«, fragte sie und eilte zur Bettstatt.

Mit schreckgeweiteten Augen ließ das junge Mädchen von Beatrix ab. »Schwester Lukas wurde ins Hospiz hinübergerufen. Sie bat mich, bei der Kranken zu wachen, bis sie wiederkäme«, sprudelte die Novizin atemlos hervor. »Doch dann ist sie plötzlich zu sich gekommen. Sie schien durstig zu sein. Da gab ich ihr von dem Trank, den Schwester Walburga gemischt hat. Aber sie will ihn einfach nicht bei sich behalten. Und ich … Ich wusste nicht, was tun.«

Rasch nahm Garsende ihr den Becher aus der Hand, stellte ihn beiseite und beugte sich zu Beatrix hinunter. Unruhig bewegte die Kranke ihren Kopf, während sie schwach versuchte, die Decken und Felle von sich zu schieben, in die man sie eingepackt hatte. Doch ihre Kraft reichte dazu nicht aus. Die blonden Haare hingen, dunkel vom Schweiß, über ihr abgemagertes Gesicht, in dem Nase und Wangenknochen scharf hervorstachen. Ihre fieberglänzenden Augen starrten blicklos an Garsende vorbei, und aus ihrem halb geöffneten Mund drang ein mühsames, pfeifendes Röcheln.

Rasch streifte die Heilerin ihren Beutel ab, griff nach der ruhelos tastenden Hand und hielt sie fest, während sie Beatrix mit der anderen Hand sacht übers Haar strich und besänftigende Worte murmelte. Allmählich wurde die Kranke ruhiger; ihre Lider schlossen sich.

Als sie sicher war, dass Beatrix eingeschlafen war, stand Garsende auf und sah sich um. Es war düster und kalt in der kleinen Zelle. Beatrix' Lager befand sich links der Tür. Über dem Kopfende der Bettstatt hing eine dreiflammige Öllampe an einer schweren Kette, doch nur einer der Dochte war entzündet. Gegenüber der Pforte befand sich ein Fenster, kaum größer als eine Schießscharte, und obwohl der Verschlag fest verschlossen war, kroch der Frost doch durch die Ritzen. Unterhalb des Fensters war eine steinerne Sitzbank in die Wand eingelassen worden, die man zweckentfremdet hatte, um etliche Tiegel, Krüge und Schalen abzustellen. Eine weitere Bettstatt war zwischen Beatrix' Lager und dem Fenster hergerichtet worden, die offenbar für die Heilerin bestimmt war. Brot und ein Krug, in dem Garsende Wein vermutete, standen daneben auf dem Boden. Garsende lächelte. Selbst wenn ihre Anwesenheit im Kloster ein Dorn im Auge der Äbtissin sein musste, hatte die Ehrwürdige Mutter im Geiste ihres Ordens dafür Sorge getragen, dass es der Heilerin an nichts fehlte.

»Ich brauche frisches Wasser und ein Kohlebecken«, wandte sie sich an die junge Novizin, die wie fluchtbereit bei der Tür stehengeblieben war und sie mit neugierigen Augen beobachtete. »Kannst du mir das besorgen?«

Das Mädchen nickte eifrig. Offenkundig erleichtert, etwas tun zu können, das ihre Fähigkeiten nicht überstieg, huschte sie aus dem Raum. Für einen Augenblick blieb Garsende mitten in der Zelle stehen, um sich zu sammeln. Dann machte sie sich an ihre Arbeit.

Es war um einige Zeit später, als eine junge Nonne leise den Raum betrat.

»Du musst die Heilerin sein«, sagte sie. »Ich bin Schwester Lukas. Die Ehrwürdige Mutter hat mir aufgetragen, dir bei der Pflege zur Seite zu stehen, so gut ich es vermag.«

Und mit einem kleinen Lächeln fügte sie hinzu: »Du musst Nachsicht mit mir üben. Ich bin erst kürzlich unserer Infirmarin als Hilfe im Hospiz beigestellt worden. Da gibt es noch vieles für mich zu lernen.«

Dankbar um ihre Freundlichkeit, erwiderte Garsende das Lächeln. »Keine Sorge, ich werde Euch genau erklären, was ich tue und warum.«

Schwester Lukas erwies sich als anstellig und wissbegierig, und als sie zur Sext die Krankenstube verließ, um sich ihren Mitschwestern zum Gebet in der Kirche anzuschließen, dachte Garsende im Stillen, dass die Nonne eine gute Heilerin werden würde, wenn sich jemand fand, der sie in dem Handwerk unterwies. Nach der Behandlung, die man Beatrix bisher hatte angedeihen lassen, bezweifelte sie jedoch, dass Schwester Walburga das tun konnte. Sonnenblüten und gelöschter Wein waren gewiss nicht verkehrt, um ein Fieber zu bekämpfen, doch fehlte Schwester Walburga offenbar die nötige Erfahrung, um zu erkennen, dass Beatrix' Befinden über diese Mittel bereits hinaus war.

Nach der Sext brachte eine Hörige eine Schüssel mit einem Brei aus Roggen und dicken Rüben in die Zelle, und während Garsende das Mittagsmahl zu sich nahm, beobachtete sie besorgt die Kranke. Das Wichtigste war, ihren Magen zu beruhigen, damit sie die Heilmittel, die sie brauchte, auch bei sich behalten konnte. Würde Garsende das nicht gelingen, mochte es zu spät sein.

Sie seufzte. Es würde womöglich keines Meuchlers bedürfen, um Beatrix ins Grab zu bringen.

Nachdem sie die leere Schale beiseitegestellt hatte, setzte sie sich wieder an Beatrix' Lager und beträufelte ihre Lippen in kurzen Abständen mit einem Absud aus Fenchel. In ihrem Fieberschlaf leckte sich Beatrix wie von selbst die Tropfen von den Lippen.

Am späten Nachmittag kehrte Schwester Lukas in die

Krankenstube zurück. Garsende zeigte ihr, wie sie den Mund der Kranken mit dem Absud benetzen musste. Dann ergriff sie die Gelegenheit, um frische Luft zu atmen und ihre verkrampften Glieder zu strecken. Ihr Ziel war der Garten der Nonnen. Die Äbtissin hatte ihr den Zugang zum Kreuzgang gestattet, damit sie sich die Beine vertreten konnte, ohne sich allzu weit von ihrem Schützling entfernen zu müssen. Von dort aus gelangte man in der Klostergarten. Auch wenn die Beete jetzt mit Schnee bedeckt waren, war Garsende neugierig zu sehen, wie die Schwestern ihn angelegt hatten.

Just zog sie die Pforte der Krankenstube hinter sich zu, als sich die Pforte zur Nachbarzelle öffnete.

»Du?«

Für einen Augenblick hatte Garsende das Gefühl, als würde der Blick der tiefblauen Augen sie durchbohren. Dann neigte Serafina von Asti grüßend den Kopf, und der Blick verschwand unter gesenkten Lidern.

Mit einem höflichen Nicken erwiderte die Heilerin den Gruß und schickte sich an, ihren Weg fortzusetzen. Doch Serafina stellte sich ihr in den Weg und griff nach ihrem Arm.

»Die Ehrwürdige Mutter sprach gestern im Refektorium davon, dass eine Kräuterfrau aus der Nähe sich zukünftig um Beatrix kümmern würde«, sagte sie. »Du wirst dich also der Kranken annehmen?«

»So ist es«, bestätigte Garsende und starrte ungehalten auf die Hand der jungen Frau, die noch immer ihren Arm festhielt.

Ein schmales Lächeln glitt über Serafinas ebenmäßigen Züge, während sie langsam ihren Griff löste.

»Ich bin überrascht, dass die Nonnen dergleichen einer Fremden gestatten. Du musst über ganz besondere Fähigkeiten verfügen.«

»Nicht mehr als jede andere, die sich auf mein Handwerk versteht«, erwiderte Garsende.

»Wie bescheiden von dir. Und verstehst du dich genügend darauf, um der Kranken Heilung zu bringen?«

Nichtssagend zuckte Garsende mit den Schultern. »Mit Gottes Hilfe, vielleicht.«

»Gott könnte beschlossen haben, dass Beatrix' Zeit gekommen ist.« Serafina senkte den Blick und strich glättend über ihren faltenlosen, weiten Ärmel.

»Was meint Ihr damit?«, entfuhr es Garsende.

Mit einem leisen Lachen hob die junge Frau den Kopf. »Warum so heftig, Heilerin? Unterliegt nicht jedermanns Schicksal der Gnade Unseres Herrn?« Unvermittelt kühl sah sie Garsende direkt in die Augen. »Einem höheren Ratschluss hast auch du dich zu beugen, ist es nicht so?«

Ohne eine Antwort abzuwarten, raffte Serafina von Asti ihr reich besticktes Gewand, drehte sich um und schwebte leichtfüßig den Gang hinunter.

Reglos verharrte Garsende, bis ihre Schritte auf der Treppe nach unten verklungen waren. Dann erst spürte sie, wie der angehaltene Atem ihre Lunge verließ und ihre Glieder sich allmählich entkrampften. Keines der Worte, die Serafina geäußert hatte, war mehr gewesen als müßige Plauderei, und dennoch hatte Garsende das Gefühl, als hätten sie eine Warnung enthalten. Wovor und zu welchem Zweck, entzog sich jedoch ihrem Begreifen.

Zutiefst beunruhigt kehrte sie in Beatrix' Zelle zurück. Die Lust auf einen Spaziergang in den Garten der Nonnen war ihr vergangen.

»... und in der Korngasse, oben beim Stift St. Martin, liegt ein Knabe erkrankt. Seine Mutter berichtet von Fieber und Schwarzgalle, weshalb ich befürchte, dass es sich womöglich um die Cholera handelt«, berichtete Werno mit Grabesmiene.

Bandolf rollte mit den Augen und seufzte. Er hatte seinem Hausmeier befohlen, die Gassen von Worms zu überprüfen und festzustellen, ob jemand die Bauvorschriften umgangen und sein Haus womöglich um einen Anbau erweitert hatte, der zu weit auf die Gasse hinausreichte.

Über die Häuser wusste Werno wenig zu berichten, um so mehr aber über jeden einzelnen Krankheitsfall in der Stadt.

»Und wie steht es in der Rheingasse?«, erkundigte sich der Burggraf.

Sein Hausmeier legte die Stirn in ernste Falten. »Da scheint es besonders schlimm zu sein«, meinte er. »Einer der Fischer, Henrich mit Namen, liegt mit schwerem Husten darnieder und behauptet, schuld wären die Lichter im Rhein, die stets zur Dämmerung auffunkeln. Davon betört, sei er beim Fischen in den Fluss gefallen, und dort habe ihn der Geist eines toten Fischers heimgesucht, was das Fieber verursacht …«

»Zum Donnerwetter! Ich will wissen, ob du Unregelmäßigkeiten bei den Anbauten in der Rheingasse entdeckt hast!«

Irritiert kratzte Werno seinen kahlen Schädel. »Oh, das, hmm, nun ja, doch, der Stab passte durch«, erklärte er lapidar.

Gewöhnlich ritt der Burggraf selbst jedes Jahr zu Pfingsten mit dem Eichstab durch die Gassen, um zu überprüfen, ob die Bauvorschriften eingehalten worden waren. Dort, wo der Stab nicht durchpasste und an einer Hausfront oder an einem Zaun hängenblieb, erhob er Bußen, die er sich mit dem Bischof teilte. In seiner Order hatte Seine Eminenz jedoch befohlen, der Gassenritt müsse heuer vor Ostern stattfinden, da der König auf seiner Reise nach Speyer in Worms Aufenthalt nehmen wolle. Es würfe ein schlechtes Licht auf die Stadt des Königs, falls Seine Hoheit und dessen Gefolge durch eventuelle Engpässe in den Gassen aufgehalten werden würden. Da ihm die Zeit dafür fehlte und er auch keinen anderen Mann dafür erübrigen konnte, hatte der Burggraf die Aufgabe kurzerhand seinem Hausmeier zugeteilt.

»Haduwig, welche des Fischers Weib ist, habe ich empfohlen, Henrichs Bettstatt nach Osten auszurichten, ihm ein Kreuz unter das Stroh zu legen und …«

Der Burggraf schnaubte ungehalten.

Zu Wernos Glück wurde sein ausschweifender Bericht vom Vogt des Bischofs unterbrochen. Mit scheelem Blick auf Bandolfs Wange, auf der ein faustgroßer Bluterguss von seinem Abenteuer am vergangenen Abend prangte, berichtete der Vogt, er habe gute Nachricht aus Lorsch bekommen. Der König sei glücklicherweise auf dem Weg der Genesung, und gewiss könne man nun doch die verschärften Sicherheitsmaßnahmen in der Stadt wieder aufheben, die die Bürger von Worms in Aufregung versetzten. Zudem würde König Heinrich, wie ursprünglich beabsichtigt, das Osterfest in Speyer begehen und auf dem Weg dorthin auch die eine oder andere Nacht in Worms verbringen. Der Burggraf wäre ihm, dem Vogt, doch sicher auch nicht gram, dass er schnell wieder weitermüsse, aber nun gäbe es ja noch so viel zu tun, damit auch alles rechtzeitig für Seine Hoheit und den Hofstaat bereit wäre.

Der Vogt gab Bruder Goswin die Klinke in die Hand, der im Fahrtwasser der Burggräfin in die Halle trat, Nase und Wangen von der Kälte draußen gerötet.

Bandolf hieß ihn erfreut willkommen.

»Ich bin in Eile, Burggraf«, erklärte der Bruder Scholasticus und rief mit demselben Atemzug: »Allmächtiger! Hattet Ihr einen Zusammenstoß mit einem Ochsen?«

Unwillkürlich fasste sich Bandolf an die Wange und grinste. »Nur ein übereifriger Wegelagerer, der glaubte, mein Beutel enthalte seine nächste Mahlzeit«, sagte er und wich Matthäas Blick aus, die einen Krug mit verdünntem Bier auf den Tisch stellte.

»Vielleicht könnt Ihr meinen Gatten davon überzeugen, dass er in Zukunft besser auf sich achtet und wenigstens einen seiner Dienstleute mitnimmt, wenn er die Stadt verlässt«, meinte Matthäa, an Bruder Goswin gewandt.

»Als würdet Ihr selbst mehr Schutz als Eure Magd bei Euch haben, wenn Ihr Garsende aufsucht.« Bandolf lächelte. »Und ich versichere Euch, selbst die magere Hildrun hätte diesen Wegelagerer verprügeln können. Ein dummer Schabernack, nichts weiter.«

Mit einer raschen Geste strich Matthäa über seinen Arm, bevor sie die Tafel verließ und nach Filiberta rief. Bandolf sah ihr nach. Zwar wusste er nicht, womit er sich den vormaligen Groll seiner Gattin zugezogen hatte, doch seit sie am Morgen seine Blessuren entdeckt hatte, schien sie ihm, was auch immer, vergeben zu haben. Der Burggraf hatte gelernt, dass es müßig war, die Launen seines Weibes ergründen zu wollen, daher nahm er ihren neu erwachten Frohsinn mit schlichter Erleichterung entgegen.

»Ein Wegelagerer? So dicht bei der Stadt?«, unterbrach Bruder Goswins zweifelnde Stimme seine Gedanken.

Mit einem Blick in Richtung Herdstelle, wo Matthäa sich am Kessel über dem Feuer zu schaffen machte, schüttelte Bandolf den Kopf. Bruder Goswin nickte weise und enthielt sich jeder weiteren Frage.

»Ich bin gekommen, um Euch zu berichten, dass die Nachforschungen des Kämmerers über Bruder Bartholomäus' Verbleib nichts Neues ergeben haben. An keinem der beiden Orte, die er uns gegenüber behauptet hat, aufsuchen zu wollen, ist er aufgetaucht. Und auch nirgendwo sonst auf unseren Hufen in der näheren Umgebung.«

»Dann ist Euer Gehilfe entweder auf der Flucht und versucht, eine möglichst große Wegstrecke zwischen sich und

Worms zu bringen. Oder aber er ist tot«, konstatierte der Burggraf.

»Glaubt Ihr noch immer, er sei in die Machenschaften verstrickt, welche den Mord an Ulbert von Flonheim verursacht haben?«, wollte Bruder Goswin wissen.

Der Burggraf nickte. »Je mehr ich darüber nachdenke, umso überzeugter bin ich davon.«

»Ich begreife nicht, warum Bruder Bartholomäus sich mit seinem Kummer nicht an mich gewandt hat«, grübelte Bruder Goswin laut. »Wenn er doch wusste, dass das Dokument, das Ulbert ihm in Verwahrung gab, so gefährlich ist, warum hat er es keinem seiner Brüder anvertraut?«

»Ihr geht davon aus, dass Bruder Bartholomäus unschuldig ist. Doch wenn er das nicht ist, wird sein Verhalten verständlich, meint Ihr nicht?«

»Ihr kennt Bruder Bartholomäus nicht.« Der Domscholasticus lächelte. »In einem Stift lebt und arbeitet man auf engstem Raum zusammen, Burggraf. Geheimnisse gibt es nicht unter den Brüdern. Und Bartholomäus ist einfach nicht der Mensch, der Böses im Schilde führt.«

»Man muss nur schweigen, um seine Geheimnisse für sich zu behalten«, erwiderte Bandolf trocken. »Und wo Pfründe, Macht und Land locken …«

»Aber das wisst Ihr nicht mit Bestimmtheit.«

»Nein, und darum habe ich mich umgehört und herausgefunden, dass Bruder Bartholomäus die Stadt bei der Pfauenpforte verlassen hat. Ich habe auch bei der Ehrwürdigen Mutter von Mariamünster nachgefragt, ob er womöglich im Kloster haltgemacht hat, doch dort wurde er nicht gesehen. Die Äbtissin hat mir versprochen nachzuforschen, ob ihm einer der Hörigen des Klosters begegnet ist. Mehr kann ich derzeit nicht tun.« Bandolf seufzte. »Die traurige Wahrheit ist, Bruder, dass ich im Dunkeln herumstochere, seit ich Ulberts Leiche fand.«

Ein Lächeln huschte über Bruder Goswins schmales Gesicht. »Womöglich kann ich Euch wenigstens einen dünnen Kienspan reichen«, meinte er und kramte aus einem Beutel, der an der Kordel um seine Kutte hing, den Fetzen Pergament hervor.

»Vieles ist unleserlich. Ich fürchte, auch wenn ich mir das noch so oft anschaue, wird das Meiste davon unverständlich bleiben«, erklärte er und klopfte mit dem Zeigefinger auf die verschmierte Tinte. »Aber ich wette mit Euch um mein Brevier, dass es sich um ein Testament handelt.«

»Ein Testament?«, rief Bandolf überrascht. Als er Eltrudis' neugierigen Blick auffing, die am anderen Ende der Tafel mit einer Nadelarbeit beschäftigt schien, dämpfte er seine Stimme. »Ich dachte, es würde um Besitztum und Land gehen.«

»Aber das tut es auch«, sagte Bruder Goswin triumphierend. »Ein Mann *nobilis est* ...«

»Ein Edelmann«, übersetzte Bandolf.

Goswin nickte. »... vermacht seinen gesamten Besitz zu gleichen Teilen dem Kloster Sankt Raffael und seinem Kind *non matrimonio collocat* ...«

»Seinem unehelichen Kind also.«

Wieder nickte Goswin. »Das Dokument wurde ausgestellt und bezeugt im Jahre 1055 nach Fleischwerdung des Herrn. Zuerst glaubte ich, es müsse sich um das Jahr 1050 handeln, doch seht her!« Er deutete auf das Schnörkelgebilde neben dem Teilstück des Siegels. »Hier ist noch der untere Haken eines verwischten ›V‹ zu erkennen.«

»Und um wessen Testament handelt es sich?«

Bruder Goswin hob bedauernd die Schultern. »Im Siegel kann man nur die Buchstaben ›PHIL‹ erkennen, weshalb ich glaube, dass es ›Philippus‹ heißen mag, doch der Namenszusatz muss auf dem anderen Teilstück des Siegels zu finden sein. Bei den Namenszügen der Zeugen konnte ich aber nur Hugbertus als den Namen des Abts entziffern, und die Buchstaben ›A‹ und ›l‹ von einem zweiten Namen, ich vermute, die des Priors. Die Unterschrift des Testators ist zwar sicher auch dabei, doch entweder ist es hier nicht zu lesen, oder aber sie befindet sich ebenfalls auf dem anderen fehlenden Stück des Testamentes.«

»Ist Euch das Kloster Sankt Raffael bekannt? Oder ein Abt mit Namen Hugbertus?«

»Nein, aber womöglich einem meiner Brüder. Ich werde mich erkundigen.«

Nachdenklich strich sich Bandolf über seinen Bart. »Ein Testament also«, grübelte er laut. »Was, zur Hölle, kann an einem Testament so gefährlich sein, dass zwei Menschen, womöglich drei, darum sterben mussten?«

»Zwei? Sprecht Ihr von dem Toten in St. Peter?«

»Ja, es scheint tatsächlich Arnold von Clemante zu sein. Schwester Lukas, die Beatrix betreute, hat mir bestätigt, dass das irische Kreuz, das der Tote bei sich trug, Arnolds Gattin gehört«, erklärte Bandolf abwesend. »Die Frage ist nun: Für wen ist dieses Testament von so großer Bedeutung?«

Schweigend schüttelte der Domscholasticus den Kopf.

»Vielleicht wurde es niemals dem rechtmäßigen Erben zugestellt«, mutmaßte Bandolf. »Und wer immer statt seiner nun den Besitz innehat, würde dafür sorgen wollen, dass dieses Testament unauffindbar bleibt.«

»Kann das Dokument überhaupt noch Schaden anrichten, nun, da ein Teil davon fehlt?«, warf Goswin ein. »Immerhin sind auf dem abgerissenen Stück hier die meisten Namen der Zeugen verzeichnet, die nun auf dem Hauptteil fehlen. Und auch das Siegel ist nicht mehr vollständig.«

Eine Weile dachte Bandolf darüber nach, dann meinte er: »Der Fetzen wurde in Beatrix' Hand gefunden, als sie ins Hospiz gebracht wurde. Das bedeutet, dass sowohl Ulbert als auch Bruder Bartholomäus das Schriftstück ohne diese Namen zu Gesicht bekamen. Dennoch erkannten sie einen Wert darin, oder eine Gefahr. Ich glaube, es kann auch ohne diesen Fetzen beträchtlichen Schaden anrichten.«

Bruder Goswin erhob sich. Im Stehen trank er seinen Becher leer und schüttelte die restlichen Tropfen auf den Boden, bevor er ihn in seinem Beutel verstaute.

»Ich muss weiter und überlasse Euch Euren Gedanken, um die ich Euch nicht beneide, Burggraf«, verabschiedete er sich. Auch Bandolf stand auf, um ihn hinauszubegleiten. Bruder Goswin war schon aus der Tür, als Bandolf noch etwas einfiel: »Habt Ihr Bruder Kilian heute schon gesehen?«, wollte er wissen.

Der Scholasticus runzelte die Stirn. »Bei der Prim. Warum fragt Ihr?«

»Befand er sich wohlauf?«

Bruder Goswins Stirnrunzeln vertiefte sich. Mit seinem Kinn wies er auf den dunkelroten Bluterguss, der die Wange des Burggrafen zierte. »Ihr fragt doch nicht etwa darum?«

»Genau darum«, knurrte Bandolf. »Habt Ihr ihn gestern zur Vesper im Domstift gesehen?«

Bruder Goswin schüttelte den Kopf. »Falls Bruder Kilian sich heute nicht wohlgefühlt hätte, ließ er nichts dergleichen erkennen«, antwortete er schließlich bedächtig. »Ich hatte aber auch keine besondere Acht darauf.«

»Das solltet Ihr vielleicht nachholen«, empfahl Bandolf, bevor er die Tür hinter seinem verstört wirkenden Freund schloss.

Nur wenig später verließ auch der Burggraf das Haus und lenkte seine Schritte in Richtung der Bischofspfalz. Die Antwort auf die Frage bezüglich Bruder Kilians Wohlbefinden interessierte ihn nicht nur im Zusammenhang mit dem Benediktiner. Ebensolches Interesse hegte er in Bezug auf das Befinden Raouls de Saint Rémy und Lothars von Kalborn. Er wollte sich selbst davon überzeugen, ob bei einem der beiden Edelmänner nicht womöglich ein Abdruck seiner Faust zu finden wäre.

Es hatte aufgehört zu schneien, doch der Schnee war liegengeblieben und knirschte unter den Sohlen seiner Stiefel. Mit einem Anflug von Besorgnis dachte Bandolf an seinen jungen Schreiber, den er ins Bergland geschickt hatte. Vielleicht war Matthäa im Recht gewesen, als sie ihm vorwarf, den jungen Mann unnötig den Unbilden von Wind und Wetter ausgesetzt zu haben.

Andererseits hatte Prosperius doch erstaunliche Zähigkeit bewiesen, als er sich vor Jahr und Tag ohne einen anderen Schutz als seine Gewitzheit nach Worms durchgeschlagen hatte. Da sollte ihm ein Sechstagemarsch nicht schaden. Zumal er zwei Männer dabeihatte, die sich mit Land und Leuten auskannten.

Bandolf verzog zweifelnd das Gesicht. Wenn er herausfinden wollte, was hier in seiner Stadt vor sich ging, dann musste er mehr über Arnold und Beatrix erfahren. Zwar war es schon lange her, dass Bandolf seinem eigenbrötlerischen Oheim begegnet war, doch er hoffte, Grimbald hätte seither nicht gänzlich der Gesellschaft anderer Leute abgeschworen und würde etwas über Arnold wissen, das ihn weiterbrachte.

Obwohl es helllichter Tag war, ertappte der Burggraf sich dabei, dass er immer wieder einen Blick hinter sich warf, um zu sehen, ob ihm jemand folgte. Wenn es jemand tat, dann konnte es nicht Lothar von Kalborn sein, denn der Edelmann kam ihm in der Diebsgasse entgegen.

Der Burggraf blieb stehen und musterte ihn mit zusammengekniffenen Augen. Die bestickte Tunika des Edelmanns, die unter einem Umhang aus feinem Tuch hervorschaute, wies weder Flecke noch Risse auf, und als Lothar von Kalborn näher kam, konnte Bandolf auch nicht die geringste Spur einer Rauferei in seinem Gesicht entdecken. Nur ein wenig Steifheit schien in seinem Gang zu liegen, die jedoch ohne weiteres auch von einem langen Ritt herrühren konnte.

»Womit habe ich Euren argwöhnischen Blick verdient, Burggraf?«, erkundigte sich Lothar mit hochgezogener Braue.

»Womöglich plagt Euch ein schlechtes Gewissen, wenn mein Blick Euch so erscheint«, konterte Bandolf.

»Warum sollte es das?«

»Vielleicht seid Ihr gestern an einem Ort gewesen, wo Ihr nicht hättet sein sollen?«

»Lasst mich überlegen, wo das hätte sein können?« Lothar strich über sein barbiertes Kinn und neigte den Kopf. Seine Augen blitzten erheitert. »Eine üble Spelunke? Ein Hurenhaus? Oder auf dem Kirchhof, wo man des nächtens die Würfel rollt?«

»Wenn Ihr Euren Spott treiben wollt, tut das woanders«, knurrte Bandolf. »Nachgerade bin ich nicht zum Scherzen aufgelegt.«

Mit einem anzüglichen Blick auf den Bluterguss in seinem Gesicht lachte Lothar auf. »Ja, das sehe ich.«

Unvermittelt wurden seine Züge ernst. »Man hat mich nach Lorsch gerufen, Burggraf. Wenn Ihr mögt, dann schickt einen Boten dorthin und fragt den Grafen von Braunschweig nach meinem Verbleib.«

»Gewiss könnt Ihr mir dann auch berichten, wie es um die Gesundheit des jungen Königs bestellt ist?«, erkundigte sich Bandolf kühl.

Lothar lächelte. »Wie ich hörte, beschwert sich Heinrich bereits über die Krankenkost, die ihm der Bruder Apotheker von St. Nazarius verordnet hat. Daher vermute ich, dass er auf dem Weg der Genesung ist.«

»Und woran war er erkrankt? In Worms kursieren darüber die wildesten Gerüchte, doch niemand weiß etwas Genaues.«

»Ebenso in Lorsch.«

Auch der Burggraf lächelte. »Wie schade«, bemerkte er.

»Ihr seid also noch immer auf der Suche nach Ulbert von Flonheims Mörder?«, konstatierte Lothar. Und als Bandolf nickte, fragte er: »Was steht eigentlich dafür, dass Ihr so hartnäckig nach dem Meuchler sucht?«

»Der Mann ist in meinem Haus gestorben.«

»Wenn Ihr um Euren guten Leumund besorgt seid, kann ich Euch versichern, dass niemand bei Hof glaubt, Ihr hättet den Mann niedergestochen. Euer Ruf hat keinen Schaden genommen. Warum also die Mühe?«

»Auch Arnold von Clemante ist tot.«

»Tatsächlich?« Nachdenklich betrachtete Lothar seine Fingerspitzen.

»Gewiss. Und es mutet doch seltsam an, dass von den beiden Männern, denen Ihr auf dem Marktplatz begegnet seid, nun alle beide tot sind.«

»Aber da ich weder den einen noch den anderen kannte ...«

»Das sagt Ihr.«

»Allmächtiger«, stöhnte Lothar in komischer Verzweiflung. »Es wird mir wohl nicht gelingen, Euren Argwohn zu zerstreuen, habe ich recht? Dann schaffe ich mich am besten fort, bevor Ihr mich noch ohne Zeugen dem Henker überantwortet.«

Mit einer Verbeugung verabschiedete er sich und schritt in Richtung Marktplatz davon.

Bandolf sah ihm nach. Wenn jemand ermordet wurde, erkundigten sich die Leute in aller Regel, wo, wie und wann das Unglück passiert war. Der Edelmann hatte nichts dergleichen getan.

»Verdammnis, Burggraf! Wer seid Ihr, dass ich Euch Rede und Antwort stehen soll?«, knurrte Raoul de Saint Rémy zwischen zwei Bissen, die er mit kräftigen Zähnen von seiner Hasenkeule abriss. »Mein Name hat Gewicht in Burgund und anderswo, da bin ich Euch doch keine Rechenschaft schuldig.«

Der Burggraf hatte ihn in der Bischofspfalz angetroffen, wo er just ein verspätetes Mittagsmahl einnahm. Angesichts der Speisen auf dem Tisch begann Bandolfs Magen zu knurren, hatte er doch seine Mahlzeit versäumt. Bislang hatte Raoul ihm weder einen Platz angeboten, noch schien er gewillt, sein Mahl zu teilen, was Bandolfs Laune nicht eben förderlich war. Für Burgund hoffte er, dass der Mangel an Gastfreundlichkeit bei Raoul eine Ausnahme wäre.

»Ich erkläre es Euch gerne ein zweites Mal«, brummte er gereizt. »Ihr seid in der Stadt des Königs, und als Burggraf von Worms vertrete ich das Recht des Königs.«

»Das Recht des Königs«, schnaubte Raoul abfällig.

»Auch Eures Königs«, sagte Bandolf scharf.

Für einen Moment schien es ihm, als läge dem Burgunder eine unverfrorene Bemerkung auf den Lippen, doch dann besann er sich offenbar eines Besseren. Bedächtig legte er die Hasenkeule beiseite, wischte sich die Finger an seinem Hemd ab und griff nach seinem edel gepunzten Zinnbecher. Seine dunklen Augen hefteten sich auf Bandolfs Wange, dann bellte er plötzlich: »Allmählich wird mir klar, was Ihr von mir wollt, Burggraf. Jemand hat Euer Gesicht verziert, und Ihr wollt es mir anlasten.«

»Hätte ich denn recht damit?«, erkundigte sich Bandolf.

Raoul lachte schallend. »Diesmal noch nicht, Burggraf. Aber wer weiß, ob wir nicht eines Tages einen Strauß miteinander auszufechten haben.«

»Dann könnt Ihr ja unbesorgt meine Frage beantworten«,

sagte Bandolf ungerührt. »Wo seid Ihr gestern zur Zeit der Vesper gewesen?«

»Ich habe Freunde in Speyer, Burggraf«, meinte Raoul vage. »Vor zwei Tagen brach ich auf und bin gestern spät zurückgekehrt.«

»Wie spät?«

»Herrgott, nach der Vesper. Wie Ihr auch im Stall hättet erfahren können, wo mein Brauner steht.«

»Und wem galt Euer Besuch in Speyer?«

Raouls Hand, die den Becher an die Lippen führte, stockte. Für einen Moment kniff er die Augen zusammen. »Erkenbrecht vom Speyergau und seiner Gemahlin Blanche.«

Der Name von Raouls Kumpan kam Bandolf bekannt vor, doch das Woher entzog sich just seinem Zugriff. Er runzelte die Stirn, während er den Burgunder musterte. Eine Narbe schimmerte durch die starke Brustbehaarung von Raouls Hemd, dessen Verschnürung gelockert war, aber einen Bluterguss oder eine sonstige Verletzung konnte er weder dort noch in dem kantigen Gesicht entdecken.

»Als Ihr gestern zurückkehrtet, seid Ihr da Bruder Kilian oder Lothar von Kalborn begegnet?«, fragte er.

»Den Mönch habe ich gesehen, den Edelmann nicht.«

»War der Mönch wohlauf?«

»Bei allen Heiligen, Burggraf, woher soll ich das wissen? Gefragt habe ich ihn nicht. Er schlich sich hastig in sein Quartier, als käme er just von einem Weib.«

Mehr war von Raoul de Saint Rémy nicht mehr zu erfahren, doch ungewollt hatte er den Burggrafen auf einen Gedanken gebracht, und als er die Pfalz verließ, steuerte er die Ställe des Bischofs an.

Kapitel 14

Am zweiten Tag ihres Aufenthalts im Kloster zeigte Garsendes Behandlung einen ersten, wenn auch kleinen Erfolg. Für einen kurzen Moment kam Beatrix zu sich und blickte die Heilerin mit klaren Augen an. Nachdem Garsende ihr erklärt hatte, wer sie war und was sie hier tat, hielt sie ihr einen Löffel des Fenchelabsuds an die Lippen, und Beatrix trank. Obgleich ihr das Schlucken noch Mühsal zu bereiten schien und sie nach zwei weiteren Schlucken wieder erschöpft in Schlaf sank, behielt sie den Absud bei sich. Gegen Abend konnte sie noch einige Schlucke mehr trinken, ohne zu erbrechen, und am darauffolgenden Tag ersetzte Garsende den Fenchel durch einen Absud von Spitzwegerich, der die Rotgalle aus Beatrix' Lungen treiben sollte. Zunächst schien es, als würde sie auch diesen Trank willig bei sich behalten, doch gegen Nachmittag begann sie wieder zu würgen. Dennoch fühlte sich die Heilerin ermutigt. In dem dünnen Faden Weißschleim, den die Kranke erbrochen hatte, war keine Spur von Blut mehr zu sehen.

Nach dem mühseligen Würgen sank Beatrix ermattet auf ihr Lager zurück. Garsende glaubte, sie sei eingeschlafen, doch plötzlich hob sie die Lider.

»Ich werde sterben«, wisperte Beatrix.

Erschrocken kniete Garsende neben der Bettstatt nieder und nahm ihre Hand. »So dürft Ihr nicht reden«, sagte sie leise. »Ihr müsst Eure Gedanken ganz auf Eure Genesung richten.«

Der Abglanz eines Lächelns huschte über das eingesunkene Gesicht, und Garsende dachte, dass Beatrix einst eine schöne Frau gewesen sein musste. Doch die Zeit war nicht freundlich zu ihr gewesen, und nun hatte die Krankheit ihr auch noch den Rest ihres Glanzes genommen.

»Die Priester sagen etwas anderes«, flüsterte sie. »Ich muss meine Gedanken aufs Jenseits richten. In Frieden gehen.« Sie schloss die Lider.

Garsende blieb bei ihr sitzen und lauschte auf die Atemzüge, die rasselnd die Brust der Kranken verließen. Endlich wollte sie sich erheben, doch Beatrix hielt ihre Hand schwach umklammert. Sie riss die Augen wieder auf und starrte Garsende Hilfe suchend an. Irgendetwas schien sie tief zu beunruhigen.

»Ich bin da. Bitte beruhigt Euch«, sagte Garsende sanft.

»... darf es nicht länger für mich behalten«, ächzte Beatrix.

»Was wollt Ihr sagen? Möchtet Ihr, dass ich Euch einen Priester holen lasse?«

»Bitte! Nein. Ich darf nicht säumen«, keuchte sie. »Das Siegel! Er hat das Pergament gestohlen ...«, mühsam rang sie nach Luft, »... ein schlechter Mensch. Ich muss davon sprechen.«

Heilige Jungfrau! Sie sprach über das Dokument! Bemüht, sich ihre Aufregung nicht anmerken zu lassen, beugte sich Garsende über Beatrix. »Was soll ich sagen? Und wem soll ich es sagen?«

»Es war falsch.« Mit einem Seufzen hielt Beatrix inne, um Luft zu schöpfen. »Man hat Philipp getäuscht«, gelang es ihr zu formulieren. »Geliebter ...«

Hinter Garsendes Rücken machte sich jemand mit einem lauten Räuspern bemerkbar. Garsende fuhr erschrocken herum. In ihrem Bestreben, kein Wort zu versäumen, hatte sie nicht bemerkt, dass die Tür aufgegangen war.

Auf der Schwelle stand Schwester Walburga.

Ärgerlich starrte Garsende auf die Tür, die die Infirmarin nach ihrem kurzen Besuch wieder leise hinter sich geschlossen hatte. Sie sei gekommen, um die Heilerin zu fragen, ob sie etwas benötige, hatte Schwester Walburga erklärt, während sie ihren Blick auf Beatrix geheftet hielt. Die Kranke war zurückgesunken und hatte die Augen geschlossen.

Verwundert über die unerwartete Fürsorge, hatte Garsende sich bedankt und gemeint, augenblicklich sei sie mit allem versorgt, was sie brauchte.

»Ich wünsche umgehend unterrichtet zu werden, wenn es der Kranken wieder besser geht«, hatte die Infirmarin im Befehlston gesagt, ohne ihre Augen von Beatrix zu nehmen. Dann war sie wieder gegangen.

Die kurze Unterbrechung hatte jedoch genügt, um Beatrix wieder in ihren Fieberschlaf gleiten zu lassen.

Falls die Nonne beabsichtigte, sie am Sprechen zu hindern, hätte sie keinen trefflicheren Zeitpunkt wählen können, fuhr es Garsende durch den Kopf. Gleich darauf zog sie eine Grimasse.

»Du hast Hirngespinste«, schalt sie sich laut. Wie hätte die Schwester denn wissen können, dass Beatrix zu sich gekommen war? Sie hatte leise gesprochen. Von draußen durch die Tür hätte man ihre Worte ganz gewiss nicht hören können.

Und selbst, wenn die Infirmarin schon eingetreten war und Beatrix zugehört hatte, was in aller Welt wollte sie damit anfangen?

»Wirklich, allmählich siehst du Gespenster«, murmelte Garsende, während sie Beatrix' schweißnasse Stirn abtupfte.

›Und was soll ich nun damit anfangen?‹, überlegte sie und seufzte. Sie zweifelte keinen Moment daran, dass Beatrix von jenem Schriftstück gesprochen hatte, von dem der Burggraf überzeugt war, dass es zwei Menschenleben gekostet hatte. Und auch Beatrix selbst schien es so wichtig zu sein, dass sie dem Gedanken ihr eigenes Seelenheil unterordnete.

Offenbar wusste sie noch, dass Ulbert ihr das Dokument entwendet hatte, doch wer war Philipp, und wer hatte ihn getäuscht? Ein ums andere Mal kreisten die Fragen in Garsendes Kopf und ließen sie nicht los, bis Schwester Lukas zurückkehrte, um sie am Lager der Kranken abzulösen.

Nachdem die Heilerin ihre Schutzbefohlene bei der jungen Nonne in guten Händen wusste, machte sie sich auf den Weg zu einem niedrigen Gebäude neben dem Hospiz, in dem eigens für die Gäste, Pilger und auch die Kranken gekocht wurde.

Die Kost war in der Regel einfach, zumal in der Fastenzeit, doch schmackhaft zubereitet, und als Garsende eintrat, empfing sie der Geruch nach gesottenem Fisch, frisch gebackenem Brot und mit allerlei Kräutern gewürztem Hirsebrei.

Die Nonne, die mit Hilfe einiger Höriger zum Dienst in der Gästeküche eingeteilt war, warf Garsende einen durchdringenden Blick zu, als sie eintrat.

»Du bist wohl die Kräuterfrau, von der hier jedermann spricht? Was willst du in meiner Küche?«, fragte sie, während sie sich wieder den Rüben auf ihrem Schneidbrett zuwandte. Ihre Miene war streng, doch eine Vielzahl feiner Fältchen um Mund und Augen schien anzuzeigen, dass sie Humor besaß und gerne lachte.

»Ich möchte Euch bitten, für Beatrix von Teveno eine Suppe zuzubereiten«, erklärte Garsende. »Es sollte eine sehr dünne Suppe aus feinem Dinkel sein, nicht schwer und mit einer winzigen Spur Salz als Würze. Ferner ein wenig Apfel, in kleine Stücke geschnitten und weich gesotten.«

Die Schwester hob den Kopf, und Garsende sah sich neugierig gemustert. Endlich lächelte sie. »Du scheinst zu wissen, was du tust, Kindchen. Nun denn, du sollst deine Dinkelsuppe haben.«

Erleichtert dankte ihr Garsende und wollte sich wieder zurückziehen, aber die Nonne hielt sie zurück. »Du siehst selbst aus, als bedürftest du einer Stärkung, und niemand verlässt hungrig die Küche, wenn Schwester Anselma Dienst tut«, meinte sie. Ohne eine Antwort abzuwarten, scheuchte sie ihre Gehilfinnen um Brot und eine Schüssel des Hirsebreis, der im Kessel über dem Herdfeuer köchelte.

Garsende protestierte, doch Schwester Anselma bestand darauf, dass sie sich auf einen Schemel niedersetzte und aß. »Du bist lang wie ein Mann und dünn wie eine Bohnenranke«, erklärte sie. »Was nützt es deiner Kranken, wenn du selbst zusammenbrichst?«

Garsende lachte. »Das steht wohl nicht zu befürchten«, meinte sie und klaubte ihren Hornlöffel aus einem Beutel an ihrem Gürtel.

»Ich sage es, wie es ist. Der Herrgott vergilt es nicht, wenn man nur nach dem Maul redet«, erwiderte Anselma gleichmütig. »Nun iss, und berichte mir, wie es deiner Kranken geht.«

Die Heilerin seufzte. »Sie ist noch immer sehr schwach, und auch wenn ich gerne behaupten würde, sie könne genesen, weiß ich es nicht.«

Nach einem strengen Blick auf ihre Gehilfinnen zog sich Schwester Anselma ein Fass ihrer Vorräte heran und ließ sich darauf nieder.

»Seit sie hier ist, hat das arme Weib schon für einige Aufregung im Kloster gesorgt«, sagte sie.

Fragend hob Garsende die Brauen.

»Zuerst wusste niemand, wer sie war. Dann gab es Aufruhr wegen ihres rüden Gatten und ihrer unverständlichen Flucht. Und dann hieß es, es käme die Kräuterdrude von Worms, um sich um sie zu kümmern.« Schwester Anselmas breites Gesicht verzog sich zu einem verschmitzten Lächeln. »Eines kann ich dir sagen: Schwester Walburga war nicht erfreut, als die Ehrwürdige Mutter beschloss, der Bitte des Burggrafen nachzukommen und die Kranke einer Fremden anzuvertrauen. Sie ist der Ansicht, du würdest Beatrix binnen kurzem ins Grab bringen.«

»Und Ihr glaubt das nicht?«

»Ich habe Augen und Ohren im Kopf und weiß alles, was hier in meinem Kloster geschieht. Auch war ich mir nicht zu schade, Schwester Lukas über dich auszuholen und mich zu erkundigen, was du in der Krankenstube treibst. Mir scheint, du weißt, was du tust. Und besser als Schwester Walburga. Sonst wärst du in meiner Küche nicht willkommen.« Schwester Anselma beugte sich vor und senkte ihre Stimme. »Seit Jahren kümmere ich mich um unseren Garten und verstehe mich auf die Kräuter, die darin wachsen. Schwester Walburga hingegen ist noch nicht sehr lange als Infirmarin bestellt, und Schwester Luitgard, die vor ihr den Dienst an den Kranken versah, ist plötzlich verschieden. Es blieb ihr keine Zeit, Schwester Walburga in ihr Handwerk einzuweisen. Nun sollte man zwar meinen, Schwester Walburga würde die Erfahrung einer älteren Schwester zu schätzen wissen, doch auf mich mag sie nicht hören.« Die Nonne lachte. »Ich kam als Tochter eines freien Bauern nach Mariamünster, da ist ihr meine Herkunft wohl nicht edel genug.« »Aber weshalb wurde Schwester Walburga zur Infirmarin bestellt, und nicht eine andere Schwester, die sich besser auf das Handwerk versteht?«, erkundigte sich Garsende.

Schwester Anselma zögerte, doch dann sagte sie geradeheraus: »Es wird gemunkelt, der Erzbischof von Bremen habe bei der Ehrwürdigen Mutter für seine Nichte gesprochen, als er im letzten Herbst zum Hoftag in Worms war.«

»Schwester Walburga ist eine Verwandte des Erzbischofs von Bremen?«, rief Garsende überrascht.

»Gewiss. Und wenn du mich fragst, dann hofft sie insgeheim auf das Amt der Priorin, doch das wird die Ehrwürdige Mutter nicht zulassen.« Abrupt stand sie auf. »Nun habe ich aber genug geschwatzt, wofür ich Buße tun muss«, erklärte sie. Garsende dachte bei sich, dass Schwester Anselmas Züge nicht unbedingt nach Schuldbewusstsein aussahen. Laut sagte sie jedoch nur, es täte ihr leid, wenn sie der Anlass dafür war.

»Ach, Unsinn«, meinte die Nonne sorglos. »Die Ehrwürdige Mutter wird mir schon nicht den Kopf abreißen. Sie ist streng, aber klug und gerecht, und sie weiß um unsere Schwächen.«

Schon fast aus der Tür, drehte sich Garsende noch einmal zu ihr um. »Es war sehr großzügig von der Äbtissin, Beatrix eine eigene Zelle im Gästehaus zu überlassen«, sagte sie. »Ich hätte dergleichen nicht erwartet.«

»Bedankt Euch bei der jungen Edelfrau, die nebenan logiert. Wie es scheint, trat sie bei der Ehrwürdigen Mutter dafür ein, dass die Kranke mehr Ruhe bekomme, als es im Hospiz möglich ist.«

Nur hie und da bedeckte noch ein schmutzig grauer Flecken Schnee die Wege und Dächer im Kloster, doch obwohl es seit gestern nicht mehr geschneit hatte, war es noch immer sehr kalt. Fröstelnd stülpte sich Garsende die Kapuze ihres Umhangs über den Kopf, bevor sie die Küche verließ. Kaum hatte sie die Tür hinter sich geschlossen, ließ eine Stimme sie herumfahren.

»Was machst du hier?«, wollte Schwester Walburga wissen. Sie stand neben der Tür, als hätte sie auf Garsende gewartet. »Hatte ich dir nicht erklärt, dass man dir in die Zelle bringen würde, was du benötigst?«

Mit Mühe unterdrückte Garsende die scharfe Frage, ob die Infirmarin ihr wenigstens gestatten würde, ihren Raum zu verlassen, um den Abtritt aufzusuchen. Stattdessen antwortete sie mit einem nichtssagenden Schulterzucken.

Schwester Walburga nahm ihr Schweigen mit offenkundiger Befriedigung zur Kenntnis. Milder erkundigte sie sich nach dem Befinden der Kranken und fragte, ob sie noch einmal zu sich gekommen wäre. Garsende verneinte.

»Sie ist noch immer sehr schwach«, sagte sie. »Sobald sie meinen Trank bei sich behält, will ich ihr ein wenig Suppe geben, damit sie nach und nach wieder zu Kräften kommt.«

»Ich habe gehört, welchen Trank du zubereitet hast. Spitzwegerich zehrt, da möchten Sonnenblumen wohl wirksamer sein«, erklärte Schwester Walburga spitz.

»Sonnenblumen würde ich bei leichterem Husten geben, doch um die Rotgalle zu bekämpfen ...«, wandte Garsende ein.

Die Infirmarin unterbrach sie. »Bedauerlicherweise kann ich nicht erkennen, dass die Kranke damit Fortschritte gemacht hätte.«

»Ist es nicht ein wenig vorschnell, so zu urteilen?«, gab Garsende zurück. »Ich fand Beatrix in sehr schlechter Verfassung vor, und das könnt Ihr mir nicht anlasten.«

Schwester Walburga hob die Brauen. »Willst du etwa uns die Schuld dafür zuweisen? Beatrix hat das Kloster aus eigenem Antrieb verlassen und sich selbst damit geschadet. Es steht mir nicht zu, die Entscheidungen der Ehrwürdigen Mutter in Frage zu stellen, aber warum sie glaubt, eine Drude zweifelhafter Herkunft könne diesen Schaden wiedergutmachen, ist mir unerklärlich. Ich werde empfehlen, die

Kranke wieder meiner Fürsorge zu unterstellen, wie es von Anfang an hätte sein sollen.«

Mit einem knappen »Gott befohlen« drehte sich Schwester Walburga um und betrat die Küche.

Stirnrunzelnd setzte Garsende ihren Weg fort. Gewiss konnte ihre Lebensweise bei den Nonnen nicht auf Zustimmung stoßen, doch das allein schien es nicht zu sein, das Schwester Walburga ein Dorn im Auge war.

›Warum, in aller Welt, ist sie nur so versessen darauf, dass Beatrix wieder ihrer Verantwortung übergeben wird?‹, überlegte sie. War es der Infirmarin darum zu tun, es als ihren Verdienst hinstellen zu können, würde Beatrix genesen? Oder lag ihr daran, dass man ihr bei der Pflege nicht allzu genau auf die Finger schaute? Wer würde schon die Infirmarin verdächtigen, falls Beatrix stürbe?

Herrje, nun ist's genug. Bald siehst du hinter jedem Busch einen Meuchler!

Als sie um die Ecke bog, sah sie den Burggrafen vor dem Gästehaus stehen. Er war nicht allein. Angetan mit einem pelzverbrämten Umhang, die Hand vertraulich auf seine Brust gelegt, stand Serafina von Asti bei ihm und lächelte zu ihm auf. Der Burggraf schien ihr aufmerksam zu lauschen, und sein breites Gesicht zerfloss zu einem andächtigen Grinsen, das Garsende nachgerade lächerlich erschien.

Eine unbestimmte Gereiztheit stieg in ihr auf, und unwillkürlich beschleunigte sie ihren Schritt.

»... glaubt Ihr, der verschwundene Domherr verberge sich auf einer der Hufen, die das Domstift besitzt?«, hörte sie Serafina fragen.

»Wohin sollte er sich sonst wenden?«, erwiderte Bandolf. »Wie der Scholasticus sagt, hatte Bruder Bartholomäus außer seinem Vetter Ulbert keine näheren Anverwandten, an die er sich wenden könnte. Demnach muss er ...«

Heilige Jungfrau!, fuhr es Garsende durch den Kopf. Sollte er nicht klüger sein, als sich von einem jungen Frauenzimmer den Kopf verdrehen zu lassen?

Mit einem lauten Räuspern machte sie sich bemerkbar, und die beiden drehten sich zu ihr um. Ein violetter Bluterguss färbte die Wange des Burggrafen. Der Anblick verschlug ihr für einen Augenblick die Sprache, und sie runzelte die Stirn.

»Wo bist du nur gewesen?« Bandolfs ärgerliche Stimme lenkte sie ab.

»Ich warte schon eine halbe Ewigkeit auf dich.«

»Ihr hättet nur Schwester Lukas nach mir zu fragen brauchen. In meiner Abwesenheit wacht sie bei Beatrix und weiß stets, wo ich zu finden bin«, gab sie zurück, während ihre Augen unwillkürlich zu Serafinas Hand schweiften, die noch immer auf seiner Brust lag.

Garsendes Unmut schien die junge Edelfrau zu erheitern, und mit betontem Gleichmut zog sie ihre Hand zurück.

Garsende ignorierte ihren amüsierten Blick. »Ich bin froh, Euch zu sehen, Burggraf, und würde gerne ein paar Worte mit Euch wechseln.« Mit Schärfe fügte sie hinzu: »Allein, wenn es Euch keine Mühe macht.«

Bandolf nickte und wandte sich mit einer Verbeugung an Serafina. »Wenn Ihr mich entschuldigen wollt?«

»Natürlich, Burggraf. Ich werde meinen Platz gerne mit der Heilerin tauschen, so es Euch nützlich ist.«

Sie schenkte dem Burggrafen einen reizenden Augenaufschlag, Garsende ein Nicken, dann schwebte sie davon.

Einen Augenblick sah der Burggraf ihr versonnen hinterher, dann drehte er den Kopf und fuhr Garsende ärgerlich an: »Ich hatte dich doch gebeten, ein Auge auf Beatrix von Teveno zu haben. Und nun muss ich hören, dass du sie allein gelassen hast?«

Ebenso verärgert gab Garsende zurück: »Davon kann keine Rede sein. Ich sagte Euch schon, dass ich sie in der Obhut von Schwester Lukas ließ.«

»Mir wäre wohler, wenn du selbst bei der Kranken wachtest.«

»Bei allen Heiligen! Wollt Ihr damit sagen, dass Ihr einer Nonne weniger Vertrauen schenkt, als Ihr es einem jungen Weib gegenüber tut, das Ihr kaum kennt?«, rief sie gereizt, in schöner Missachtung der Tatsache, dass sich ihr Argwohn noch just selbst auf eine Nonne gerichtet hatte.

Der Burggraf runzelte die Stirn. »Was soll denn das bedeuten?«

»Ich habe gehört, was Ihr mit Serafina von Asti gesprochen habt. Gelinde gesagt, hat es mich überrascht, dass Ihr derlei Dinge, wie das Verschwinden des Dombruders mit einer Fremden erörtert.« Spitz fügte sie hinzu: »Seid Ihr doch sonst so darauf bedacht, dass sich kein Weib in Eure Belange mischt.«

Für einen Augenblick sah er sie verdutzt an, dann schüttelte er den Kopf. »Wüsste ich es nicht besser, würde ich glauben, die Missgunst gibt's dir ein und du neidest der jungen Frau Schönheit und Stand.«

»Da solltet Ihr mich tatsächlich besser kennen«, schnappte Garsende. Mit Mühe schluckte sie hinunter, was ihr sonst noch auf der Zunge lag, und lenkte schließlich ein: »Lasst uns ein wenig die Beine vertreten. Es ist zu kalt, um lange auf der Stelle zu stehen.«

Schweigend durchquerten sie den Durchlass im Gästehaus und schlenderten an der Mauer entlang, die das Klostergelände nach außen abschirmte. Während der Burggraf mit seinen eigenen Gedanken beschäftigt schien, versuchte sie die ihren zu sammeln. Was sie ihm unbedingt sagen wollte, bestand in der Hauptsache aus Eindrücken – hier eine Andeutung, dort eine Betonung –, die sie beunruhigt und ihren Verdacht erregt hatten. Garsende unterdrückte ein Seufzen. Sie kannte den Burggrafen nun lange genug, um seinen skeptischen Blick vorausahnen zu können, wenn sie ihm nichts Greifbares würde sagen können.

»Auf dem Rückweg von deiner Hütte in die Stadt zurück wurde ich angegriffen«, brach er ihr Schweigen. »Jemand setzte mir einen Dolch an die Kehle, und wäre nicht eine Pilgergruppe des Wegs gekommen, wäre es aus mit mir gewesen.«

»Süßer Jesus«, flüsterte Garsende erschreckt. »Daher also das Mal in Eurem Gesicht. Hat er Euch sonst noch irgendwo verletzt?«

Er machte eine wegwerfende Geste. »Ich sage dir das nur, damit du dich vorsiehst. Außerdem möchte ich, dass du mir umgehend Bescheid gibst, sobald sich Beatrix wohl genug befindet, damit man sie in mein Haus schaffen kann. Mir wäre wohler, wüsste ich euch beide nicht hier.«

Garsende schüttelte den Kopf. »Ich fürchte, davon kann noch nicht die Rede sein«, sagte sie und fragte: »Konntet Ihr erkennen, wer Euch angegriffen hat?«

Das Gesicht des Burggrafen verfinsterte sich. »Dazu war es zu dunkel«, brummte er. »Aber wie ich es auch drehe und wende, es bleiben nur drei Männer übrig, die über das Geschick mit Waffen und die nötige Kraft verfügen könnten. Bruder Kilian ...«

»Aber Bruder Kilian ist Mönch!«, unterbrach ihn Garsende. »Sagtet Ihr nicht, Arnold von Clemante sei einem Schwertstreich erlegen? Wie könnte ein Mönch eine solche Waffe führen?«

»Er mag es gelernt haben, bevor er sich unter das Kreuz stellte. Der Domscholasticus hat mir erzählt, dass Kilian trotz seiner Jugend schon als rechte Hand des Erzbischofs von Bremen galt. Das lässt mich vermuten, dass Kilian einer Familie von hohem Stand entstammt. Wenn er also nicht bereits als Oblate ins Kloster kam, dann wurde er schon von

Kindesbeinen an im Umgang mit Waffen vertraut gemacht und könnte leicht …«

Doch Garsende hörte nicht mehr zu. »Schwester Anselma hat mir erzählt, dass die Infirmarin, Schwester Walburga, eine Nichte des Erzbischofs von Bremen ist. Wäre es nicht möglich, dass sie auch Bruder Kilian kennt?«

»Und als Mönch hätte er Zugang zu Bereichen, die einem anderen verwehrt blieben. Es würde niemanden verwundern, ihn beispielsweise in einem Kloster zu sehen«, führte Bandolf ihren Gedanken zu Ende. Er kniff die Augen zusammen.

»Da kommt mir doch etwas anderes in den Sinn«, murmelte er.

»Was …?«

Die Glocken der Klosterkirche übertönten ihre Worte.

»Des Weiteren käme auch der undurchsichtige Raoul de Saint Rémy als Täter in Frage«, sagte der Burggraf, als das Geläut verklungen war, ohne ihre Neugier bezüglich seines Gedankens zu befriedigen. »Raoul ist ein Edelmann aus Burgund. Die Grafschaft Maurienne liegt in Burgund, und von dort wiederum stammen die Münzen, die Ulbert bei sich trug, als ich seine Leiche fand. Hinzu kommt, dass er mir bislang keinen glaubwürdigen Grund für seinen Aufenthalt in Worms nennen konnte und dass er einen Tag vor Ulberts Tod in der Stadt ankam. Er behauptet, er sei auf dem Rückweg von Speyer gewesen, als ich angegriffen wurde, aber darin kann er gelogen haben.«

»Kann denn niemand bezeugen, wo er gewesen ist?«, erkundigte sich Garsende.

Bandolf zuckte mit den Schultern. »Ich habe keinen Mann übrig, den ich nach Speyer schicken könnte«, brummte er. »Aber noch verdächtiger als er erscheint mir Lothar von Kalborn. Er war es, der …«

»Aber Lothar kann Euch nicht angegriffen haben. Er verließ noch vor dem Überfall auf Euch die Stadt«, stieß Garsende unbedacht hervor. »Woher willst du das wissen?«, fragte Bandolf scharf.

Errötend biss sie sich auf die Lippen und senkte den Kopf. »Ich hörte davon«, murmelte sie.

»Du hörtest davon? Wo denn?«

»Herrje, wie man eben reden hört«, sagte sie gereizt.

»Wer immer das behauptet, befindet sich im Irrtum«, erklärte Bandolf trocken. »Lothar von Kalborn ist sehr wohl noch in der Stadt. Zwar behauptet er, er sei in Lorsch gewesen, aber der Stallknecht des Bischofs ist anderer Meinung. Lothars Knecht holte den Gaul seines Herrn am frühen Morgen. Er selbst brachte es dann spät in der Nacht wieder zurück. Selbst mit einem Pferdewechsel unterwegs muss es ein scharfer Ritt gewesen sein, wenn man an einem Tag von Worms nach Lorsch und wieder zurückwill. Und der Hörige sagt, Lothars Pferd sei in gutem Zustand gewesen. Wo immer er auch war, mich hat er über seinen Verbleib angelogen.«

Mich ebenso. Oder doch nicht?, fuhr es Garsende durch den Kopf. Lothars Gesicht und der Blick aus seinen dunklen Augen, als er sie zum Abschied küsste, wirbelten durch ihre Gedanken. Hatte er ihr nicht gesagt, er müsse die Stadt verlassen? Warum war er zurückgekehrt? Oder hatte er es gar in Worten nicht gesagt, und sie hatte es nur angenommen? Die Vorstellung, er könne sie belogen haben, traf sie härter, als sie vermutet hätte, und für einen Augenblick gab sie sich dem Schmerz hin. Dann dachte sie, dass das nicht möglich sei, hatte sie doch nie um Auskunft über sein Tun und Lassen gebeten. Warum also hätte er sie belügen sollen?

Endlich sah sie auf und begegnete dem Blick des Burggrafen, der ihr Mienenspiel mit hochgezogener Braue zu verfolgen schien.

»Herrgott, Weib! Hast du dich etwa in das Gesicht eines Höflings vernarrt?«

»Ich bin in niemandes Gesicht vernarrt«, gab sie heftig zurück.

»So will's mir aber scheinen.«

»Das ist nicht wahr.«

Verärgert runzelte er die Stirn. »Hältst du mich für einen Narren, dass ich derlei nicht erkenne?«

»Wenn hier schon von Vernarrtheit die Rede ist, dann solltet Ihr Euch selbst zur Rede stellen«, rief sie, ebenso verärgert wie er. »Ich jedenfalls lasse mich nicht von einem hübschen Lärvchen am Gängelband führen.«

»Was hackst du denn wie eine Krähe auf dem jungen Weib herum?«, rief er aufgebracht. »Es war wohl kaum Serafinas zarte Hand, die Arnold von Clemante ein Schwert in den Hals gerammt hat. Und gewiss ist sie auch nicht kräftig genug, um einen Mann meiner Größe mit dem Dolch zu bedrohen!«

»Aber irgendwie ist sie in all die Geschehnisse verwickelt. Das spüre ich genau. Ihr wollt es nur nicht sehen«, platzte Garsende unbesonnen heraus. »Wie wäre denn sonst ihr überaus reges Interesse an Ulberts Tod zu erklären? Oder an Euch, einem Mann im Ehestand? Doch Ihr seid Wachs in ihren Händen.«

»Bleib du bei deinen Kräutern, und halt dich aus meinen Belangen heraus!« Hochrot vor Zorn starrte er sie an.

»Ich habe Augen im Kopf und sehe doch, wie sie Euren Verstand verdreht.«

»Verdammnis, Weib! Kehre vor deiner eigenen Tür, und lass meinen Verstand meine Sorge sein!«, knurrte er, ließ sie stehen und stürmte davon.

»Vernarrt!«, fauchte sie, als sie die Treppe zu den Gästequartieren hinaufstürmte. Wie konnte er so etwas nur behaupten und glauben, sie sei so blind, dass sie nicht sehen konnte, warum sein Verdacht auf Lothar fiel. Sie war nicht vernarrt, sie war nur …?

Und selbst wenn, der Burggraf war nicht ihr Vormund! Was sie fühlte oder nicht, darüber hatte er nicht zu entscheiden.

Mir vorzuwerfen, ich würde mich in seine Belange einmischen!

Ja, bei allen Heiligen! Wer hatte denn nach ihr gerufen, weil in seinem Hof ein Toter lag? Und wer war zu ihr gekommen, um sich ihrer Hilfe bei Annalinde zu versichern? Und wer hatte sie ins Kloster geschickt, weil er fürchtete, der Meuchler könne es auf Beatrix abgesehen haben? Da war keine Rede davon gewesen, dass sie sich nicht in seine Belange einmischen dürfte!

»Zur Hölle mit dem Mannsbild!«, stieß sie laut hervor. Wenn sich das nächste Mal jemand in seinem Haus umbringen ließ, sollte der Burggraf doch zusehen, wer ihm half! Sie hatte, weiß Gott, Besseres zu tun.

Oben angekommen, zitterten ihre Hände noch immer vor Wut und Kränkung.

Ich muss mich beruhigen, dachte sie und blieb stehen. So erregt, wie sie augenblicklich war, sollte sie sich nicht an ein Krankenlager setzen.

Die Kirche kam ihr in den Sinn. Ein Ort, wo es still wäre und sie für sich sein konnte. Rasch machte Garsende kehrt und wirbelte die Treppe wieder hinunter.

Es dämmerte. Kälte und Zorn trieben ihr die Röte ins Gesicht, doch endlich verschaffte sich auch eine leise Stimme in ihrem Herzen Gehör. Hatte nicht auch ein Körnchen Wahrheit in den Worten des Burggrafen gesteckt? War sie nicht vernarrt und blind wie er? Vernarrt in einen Mann, der nicht ihr gehören konnte, und blind, weil sie das in seiner Nähe stets vergaß?

Traurigkeit begann sich in ihren Zorn zu mischen, und allmählich verebbte ihre Wut. Oh Himmel! Was hatte sie sich nur dabei gedacht, so unbesonnen zu sein?

Ich hätte andere Worte, sanftere, finden müssen, um ihn vor Serafinas Fallstricken zu warnen, dachte sie. Noch besser hätte ich den Mund gehalten.

Was war gewonnen, dass sie ihre Zunge nicht in Zaum gehalten hatte? Nun war er überzeugt, dass sie der jungen Frau etwas neidete, und würde keinem ihrer Worte mehr Glauben schenken.

Und womöglich trog sie ihr Gefühl, und sie tat Serafina Unrecht? Vielleicht war da ja doch ein wenig Neid bei ihr im Spiel, hatte Garsende doch just in letzter Zeit des Öfteren darüber nachgedacht, wie es sein könnte, wäre sie, wie Serafina, im rechten Bett geboren.

Und letzten Endes hatte er doch recht. Serafina hatte das Schwert gewiss nicht geführt, das Arnold von Clemante den Tod gebracht hatte. Und außerdem …

Unversehens hatte sie die Kirche erreicht.

Aus dem Innern drang Gesang, und als sie die Tür öffnete, sah Garsende die Nonnen im Chorraum versammelt. Feierlich begingen sie die Vesper.

So spät schon?, überlegte sie, während sie die Tür leise wieder schloss, ohne hineinzugehen.

Plötzlich fuhr ihr ein eisiger Schreck in die Glieder. Heilige Jungfrau, Mutter Gottes! Die Vesper!

War Schwester Lukas auch im Chorraum gewesen? Hatte sie Beatrix allein gelassen? Wer wachte jetzt bei der Kranken?

Eilig machte Garsende kehrt. Ich hätte mich nicht so lange entfernen dürfen. Ich hätte gleich wieder zurückkehren müssen. Herrje, dieser dumme Streit!

Garsende begann zu laufen. Atemlos erreichte sie das Gästehaus und keuchte die Treppe hinauf. Schmerzende Stiche jagten in ihre Seite, als sie den Gang entlangrannte und die Tür zu Beatrix' Zelle aufriss.

Eine beißende Kälte schlug ihr entgegen. Jemand hatte den Verschlag des Fensters weit geöffnet. Von allen Decken entblößt, lag Beatrix auf ihrer Bettstatt. Wasser tropfte aus ihrem Haar auf das durchnässte Stroh, Tropfen glänzten wie Perlen auf ihrem nackten Körper.

Kapitel 15

Der Burggraf bemerkte nur am Rande, dass Schwester Synesia erschrocken vor ihm zurückwich, als er rot vor Zorn durch die Pforte stürmte.

Was erlaubte sich die Heilerin? Wie konnte sie es wagen zu behaupten, er ließe sich ans Gängelband nehmen? Was glaubte sie, wen sie vor sich hatte? Einen jungen Burschen, und noch so grün hinter den Ohren, dass ein Weib es vermöchte, ihn an der Nase herumzuführen? Allmächtiger! Er war ein Mann im Ehestand, kein junger Springinsfeld, der sein Mütchen zu kühlen suchte! Und selbst wenn er sich je mit solchen Wünschen trüge, was hätte die Heilerin sich da dreinzumengen?

Der Zorn beschleunigte seine Schritte. Gewiss, Serafina von Asti war eine liebreizende junge Frau, aber um ihn zu gängeln, also dazu bedurfte es doch allemal mehr!

»Lachhaft«, brummte er laut. Ebenso lächerlich wie der Verdacht, den Garsende hegte. Wie war sie nur auf den absurden Gedanken verfallen, eine junge Edelfrau könnte in die Machenschaften um das verschwundene Pergament verstrickt sein? Bestünde auch nur die Möglichkeit, dann wäre ihm das ganz gewiss nicht entgangen!

Was war er nur für ein Narr gewesen, der Heilerin zu gestatten, sich mit seinen Angelegenheiten zu befassen? Sah man doch, was dabei herauskam!

Mit grimmigem Gesicht stapfte er durch die Pfauenpforte und beschloss, Matthäa den Umgang mit der Kräuterfrau zu verbieten.

Als er die Wollgasse passierte, ereiferte er sich über Garsendes Unverfrorenheit, mit ihm zu rechten. Übellaunig schimpfte er sie ein närrisches Weib, dass sie ihr bisschen Verstand an einen Höfling verloren hatte, während er den Kratzwinkel überquerte, und erst als er die Hachgengasse erreichte, begann sein Zorn zu verrauchen. In die Münzergasse einbiegend, ertappte er sich dann bei der Frage, ob Serafinas Anteilnahme an seinem Tun nicht doch um eine winzige Spur über das Maß hinausgegangen war, und kam mit nachdenklich gerunzelter Stirn vor dem Tor zu seinem Heim an.

»Bei allen Heiligen! Was macht Ihr denn für ein bärbeißiges Gesicht?«, rief Matthäa, die ihm in der Diele entgegentrat.

»Gebt Eurer Heilerin die Schuld«, grunzte er.

»Garsende? Was hat sie Euch gesagt?«

Eben noch rechtzeitig fiel ihm ein, dass die Anwürfe der Heilerin kaum für die Ohren seiner Gemahlin geeignet waren, also brummte er nur etwas von einer strengen Hand, deren Garsende dringend bedürfe, und ließ es dabei bewenden.

»Ach so.« Matthäas Stimme klang so erleichtert, dass Bandolf sie erstaunt ansah.

Bevor er den Gedanken jedoch vertiefen konnte, lenkte sie ihn ab: »Kommt mit in die Halle. Prosperius ist zurückgekehrt.«

Auch wenn Bandolf sich vorgenommen hatte, seinen jungen Schreiber wegen seiner Versäumnisse kräftig ins Gebet zu nehmen, konnte er sich eines Gefühls der Erleichterung nicht erwehren, als er ihn nun wohlbehalten über einer großen Schüssel sitzen sah. Heißhungrig schaufelte Prosperius den Inhalt in sich hinein, während er mit vollem Mund mit seinen Erlebnissen prahlte.

»… war tiefste Nacht, und plötzlich hörten wir die Wölfe heulen«, nuschelte er.

»Schlimmer wäre gewesen, hättest du dir in der Kälte den Rotz geholt und gar noch mit ins Haus gebracht«, unkte Werno und schüttelte wie in trüber Vorahnung den Kopf.

Hildrun machte kugelrunde Augen, doch Matthäas Tante bemerkte spitz, ihr selbst wäre schon weitaus Übleres auf des Königs Straßen begegnet.

»Hat Kuhn nicht erzählt, ihr hättet auf dem Weg stets Unterkunft in Stall und Scheune gefunden«, fragte Filiberta skeptisch.

Prosperius schenkte der stämmigen Magd einen Augenaufschlag reinster Unschuld. Dann sah er den Burggrafen unter der Tür stehen und grinste bis über die Ohren.

Mit einer Handbewegung und der barschen Frage, ob sie nichts Besseres zu tun wüssten, als hier Maulaffen feilzuhalten, scheuchte Bandolf seine Hauseigenen davon.

»Es erstaunt mich, Burggraf, dass Ihr nie von Eurem Oheim, dem Herrn vom Diemerstein, erzählt habt?«, meinte Eltrudis, als sie sich mit offenkundigem Widerstreben ebenfalls erhob.

»Ein Versäumnis, zweifellos«, gab Bandolf zu, ohne die Miene zu verziehen. »Dabei ist er ein so gastfreundlicher Mann. Ein Anverwandter, den Ihr unbedingt aufsuchen solltet, solltet Ihr Euch einmal ins Isenachtal begeben.«

Mit einem kleinen, empörten Laut stieß Matthäa ihm ihre kleine Faust in die Seite, doch ihre Augen lachten, während Prosperius' Grinsen über seine Ohren hinauszuwachsen schien.

Nachdem sich auch die beiden Frauen entfernt hatten, ließ sich Bandolf an der Tafel nieder und fasste seinen jungen Schreiber scharf ins Auge. »Nun, was hast du für mich?«, fragte er.

Mit einem tiefen Seufzer schob Prosperius die sauber ausgekratzte Schüssel von sich, und während er, augenscheinlich noch immer nicht gesättigt, nach der Herdstelle schielte, wo Filiberta just gewürfelten Speck in den Kessel warf, begann er seinen Bericht. Neben einer ausführlichen Beschreibung sämtlicher Mahlzeiten, die sein Schreiber im Lauf der Reise nicht hatte zu sich nehmen können, weil seine beiden Beschützer ihn ständig zur Eile getrieben hätten, erfuhr der Burggraf, dass der Bergfried seines Oheims in beklagenswert schlechtem Zustand sei und er, Prosperius, sich nicht wundern würde, wenn das Gebäude binnen kurzem über Grimbalds Kopf zusammenbrechen würde.

»Warum habt Ihr mir nicht gesagt, dass der Herr vom Diemerstein Euer Oheim ist?«, fragte er und schaute den Burggrafen neugierig an.

Bandolf zuckte mit den Schultern. »Grimbald schätzt es nicht, von Anverwandten belästigt zu werden.«

»Mit Euch scheint er eine Ausnahme zu machen«, meinte Prosperius. »Er hätte mich gar nicht eingelassen, hätte ich Euren Namen nicht genannt.«

»Tatsächlich?« Der Burggraf lächelte. »Dann muss er in die Jahre gekommen sein. Aber ich habe dich nicht zum Diemerstein geschickt, damit du dich nach Grimbalds Befinden erkundigst. Was hast du über Arnold von Clemante erfahren?«

Prosperius schickte einen letzten sehnsüchtigen Blick zum Herdfeuer, dann wandte er sich seufzend von den verlockenden Düften ab.

»Nun Herr, Euer Oheim selbst war nicht sehr gesprächig. Sein Hausmeier dafür um so mehr«, sagte er schließlich. »Man erzählt sich im Tal, dass Arnold in Kalabrien geboren ist. Seine Familie scheint einst angesehen und wohlhabend gewesen zu sein, verarmte jedoch, und da Arnold offenbar der Zweitgeborene war, brachte man ihn in ein Kloster.«

»Ein Kloster? Weißt du, in welches Kloster?«, warf Bandolf rasch ein.

Prosperius schüttelte den Kopf. »Das scheint er nie erwähnt zu haben. Aber wie auch immer, es hat ihn dort nicht gehalten. Offenbar überwarf er sich mit dem Abt, was im Tal niemanden verwundert. Der Hausmeier sagt, Arnold würde über die Maßen schnell in Zorn geraten und gerne seine Fäuste spielen lassen. Seine Hörigen ducken sich vor ihm, und seine Nachbarn gehen ihm tunlichst aus dem Weg. Ein ungemütlicher Zeitgenosse, sagt der Hausmeier.« Einen Augenblick verweilte der junge Schreiber bei dem Gedanken, dann fuhr er fort: »Aber wie auch immer, nachdem Arnold das Kloster verlassen hatte, vermählte er sich mit Beatrix von Teveno und kam dann ins Fränkische. Niemand scheint zu wissen, wie Arnold sein Gut erworben hat, war ja doch von Seiten der Familie offenbar nichts zu erwarten, und da er im Kloster aufgewachsen ist …«

»Wie lange ist das her?«, unterbrach ihn Bandolf.

»Euer Oheim sprach von einer Dekade.«

Bandolf runzelte die Stirn. Eine merkwürdige Übereinstimmung mit dem Datum auf dem Dokument. Konnte es möglich sein, dass es bei dem Testament um eben jenes Gut ging, das Arnold – vielleicht unrechtmäßig – in Besitz genommen hatte?

Seine Aufmerksamkeit kehrte zu Prosperius zurück. » … scheint er zwar auf großem Fuß zu leben, aber keine glückliche Hand im Bewirtschaften seines Anwesen zu haben. Einen Teil seines Landes hat er bereits dem Kloster zu Limbach übereignet.«

»Hatte er Verwandtschaft im Fränkischen? Oder Freunde, die ihn besuchten?«, wollte Bandolf wissen.

»Das wohl nicht. Grimbalds Hausmeier sagt, dass der Einzige, der sich mit seinen Launen verträgt, Rutland vom Frankenstein ist. Aber als ich ihn aufsuchte …«

»Du hast was gemacht?«, fragte der Burggraf scharf.

Der Herr vom Frankenstein war einer jener Anhängsel, die die Fürsten während der Zeit gesammelt hatten, als König Heinrich noch unter ihrer Vormundschaft gestanden hatte. Hinzu kam, dass Rutland einer der geschwätzigsten Männer war, die Bandolf je untergekommen waren. Wusste Rutland erst davon, dass der Burggraf von Worms Nachforschungen über Arnold von Clemante anstellte, wussten es auch bald die Fürsten.

»Verdammich! Hatte ich dir nicht eingeschärft, dass du dich nur auf dem Diemerstein nach Arnold von Clemante erkundigen sollst?«

»Ihr habt mir aufgetragen, ich sollte mich von Arnolds Gut fernhalten. Davon, dass ich nirgendwo anders fragen dürfte, als auf dem Bergfried Eures Oheims, habt Ihr nichts gesagt«, rechtfertigte sich Prosperius gekränkt. »Und weil doch Euer Oheim erzählt hat, wie er Arnolds Weib eines Tages mitten im Wald gesehen hat, dachte ich ...« Er stockte.

Der Burggraf runzelte die Stirn. »Grimbald ist Beatrix im Wald begegnet. Und weiter?«

»Sie war ganz allein dort und sehr verschreckt, als Euer Oheim sie ansprach ...«

»Das wundert mich nun nicht«, murmelte Bandolf.

»... wollte offenkundig nicht sagen, wohin sie unterwegs sei. Am nächsten Tag stand Arnold vor der Pforte zum Diemerstein und verlangte Auskunft, ob sein Weib bei Grimbald um Obdach gebeten hätte.«

»Was sagte mein Onkel?«

»Er sagte Arnold, er solle verschwinden.«

Der Burggraf grinste. »Und dann?«

»Als Nächstes suchte Arnold Rutland vom Frankenstein auf. Das weiß ich von dessen Vogt.« Offenbar um des besseren Effektes willen senkte Prosperius geheimnisvoll die Stimme. »Rutlands Vogt hat mir erzählt, Arnold habe auch auf dem Frankenstein gefragt, ob sein Weib vielleicht dort Obdach gesucht hätte. Und er sei sehr aufgebracht gewesen, als sein Herr verneinte. Rutland konnte ihn dazu bewegen, eine Stärkung zu sich zu nehmen. Der Vogt hörte, wie sein Herr Arnold auszufragen begann, doch als Arnold endlich genug Wein getrunken hatte, um gesprächig zu werden, schickte Rutland seine Hörigen aus der Halle. Seltsam war jedoch, dass er gleich am Tag nach Arnolds Besuch, für seinen Vogt völlig überraschend, nach Lorsch geritten ist. Und dort hält er sich immer noch auf.«

Das Dokument, fuhr es Bandolf durch den Kopf. Hatte Arnold irgendetwas über das Testament preisgegeben, das Rutland veranlasst hatte, Hals über Kopf nach Lorsch zu reiten? Und was konnte es beinhalten, um für die Fürsten von Interesse zu sein? Bandolf stieß ein tiefes Seufzen aus.

Der junge Schreiber war verstummt und schaute seinen Herrn erwartungsvoll an.

Eingedenk der Missetaten, die während seiner Abwesenheit ans Licht gekommen war, ließ Bandolf ihn eine kleine Weile zappeln, doch schließlich erbarmte er sich. »Du hast deine Sache gut gemacht.«

Ein triumphierendes Lächeln überzog Prosperius' Gesicht, als er aufstand. Dann schien ihm noch etwas einzufallen. Er blieb stehen, senkte den Kopf und schielte den Burggrafen unter halb gesenkten Lidern an. »Da ist noch etwas, Herr«, meinte er.

»Nun?«

»Ich musste dem Hausmeier Eures Oheims einen Hälbling geben, sonst hätte er mir überhaupt nichts erzählt«, meinte er.

»Und?«

»Nun ja, Herr. Ich gab ihm den Hälbling aus meinem Beutel.«

»Dann nimm deinen Verlust als Buße für den Kaufmann, dem du für ein Zubrot versprochen hast, er könne seine Waren in die Stadt bringen, ohne den üblichen Zoll zu verrichten«, meinte Bandolf trocken und hatte das Vergnügen zu beobachten, wie das Gesicht seines jungen Schreibers lang wurde.

Kapitel 16

Einen Lidschlag lang stand Garsende wie angewurzelt und versuchte zu begreifen, was sie sah. Dann rannte sie, laut um Hilfe rufend, in den Raum. Außer sich vor Zorn und Schrecken zugleich klappte sie den Verschlag zu und eilte zu Beatrix zurück, um zu prüfen, ob in dem wachsbleichen, reglosen Körper noch Leben war. Zunächst konnte sie nur ihren eigenen wilden Herzschlag hören. Dann endlich spürte sie einen Hauch von Beatrix' Atem auf ihrer Wange.

Während sie die Kranke behutsam von der durchnässten Bettstatt auf den Boden zog, hörte sie durch die offene Tür Schritte heraneilen und dann die Stimme der Pförtnerin, die wissen wollte, wer da einen solchen Lärm gemacht hatte. Abrupt verstummte sie. Als Garsende sich umdrehte, sah sie Schwester Synesia entgeistert auf Beatrix' nackten Leib starren.

»Ihr müsst auf der Stelle die Äbtissin holen«, rief sie. »Rasch!«, fügte sie hinzu, als die Nonne sich noch immer nicht rührte. Endlich machte die Pförtnerin kehrt und hastete davon.

So schnell sie konnte, trocknete Garsende Beatrix mit ihrem Gewand ab und packte sie in alle Felle und Decken ein, die noch trocken waren.

Im Raum war es immer noch sehr kalt. Doch als Garsende die Glut im Kohlebecken schüren wollte, sah sie, dass der Meuchler auch hier zu Werke gegangen war. Die Kohle war durchtränkt, der Wasserkübel stand leer daneben.

Elend vor Wut sank Garsende neben Beatrix auf den Boden und sah in ihr totenbleiches Gesicht, das in den Fellen nahezu verschwand.

»Wer hat dir das nur angetan?«, flüsterte sie.

»Was ist so wichtig, dass ich die Vesper unterbrechen musste?«, fragte die Äbtissin und schloss leise die Tür hinter sich. Offenbar war sie allein gekommen.

Garsende schilderte ihr, wie sie Beatrix vorgefunden hatte. »Wer immer das tat, hat sie zum Tode verurteilt«, endete sie.

Skeptisch runzelte die Ehrwürdige Mutter die Stirn, während sie sich in der Zelle umsah.

»Das ist eine schwere Anschuldigung«, sagte sie.

»Ihr glaubt mir nicht?«

»Ich glaube dir. Doch könnte das, was du gesehen hast, nicht auch ein Versehen gewesen sein?«

»Ein Versehen?« Garsende schnaubte. »Wer würde versehentlich eine Schwerkranke ihrer Decken entblößen, Wasser über sie gießen, die Glut im Kohlebecken löschen und dann noch den Fensterverschlag weit aufreißen?«

Die Ehrwürdige Mutter schüttelte schweigend den Kopf, während sie an Garsendes Schlafstatt trat, worauf man Beatrix mittlerweile gebettet hatte. Mitleidig schaute sie auf die Kranke hinab.

»Wenn jemand beabsichtigte, Beatrix von Teveno zu töten, warum wählte er nicht eine Art, die sofort zum Tode führt?«, wandte sie schließlich ein. »Eine Kranke mit Wasser zu übergießen und sie der Kälte auszusetzen, erscheint mir unsinnig.«

Garsende stellte sich neben sie und blickte ebenfalls auf Beatrix' bleiches Gesicht hinunter. »Womöglich war just nichts anderes zur Hand«, meinte sie mit unwillkürlich gedämpfter Stimme. »Er oder sie nutzte die kurze Spanne, die

Beatrix allein in ihrer Zelle war. Schwester Lukas verließ die Kranke erst, als die Glocken zur Vesper läuteten, dessen bin ich mir gewiss. Und, wer immer es war, konnte nicht ahnen, wann ich in die Zelle zurückkehren würde. Es blieb für den Meuchler nur wenig Zeit zum Handeln.« Sie seufzte. »Es war meine Schuld. Ich hätte umgehend zurückkehren müssen, als ich die Glocken hörte. Ich wusste, dass Schwester Lukas zum Gottesdienst gehen würde.«

Die Äbtissin warf ihr einen forschenden Blick zu. Dann senkte sie den Kopf und faltete die Hände. Garsende hatte den Eindruck, sie spräche mit sich selbst, als sie sagte: »Der Herr gibt uns immer die Wahl. So gesehen, trüge auch Schwester Lukas Schuld. Sie hätte die Buße für ihr Zuspätkommen auf sich nehmen und auf dich warten können. Und nicht zuletzt ich selbst trüge Schuld daran, da ich die Warnung des Burggrafen nicht ernst genug genommen habe. Wem soll man die Schuld geben? Demjenigen, der das Verbrechen verübt hat, oder uns, die wir ihm Gelegenheit dazu gaben?«

Garsende, der nicht der Sinn nach derlei Betrachtungen stand, schüttelte ungeduldig den Kopf. »Ihr müsst den Burggrafen benachrichtigen«, forderte sie.

Die Ehrwürdige Mutter hob den Kopf und straffte sich. »Gewiss. Gleich morgen früh werde ich einen Boten zu ihm schicken.«

»Aber bis dahin könnte sich der Meuchler bereits davongemacht haben«, wandte Garsende ein.

»Es ist dunkel draußen. Ich wüsste nicht, was der Burggraf heute noch ausrichten sollte.«

»Er könnte feststellen, wo sich jedermann zum besagten Zeitpunkt aufgehalten hat.«

»Du willst doch nicht behaupten, eine meiner Schwestern hätte mit diesem Vorfall irgendetwas zu schaffen?«

»Im Kloster halten sich nicht nur Eure Nonnen auf«,

meinte Garsende und wich dem strengen Blick der Äbtissin aus. »Wo waren Eure Gäste? Wo war Serafina von Asti, als der Anschlag auf Beatrix verübt wurde?«

»Herrje, was ficht dich an? Sie war mit uns in der Kirche, wie die meisten anderen unserer Gäste auch.«

»Jemand könnte sich auch unter einem Vorwand Zutritt zum Kloster verschafft haben«, beharrte die Heilerin. »Ein Mönch vielleicht, um …«

»Nun ist es genug!«, erklärte die Ehrwürdige Mutter scharf. »Fragen müssen gewiss gestellt werden. Doch das ist meine Aufgabe, allenfalls noch die des Burggrafen. Bestimmt aber nicht deine.«

Mit einer raschen Geste unterband sie jeden weiteren Einwand, den Garsende vielleicht noch haben mochte. »Schwester Synesia wird uns sagen können, wer heute das Kloster betreten und wieder verlassen hat. Zudem werde ich einige Hörige abstellen, die das Gelände nach eventuellen Eindringlingen absuchen sollen. Schwester Lukas soll die Nacht über mit dir bei der Kranken wachen. Zur Prim wird Schwester Walburga sie ablösen. Und falls es nötig ist, erteile ich beiden Dispens, dem Gottesdienst fernbleiben zu dürfen.«

Beim Namen der Infirmarin war Garsende zusammengezuckt.

»Dazu besteht keine Notwendigkeit«, sagte sie hastig. »Ich werde Beatrix nicht mehr von der Seite weichen.«

»Wie du willst.« Die Ehrwürdige Mutter warf noch einen letzten Blick auf Beatrix. »Heute Nacht werden wir alle für sie beten«, sagte sie und verließ die Zelle ebenso leise, wie sie gekommen war.

Wie die Äbtissin angekündigt hatte, kam Schwester Lukas gleich nach der Vesper in Beatrix' Zelle. Die Augen der jungen Nonne waren gerötet, als hätte sie geweint.

»Die Ehrwürdige Mutter hat uns gesagt, was geschehen ist«, flüsterte sie mit brüchiger Stimme. »Wie geht es ihr?«

»Nicht gut«, antwortete Garsende wahrheitsgemäß. Sie seufzte schwer. »Ihr Leib war völlig unterkühlt. Ich habe einen Karfunkel auf ihren Nabel gelegt. Normalerweise bedarf es nur kurzer Zeit, bis der Körper sich davon erwärmt, aber ...« Sie verstummte.

»Können wir denn sonst gar nichts für sie tun?«

»Sie liegt in tiefer Ohnmacht«, sagte Garsende leise. »Wir können nur versuchen, sie warm zu halten.«

Schwester Lukas sank neben der Bettstatt auf die Knie. Ihr rundliches Gesicht war fast so blass wie das der Kranken, jede Fröhlichkeit war daraus verschwunden. »Es ist meine Schuld«, wisperte sie mit einem verzweifelten Blick auf Beatrix' wächserne Züge. »Ich hätte sie nicht verlassen dürfen. Ich hätte auf deine Rückkehr warten müssen, dann wäre das alles nicht passiert.«

Garsende, die sich mit ähnlichen Gedanken quälte, seit die Äbtissin sie verlassen hatte, schüttelte den Kopf. »Dann hätte der Meuchler eine andere Möglichkeit gefunden, sein Werk zu tun«, erklärte sie fest. Oder du wärst nun ebenfalls tot, dachte sie und kämpfte mit einem Kloß, der hartnäckig in ihrer Kehle saß.

Schwester Lukas blickte auf. »Glaubst du?« Ein Hauch Farbe kehrte in ihre Wangen zurück, und ihr Gesicht erhellte sich. »Ich werde für sie beten.«

Traurig sah Garsende zu, wie die Schwester die Hände faltete, und unterdrückte ein Seufzen. Mochte die junge Nonne ihr Vertrauen in den Herrn legen, sie konnte es nicht. All ihre Versuche, Beatrix aus der tiefen Ohnmacht zurückzuholen, waren gescheitert, und all ihre Erfahrung sagte ihr, dass niemand mehr etwas für sie tun konnte. Gewiss, die Aussichten, dass sie überhaupt je genesen würde, waren nie sehr gut gewesen, doch vor diesem Anschlag hatte es immerhin Hoffnung gegeben.

Jetzt habe ich den Kampf verloren, dachte Garsende, und in ihre Traurigkeit mischte sich Zorn. Wer nur hatte Beatrix dieser Hoffnung beraubt?

Unwillkürlich war ihr erster Verdacht auf Serafina gefallen, doch offenbar hatte sie sich in ihr getäuscht. Mochte die Neugier, die sie bezüglich der Vorfälle gezeigt hatte, auch augenfällig gewesen sein, so schien es, als müsste man sie der Langeweile zuschreiben, die eine junge Frau überfallen konnte, wenn sie in einem Kloster auf die Weiterreise wartete. Fest stand, dass Serafina die Vesper mit den Nonnen begangen und keine Möglichkeit gehabt hatte, den Anschlag auf Beatrix zu verüben. Doch wer war es dann gewesen?

Da Lothar wieder in der Stadt ist, wird der Burggraf auch ihn verdächtigen, dachte Garsende und unterdrückte ein Seufzen. Sie verstand wohl, dass der Burggraf ihren Geliebten in Verdacht hatte. Lothar war selten anzutreffen gewesen und konnte um ihretwillen auch keine Rechenschaft über seinen Aufenthalt ablegen. Und sie konnte dem Burggrafen ebenso wenig sagen, wie oft der Edelmann seine Zeit mit ihr verbracht hatte. Der Burggraf hatte sich schwer genug damit getan, Garsendes Handwerk zu billigen, und auch heute noch spürte sie sein gelegentlich aufflackerndes Misstrauen gegenüber ihrem Tun. Da würde er ihre ungebotene Verbindung mit Lothar kaum gutheißen.

Für einen Augenblick gestattete Garsende sich auszumalen, was geschehen würde, wenn Lothar ernsthaft in Verdacht geriete. Würde sie dann nicht bezeugen müssen, wann er bei ihr gewesen war? Heilige Maria Muttergottes! Dann wäre ihr Leumund unwiderruflich dahin. Hastig schob Garsende den Gedanken von sich. Um ihretwegen ebenso wie um Lothars willen musste der Meuchler gefunden werden!

Der burgundische Edelmann, den der Burggraf erwähnt hatte, kam ihr in den Sinn. War es ihm gelungen, unbemerkt ins Kloster einzudringen? Aber wie hätte er wissen können, dass Beatrix just zu dieser Zeit allein in ihrer Zelle war? Vielleicht hat er nur Glück gehabt, dass sie just allein gewesen ist. Womöglich hätte meine oder Schwester Lukas' Anwesenheit auch gar nichts verhindert, und er hätte jeden getötet, der seinem Ziel im Wege war, überlegte Garsende und spürte, wie sich ihre Nackenhaare aufstellten. Doch hätte ein solcher Meuchler nicht auch ein geeignetes Tatwerkzeug mitgebracht?

Und wie stand es mit Bruder Kilian? Als Mönch hätte er sich ganz offen Zutritt zum Kloster verschaffen und sich unter einem Vorwand für einige Zeit allein darin aufhalten können.

»Könnten wir nicht ihre Lippen benetzen, wie wir es zu Anfang taten?«, fragte Schwester Lukas in ihre Gedanken. Offenbar hatte sie ihr Gebet beendet.

»Es hätte keinen Sinn, sie spricht nicht mehr darauf an«, erwiderte Garsende, die es selbst schon versucht hatte. Dann fragte sie: »Wisst Ihr, ob heute ein Fremder im Kloster war?«

Nachdenklich neigte Schwester Lukas den Kopf. »Außer der Pilgergruppe, die Schwester Synesia ins Gästehaus begleitete, als sie deine Hilferufe hörte, ist heute niemand angekommen. Ich hörte, dass Bruder Kilian uns besucht hat, aber Bruder Kilian ist ja kein Fremder.«

Überrascht schnappte Garsende nach Luft. »Bruder Kilian war schon öfter im Kloster?«

»Aber ja«, antwortete Schwester Lukas mit einem Lächeln. »Du musst wissen, dass Schwester Walburga die Nichte des Erzbischofs von Bremen ist. Sie war zutiefst betrübt, als sie erfuhr, was sich Anfang des Jahres bei Hof ereignet hat, und machte sich Sorgen um ihren Oheim. Es war eine große Erleichterung für sie, als Bruder Kilian sie aufsuchte, um Grüße von Seiner Eminenz zu überbringen. Hernach war er einige Male hier.«

»Auch heute?«, vergewisserte sich Garsende.

»Ich selbst habe ihn nicht gesehen, aber Schwester Agatha, unsere Bibliothekarin, hat davon gesprochen. Wie es scheint, wird Bruder Kilian in Bälde am Hof zurückerwartet. Sie fand es schade, dass Schwester Walburga keine Gelegenheit gehabt hat, noch einmal mit ihm zu sprechen.«

»Wann ist Bruder Kilian denn hier gewesen?«, erkundigte sich Garsende und hoffte, die Nonne würde ihre Anspannung nicht bemerken.

»Das weiß ich nicht. Es muss aber nach der Sext gewesen sein, da sich Schwester Walburga erst nach dem Mittagsmahl ins Dormitorium zurückgezogen hat.«

»Sie hat sich zurückgezogen?«

»Schwester Walburga leidet hin und wieder unter starkem Kopfschmerz. Wenn sie einen solchen Anfall hat, hilft ihr nur, sich still auf ihre Bettstatt zu legen«, erklärte die junge Nonne. Ihre Stimme klang voller Mitgefühl. »Manchmal dauert es Tage, bis sie sich wieder erholt.«

»Dann war sie heute auch nicht zur Vesper in der Kirche?«

»Nein«, bestätigte Schwester Lukas. Sie schien nicht zu bemerken, worauf Garsendes Fragen abzielten, und offenbar war ihr auch noch nicht in den Sinn gekommen, jemand aus ihrer Gemeinschaft könnte etwas mit dem schrecklichen Vorfall zu tun haben.

Für einen Augenblick beneidete Garsende die junge Nonne um ihr bedingungsloses Vertrauen. Dann wandten sich ihre Gedanken wieder dem Verbrechen an Beatrix zu.

Da Garsende niemand entgegengekommen war, als sie nach ihrem Disput mit dem Burggrafen die Treppe zum Gästehaus hochgegangen war, musste der Anschlag passiert sein, nachdem sie kehrtgemacht hatte, um zur Kirche zu gehen. Der Mönch und Schwester Walburga hätten beide Garsendes Disput mit dem Burggrafen beobachten können, ebenso, wie Schwester Lukas und später sie selbst das Gästehaus verließen. Es konnte auch nicht mehr als nur wenige Augenblicke gedauert haben, um Beatrix die Decken vom Leib zu reißen, den Verschlag zu öffnen und Wasser über sie zu schütten. Und da sich fast jedermann in der Kirche aufgehalten hatte, bestand nur ein geringes Wagnis, von jemandem dabei beobachtet zu werden. Zumal weder der Mönch noch die Infirmarin Verdacht erregt hätten, wäre man ihnen hier begegnet.

Garsende seufzte. Das ergibt nur alles keinen Sinn, dachte sie. Zur Not konnte sie sich noch vorstellen, dass Bruder Kilian, der bei Hof verkehrte, in irgendeiner Weise mit dem verschwundenen Schriftstück zusammenhing, von dem der Burggraf glaubte, es sei das, worum sich alles drehte. Er mochte einen Grund haben, zum Mörder zu werden. Doch welchen Grund hätte die Infirmarin? Und ebenso wenig wie der Burggraf sich Serafina mit dem Schwert in der Hand vorzustellen vermochte, konnte sie es bei Schwester Walburga. Keine der beiden Frauen konnte Beatrix' Gatten umgebracht haben. Nein, wenn Frauen mordeten, bedienten sie sich gewöhnlich doch anderer Waffen.

Plötzlich kniff Garsende die Augen zusammen. Arnold war durch einen Schwertstreich gestorben. Doch Ulbert von Flonheim nicht! Deutlich noch stand ihr die Wunde vor Augen, die sie an seiner Leiche entdeckt, und hörte im Geist, was sie dem Burggrafen gesagt hatte. »Ich besitze selbst ein Werkzeug mit einer so schmalen Klinge.«

Besaß auch das Hospiz des Klosters ein solches Werkzeug? Und wenn es so war, wäre es für die Infirmarin, die sich tagtäglich im Hospiz aufhielt, nicht ein Leichtes gewesen, die Klinge an sich zu nehmen und wieder zurückzulegen, bevor jemand sie vermisst hätte?

Mit einem scharfen Laut auf den Lippen fuhr Garsende zu Schwester Lukas herum. Doch die junge Nonne schien bereits wieder in ihr Gebet vertieft und hatte sie offenbar nicht gehört. Einen Moment lang erwog Garsende, ihr Gebet zu unterbrechen und sie nach einem Werkzeug mit schmaler Klinge zu fragen. Doch dann ließ sie es sein. Sie würde selbst im Hospiz danach fragen, sobald sich eine Gelegenheit böte.

Mit einem schiefen Lächeln dachte Garsende, dass sie nicht geglaubt hätte, wie bald ihr der Burggraf schon wieder willkommen sein würde. Doch angesichts dessen, was geschehen war, erschien ihr der Streit mit ihm nachgerade lächerlich.

Als die Glocken zur Komplet läuteten, erklärte Garsende, Schwester Lukas könne unbesorgt zum Gottesdienst gehen. Doch die junge Nonne weigerte sich, von Beatrix' Seite zu weichen. Die Ehrwürdige Mutter habe ihr Dispens erteilt, und sie würde ihre Pflicht erfüllen. Im Gebet harrte sie tapfer an Beatrix' Seite aus, als ihr kurz vor Mitternacht doch die Augen zufielen. Garsende ließ sie schlafen, bis die Schwester kurz nach der Matutin von selbst wieder erwachte. Schließlich spürte auch die Heilerin, wie die Müdigkeit nach ihr griff und ihr das Denken schwer machte. Schon in den letzten Nächten hatte sie nur wenig geschlafen. Als Beatrix' eingefallene Züge immer mehr vor ihren Augen verschwammen und sie mit einem Mal gar das Gesicht ihres Liebsten darin sah, wusste sie, dass sie ihrem Körper seinen Tribut zollen musste. Nachdem Schwester Lukas ihr versichert hatte, sie würde die Heilerin umgehend wecken, sollte sich an Beatrix' Zustand auch nur das Geringste ändern, legte Garsende sich nieder.

Zuerst wollte der Schlaf überhaupt nicht kommen, dann glitt sie in einen unruhigen Schlummer, und wirre Träume schreckten sie immer wieder auf. Bald war es ein gesichtsloser Meuchler, der sie mit einem Dolch bedrohte; bald war es Lothar, der sich vor ihren Augen auflöste, als sie sich an ihn schmiegen wollte, und schließlich war es ein Mönch, der mit gezücktem Schwert vor ihr stand.

Kurz vor der Prim hatte Garsende genug von ihren Träumen und stand auf.

Es schien ihr unnötig, Schwester Lukas noch länger in ihrem gewohnten Tagesablauf zu stören. Für Beatrix konnte man ohnehin nichts weiter tun, als bei ihr zu sitzen und zu warten. So drängte Garsende die Nonne, sich dem Morgengebet ihrer Mitschwestern in der Kirche anzuschließen, und dieses Mal gab Schwester Lukas nach.

Nachdem sie den Raum verlassen hatte, träufelte Garsende erneut ein wenig gelöschten Wein auf Beatrix' Lippen, doch die rote Flüssigkeit sammelte sich nur in ihren Mundwinkeln und rann ihr Kinn hinab, ohne dass die Kranke sich gerührt hatte. Allein am kaum wahrnehmbaren Heben und Senken ihrer Brust konnte man erkennen, dass sie überhaupt noch atmete. Mit einem tiefen Seufzen stand Garsende auf und stellte den Becher auf der Bank ab, als sie plötzlich ein schwaches Geräusch vernahm. Erschrocken drehte sie sich um.

Ein Fauchen und Kreischen, das selbst noch durch den geschlossenen Verschlag durchdringend klang, weckte den Burggrafen. Bandolf setzte sich auf, horchte einen Augenblick und sank dann mit einer Grimasse zurück in seine Felle. Bei allen Heiligen, musste Penelope ihrem Liebesspiel just in seinem Hof frönen? Entschlossen, sich seines wohlverdienten Schlafs nicht berauben zu lassen, machte Bandolf die Augen zu.

Auch Matthäa schien durch die Geräusche erwacht zu sein. Unverständliches vor sich hin murmelnd, drehte sie sich um, rückte nah an ihn heran und warf ihren Arm über seine Brust. Der Duft ihres üppigen Haars drang an seine Nase. Bandolf blinzelte.

»Seid Ihr wach?«, flüsterte er.

»Hmm.«

In der Dunkelheit konnte er ihr Gesicht nicht sehen, doch er spürte ihren weichen Leib an seinem, und im Nu rührte es sich in seinen Lenden.

»Ihr seid doch wieder wohlauf?«, raunte er und hörte sie leise lachen.

»Eltrudis wird abreisen.«

Auf der Suche nach ihren Brüsten wühlte er sich durch Matthäas Lockenpracht zu ihrer nackten Haut vor, strich über ihren Hals entlang abwärts.

»Tatsächlich? Wann?«

Sie drängte sich ihm entgegen. »In Bälde«, murmelte sie. Was immer sie sonst noch sagen wollte, ging in seinen Küssen unter.

Geraume Zeit später schob Bandolf seine Gattin, die mit dem Kopf in seiner Armbeuge fest eingeschlafen war, behutsam zurück auf ihre Seite der Bettstatt. Dann schälte er sich aus den zerwühlten Fellen. Obwohl der Katzenjammer unter dem Fenster der Schlafkammer aufgehört hatte und sein Körper vom Liebesspiel noch träge war, hatte sich der Schlaf nicht wieder einstellen wollen. Zu viel Ungereimtes ging ihm durch den Kopf.

Unschlüssig darüber, was er eigentlich zu nachtschlafender Zeit tun wollte, tastete sich Bandolf zur Truhe, wo er seine Kleider abgelegt hatte. Es dauerte eine Weile, bis es ihm gelungen war, im Dunkeln Beinlinge, Hemd und Stiefel überzustreifen, doch dann verließ er, seinen Umhang über dem Arm, die Schlafkammer.

In der Halle entzündete er eine Lampe am Herdfeuer und setzte sich mit einem Krug verdünntem Wein an die Tafel. Während er seinen Durst gleich aus dem Krug löschte und auf die Schlafgeräusche der Hauseigenen lauschte, trieben seine Gedanken ziellos dahin. Einen Augenblick lang überlegte er, Klärung in den Worten seiner kostbaren Äneis zu suchen, entschied sich dann aber dagegen. Es schien ihm einfach nicht die rechte Zeit für Vergil zu sein.

Endlich erhob er sich wieder, verließ die Halle, ohne dass einer seiner Hörigen erwacht wäre, und tappte durch die Diele.

Kalte Luft schlug ihm entgegen, als er die Tür zum Hof öffnete. Ein grauer Himmel zeigte ihm, dass die Morgendämmerung nicht mehr allzu fern war. Fröstelnd warf er sich den Umhang über, dann glitt sein Blick unwillkürlich zu der Stelle, wo er den toten Ulbert von Flonheim gefunden hatte. War er dem Mörder des jungen Edelmanns inzwischen auch nur einen Schritt näher gekommen?

Der Burggraf seufzte. In der Hoffnung, die frische Luft möge ihn entweder wach oder aber müde genug machen, damit er noch ein wenig Schlaf bekäme, begann er ziellos über den Hof zu wandern, während seine Gedanken ebenso ziellos hin und her sprangen. Vor dem Kräutergarten seiner Gattin blieb er stehen. Penelope, Königin in seinem Hof, thronte auf der Mauer und starrte ihm aus bernsteingelben Augen entgegen. Als er näher kam und die Lampe hob, entdeckte er, dass an ihrem Ohr ein Stückchen fehlte. Ihr Fell sah zerfleddert aus, und an ihrem blutigen Mäulchen klebte ein Büschel schwarzer Haare. Unbewegt erwiderte die Katze seinen forschenden Blick, als er sich neben sie auf die Mauer setzte.

»Matthäa würde mir die Hölle heißmachen, wäre mein Liebesspiel so grob wie deines«, bemerkte er. »Oder hast du meinen Hof verteidigt?«

Seine Betrachtungen schienen Penelope zu langweilen. Mit weit aufgerissenem Mäulchen gähnte sie ihn an und begann sich dann zu putzen. Während er zusah, wie ihre rosa Zunge penibel Stück um Stück ihres Fells glättete, kehrten seine Gedanken wieder zu seinen augenblicklichen Schwierigkeiten zurück. In den Tagen, die seit dem Angriff auf ihn verstrichen waren, hatte er oft geglaubt, der Lösung des Rätsels schon ganz nah zu sein – doch immer, wenn er dachte, er müsste sie nur noch packen, entzog sie sich seinem Zugriff. Ein paar letzte Strohhalme schienen in seinem Bündel immer noch zu fehlen.

Da Arnold und Ulbert durch zwei verschiedene Waffen zu Tode gekommen waren, lag der Gedanke nah, dass es vielleicht auch zwei Meuchler gab. Zwei Männer, die ein und dasselbe wollten: das Testament. Zuerst war es in Beatrix' Besitz gewesen, und nachdem, was Prosperius ihm berichtet hatte, war Bandolf überzeugt davon, dass sie den brisanten Inhalt des Schriftstücks kannte. Die Art, wie Arnolds Gattin sich von der heimatlichen Hufe davongemacht hatte, sah verdächtig nach einer Flucht aus. Und vor wem konnte Beatrix geflohen sein, wenn nicht vor ihrem Gatten?

»Aber warum nahm sie das Dokument mit sich?«, überlegte Bandolf laut. »Sie muss gewusst haben, dass Arnold, schon um des Testamentes willen, nicht ablassen würde, sie zu suchen.«

Der Klang seiner Stimme ließ Penelope in ihrer Arbeit innehalten. Einen Augenblick lang sah sie den Burggrafen aufmerksam an, bevor sie sich wieder der Säuberung ihres Fells zuwandte. Unbeirrt fuhr sie in ihrem Tun fort, als er weitersprach: »Ulbert stahl das Dokument, und von ihm ging es in Bruder Bartholomäus' Hände über, noch bevor der junge Edelmann starb. Ulberts Mörder konnte nicht gewusst haben, dass er das Testament nicht mehr bei sich hatte, sonst wäre Ulbert vermutlich noch am Leben.«

Und das wiederum traf auf Arnold von Clemante zu. Er hatte nicht gewusst, wo sich das Dokument befand, als er am Tag nach Ulberts Tod dessen Gattin Annalinde darum anging. Sie schickte ihn zu Bruder Bartholomäus. Doch der Domherr hatte sich bereits aus dem Staub gemacht.

»So weit, so gut«, murmelte Bandolf.

Doch wenn Arnold Ulberts Mörder gewesen war, wer hatte dann Arnold getötet? Und aus welchem Grund? Hatte der Mann die Stadt doch verlassen, ohne im Besitz des Dokuments zu sein!

Um ihn sich vom Hals zu schaffen, hatte Annalinde ihm erzählt, dass das Schriftstück in Bruder Bartholomäus' Besitz war. Vielleicht hatte Arnold gewusst, wohin der Domherr geflohen war, und war ihm gefolgt? Bartholomäus wiederum mochte bemerkt haben, dass Arnold hinter ihm her war, und hatte ihn darum getötet. Doch da lag auch der Hund begraben. Wer immer Arnold auch getötet haben mochte, es musste derselbe gewesen sein, der Bandolf im Wald angegriffen hatte. So viel schien festzustehen. Beim besten Willen jedoch konnte der Burggraf die schmächtige Gestalt, die ihm von dem unscheinbaren Domherrn in Erinnerung war, nicht mit seiner Vorstellung des Mannes in Einklang bringen, der ihn niedergerungen hatte.

Penelope hatte ihre Fellpflege beendet und sich auf der Mauer eingerollt. Schläfrig blinzelte sie Bandolf an.

»Arnolds Mörder muss ein anderer gewesen sein«, teilte der Burggraf ihr mit.

Gänzlich uninteressiert schloss die Domkatze die Augen.

»Du könntest wenigstens ein bisschen Anteilnahme an meiner misslichen Lage zeigen«, beschwerte sich Bandolf. Penelope rührte sich nicht, und Bandolf seufzte.

Langsam ließ er die drei Männer, die seinen Verdacht erregt hatten, vor seinem inneren Auge vorbeiziehen: Bruder

Kilian, Lothar von Kalborn und Raoul de Saint Rémy. Jeder von ihnen mochte den Inhalt des Schriftstücks kennen. Und jeder der drei schien in der Lage zu sein, seiner mit allen Mitteln habhaft zu werden.

Der Burggraf holte tief Luft. »Mein Kreuz ist, dass ich mit meinem Finger nicht auf einen meiner drei Freunde zeigen kann«, sagte er. »Der Schlüssel ist das Testament. Kenne ich seinen genauen Wortlaut, werde ich auch wissen, auf wen ich deuten muss.«

Ruckartig hob Penelope den Kopf und spähte aufmerksam in Richtung des Tors. Ihre Ohren zuckten. Mit zusammengekniffenen Augen folgte Bandolf ihrem Blick und sah, wie sich eine gebeugte Gestalt am Tor zu schaffen machte. Das musste Egin sein. Hatte jemand an die Pforte geklopft?

Der Burggraf stand auf. Aus dem Augenwinkel sah er, wie Penelope von der Mauer sprang, als er sich auf den Weg zum Tor machte, um nachzusehen, wer zu nachtschlafender Zeit bei ihm Einlass verlangte. Die Pforte öffnete sich einen Spalt, und eine dünne Gestalt schlüpfte an Egin vorbei. Stirnrunzelnd blieb Bandolf stehen, als er die junge Hausmagd seiner Gattin erkannte.

Offenkundig hatte Hildrun es eilig, ins Haus zu kommen. Ohne sich auch nur einmal umzusehen, flitzte sie zur Haustür. Als Bandolf ihr in den Weg trat, blieb sie wie vom Blitz getroffen stehen und starrte ihn mit schreckgeweiteten Augen an. »Wo, zum Teufel, hast du dich herumgetrieben?«, donnerte der Burggraf.

»Es ist nicht so, wie's aussieht, Herr«, stieß Hildrun mit dünnem Stimmchen hervor. »Ich hab nichts Schlechtes getan, Herr, das schwör ich bei meiner Seel.«

Schuldbewusst wand sie sich unter seinem finsteren Blick, dann brach es wie ein Sturzbach aus ihr hervor: »Es war nämlich so, Herr, dass mich vor einiger Zeit ein Mönch wegen des Toten in unserem Hof gefragt hat, wer das Haus denn neu gesegnet hätte, nachdem der Tote weg war …«

Bruder Kilian, fuhr es Bandolf durch den Kopf.

»… und ich ihm Pater Egidius nannte. Darauf schien er besorgt und fragte mich, ob es denn sicher wäre, dass der Geist vertrieben sei. Und ich, Herr, ich dacht' an die Milch, die sauer geworden ist, und wie Filiberta sich wegen der Vorräte und des Unwohlseins der Burggräfin sorgt, und sagte, da stünde es schlecht. Da meinte er, er könne dafür sorgen, dass der Geist endgültig weiche, doch ich müsste ihm alles genau erzählen, was im Haus vor sich ginge, bevor er mit der Reinigung beginnen könne. Ich müsse auch darüber schweigen, denn wenn nämlich ein Geist, der keine Ruhe findet, auch nur ein Wörtchen darüber hörte, dass man ihn austreiben wolle, dann würde er schon einen Winkel finden, wo er sich verbergen könnte. Und dann würde auch der Mönch ihn nicht mehr aufspüren können.«

»Allmächtiger!«, stöhnte Bandolf. »Und das hast du ihm geglaubt?«

Hildrun ließ den Kopf hängen. »Aber er ist doch ein Mönch, Herr.«

Und ein ansehnlicher, junger noch dazu, dachte Bandolf und verzog den Mund.

»So einer kann doch nichts Übles im Schilde führen. Und dann hab ich ja später auch gesehen, wie er mit dem Kämmerer auf dem Marktplatz gesprochen hat. Und auch mit Euch. Da wusste ich doch, dass ich nichts Schlechtes mache, wenn ich ihm sage, was er wissen wollte.«

Ängstlich spähte Hildrun zu ihm auf.

»Dieser gottverfluchte Hundsfott«, knurrte Bandolf erbost. »Was hast du ihm erzählt?«

Die junge Magd biss sich auf die Lippen. »Na, was er eben wissen wollte. Wer in der Halle war, was gesprochen …«

»Lass gut sein. Ich frage ihn selbst«, schnappte der Burggraf.

»Und du, mach hin, dass du ins Haus kommst. Und wenn dir das nächste Mal jemand anschafft, mich in meinem Haus auszuhorchen, dann gnade dir Gott, wenn du damit nicht zu mir kommst!«

Offenkundig erleichtert, so glimpflich davongekommen zu sein, floh Hildrun ins Haus.

Im Torhäuschen pflückte Bandolf eine Fackel von der Wand, warf Egin, der um nichts weniger schuldbewusst dreinschaute als die Magd, einen vernichtenden Blick zu und marschierte durch die Pforte.

Fahler Morgendämmer lag über dem Domplatz, als der Burggraf Bruder Kilian hinter der Bischofspfalz einholte. Der Mönch schien es eilig zu haben. Mit raschen Schritten strebte er dem Domstift zu. Glockengeläut, das die Prim verkündete, verschluckte Bandolfs Schritte, bis er dicht hinter dem Mönch war und ihn grob am Arm packte. Sichtlich erschrocken fuhr Bruder Kilian herum und versuchte, sich von dem harten Griff zu befreien, doch Bandolf hielt ihn mit unbewegter Miene fest.

»Was ficht Euch an, Burggraf?«, rief der junge Mönch, als die Glocken endlich verstummt waren. »Wenn Ihr mich sprechen wollt, muss das bis nach der Messe warten.«

»Ihr werdet die Buße für Euer Versäumnis auf Euch nehmen müssen«, erklärte Bandolf kalt. »Ich lasse Euch nicht eher gehen, bis Ihr meine Neugier befriedigt habt.«

»Herrje, Burggraf. Was immer Euer Auftritt zu bedeuten hat, kann das nicht warten?«

»Ihr seid doch augenscheinlich so begierig darauf zu erfahren, was in meiner Halle vor sich geht. Wollt Ihr nicht wissen, was ich dazu zu sagen habe? Oder hat meine Magd Euren Wissensdurst bereits gestillt?«

Mit einem ergebenen Seufzen schloss der junge Mönch für einen Moment die Augen.

»Ich ahnte, dass das nicht gut ausgehen würde«, sagte er endlich. Langsam schüttelte er den Kopf. »Ich sagte ihm gleich, dass ich nicht der rechte Mann für derlei Aufgaben bin.«

»Wem habt Ihr das gesagt? In wessen Auftrag spioniert Ihr in meinem Haus?«, fragte Bandolf scharf.

Bruder Kilian straffte sich. »Für Heinrich, König von Gottes Gnaden.«

Überrumpelt ließ der Burggraf ihn los.

Kapitel 17

Es war ein Stöhnen, das Garsende erschreckt hatte. Der Laut kam tief aus Beatrix' Kehle und klang kaum menschlich. Rasch nahm Garsende den Becher auf und setzte sich zu ihr nieder.

»Habt Ihr Schmerzen?«, fragte sie.

Langsam öffnete Beatrix die Augen. Ihr Blick irrte ängstlich durch den Raum und blieb schließlich auf Garsendes Gesicht haften. Die spröden Lippen bewegten sich und formten »Durst«.

Behutsam hob die Heilerin ihren Kopf an und hielt ihr den Becher an den Mund. Beatrix trank nur einen winzigen Schluck, dann sank ihr Kopf ermattet zurück, und sie schloss die Augen. Für einen Augenblick schien es, als würde sie erneut in die Ohnmacht hinabgleiten, doch dann hoben sich ihre Lider. Ihr Blick heftete sich fragend auf Garsendes Gesicht.

»Philipp?«

»Ich weiß nicht, wen Ihr meint. Ist Philipp ein Anverwandter von Euch?«, erkundigte sich Garsende. »Ich könnte veranlassen, dass man ihn holen lässt.«

Beatrix' Blick glitt von ihr ab. »Er ist … krank«, flüsterte sie. »Ich muss zu ihm.«

Hilflos schüttelte Garsende den Kopf. Im Geiste schien sich Beatrix anderswo aufzuhalten, und sie konnte ihr nicht folgen.

»Ihr befindet Euch im Hospiz der Abtei Mariamünster zu Worms«, erklärte sie. »Ihr wart auf einer Reise und seid unterwegs erkrankt. Man hat Euch hierher ins Kloster gebracht. Erinnert Ihr Euch?«

Die Lider flatterten.

»Versucht noch ein wenig zu trinken, das wird Euch guttun«, bat Garsende, während sie ihr noch einmal den Becher an den Mund führte.

Gehorsam nippte Beatrix, doch nach zwei weiteren kleinen Schlucken wandte sie den Kopf um eine Spur. Ihre Lider sanken herab.

Mühsam hielt Garsende die Fragen zurück, die ihr auf der Seele brannten, und wartete. Schließlich wurde ihre Geduld belohnt. Als Beatrix das nächste Mal die Augen öffnete, war ihr Blick klarer.

»Ich weiß …«, wisperte sie. »Ich weiß es wieder.« Auch ihre Stimme schien ein wenig an Stärke zurückgewonnen zu haben. »Philipp ist nicht mehr hier.«

Garsende schüttelte den Kopf. »Nein. Aber wenn Ihr mir sagt, wo er sich aufhält, könnte man einen Boten zu ihm schicken.«

Der Abglanz eines Lächelns huschte über Beatrix' eingefallene Züge. »Er ist tot«, sagte sie. »Seit vielen Jahren schon.«

»War er ein Anverwandter von Euch?«

»Er war mein Geliebter.«

Garsende runzelte die Stirn. Der Geliebte, der schon seit vielen Jahren tot war, schien Beatrix weit mehr in ihrer Erinnerung präsent zu sein als ihr Gatte. Sprang ihr Geist zwischen Vergangenheit und Gegenwart hin und her?

»… meinen Frieden machen …«, murmelte Beatrix.

»Möchtet Ihr, dass ich nach einem Priester schicken lasse?«

»Beichten«, seufzte Beatrix. Mit einem unterdrückten Seufzen schickte sich Garsende an aufzustehen, doch eine dünne Hand griff schwach nach ihrem Gewand.

»Warte … Es darf nicht mit mir ins Grab … Ich muss es

ans Licht bringen … Du musst es ans Licht bringen.« Sie keuchte und sank sichtlich erschöpft zurück.

Garsende wartete.

»In meinem Kopf ist alles so wirr«, flüsterte Beatrix.

»Vielleicht könnt Ihr Euch noch an den Tag erinnern, als ihr auf dem Weg nach Worms zusammengebrochen seid?«, versuchte die Heilerin, sie auf den Weg zu führen.

Beatrix' Blick glitt von ihr ab. »Es war so kalt«, murmelte sie. »Ich musste im Freien schlafen … durfte nirgendwo Unterschlupf suchen. Sonst hätte er mich aufgespürt.«

»Wer?«

»Mein Gemahl.«

»Ihr seid vor Eurem Gatten geflohen?«, fragte Garsende erstaunt.

»Ich ertrug es nicht mehr.« Beatrix' bleiche Züge nahmen einen gequälten Ausdruck an. »All die Wut … die Schläge … seinen Hass …«

»Er hasste Euch?«

»Ich konnte ihm keinen Sohn schenken.« Tränen quollen aus ihren Augen.

»Aber wohin wolltet Ihr fliehen?«, fragte Garsende. »Habt Ihr Anverwandte, an die Ihr Euch wenden konntet?«

Mühsam schüttelte Beatrix den Kopf. »… wollte in ein Kloster. Silber … es waren noch einige Münzen übrig … die nahm ich mit.«

Mitleidig blickte Garsende auf sie herab. Einiges schien jetzt einen Sinn zu ergeben. Beatrix hatte sich vor ihrem brutalen Gatten in die Sicherheit eines Nonnenklosters flüchten wollen. Um sicherzugehen, dass man sie dort aufnehmen würde, hatte sie ihrem Gemahl Münzen entwendet, die ihr als Mitgift und Einlass ins Kloster dienen sollten. Da sie aber fürchtete, Arnold würde sie aufspüren, wenn sie in den Klöstern und Höfen, die auf ihrem Weg lagen, um Unterkunft bitten würde, hatte sie die Nächte im Freien verbracht. Es musste Februar gewesen sein, als sie aufgebrochen war, und bitterkalt. Was nahm es da Wunder, dass sie krank geworden und schließlich zusammengebrochen war? Münzen hatte sie nicht bei sich gehabt, als sie gefunden worden war, dafür hatte der Burggraf Münzen bei Ulbert gefunden.

Doch was hatte es mit dem Dokument auf sich? Warum hatte Beatrix es zusammen mit den Münzen mitgenommen? Gehörte es ihr?

»Ihr hattet ein Dokument bei Euch, als Ulbert von Flonheim Euch am Wegesrand gefunden hat«, sagte Garsende. »Er hat es Euch entwendet. Wem gehörte dieses Schriftstück? Und was beinhaltete es?«

Beatrix schloss die Augen. In ihren eingefallen Zügen war keine Bewegung zu erkennen, und sie schwieg so lange, dass die Heilerin befürchtete, sie wäre in jene tiefe Bewusstlosigkeit gesunken, aus der sie womöglich nicht erwachen würde. Als sich ihre Lider endlich wieder hoben, flackerte ihr Blick.

»Ich wuchs in einem kleinen Dorf auf … in der Mark Turin«, begann sie mit leiser, brüchiger Stimme, »… gehörte zum Lehen der Grafen von Givenio … war ein junges Mädchen, als der alte Graf starb …«

Zunächst glaubte Garsende, Beatrix' Geist sei erneut abgeglitten, in eine andere, glücklichere Zeit, und das, was sie so mühselig erzählte, würde nirgendwo hinführen. Doch nach und nach fügte sich aus den Bruchstücken eine Geschichte zusammen, die Sinn ergab.

Beatrix war als Tochter eines Bauern in einem Dorf aufgewachsen, das zu Füßen des Kastells der Grafen von Givenio lag. Als der alte Graf starb und ein Sohn, der einzige Nachfahre, zum Hof des Markgrafen reiste, um sich sein Lehen, sein Erbe, bestätigen zu lassen, war Beatrix noch ein

Kind gewesen. Doch als der junge Herr zurückkehrte, war sie zu einer jungen Frau erblüht. Und sie war schön. Ihr Vater stand in Verhandlungen zu ihrer Vermählung mit einem Nachbarn, als Beatrix und der junge Graf, Philipp, sich eines Tages begegneten. Ehe sie sich's versah, war sie seine Geliebte. Zunächst hatten sie sich heimlich getroffen, doch dann wurden sie entdeckt. Der Vater tobte und verstieß seine Tochter, und Beatrix folgte Philipp auf dessen Burg.

»Ich war jung und wild …«, wisperte sie, »… dachte nicht an das Morgen …«

Angesichts der Umstände war ihr Glück von langer Dauer gewesen. Beatrix hatte bereits fünf Jahre auf der Burg gelebt, als Philipp plötzlich schwer erkrankte. Die Genesung schritt nur langsam voran, und sein Priester beschwor ihn, dem sündigen Leben mit der Kebse abzuschwören und nach Rom zu pilgern, um Buße zu tun. Nur das könne ihn retten. Philipp willigte ein. Trotz des Widerstandes seitens des Priesters bestand er darauf, dass Beatrix ihn begleitete, damit auch sie ihr Seelenheil wiedererlangen könnte.

»… Philipp war noch kaum genesen, als wir aufbrachen …«

Nach nur wenigen Tagesmärschen hatte die Pilgerfahrt vor den Toren des Klosters Sankt Raffael ihr Ende gefunden. Philipp war zusammengebrochen. Man schaffte ihn ins Hospiz des Klosters. Zunächst durfte Beatrix noch an seiner Bettstatt wachen, doch die Hörigen schwatzten. Als die Mönche erfuhren, dass sie seine Kebse war, gestattete man ihr zwar den Aufenthalt im Gästehaus, den Philipp ihr mit einer großzügigen Spende an das Kloster erkauft hatte, verweigerte ihr aber den Zugang zum Hospiz. Beatrix wartete. Neuigkeiten über den Zustand ihres Geliebten drangen nur spärlich zu ihr, und stets waren es die gleichen. Es ging ihm schlecht. Und Beatrix wartete weiter.

Einer der Mönche, ein noch junger Mann, nahm sich schließlich ihrer an. Wann immer er eine Gelegenheit fand, suchte er ihre Nähe, heiterte sie mit Geschichten auf und schenkte ihr Trost. In ihren Gedanken bei Philipp, bemerkte sie nicht, dass er eine Neigung zu ihr gefasst hatte, die im Gegensatz zu seinem Gelübde stand.

»Er war schon als Kind ins Kloster verbracht worden«, wisperte Beatrix. »... arbeitete im Skriptorium von Sankt Raffael ... kopierte all die schönen Schriften ...«

So hatte sie Arnold von Clemante kennengelernt.

Unerwartet und plötzlich war der Abt gestorben, und der Prior des Klosters hatte seine Nachfolge angetreten. Arnold überwarf sich mit dem neuen Abt, der den Umgang des Mönchs mit der Kebse des Grafen von Givenio streng verurteilte. Als kurz darauf auch Philipp seinem langen Leiden erlag, beschloss Arnold, das Kloster zu verlassen. Und Beatrix sollte ihn begleiten.

»... bot mir die Ehe an.« Neue Tränen benetzten Beatrix' Wangen. »Was hatte ich für eine Wahl?«

Allein, ohne Mittel und von ihrer Familie verstoßen, hatte Beatrix keine andere Möglichkeit gesehen, als auf Arnolds Angebot einzugehen. Philipp war gestorben, ohne Vorsorge für sie zu treffen, und obwohl auch Arnolds Familie keine Reichtümer besaß, war er überzeugt davon gewesen, sich mit seinen im Kloster erworbenen Fähigkeiten durchschlagen zu können. Am Hof der Markgräfin würde er sein Glück machen, sagte er zu Beatrix. Er hielt Wort. In einer kleinen Bergkapelle auf dem Weg nach Turin nahm er sie zu seinem Weib.

Der Hof zu Turin war jedoch verwaist, als Arnold und Beatrix dort eintrafen. Adelheid, die Markgräfin von Turin und Savoyen und seit dem Tod ihres Gatten alleinige Regentin ihrer Ländereien, weilte mit ihren beiden Töchtern im Fränkischen, wo sie mit Kaiser Heinrich III. um die Verlobung ihrer fünfjährigen Tochter Bertha mit dem kleinen Thronfolger in Verhandlungen stand. Doch der Vogt der

Markgräfin war von Arnolds Fähigkeiten beeindruckt und nahm ihn als Schreiber in Dienst. Beatrix fühlte sich wohl in Turin, und obwohl sie schon damals den rasch aufflammenden Zorn ihres Gatten zu spüren bekam, war sie zufrieden. Doch dann kehrte die Markgräfin nach Turin zurück …

»… mussten bei Nacht und Nebel vom Hof fliehen … ich wusste nicht, warum … später Herbst … Schnee in den Alpen … immer weiter … nach Norden … so kalt … nach Norden … Dann … endlich … sprach Arnold … von Philipps Testament …«

Beatrix' Gesicht verzerrte sich, ihre Stimme wurde immer brüchiger, bis sie gänzlich erstarb. Dicke Schweißtropfen standen auf ihrer Stirn und rannen an ihren Schläfen herab. Zutiefst besorgt, beugte sich Garsende über sie. »Ihr müsst Euch ein wenig ausruhen«, drängte sie, während sie ihr den Schweiß abtupfte. »Wenn Ihr Euch erholt habt, könnt Ihr …«

Keuchend versuchte Beatrix den Kopf zu heben. »… später … später … kann ich ausruhen …«, ächzte sie.

Vergeblich versuchte Garsende, sie zu beschwichtigen oder sie dazu zu bewegen, wenigstens noch einen Schluck aus dem Becher zu trinken. Es schien ihr, als würde Beatrix befürchten, sie könne nicht mehr genügend Zeit haben, um alles zu sagen, was sie sagen wollte. Als sie fortfuhr, brachen die Worte hektisch aus ihr hervor. Immer holpriger und leiser wurde ihre Stimme, bis sich viele ihrer Worte für Garsende nur noch aus dem Zusammenhang erschlossen.

Als sie schließlich verstummte, entspannten sich ihre Züge. Langsam drehte sie den Kopf zu der Öllampe, die Garsende auf die Bank gestellt hatte.

»Ist es Nacht?«, wisperte Beatrix plötzlich.

»Es ist Prim«, antwortete Garsende. Sanft strich sie über die blonden Locken, die feucht auf Beatrix' Stirn klebten.

Beatrix lächelte.

»Es war eine üble Schurkerei, dass Ihr Euch meiner Magd bedient habt, um in meiner Halle zu spionieren«, knurrte Bandolf erzürnt, während sie durch den Torbogen der Bischofspfalz in Richtung Pfalzhof schritten.

»Ich wusste mir keinen anderen Rat«, gestand der junge Mönch. »Als Seine Hoheit mir den Auftrag erteilte, beschwor ich ihn, einen anderen mit dieser Aufgabe zu betreuen, das könnt Ihr mir glauben. Ich bin Mönch! Für dergleichen bin ich nicht geschaffen.«

»Und warum hörte der König nicht auf Euch?«

Bruder Kilian zuckte mit den Schultern. »Seit den Ereignissen in Tribur ist Seine Hoheit jedermann gegenüber misstrauisch geworden. Doch er wusste, dass ich Adalbert von Bremen nahestand. Nachdem der Erzbischof gestürzt worden war, schien es so, als würde Seine Hoheit ein wenig des Vertrauens, das er ihm geschenkt hatte, auf mich übertragen.« Betrübt schüttelte er den Kopf. »Die Wahrheit wird sein, dass er mir einfach nur um einen Deut weniger misstraut als anderen.«

»Erzählt mir, worin Euer Auftrag bestand«, forderte der Burggraf.

Der junge Mönch stieß ein tiefes Seufzen aus. »Anfang März rief mich der König in seine Kammer. Rutland vom Frankenstein sei in Lorsch eingetroffen, erklärte er. Es habe ein geheimes Treffen zwischen Rutland, den Herzögen von Schwaben und Bayern und dem Erzbischof von Köln stattgefunden, in dem die Rede von einem Dokument gewesen war. Dieses Dokument sei für ihn, den König, von großer Wichtigkeit, und es müsse ihm unbedingt beschafft werden.«

»Woher wusste der König von dem Treffen zwischen den Fürsten und Rutland vom Frankenstein?«, erkundigte sich Bandolf. »Ich nehme nicht an, dass er dazu geladen war?«

Ein jungenhaftes Grinsen huschte über Kilians Gesicht. »Hörige mögen hie und da einen Satz aufschnappen. Und der König versteht es, sich ihrer Schwatzhaftigkeit zu bedienen.«

Bandolf nickte, und der Mönch fuhr fort: »Das Dokument habe sich in den Händen eines gewissen Arnold von Clemante befunden, sei aber nun in der Obhut seiner Gattin. Jene Gattin jedoch wäre verschwunden. Ich müsse sie aufspüren, des Dokuments habhaft werden, koste es, was es wolle, und wenn möglich, auch Zeugen beschaffen, die damit in Verbindung stehen.«

»Was steht in dem Dokument? Warum ist es so wichtig für den König?«

»Das entzieht sich meiner Kenntnis, Burggraf.«

»Das glaube ich nicht!«

Bruder Kilian hob bedauernd die Arme.

»Verdammnis!«, knurrte der Burggraf, der das Gefühl hatte, als hätte man ihm ein saftiges Stück Wildbret vor der Nase weggezogen. »Habt Ihr denn nicht gefragt?«, fuhr er den Mönch an.

»Seine Hoheit hielt es wohl nicht für opportun, mir das mitzuteilen.«

Bandolf warf ihm einen scharfen Blick zu, doch der Mönch sprach bereits weiter: »Aber er warnte mich. Er habe erfahren, dass die Fürsten einen Mann ausgeschickt hätten, den man *den Falken* nennt. Er sei ebenfalls hinter dem Schriftstück her und trachte danach, es zu vernichten.«

»Der Falke? Wer ist das?«

»Das weiß niemand.« Bruder Kilian rückte ein Stück näher an den Burggrafen heran und senkte geheimnisvoll die Stimme. »Bei Hof munkelt man, er sei der rechte Arm der Fürsten und erledige Aufträge für sie, die das Tageslicht nicht vertrügen. Es heißt, wer seinen Schatten sieht, sei bereits ein toter Mann.«

Mit Unbehagen dachte Bandolf an den Mann, der ihn im Wald angegriffen hatte. Unwillkürlich fuhr er mit der Hand an seine Kehle, wo er den Dolch gespürt hatte, und seine Nackenhaare sträubten sich.

»Und gegen einen solchen Mann schickt Heinrich ausgerechnet Euch ins Feld?«, fragte er ungläubig.

»Er dachte wohl, die Kutte würde mich schützen«, meinte Bruder Kilian. »Als Mönch, der im Auftrag des Königs unterwegs ist, würde ich nicht auf mich aufmerksam machen und wäre überall willkommen.«

»Herrje.«

Ohne ein rechtes Ziel waren die beiden Männer über den Pfalzhof geschlendert. Vor der Hohlgasse blieb Bandolf stehen. Müßig warf er einen Blick auf die Nordfassade des Doms, die zu seiner Rechten aufragte. Die Umrisse der Silberkammer, die sich an den Ostchor schmiegte, waren gegen den stetig heller werdenden Himmel bereits deutlich zu erkennen, und Bandolfs Magen, der schon seit geraumer Zeit rumorte, knurrte vernehmlich. Mit wenig Erfolg versuchte er, seinen wachsenden Appetit zu ignorieren.

»Wie seid Ihr überhaupt darauf gekommen, das Dokument könnte sich in Worms befinden?«, brummte er, zunehmend gereizt.

»Ich dachte, es sei das Einfachste, würde ich ins Isenachtal reisen und mich im Umfeld seiner Hufe nach Arnold und dessen Gattin erkundigen. Vielleicht würde ich dort erfahren, wohin sich Arnolds Gattin gewandt hatte«, erwiderte Bruder Kilian. »Doch auf dem Weg dahin hörte ich von einem Weib, das man ins Hospiz des Klosters Mariamünster bei Worms verbracht hatte. Und dass niemand wüsste, wer dieses Weib sei. Ich hoffte, es würde sich um die Frau handeln, die ich suchte. So kam ich nach Worms.«

»Und wie habt Ihr Euch Zutritt ins Kloster verschafft?«

»Vielleicht war es nicht das Klügste, mich zu schicken«, bemerkte Bruder Kilian mit einem Anflug von Gekränktheit in der Stimme, die den Burggrafen an seinen Schreiber erinnerte. »Aber in einem hatte der König recht: Man kann sich als Mönch überall leichter Zugang verschaffen, als – nun, als beispielsweise Ihr es könntet. Außerdem schien der Herr auf meiner Seite zu sein, denn in Mariamünster befindet sich eine Nichte Adalberts von Bremen. Sie bekleidet das Amt der Infirmarin, was bedeutet, dass sie über das kranke Weib wissen musste, was es zu wissen gab.«

Doch nicht alles, dachte Bandolf bei sich. Sonst hätte ich niemals das Teilstück des Testaments in die Hände bekommen. Laut sagte er: »Ihr habt also die Infirmarin über Arnolds Besuch ausgeforscht und von Ulbert von Flonheim erfahren. Und dann?«

Bruder Kilian zuckte mit den Schultern und schwieg.

»Ihr habt von Schwester Walburga gehört, dass Beatrix nicht mehr im Besitz des Schriftstücks war, habt vermutet, dass Ulbert es an sich genommen hatte, als er sie fand, und habt ihm auf seiner Rückkehr vom Frühlingsfest aufgelauert«, erklärte Bandolf scharf. »Und als er sich weigerte, Euch das Dokument auszuhändigen, habt Ihr ihn niedergestochen, um es an Euch zu nehmen.«

Erschrocken zuckte der junge Mönch zurück. »Ich habe Ulbert von Flonheim nicht ermordet«, beteuerte er mit aufgerissenen Augen. »Ich bin ihm doch nie begegnet!«

Zweifelnd hob der Burggraf die Brauen. Nach einer Weile meinte er: »Nehmen wir einen Lidschlag lang an, ich würde Euch glauben. Was geschah weiter?«

Bruder Kilian fuhr sich mit der Zunge über die Lippen. »Als ich von dem Mord an Ulbert hörte, glaubte ich, dass Arnold von Clemante ihn ermordet hat. Ich fand heraus, wo Arnold Quartier genommen hatte, und machte mich auf den Weg zu ihm. Aber in der Herberge erfuhr ich, dass er die Stadt, ebenso wie Bruder Bartholomäus, verlassen hatte.«

Einer plötzlichen Eingebung folgend, meinte Bandolf: »Dann seid Ihr es gewesen, der versuchte, nachts ins Dormitorium des Domstifts einzudringen? Ihr wusstet, dass Ulbert das Dokument seinem Vetter übergeben hatte, und hofftet, Bartholomäus hätte es dort bei seiner Habe zurückgelassen, als er Worms verließ.«

Heftig schüttelte Bruder Kilian den Kopf. »Ich tat nichts dergleichen. Woher hätte ich denn wissen sollen, dass Ulbert das Dokument seinem Vetter gegeben hatte? Und wie wäre ich überhaupt ins Kapitelhaus der Dombrüder gekommen?«

»Wer immer dort eingedrungen ist, muss einen Schlüssel gehabt haben. Außer Bruder Wipert, der die Schlüsselgewalt im Domstift hat, besitzt in Abwesenheit des Bischofs nur noch sein Vogt die Schlüssel zu Dom und Stift. Und da Ihr in der Pfalz logiert, hättet Ihr wohl die Möglichkeit gehabt, den Schlüssel zu entwenden.«

»Wie jeder andere auch, der dort Quartier genommen hat«, protestierte der Mönch. »Von Bruder Bartholomäus erfuhr ich doch erst viel später. Bis dahin dachte ich, wie auch die Dombrüder, dass er die Stadt im Auftrag des Kämmerers verlassen hätte.«

Finster starrte Bandolf vor sich hin. Ich werde Hildrun das Maul mit Seife auswaschen, schwor er sich im Stillen.

»Was tatet Ihr dann?«, fragte er laut.

»Als die Nachricht von der Erkrankung des Königs in Worms eintraf, wusste ich nicht, was ich tun sollte«, meinte Bruder Kilian. »Es war ja offenkundig, dass Ihr versuchtet, Ulberts Mörder aufzuspüren. Also glaubte ich, es sei wohl am besten, mich an Eure Fersen zu heften. Ihr würdet den Mörder gewiss finden und mit ihm das Dokument. Und wäre es erst in Eurem Besitz, könnte ich es Euch abnehmen.«

Nun doch erheitert, lachte der Burggraf auf. »Und wie gedachtet Ihr das anzustellen?«

»Zur passenden Zeit wäre mir schon etwas eingefallen«, gab Bruder Kilian gekränkt zurück.

»Ihr habt Euch also an meine Fersen geheftet und zugleich meine Magd beschwatzt, mich auszuforschen«, konstatierte Bandolf. »Und was habt Ihr erfahren?«

»Nicht allzu viel«, meinte Kilian mit einem tiefen Seufzen. »Und darum suchte ich Euch schließlich selbst auf. Ich hoffte, bei einem Krug Wein und müßigem Geplauder würdet Ihr Euch womöglich als zugänglicher erweisen.«

»Bei allen Heiligen! Warum habt Ihr mich nicht einfach unterrichtet und offen gefragt?«

»Offen gefragt?«, wiederholte Bruder Kilian und starrte den Burggrafen ungläubig an. »Wie hätte ich das denn tun können?«

»Indem Ihr einfach das Maul aufmacht!«

»Aber ich ...« Der Mönch schüttelte den Kopf. »Dergleichen kam nie in Frage.«

Natürlich nicht, dachte Bandolf grimmig. Niemand, der seinen Verstand beisammen hatte, würde bei Hof offen sagen, was er wollte.

Mit zusammengezogenen Brauen forschte er in Bruder Kilians jungenhaften Zügen. Eine Lüge konnte er nicht darin finden. Entweder hatte der Mönch die Wahrheit gesagt, oder aber er war ein besserer Pantomime, als Bandolf ihm zutraute. Was fange ich jetzt mit dir an?, überlegte er. Sein Magen rumpelte erneut, und er seufzte.

»Wie gehen wir nun weiter vor?«, erkundigte sich Bruder Kilian.

»Wir?«, wiederholte der Burggraf und starrte den Mönch gereizt an. »Wir tun überhaupt nichts. Ihr werdet in die Pfalz zurückkehren und die Füße still halten. Betet oder geht dem Kämmerer um den Bart, ganz wie Ihr wollt, aber lasst mich in Ruhe meine Arbeit tun.«

»Aber ...«, protestierte der Mönch, verstummte jedoch unter Bandolfs Blick.

»Vergesst nicht, dass ich im Auftrag des Königs hier bin«,

wandte er schließlich ein. »Wenn Ihr herausfindet, wo sich Bruder Bartholomäus aufhält, dann muss ich das erfahren. Und falls Ihr des Schriftstücks habhaft werden könnt, müsst Ihr es mir umgehend übergeben.«

Vage zuckte Bandolf mit den Schultern und schickte sich mit einem »Gott mit Euch, Mönch« an zu gehen.

»Da ist noch etwas, Burggraf«, hielt Bruder Kilian ihn zurück. »Kurz bevor König Heinrich erkrankte, ließ er mir noch eine Botschaft überbringen. Da hieß es, die Markgräfin von Turin habe ebenfalls jemanden nach Worms geschickt, der in ihrem Auftrag nach dem Dokument suche.«

Abrupt drehte Bandolf herum. »Was zur Hölle hat die Markgräfin von Turin mit der Angelegenheit zu schaffen?«

Wortlos zuckte Bruder Kilian mit den Schultern.

»Wisst Ihr, wen sie geschickt hat?«

Ein Lächeln huschte über das rundliche Gesicht des Mönchs. »Das nicht. Aber ich kann es mir denken.«

»Dann erhellt mich«, brummte der Burggraf.

Bruder Kilian trat einen Schritt auf ihn zu. »Es ist nämlich so, dass …«, begann er.

Während der Burggraf zuhörte, verfinsterte sich sein Gesicht, und als der Mönch geendet hatte, rann ihm ein Schauer über den Rücken.

Ohne ein Wort ließ er den Mönch stehen und stürmte die Hohlgasse hinunter.

Die Heilerin glaubte, das schwache Lächeln noch immer auf ihrem Gesicht zu erkennen, als Beatrix aufhörte zu atmen. Eine ganze Weile saß sie noch an der Bettstatt und hielt die leblose Hand, während sie in Gedanken bei dem weilte, was Beatrix ihr erzählt hatte. Sie wusste jetzt, warum es der Kranken so wichtig gewesen war, sich jemandem mitzuteilen, sodass sie sogar in Kauf genommen hatte, ohne Sterbesakramente vor ihren Schöpfer zu treten. Im Stillen hoffte Garsende, es möge vor dem Gericht des Herrn zählen, dass sie versucht hatte, ein böses Unrecht wiedergutzumachen.

Dennoch hat sich der Burggraf geirrt, ging es ihr durch den Kopf. Er hatte gesagt, er würde wissen, wer Ulberts und Arnolds Mörder sei, wenn er erst den Inhalt des Schriftstücks kenne. Sie wusste nun um seinen Inhalt, wusste, für wen es für Bedeutung war, doch der Person des Meuchlers war sie damit keinen Schritt näher gekommen.

Sie seufzte. Behutsam bettete sie Beatrix' Arme über Kreuz auf ihre Brust und nahm mit einem stillen Gebet Abschied von ihr. Dann stand sie auf. Ein Bedürfnis nach frischer Luft führte sie zum Fenster, wo sie den Verschlag weit aufriss. Kalte Luft strömte in den Raum, und durch die kleine Öffnung sah sie einen ersten Lichtstrahl den grauen Himmel durchbrechen. Die Prim würde bald vorbei sein, die Nonnen würden ihren Gottesdienst beenden. Es hatte keinen Sinn, ihr Gebet vor der Zeit zu unterbrechen, um die Nachricht von Beatrix' Tod zu verkünden. Sie beschloss, damit zu warten, bis die Schwestern die Kirche verließen. Anschließend würde sie den Burggrafen aufsuchen – gleichgültig, ob er noch verärgert über sie war oder nicht. Was sie ihm zu sagen hatte, sollte er so bald wie möglich erfahren, und nicht erst, wenn die Botschaft der Äbtissin ihn erreichte.

Müßig begann Garsende, ein wenig Ordnung im Raum zu schaffen und die Dinge in ihren Beutel zu packen, die sie mitgebracht hatte. Ihr Aufenthalt im Kloster war beendet. Beim Gedanken, bald wieder zu Hause zu sein, stieg Freude in ihr auf, und ein wenig schuldbewusst warf sie einen Blick auf die Tote. Doch dann schüttelte sie den Kopf. Es würde Beatrix gewiss nicht kränken, wenn Garsende das Kloster ohne Bedauern verließ.

Sie brauchte nicht lange, um ihre wenigen Habseligkeiten

zu verstauen und Ordnung in der kleinen Zelle zu schaffen. Zum Schluss fiel ihr Blick auf die noch feuchten Strohballen von Beatrix vormaliger Bettstatt, die sie mit Schwester Lukas an der Wand, wo das Kopfende gewesen war, zusammengeschoben hatte.

Eine der Hörigen kann sie wegschaffen, wenn man Beatrix ins Beinhaus verlegt hat, überlegte Garsende, während sie sich auf die Bank setzte, um auf das Ende des Gottesdienstes zu warten.

Aber ihr Geist war aufgewühlt und ruhelos, und es gelang ihr nicht, lange still zu sitzen. Mit einem Seufzen stand sie wieder auf und beschloss, die Strohballen schon einmal vor die Tür zu schaffen.

Behutsam öffnete sie die Tür und spähte hinaus. Es war still, und auf dem Gang niemand zu sehen.

Sicher dauerte die Messe noch an.

Nacheinander trug Garsende die feuchten Ballen hinaus auf den Gang und stapelte sie neben der Tür auf. Doch als sie den letzten anhob, stutzte sie. Mit schmalen Augen musterte sie die Wand. Die Öllampe und die Glut im Kohlebecken erhellten die kleine Zelle nur spärlich, und das unstete Licht mochte sie täuschen. Doch als sie sich niederkniete und mit den Händen über das Gemäuer tastete, konnte sie etwa zwei Handbreit über dem Boden eine kleine Öffnung ertasten. Rasch lief sie zur Bank hinüber, griff nach der Lampe und legte sich dann bäuchlings vor die Wand.

»Bei allen Heiligen! Was macht Ihr denn da?«, hörte sie Schwester Walburgas Stimme hinter sich. Erschrocken fuhr Garsende hoch und spürte, wie ihr das Blut in die Wangen schoss. Sie hatte die Tür offen gelassen und nicht gehört, dass jemand eingetreten war. Missbilligend starrte die Nonne auf sie herab.

»Das scheint mir nicht das rechte Benehmen, das man in Gegenwart einer Kranken …«, begann sie, ihre Missbilligung in Worte zu fassen. Offenbar hatte sie noch keinen Blick auf die Bettstatt geworfen. Ihre Züge waren bleich, und für einen Augenblick fragte sich die Heilerin, ob die Blässe in ihrem Gesicht vom Kopfschmerz herrührte oder ob sie womöglich eine andere Ursache hatte.

Hastig stand Garsende auf und drängte die verdutzte Schwester auf den Gang hinaus. Während sie die Tür leise hinter sich schloss, bemerkte sie Schwester Synesia, die an die Tür der Nachbarzelle klopfte.

»Was hat das zu bedeuten?«, fuhr Schwester Walburga sie an. »Die Ehrwürdige Mutter hat ausdrücklich …«

»Beatrix ist von uns gegangen«, sagte Garsende.

Das brachte die Nonne zum Schweigen. Einen Moment lang schaute sie Garsende ungläubig an, dann senkte sie den Kopf und bekreuzigte sich. Über ihre Schulter hinweg sah Garsende Schwester Synesia erneut an die Tür der Nachbarzelle klopfen.

»Ich werde Mutter Margarete benachrichtigen«, erklärte Schwester Walburga, als sie den Kopf wieder hob.

Garsende nickte und schickte sich an, in Beatrix' Zelle zurückzukehren. Dann sah sie jedoch, wie die Pförtnerin sich zu Schwester Walburga umdrehte, als die Infirmarin an ihr vorbeiging.

»Serafina von Asti ist nicht da«, sagte sie ratlos.

Schwester Walburga blieb stehen. Auch Garsende verharrte und spähte zu den beiden Nonnen hinüber.

»Was wolltet Ihr denn von ihr?«, erkundigte sich die Infirmarin.

»Es ist ein Bote für sie an der Pforte.«

»Vielleicht ist sie noch in der Kirche?«, meinte Schwester Walburga, doch die Pförtnerin schüttelte den Kopf.

»Ich habe sie nicht bei der Messe gesehen.«

Die Infirmarin runzelte die Stirn. »Wenn ich es recht bedenke, habe ich sie auch nicht mehr gesehen, seit sie das

Refektorium gestern beim Nachtmahl so rasch verlassen hat.«

Schwester Walburgas Anfall kann nicht lange gedauert haben, wenn sie am Nachtmahl teilgenommen hat, fuhr es Garsende durch den Kopf, während die Infirmarin fragte, ob Serafina das Kloster denn verlassen hätte.

»Nicht, solange ich Dienst an der Pforte tat«, antwortete die Pförtnerin. »Zwar kam sie nach dem Nachtmahl am Torhäuschen vorbei. Sie sagte, sie wolle sich vor dem Schlafengehen noch ein wenig die Beine vertreten. Wir sprachen über die Vita Bischof Burchards, aus der Schwester Pankratia bei Tisch vorgelesen hatte. Wie er Worms zu neuer Blüte verhalf und trotz seines hohen Ansehens am Hof des Kaisers die Klausur vorzog. Aber sie hielt sich nicht lange auf, und als sie ging, sah ich sie in Richtung Gästehaus davonschlendern. Daher nahm ich an …«

»Ihr werdet sie schon finden«, unterbrach sie Schwester Walburga mit sichtlicher Ungeduld. »Ich muss die Ehrwürdige Mutter von Beatrix' Ableben unterrichten.«

Schwester Synesia schlug ein Kreuz. »Sie ist von uns gegangen?«, wiederholte sie, doch die Infirmarin hatte sich bereits abgewandt und strebte der Treppe am Ende des Gangs zu. Die Pförtnerin warf einen Blick auf Garsende, die noch immer vor der Tür zu Beatrix' Zelle stand. »Wann ist sie gestorben?«, erkundigte sie sich.

»Während der Prim«, antwortete Garsende.

Betrübt schüttelte Schwester Synesia den Kopf und wandte sich ebenfalls zum Gehen.

»Was sage ich denn nun dem Boten?«, hörte Garsende sie murmeln.

»Hätte Serafina von Asti denn eine andere Möglichkeit gehabt, das Kloster zu verlassen, als an Euch vorbei durch die Pforte?«, fragte sie.

»Nein. Das Büßerpförtchen ist stets verschlossen, wie

auch das alte Pförtchen im Garten. Außerdem ist es derart mit Brombeerranken überwuchert, dass nicht einmal eine Maus zum Käsestehlen durchkäme, und …«

Garsende hörte nicht mehr zu. »Eine Maus«, wiederholte sie langsam. Ihr Herz klopfte plötzlich bis zum Hals.

Sie stand ganz still, während ihre Gedanken durcheinanderwirbelten und ihr Bilder zeigten, die sich viel zu rasch wieder auflösten.

»… finde ich sie vielleicht im Kreuzgang, oder … Himmel, was ist denn mit dir?«, hörte sie die besorgte Stimme der Nonne.

Garsende antwortete nicht. Gedankenverloren starrte sie vor sich.

»Die Klause«, murmelte sie schließlich. Sie hob den Kopf und ihr Blick fiel auf Schwester Synesia, die sie mit gerunzelter Stirn musterte.

Für einen Moment biss Garsende sich unschlüssig auf die Lippen. Alles in ihr drängte danach, das Kloster umgehend zu verlassen, doch die Äbtissin würde es ihr übel vermerken, wenn sie nicht auf sie wartete. Sie seufzte tief. Dann sagte sie entschlossen:

»Ich muss gehen. Bitte entschuldigt mich bei der Ehrwürdigen Mutter, aber ich kann nicht länger bleiben. Ich werde es später erklären.«

»Ich verstehe nicht … was ist denn nur?«, fragte die Pförtnerin bestürzt.

Garsende schüttelte nur den Kopf und raffte ihr Gewand.

»So warte doch! Die Ehrwürdige Mutter wird gewiss gleich hier sein«, rief Schwester Synesia ihr hinterher, aber Garsende hatte bereits die Treppe erreicht und eilte die Stufen hinunter.

Kapitel 18

Der Falke kniff die Augen zusammen und warf einen Blick in den Himmel. Es konnte nicht mehr lange dauern, bis die Wächter das Tor öffnen und Mensch und Vieh passieren lassen würden, die sich bereits zu beiden Seiten der Pforte versammelt hatten, um in die Stadt oder hinaus auf die Felder zu strömen. Mit Hilfe seines Pergaments hätte er Worms bereits früher verlassen können, doch hatte er es für klüger gehalten zu warten. In der Menge würde er nicht auffallen. Zwar war er sicher, dass der Burggraf ihn nicht erkannt hatte, dennoch war ihm Bandolf von Leyen unangenehm nahe gerückt. Es bedurfte nicht mehr viel, und der Mann würde wissen, wer er war.

Es wurde Zeit, sich des Burggrafen zu entledigen. Ein zweites Mal durfte er ihn nicht mit dem Leben davonkommen lassen.

Ein Anflug von Unmut flog über sein Gesicht. Seit der Versuch gescheitert war, den sturköpfigen Burggrafen zu beseitigen, schien ihn das Glück verlassen zu haben. Mit keiner Richtung, die er eingeschlagen hatte, war er Bruder Bartholomäus und mit ihm dem Dokument auch nur einen Schritt näher gekommen. Wen er auch ausgeforscht hatte, niemand schien den Domherrn gesehen zu haben. Und langsam gingen ihm die Einfälle aus, wo er noch suchen konnte. In der Umgebung des Klosters nachzuforschen, schien die letzte Möglichkeit, den Bruder endlich aufzuspüren. Ein Fehlschlag wäre fatal, nicht zuletzt für das ganze Reich.

In Lorsch wurde man ungeduldig, und seit der junge König auf dem Weg der Genesung war, schien es um so wichtiger, des verdammten Schriftstücks habhaft zu werden. Zumal er nicht der Einzige war, der danach suchte.

Ein leises Lachen entschlüpfte dem Falken, und er dankte Gott für die Jugend seines Herrschers, die Heinrich oft noch unkluge Entscheidungen treffen ließ. Hätte der König jemand anderen ausgeschickt als einen unerfahrenen Mönch, wäre er seinem Ziel womöglich näher gekommen, dachte er. Es hatte ihn kaum Mühe gekostet, Heinrichs Abgesandten zu entlarven, und noch weniger zu entscheiden, dass Bruder Kilian weder eine Gefahr für ihn noch für seinen Auftrag darstellte.

Unvermittelt wurde er wieder ernst. Es wäre töricht, sich in Sicherheit zu wiegen. Konnte er den Benediktiner auch außer Acht lassen und den Tod des Burggrafen als gewiss betrachten, so war da noch ein Dritter mit im Spiel, der außer dem Falken die Finger nach dem Dokument ausstreckte. So sehr er sich auch bemüht hatte, war es ihm bislang nicht gelungen herauszufinden, wer es war oder in wessen Auftrag er handelte.

Das Tor öffnete sich mit einem lauten Knarren, und der Falke drückte seinem Pferd die Fersen in die Flanken.

»Es ist ihr wohl nicht bewusst gewesen, doch mich haben ihre Worte stutzig gemacht«, hatte Bruder Kilian gesagt.

Und verflucht sei die Geheimniskrämerei bei Hof, die du gewöhnt bist, dachte der Burggraf zornig, als er den Marktplatz überquerte. Hätte der Mönch ihm zur rechten Zeit davon erzählt, wäre zu verhindern gewesen, dass er die Heilerin in die Höhle des Löwen schickte. So aber lauerte der Tod im Kloster, und Bandolf konnte nur hoffen, dass er nicht zu spät kommen würde.

Matthäa wird mir nie verzeihen, wenn ihr ein Leid zustößt, ging es ihm durch den Kopf und schalt sich einen verdammten Narren, töricht genug, ein Weib mit Aufgaben zu betrauen, für die es nun einmal nicht geschaffen war!

Überhaupt schien es, als wäre er von Beginn an mit Blindheit geschlagen gewesen.

Der Mönch mochte nicht wissen, wer sich hinter dem Falken verbarg, doch Bandolf ahnte nun, wer ihm den Dolch an die Kehle gesetzt hatte.

Mit einem grimmigen Lächeln beschleunigte er seinen Schritt.

Als das Tor des Klosters hinter ihr zufiel, atmete Garsende erleichtert auf.

Während der letzten Tage hatte sie die Krankenstube kaum verlassen, und die Mauern, in denen sie nur wenig willkommen war, hatten sie bedrückt. Beatrix' Beichte, die Anspannung, auf der Hut sein, in jedem Gesicht nach jenem einen Ausschau halten zu müssen, das nur Fassade war und hinter dem sich ein gewissenloser Meuchler verbarg, und nicht zuletzt der Mangel an Schlaf hatten in Garsende zunehmend ein Gefühl der Unwirklichkeit erzeugt.

Jetzt glaubte sie zu wissen, wer für Beatrix' Tod verantwortlich war, und sogar, wo der abgängige Domherr zu finden sein würde. Ihr Verdacht, zunächst noch vage, hatte sich in den letzten Stunden verhärtet, und Schwester Synesia hatte ihr den Hinweis auf Bruder Bartholomäus' Aufenthalt geliefert.

Gewiss, sie konnte sich irren, und trotz allem, was sie erfahren hatte, wollte sich noch immer kein vollständiges Bild ergeben. Ihr Kopf schien angefüllt mit vielen Teilchen, die wild durcheinanderwirbelten und sich nicht richtig aneinanderreihen lassen wollten.

Aber allein die Tatsache, dass es Hinweise gab, denen man folgen konnte, sorgte dafür, dass sich die Welt für sie wieder ins rechte Licht rückte.

Als Garsende den Wald betrat, der sich an die Felder des Klosters anschloss, war ihr, als würde sie endlich wieder festen Boden unter sich spüren.

Der aufziehende Tag schien trübe zu werden, und nur wenig Licht drang durch die Wipfel der Bäume, um ihr den Weg zu erhellen. Garsende hatte sich nicht die Zeit genommen, eine Lampe mitzunehmen, und so kam sie langsamer voran, als sie es sich gewünscht hätte. Zunächst hatte sie vorgehabt, selbst dem Hinweis der Pförtnerin zu folgen, doch dann hatte sie sich anders entschieden. Zweifellos würde Schwester Synesia berichten, was Garsende sie gefragt hatte, und schließlich auch jenes Ohr erreichen, das die richtigen Schlüsse daraus ziehen würde. Doch das mochte einige Zeit dauern. Der kleine Vorsprung sollte genügen, um dem Burggrafen zu berichten, was sie erfahren hatte. Jedenfalls hoffte sie das.

Langsam wurde es auch im Wald heller, und Garsende beschleunigte ihren Schritt. Auf halber Höhe zur Pfauenpforte kamen ihr aus Richtung Worms einige Bauern und Hörige entgegen, die auf dem Weg zu ihren Feldern waren. Jemand rief ihr einen Gruß zu, den sie mit einem flüchtigen Winken beantwortete, während sie weitereilte.

Aber was geschieht, wenn sie es schon weiß?, fuhr es Garsende plötzlich durch den Kopf. Womöglich war ihr der Gedanke an die vergessene Klause schon in den Sinn gekommen, als man im Refektorium aus der Vita Bischof Burchards vorgelesen hatte. Aber würde sie auch wissen, wo sie suchen musste?

Garsende hastete voran. Vor der Abzweigung, die zu ihrer Hütte führte, zu dem Teil des Waldes, der ihr Eigen war, zögerte sie einen Moment. Doch dann eilte sie weiter der Stadt zu.

Ein Reiter kam ihr entgegen. Zunächst erkannte sie ihn nicht, doch als er sie fast erreicht hatte, schien er eine unachtsame Bewegung gemacht zu haben. Sein Pferd stieg, und während er fest in die Zügel griff, rutschte die Kapuze von seinem Kopf.

Garsende blieb stehen und stemmte keuchend ihre Hände in die Hüften. »Ihr?«, rief sie atemlos. Ein Lächeln huschte über ihr Gesicht. »Dem Himmel sei Dank!« Die Sorge, die sie bedrückte, schien plötzlich um einiges leichter zu sein.

Lothar hatte seinen Gaul beruhigt und glitt aus dem Sattel.

»Was hast du es denn so eilig? Du bist ja ganz außer Atem.«

»Ich muss rasch in die Stadt. Könntet Ihr mich nicht mitnehmen? Auf Eurem Gaul würde es schneller gehen, und ich muss dringend mit dem Burggrafen sprechen.«

»Was ist passiert?«

»Zu viel, um Euch alles im Einzelnen zu erklären. Aber ich weiß jetzt, wo Bruder Bartholomäus zu finden ist, und der Burggraf muss so rasch wie nur möglich davon erfahren«, stieß sie hervor, erleichtert, nicht mehr allein mit der Bürde zu sein.

»Du weißt, wo Bruder Bartholomäus zu finden ist?«, wiederholte er langsam.

»Ja doch«, sagte sie ungeduldig.

»Wo?«

»Es ist natürlich nicht sicher, doch ich vermute, dass er sich in einer alten Klause aufhält, die sich auf meinem Eigen befindet«, sprudelte Garsende heraus. »Die Klause mit der Quelle daneben war ein Geschenk der Grafen von Rieneck an Bischof Burchard. Als der Bischof starb, fielen Klause und Quelle in den Rieneckschen Besitz zurück. Und mit der Zeit geriet sie in Vergessenheit. Es ist schon länger her, und es war reiner Zufall, dass ich sie entdeckt habe.«

Mit einem trockenen Auflachen schüttelte Lothar den Kopf. »Das ist nicht zu glauben«, murmelte er. Laut fragte er: »Wie kommst du darauf, dass Bruder Bartholomäus sich dort aufhält?«

»Kürzlich hörte ich des Nachts Geräusche vor meiner Hütte, und als ich nachsehen ging, entdeckte ich, dass Vorräte aus meinem Verschlag …« Garsende verstummte.

Lothars dunkle Augen glänzten, und seine Züge waren so angespannt wie die Sehne eines Bogens. Etwas Fremdes ging von ihm aus.

Sie blinzelte. Langsam glitt ihr Blick über den Umhang, den er trug, dann an der Schwertscheide entlang, die darunter hervorschaute, und blieb schließlich am Saum des Mantels haften.

»Nein«, hauchte Garsende.

Sie spürte, wie das Blut aus ihrem Gesicht wich und der Boden unter ihren Füßen nachgab.

»Was ist dir?«, hörte sie ihn fragen. Seine Stimme klang weit entfernt in ihren Ohren, und zugleich hörte sie die Worte des Burggrafen wie ein Echo in ihrem Kopf.

»Jemand, der sich aufs Töten versteht«, flüsterte sie.

Lothar trat rasch auf sie zu, doch sie taumelte vor ihm zurück. Ihre Gedanken wirbelten heillos durcheinander, und nur ein einziger schien sich daraus hervorzuheben: dass das, was sie dachte, nicht sein konnte.

Endlich hob Garsende den Kopf. Lothar war stehengeblieben und sah sie an. Wie stets, konnte sie in seinen dunklen Augen nicht lesen.

»Warum?«, fragte sie. Und auch ihre eigene, dünne Stimme klang ihr plötzlich fremd.

»Ich weiß nicht, wovon du sprichst«, antwortete er mit unbewegter Miene.

Wie konnte er es wagen zu leugnen? Zorn, wie sie ihn noch nie zuvor erlebt hatte, flammte in ihr auf und trieb das Blut zurück in ihre Wangen.

»Ihr habt etwas von Eurem Umhang verloren, als Ihr Arnold von Clemante ermordet habt«, fauchte sie und deutete auf den Saum des erdbraunen Mantels, den er trug. »Und ich will wissen, warum Ihr ihn getötet habt.«

Noch immer rührte er sich nicht, sah ihr nur unverwandt in die Augen. »Ich bin Lehnsmann, Garsende. Und dem Markgrafen von Braunschweig verpflichtet«, wiederholte er, was er ihr am Ufer des Rheins schon einmal gesagt hatte. Seine Stimme klang belegt. »Wenn mein Lehnsherr sich auf Seiten der Fürsten stellt, ist es nicht an mir, das in Frage zu stellen. Ich tue das, womit man mich betraut. Und ich verstehe mein Handwerk. So wie du deines.«

»Und um diesen Euren Auftrag zu erfüllen, musstet Ihr mich benutzen?«, schrie sie. »Die törichte Heilerin, die so vernarrt in Euch war, dass sie Euer Aushorchen nicht bemerkte. Was bin ich nur für eine Närrin!«

Wieder trat er einen raschen Schritt auf sie zu, und diesmal gelang es ihm, ihr Handgelenk zu fassen.

»Du bist törichter, als du glaubst, wenn du das von mir denkst«, sagte er scharf. »Mein Auftrag hatte nicht das Geringste mit dir zu tun. Und was du mir erzählt hast, hätte ich auch anderswo erfahren können.«

Sie riss an ihrem Handgelenk, doch er hielt sie eisern fest. »Du musst mich zu dieser Klause führen«, verlangte er.

»Den Teufel werde ich tun«, rief Garsende.

»Du weißt ja nicht, wovon du sprichst. Es geht um nichts weniger als um die Sicherheit des Reiches.«

»Ich weiß, worum es geht«, gab sie aufgebracht zurück. »Doch zu behaupten, das rechtfertige ...«

Unvermittelt ließ er sie los. »Du kennst den Inhalt des Schriftstücks?«, fragte er tonlos.

»Beatrix hat mir vor ihrem Tod davon erzählt. Und darum weiß ich auch ...«

»Verdammnis, Weib!« Zorn und noch etwas anderes, das sie nicht zu deuten wusste, blitzte in seinen Augen auf.

Garsende wich vor seinem Blick zurück, dann machte sie kehrt und rannte.

Der Burggraf stieß einen Seufzer der Erleichterung hervor, als er die Heilerin auf dem Klosterweg entdeckte. Doch als er näher kam, runzelte er die Stirn. Garsende stand wie angewurzelt. Sie kehrte ihm den Rücken zu und schien auf einen Punkt zu starren, der irgendwo zu ihrer Linken liegen musste. Erst als er sie zum zweiten Mal anrief, drehte sie sich zu ihm um. Ihr Gesicht war totenbleich, und als sie zu ihm aufschaute, hatte er den Eindruck, als würde sie ihn gar nicht richtig wahrnehmen.

»Einen Augenblick lang dachte ich, er würde mich töten«, wisperte sie. »Aber er tat es nicht.«

Unwillkürlich packte er sie am Arm. »Wer?«

Der Ärmel ihres Gewands rutschte zurück, und er sah einen roten Striemen um ihr Handgelenk. Sein Stirnrunzeln vertiefte sich.

»Lothar … Lothar von Kalborn.«

Überrascht ließ Bandolf sie los.

»Ihr hattet recht«, sagte sie leise. »Lothar von Kalborn hat Arnold getötet. Ich wusste es, als ich seinen Umhang sah. Er hatte dieselbe Farbe wie das Stück Stoff, das Ihr mir zeigtet. Und am Saum fehlte just dieses Stück.«

Bandolf schüttelte verwirrt den Kopf. »Ich war auf dem Weg zum Kloster, um dich zu warnen. Doch nicht vor dem Falken.«

»Vor dem Falken?«

»Ich hatte eine aufschlussreiche Unterredung mit Bruder Kilian«, erklärte der Burggraf. »Er berichtete mir, dass die Fürsten einen Mann ausgeschickt haben, um des Dokuments habhaft zu werden, den man bei Hof den Falken nennt. Er gilt als rechter Arm der Fürsten. Und als ein gefährlicher Mann.«

»Jemand, der sich aufs Töten versteht«, flüsterte Garsende.

»Ganz recht. Als ich hörte, der Falke handle im Auftrag der Fürsten, wusste ich, dass es nicht Raoul de Saint Rémy sein konnte. Raoul ist ein burgundischer Edelmann und steht in Verbindung mit Erkenbrecht vom Speyergau. Erkenbrecht ist einer jener Männer, die weder dem König noch den Fürsten die Treue halten«, sagte er. »Es musste Lothar von Kalborn sein.«

Garsende nickte, doch ihr Blick war so abwesend, dass Bandolf sich nicht sicher war, ob sie ihn verstanden hatte.

»Hast du mir zugehört?«

»Lothar ist der Falke«, wiederholte sie tonlos.

Bandolf packte sie erneut am Arm und schüttelte sie. »Komm endlich zu dir!«, rief er. »Was ist passiert? Wo bist du dem Falken begegnet? Was wollte er von dir? Und warum glaubtest du, er würde dich töten?«

Endlich schien Garsende aus ihrer Erstarrung zu erwachen. Ein wenig Farbe kehrte in ihre Züge zurück, und sie straffte sich.

»Er wollte wissen, wo sich die Klause Bischof Burchards befindet«, sagte sie. »Ich bin mir sicher, dass sich Bruder Bartholomäus dort verbirgt.« Mit gerunzelter Stirn fügte sie leise hinzu: »Er ist jetzt auf dem Weg dorthin und wird nach der Klause suchen. Und sicher dauert es nicht mehr lange, bis auch Schwester Walburga davon erfährt.«

Unvermittelt machte sie kehrt. »Aber wir sind im Vorteil«, warf sie ihm über ihre Schulter hinweg zu. »Keiner der beiden weiß genau, wo die Klause liegt. Ich aber weiß es. Wir können ihm zuvorkommen.«

»Wovon, zum Teufel, sprichst du eigentlich?«, rief er, während er ihr unwillkürlich folgte. »Was ist mit Schwester Walburga? Welche Klause? Und was tust du eigentlich hier? Wieso bist du nicht im Kloster?«

»Beatrix von Teveno ist tot«, begann Garsende, sobald er sie eingeholt hatte. »Jemand hat gestern einen Anschlag auf sie verübt, während Ihr und ich miteinander sprachen. Man hatte sie ihrer Decken entblößt, Wasser über ihren Leib gegossen und sie der Kälte ausgesetzt. Es kann nur die Infirmarin gewesen sein, die ihr das antat.«

Bandolf brauchte einen Moment, um ihre Worte zu verdauen, dann schüttelte er den Kopf. Doch Garsende schien es nicht zu bemerken.

»Nur so ergibt alles einen Sinn«, fuhr sie fort. »Schwester Lukas erzählte mir, dass die Infirmarin häufig unter starkem Kopfschmerz leidet. Darum ist sie auch des Öfteren vom Gottesdienst befreit, was ihr gestatten würde, sich klammheimlich aus dem Kloster zu entfernen. Es gibt zwei weitere Zugänge zum Kloster. Das Büßerpförtchen hinter der Kirche, und noch eine Pforte, die hinter dem Garten liegt und schon lange nicht mehr benutzt wird. Schwester Synesia behauptet, sie wäre von Brombeersträuchern völlig überwuchert. Für Schwester Walburga wäre es aber ein Leichtes gewesen, an den Schlüssel zum Büßerpförtchen zu kommen oder aber die Brombeerranken vor der anderen Pforte zu beseitigen. Zu dieser Jahreszeit wird nur wenig im Garten gearbeitet. Das hätte kaum jemand bemerkt.«

»Nein, das ist …«, wandte Bandolf ein, doch die Heilerin ließ ihn nicht ausreden.

»Wartet, da ist noch mehr. Erinnert Ihr Euch, dass ich von dem Werkzeug erzählte, mit dem man Furunkel und dergleichen aufsticht? Ich hatte Euch gesagt, das diese Art von Klinge zur Wunde in Ulbert von Flonheims Leib passen würde. Nun, Schwester Walburga ist Infirmarin. Sie hat Zugang zu solchem Werkzeug. Und«, fügte sie triumphierend hinzu, »als der Anschlag auf Beatrix verübt worden ist, waren alle Schwestern in der Kirche zur Vesper versammelt.

Außer Schwester Walburga, die sich angeblich wegen ihres Kopfschmerzes ins Dormitorium zurückgezogen hatte.«

Für einen Moment wünschte sich Bandolf, sie hätte recht. Er seufzte tief.

»Der einzige Vorwurf, den man Schwester Walburga machen könnte, ist, dass sie Bruder Kilians Fragen beantwortet hat. Und in Anbetracht der Tatsache, dass sie die Nichte des Erzbischofs von Bremen ist und der Mönch sich ihr gegenüber als sein Abgesandter ausgab, kann man nicht einmal das«, sagte er. »Mit Ulbert von Flonheims Tod oder mit dem Anschlag auf Beatrix von Teveno hat sie aber nicht das Geringste zu tun.«

Garsende warf ihm einen erstaunten Blick zu. »Das verstehe ich nicht. Wer dann?«

»Bruder Kilian berichtete mir, dass auch die Markgräfin von Turin jemanden ausgeschickt hat, um das Dokument an sich zu nehmen. Jemanden, dem sie bedingungslos vertraut. Und just diese Person hat der Mönch im Kloster gesehen.«

»Wen?«

Unwirsch gab er Antwort. »Serafina von Asti.«

»Serafina«, sagte sie gedehnt.

Zu seiner Überraschung schüttelte sie den Kopf. »Ihr müsst Euch irren. Serafina kann es nicht gewesen sein. Als der Anschlag auf Beatrix verübt worden ist, hielt sie sich in der Kirche auf.«

»Dennoch muss sie es irgendwie bewerkstelligt haben. Ein Irrtum ist ausgeschlossen. Zwar benutzt sie offenbar einen anderen Namen, doch Bruder Kilian hat sie zweifelsfrei als Hofdame der Markgräfin erkannt.«

»Die Markgräfin hat ihre Hofdame geschickt?«

»Was tust du so erstaunt? Du hattest Serafina doch bereits in Verdacht«, brummte er ärgerlich.

»Ich hätte ein Weib vermutet, das unmittelbarer in das

Geschehen verwickelt wäre. Aber doch nicht eine Frau, die im Auftrag mordet«, antwortete Garsende. »Hier entlang«, fügte sie hinzu und bog in den Pfad ein, der vom Hauptweg abzweigte.

Für einen Moment zögerte Bandolf und überlegte, ob es klug war, dem Falken allein hinterherzujagen. Bei ihrem ersten Aufeinandertreffen hatte er Glück gehabt, aber er bezweifelte, dass er Lothar von Kalborn im Waffengeschick ebenbürtig war. Sich in der Stadt Verstärkung zu beschaffen, würde ihn jedoch womöglich jenes Quäntchens Vorsprung berauben, das er hatte. Bis dahin konnte der Falke die Klause längst aufgespürt haben. Das Wagnis war zu groß.

»Das war mit ein Grund, weshalb ich den Gedanken an Serafina fallen ließ«, sagte Garsende, als er wieder neben ihr war. »Ich dachte, Schwester Walburga würde aus Rache handeln: dafür, dass die Fürsten ihren Oheim von der Seite des Königs vertrieben hatten. Ich glaubte, sie wollte Vergeltung üben, indem sie die Absichten der Fürsten vereitelte. Und nachdem ich erfahren hatte, was in dem Dokument stand …«

»Du kennst den Inhalt des Schriftstücks? Herrje, Weib! Warum sagst du mir das erst jetzt?«

»Zuvor war keine Zeit«, gab sie zurück.

Einen Moment lang zögerte sie, als müsse sie sich erst sammeln. »Alles fing in der Abtei Sankt Raffael an und mit einem Zerwürfnis zwischen Abt Hugbertus und der Markgräfin von Turin …«, begann sie schließlich.

Graue Wolken hingen über den noch kahlen Wipfeln der Bäume. Während sie den Pfad entlanghasteten, die Heilerin Beatrix' letzte Stunde schilderte und Bandolf begriff, warum dieses Dokument die Höchsten im Reich in solchen Aufruhr versetzte, schien es ihm, als würde sich der Himmel zunehmend verdüstern.

Und alles nur, weil ein fetter Abt den Hals nicht voll genug bekommen konnte, dachte er mit finster zusammengezogenen Brauen, als Garsende geendet hatte.

Wenn er Bruder Bartholomäus nun finden und das Dokument tatsächlich in den Händen halten würde, was, zum Teufel, sollte er dann damit machen? Für eine so folgenschwere Entscheidung fühlte Bandolf sich nicht berufen. Einen Augenblick lang erwog er, kehrtzumachen und den Dingen ihren Lauf zu lassen. Doch das unselige Schriftstück hatte bereits drei Menschenleben gekostet. Durfte er zulassen, dass es noch mehr wurden? Weder der Falke noch Serafina würden auch nur einen Augenblick zögern, jeden aus dem Weg zu schaffen, der sich ihnen in den Weg stellte, so viel war sicher.

»Serafina hat sich bei Schwester Synesia nach der Klause erkundigt, und als ich davon erfuhr, fiel mir wieder ein, dass aus meinem Verschlag Vorräte verschwunden sind«, unterbrach Garsende seine düsteren Gedanken. »Es fehlte nur so viel, wie jemand braucht, um sich ein paar Tage zu ernähren. Ein Strauchdieb hätte sich viel mehr oder alles genommen, und die Klause befindet sich nicht allzu weit von meiner Hütte. Seit Serafina gestern danach gefragt hat, ist sie offenbar verschwunden. Ich hoffe nur, wir kommen nicht zu spät. Hätte ich nicht die Infirmarin in Verdacht gehabt …« Sie seufzte.

»Kann Serafina die genaue Lage der Klause kennen?«

Garsende schüttelte den Kopf. »Ich sagte doch, Bischof Burchards kleines Refugium geriet in Vergessenheit. Ein halbes Jahrhundert ist eine lange Zeit. Vielleicht gibt es in der Pfalz oder im Domstift noch Aufzeichnungen darüber. Als Schreiber hatte Bruder Bartholomäus doch gewiss Zugang zu derlei Dingen, also könnte er davon erfahren haben. Aber die Nonnen wissen nur, in welchem Teil des Waldes sie einst lag. Und ich selbst bin ja auch nur durch puren Zufall darüber gestolpert.« Leise fügte sie hinzu: »Und auch Lothar von Kalborn kennt den Weg nur ungefähr.«

Bandolf kniff die Augen zusammen. »Der Falke ist allein unterwegs, und Serafina wird nicht in der Nacht danach gesucht haben«, grübelte er laut. »Aber sie könnte früh aufgebrochen sein und mag den einen oder anderen Hörigen aus ihrem Gefolge danach ausgeschickt haben.«

»Nach ihrem Gefolge habe ich nicht gefragt«, gestand Garsende. »Aber ich …« Sie verstummte abrupt, und Bandolf warf einen fragenden Blick über seine Schulter. Sie starrte ihn mit weit aufgerissenen Augen an.

»Die Magd!«, sagte sie ohne jeden Zusammenhang. »Die Magd hatte ich völlig vergessen.«

»Welche Magd?« wollte er wissen, doch Garsende blieb ihm die Antwort schuldig.

Sie war stehengeblieben und schien zwischen Bäumen und Gebüsch, die den Pfad zur Rechten begrenzten, nach etwas zu suchen.

»Da ist es«, raunte sie schließlich und bog einen der überhängenden Zweige beiseite, um darunter durchzuschlüpfen. Mit zusammengekniffenen Augen spähte Bandolf ihr nach. Dann pfiff er leise durch die Zähne. Hätte die Heilerin ihn nicht geführt, wäre ihm die kaum wahrnehmbare Öffnung zwischen Stämmen und Gestrüpp entgangen.

»Gibt es noch einen anderen Zugang zur Klause?«, wollte er wissen.

»Ja«, antwortete Garsende. »Wenn man dem Waldweg von Worms kommend nach Roxheim folgt, trifft man auf halbem Weg auf einen Pfad. Er begrenzt mein Eigen nach Süden hin. Von diesem zweigt einer ab, von dem aus dann mehrere Trampelpfade quer durch den Wald verlaufen. Einer davon führt an der Klause vorbei. Doch sie liegt hinter den Bäumen versteckt, und selbst, wenn man danach sucht, kann man sie leicht verfehlen.«

Der enge Pfad, der sich durchs Unterholz schlängelte, war kaum mehr als die Ahnung eines Weges. Mochte er auch einstmals als Zugang gedient haben, war er jetzt an manchen Stellen so stark mit Gestrüpp überwuchert, dass er sich darin zu verlieren schien. Dennoch zögerte Garsende, die vorausging, kein einziges Mal, und fand seine Spur stets wieder, während Bandolf ihr dichtauf folgte. An ein rasches Vorankommen war jedoch nicht zu denken. Bandolfs Ungeduld und seine Sorge, sie könnten womöglich zu spät kommen, wuchs mit jedem Schritt.

»Was hat es mit der Magd auf sich?«, fragte er unvermittelt.

Garsende drehte sich nicht um, und ihre Stimme klang gedämpft, als sie antwortete: »Als Serafina ihren kleinen Unfall hatte und sich in Eure Arme warf, hatte ich zuvor eine Magd bei ihr gesehen. Zwar bin ich der Hörigen im Kloster nicht begegnet, aber sie muss ja doch bei ihrer Herrin gewesen sein. Und nun frage ich mich …« Sie verstummte.

»Was fragst du dich?«

»Ich weiß nicht recht«, kam es grübelnd. Und mehr hatte sie offenbar auch nicht dazu zu sagen.

Nachdem sie sich eine Weile schweigend vorwärtsgekämpft hatten und nur das Knacken der Zweige und Tannenzapfen unter ihren Füßen zu hören war, begann es zu regnen. Sie hörten, wie die Tropfen fielen, doch der Wald war hier so dicht, dass kaum einer den Boden erreichte. Es war nur ein kurzer Schauer, der nicht vermochte, die Wolken am Himmel aufzulösen.

»Warum glaubtest du, Lothar von Kalborn wolle dich töten, als er dich nach dem Weg zur Klause fragte?«, unterbrach Bandolf das Schweigen.

Die Heilerin schüttelte den Kopf, und er dachte schon, sie habe seine Frage nicht gehört, als sie endlich antwortete: »Ihr hattet ihn doch in Verdacht.« Und so leise, dass er sie kaum verstand, fügte sie hinzu: »Aber er wollte mich nicht töten.«

Bandolf runzelte die Stirn. Eine merkwürdige Antwort, dachte er.

»Ich frage mich, woher er von der Klause überhaupt wusste?«, grübelte er laut.

Mit dem Finger an den Lippen wandte Garsende ihm ihr blasses Gesicht zu. »Wir sind gleich da«, wisperte sie.

Tatsächlich schien der Pfad ein wenig breiter zu werden, und Bandolf hörte ein schwaches Plätschern, irgendwo zu seiner Linken. Kurz darauf öffnete sich der Weg zu einer kleinen Anhöhe. Am Fuß des Hügels rieselte Wasser durch eine Öffnung, das eine schmale Spur durch den Waldboden zog.

Aufmerksam sah Bandolf sich um, doch eine Klause konnte er nicht entdecken. Garsende war seinem Blick gefolgt, und ein schwaches Lächeln glitt über ihre Züge. »Hinter dem Hügel«, flüsterte sie.

Doch als sie sich anschickte vorauszugehen, griff der Burggraf rasch nach ihrem Arm und schüttelte den Kopf. »Du bleibst hinter mir«, raunte er, während er sich an ihr vorbeischob.

Hüfthohes Gesträuch und dornenbewehrte Gewächse zerrten an Bandolfs Umhang und seinen Beinlingen. Garsende, die seiner Spur folgte, erging es kaum besser. Kleine Zweige, Kletten und Dornen hafteten an ihren Gewändern und in ihrem langem Zopf, als sie die Anhöhe erreichten.

Unwillkürlich zog Bandolf die Heilerin mit sich in die Hocke, während er nach unten auf die verkohlten Überreste einer kleinen Kapelle und die halb verfallene Hütte daneben blickte. Garsende schien etwas sagen zu wollen, doch er schüttelte rasch den Kopf und bedeutete ihr zu schweigen.

Von der Kapelle waren nicht viel mehr als zwei angesengte Pfeiler übrig geblieben, die zwischen Gebüsch und Baumschösslingen in die Höhe ragten. Die Hütte hatte das Feuer überlebt, dem die Kapelle zum Opfer gefallen war. Nur eine Wand war schwärzlich verfärbt und ein kleiner Teil des Daches eingestürzt. Die niedrige Tür hing windschief in den Angeln und stand halb offen. Doch die übrigen Wände schienen unversehrt.

Mit zusammengekniffenen Augen suchte Bandolf nach Spuren, die auf die Anwesenheit eines Menschen hindeuten mochten. Alles war still und keine Bewegung zu sehen. Nicht einmal der Rauch eines Feuers drang aus dem eingestürzten Teil des Dachs.

Zweifelnd nagte Bandolf an seiner Unterlippe. Der Ort wirkte verlassen. Falls Bruder Bartholomäus hier tatsächlich Zuflucht gesucht hatte, schien er nicht mehr hier zu sein, und auch niemand, der nach ihm suchte. Oder wir kommen zu spät, und dort unten liegt nur noch Bartholomäus' Leiche.

Offenbar hatte Garsende ähnliche Gedanken. Sie erhob sich. »Wir sollten nachsehen«, sagte sie leise, während sie abwesend über ihr Gewand strich.

Der Abhang war hier weniger bewachsen als auf der anderen Seite und der Abstieg leichter. Bemüht, so wenig Geräusche wie nur möglich zu verursachen, und Garsende hinter sich haltend, huschte Bandolf auf die Hütte zu. Noch immer rührte sich nichts.

Nur wenige Schritte von der windschiefen Tür entfernt, drang plötzlich ein leises Stöhnen durch den Spalt.

»Er ist verletzt«, rief Garsende.

Ehe Bandolf sich's versah, war sie an ihm vorbeigestürzt und zwängte sich durch die schmale Öffnung in die Hütte. Als er ihr einen Lidschlag später folgte, war es bereits zu spät.

Kapitel 19

Ein schmaler Streifen Tageslicht drang durch das Loch im Dach am anderen Ende der Hütte und fiel auf ein Häuflein Mensch, das zusammengekrümmt auf dem Boden lag. Das musste Bruder Bartholomäus sein, doch ob er tot war oder noch atmete, konnte der Burggraf nicht erkennen. Garsende hatte ihn fast erreicht. Aus dem Augenwinkel nahm Bandolf eine Bewegung im Halbdunkel wahr. Er fuhr herum und sah eine schmale Gestalt wie einen Blitz auf Garsende zuspringen. Noch ehe der warnende Ruf seine Lippen verließ, hatte sie der Heilerin in die Kniekehlen getreten und ihren langen Zopf wie ein Seil um ihre Hand gewickelt.

Garsendes Kopf wurde nach oben gerissen, während sie mit einem Schmerzensschrei auf die Knie fiel.

Fluchend zog Bandolf blank und stürmte vorwärts.

»Halt! Oder sie ist tot!«

Am Zopf gezerrt, fuhr Garsendes Kopf mit einem Ruck nach hinten, und ein Aufblitzen von Metall an ihrer Kehle brachte Bandolf zum Stehen.

Serafina lachte leise. »Ich hätte Euch für klüger gehalten, Burggraf«, bemerkte sie im Plauderton. »Eine Kräuterdrude mitzubringen anstelle Eurer Dienstleute.« Tadelnd schüttelte sie den Kopf.

Das schummrige Licht ließ sie noch schöner erscheinen. Für einen Moment spürte Bandolf einen wehmütigen Stich in seinem Herzen, während sein Blick über ihren anmutigen Leib bis zum Gürtel ihres Gewandes glitt, in dem eine zusammengerollte Schriftrolle steckte.

Serafina schien seinem Blick gefolgt zu sein. »Ich habe, was ich wollte«, erklärte sie. »Lasst mich gehen, und sie wird am Leben bleiben.«

»Dann lasst sie los und geht«, knurrte er.

Garsende gab einen Laut von sich und schien eine Bewegung gemacht zu haben.

»Du, rühr dich nicht!«, zischte Serafina. Die schmale Klinge streifte Garsendes Hals. Mit zornfunkelnden Augen machte Bandolf einen Schritt auf sie zu.

»Tretet zurück!«, fauchte Serafina. Ein Blutstropfen quoll aus Garsendes Haut, und er blieb stehen.

»Jetzt legt Euer Schwert auf den Boden. Langsam«, befahl Serafina.

Bandolf gehorchte.

Wenn es ihr gelingt, die Hütte mit der Heilerin zu verlassen, ist Garsende tot, fuhr es ihm durch den Kopf. Er warf der Heilerin einen raschen Blick zu. Der Schmerz hatte ihr Tränen in die Augen getrieben, doch der Ausdruck ihrer Züge war beherrscht. Nur die großen Augen verrieten ihre Furcht.

»Ich nehme an, Ihr habt Ulbert von Flonheim getötet?«, fragte er, als er sich wieder aufrichtete.

»Zu meinem Leidwesen nicht schnell genug«, erwiderte Serafina.

»Wie habt Ihr herausgefunden, dass er das Dokument besaß?«

»Es war nicht schwer, auf ihn zu kommen, nachdem ich Gelegenheit hatte, mir Beatrix' Habe anzuschauen. Da sie das Testament nicht mehr besaß, musste Ulbert es ihr abgenommen haben.«

Wenn er Serafina überwältigen wollte, ohne Garsende zu gefährden, musste er sie ablenken. »Und dann?«, fragte er.

Sie neigte den Kopf. »Was soll das werden, Burggraf? Ein Plauderstündchen? Dafür habe ich keine Zeit.«

Mühsam drängte er seinen Zorn zurück und zwang sich zu einem Lächeln. »Ihr habt mit Euer Schönheit gespielt und mich mit Eurem Liebreiz gefangen. Dass Ihr nun meine Neugier befriedigt, das schuldet Ihr mir.«

Sie zuckte mit den Schultern. »Andere gingen mir weitaus schneller ins Netz als Ihr.«

»Vielleicht aber nicht so tief.«

Mit einem Lächeln zollte sie seinem Kompliment Dank. »Eine Zeitlang beobachtete ich Ulbert, und wenn ich im Kloster aufgehalten wurde, tat es meine Magd.« Aus den Augenwinkeln bemerkte Bandolf, wie Garsende die Stirn runzelte, doch er wagte nicht, sie anzuschauen, um Serafina nicht zu unterbrechen.

»Auf dem Frühlingsfest ergab sich für mich dann die Gelegenheit, mich ihm zu nähern, ohne aufzufallen.« Sie lachte, als sie die Zweifel in seinem Gesicht ablas. »Herrje, Burggraf. Hättet Ihr mich im Gewand der Tuchersfrau gesehen, würdet Ihr mich auch für eine Magd gehalten haben.«

»Ulbert glaubte also, eine Magd zu verführen«, bemerkte Bandolf, ohne die Miene zu verziehen.

»Der törichte Knabe.« Scheinbar betrübt, schüttelte sie den Kopf. »Er zerfloss in seinem Schmachten. Und prahlte vor mir, er wäre bald ein gemachter Mann. Es war ein Leichtes, seine Gedanken auf das Dokument zu lenken, während ich ihn an ein verschwiegenes Plätzchen lockte.« Unvermittelt blitzte Ärger in ihren Augen auf. »Ich glaubte, er trüge es bei sich, und wollte es an mich nehmen, sobald er gänzlich abgelenkt wäre. Doch irgendetwas ließ ihn zögern. Und als dann noch ein Bauerntölpel mit seinem Liebchen dort auftauchte, ergriff er regelrecht die Flucht.«

»Womöglich seid Ihr doch nicht so klug …«, stieß Garsende hervor. Ungehalten zerrte Serafina an ihrem Zopf, doch ehe Bandolf auch nur an eine Bewegung denken konnte, hatte sie ihre Aufmerksamkeit wieder auf ihn gerichtet.

»Ich folgte ihm. Unterwegs würde es eine Gelegenheit für mich geben, dachte ich. Aber auf dem Weg zur Pfauenpforte waren Leute auf dem Rückweg in die Stadt. Und nachdem er die Zwerchgasse betreten hatte, anstatt in sein Quartier zurückzukehren, wurde ich neugierig und wollte wissen, was er vorhatte. Ich folgte ihm, bis er in die Münzergasse einbog, und dann wurde mir klar, wohin er wollte.« Nachdenklich runzelte sie die Stirn. »Womöglich habe ich mein Interesse an dem Dokument zu deutlich gezeigt, wer weiß? Irgendetwas muss Ulbert misstrauisch gemacht haben. Nun, und der Mutigste war er wohl nicht. Es war offensichtlich, dass er beabsichtigte, Euch sein Herz auszuschütten. Das konnte ich natürlich nicht zulassen.« So gleichgültig, dass es Bandolf den Magen umdrehte, fügte sie hinzu: »Dumm nur, dass er das Dokument nicht bei sich trug und starb, bevor ich ihn nach dem Verbleib fragen konnte. Zumindest dachte ich, er sei tot.«

»Und Beatrix?«, krächzte Garsende.

»Sie kannte den Inhalt des Dokuments und hatte das Pech, dass deine Behandlung erfolgreicher war als die der Nonnen«, antwortete Serafina, ohne Bandolf aus den Augen zu lassen. »Ich hörte es, als sie mit dir sprach.«

Garsende schluckte heftig. »Ich habe das Loch in der Wand gefunden«, brachte sie heraus. Bandolf suchte ihren Blick einzufangen, doch ihre Augen schielten auf den Dolch an ihrer Kehle.

»Tatsächlich. Nun, es war schon da, als ich die Zelle zugewiesen bekam. Darum schlug ich auch vor, Beatrix in die Nachbarzelle zu verlegen«, sagte Serafina.

Mit einem Räuspern gelang es Bandolf endlich, Garsendes Aufmerksamkeit auf sich zu lenken. Sie sah ihn an. Schweiß perlte auf ihrer Stirn. Mit den Augen bedeutete er ihr weiterzusprechen. Aber auch Serafina hatte seinen Blick bemerkt.

»Ende der Plauderstunde, Burggraf«, bemerkte sie mit einem wissenden Lächeln. »Meine Herrin wartet bereits ungeduldig auf meine Rückkehr.«

»Gestattet mir eine letzte Frage«, sagte er rasch. »Die Heilerin sagte mir, Ihr wärt in der Kirche gewesen, als der Anschlag auf Beatrix verübt wurde. Wie konntet Ihr an zwei Orten gleichzeitig sein?«

»Meine Magd erweist sich in diesen Dingen als anstellig«, beschied ihn Serafina knapp. Mit einem gezischten »Und jetzt hoch mit dir« riss sie Garsende an ihrem Zopf auf die Beine.

Einen Lidschlag lang erwog Bandolf, sich auf sie zu stürzen, doch obgleich Serafina kleiner war als die Heilerin, hatte ihre Rechte mit dem Dolch an Garsendes Kehle nicht einen Augenblick geschwankt.

»Wart Ihr es, die ins Kapitelhaus einbrach?«, rief er hastig.

»Das war ich, Burggraf«, antwortete eine kühle Stimme an der Tür. Überrascht fuhr Bandolf herum, während Serafina Garsende wie einen Schutzschild vor ihren Körper zerrte. Die Anstrengung, die Heilerin im Griff zu behalten, trieb ihr allmählich ebenfalls Schweißtropfen auf die Stirn.

»Bleibt, wo Ihr seid!«, rief sie.

Mit gezücktem Schwert in der Hand betrat Lothar von Kalborn die Hütte.

Während er heranschlenderte, schweifte sein Blick durch den Raum, als wäre er ein neugieriger Besucher.

»Ein Patt, Burggraf?«, fragte er spöttisch.

»Kommt nicht näher, oder die Drude stirbt«, warnte Serafina, und Garsende stöhnte leise auf, als die Spitze des Dolchs erneut in ihre Haut drang.

Bandolf stieß einen zornigen Laut aus, während Lothar geschickt sein Schwert in die Linke gleiten ließ und die

Spitze nach unten richtete, aber unverändert näher kam. Mit einem Achselzucken wandte er sich an Serafina. »Ist diese Last nicht zu schwer für Euch?«, erkundigte er sich mit einem raschen Blick auf Garsende, die ihn überraschend wütend anblitzte. »Ich schlage vor, Ihr lasst sie gehen und gebt mir das Dokument.«

Der Verzweiflung nah, unterdrückte Bandolf ein Stöhnen. Es wäre ihm womöglich gelungen, Serafina zu überwältigen. Mit zwei Gegnern konnte er es jedoch nicht aufnehmen.

»Das wird nicht gehen«, meinte Serafina. Sie lächelte gewinnend, doch ihre Stimme verriet Anspannung, und ihr Blick huschte wachsam zwischen Bandolf und Lothar hin und her. »Ich bin der Markgräfin von Turin verpflichtet und habe versprochen, ihr das Testament zu beschaffen.«

»Und ich gab meinem Herrn mein Wort«, sagte Lothar und hob bedauernd die Schultern.

Bandolf warf einen raschen Blick durch den Raum. Er stand am weitesten von der Tür entfernt, doch wenn es ihm gelingen würde, die beiden abzulenken, sodass die Heilerin sich losreißen konnte, konnte sie die Tür wahrscheinlich erreichen.

»Die Markgräfin hat mir von Euch erzählt«, hörte er Serafina sagen, während er sich behutsam Handbreit für Handbreit in Richtung seines Schwertes schob. »Wir haben dasselbe Ziel, Falke. Es tut nicht not, dass wir einander bekämpfen.«

Noch ein kleiner Schritt, und sein Schwert wäre in Reichweite.

»Nun, dann lasst die Heilerin gehen und übergebt mir das Schriftstück«, meinte Lothar.

Das Schwert lag zu Bandolfs Füßen. Er musste sich nur danach bücken.

»Da habt Ihr die Drude!«, rief Serafina, ließ unversehens

Garsendes Zopf fahren und stieß sie mit aller Kraft nach vorne. Während Garsende gegen Lothar prallte und Serafina den ersten Schritt zur Tür machte, griff Bandolf nach seinem Schwert. Als er sich aufrichtete, sah er den Falken Garsende von sich schleudern und mit demselben Schwung zur flüchtenden Serafina herumwirbeln. Mit einem erstickten Schrei stieß Garsende gegen die Wand. Bandolf stürzte auf Lothar zu, während Serafina in ihrer Hast, die Tür zu erreichen, stolperte.

Sie fing sich nicht schnell genug.

Noch ehe sie sich aufgerappelt hatte, bohrte sich die Klinge des Falken in ihre Seite. Einen Lidschlag später riss Bandolf noch im Laufen sein Schwert hoch. Es berührte die niedrige Decke, die den Schwung abbremste, und traf mit halber Kraft auf Lothars lederbewehrte Schulter. Das Leder riss auf. Blut quoll aus der Wunde. Das Schwert des Falken glitt aus Serafinas Leib, während er zu Bandolf herumfuhr. Der Burggraf hörte sie stöhnen, ehe das Eisen in sein eigenes Fleisch biss. Er taumelte zurück. Lothar setzte nach. Seine Züge verschwammen vor Bandolfs Augen, das Blut auf der Schulter seines Gegners schien blasser zu werden. Mit dem eigentümlichen Gefühl, leicht wie eine Feder zu sein, gelang es ihm, Lothars zweiten Schlag abzuwehren, und sah die Klinge erneut auf sich zukommen. Er hörte jemanden keuchen und ein Klappern. Eine Stimme schrie »Nein!«.

Dann hörte er nichts mehr.

»Geh beiseite.« Die Stimme des Falken.

»Nein.« Garsendes Stimme.

Bandolf hob die Lider und starrte in die weit geöffneten Augen Serafinas, die kaum zwei Schritte von ihm entfernt auf dem Boden lag.

Sie sieht erstaunt aus, fuhr es ihm durch den Kopf.

Mühsam wälzte er sich herum und sah Garsende vor der

Tür stehen, Lothar von Kalborn mit erhobenem Schwert vor ihr. Seine Linke umklammerte das zusammengerollte Pergament.

»Verdammnis«, murmelte Bandolf. Wieso war sie nicht geflohen?

Mit einem Ächzen rappelte er sich auf und stöhnte laut, als ein Schmerz wie von tausend Messern durch seinen Leib jagte.

»Gib mir den Weg frei.« Der Falke machte noch einen Schritt auf die Heilerin zu. Sein Schwert zeigte direkt auf ihren Leib.

Ihren Blick unverwandt auf sein Gesicht gerichtet, schüttelte Garsende den Kopf.

»Ihr werdet mich nicht töten«, sagte sie, als sei sie sich dessen vollkommen gewiss.

Mit zusammengebissenen Zähnen kam Bandolf endlich auf die Beine, doch der Boden unter ihm schwankte, und Halt suchend lehnte er sich an die Wand.

Als er wieder klar sehen konnte, hatte Lothar von Kalborn sich noch immer nicht gerührt. Dann ließ er unvermittelt sein Schwert sinken.

»Nein«, sagte er. »Natürlich nicht.« Seine Stimme klang eigentümlich weich. Er trat einen weiteren Schritt vor.

Bandolfs ärgerlicher Warnruf blieb in seiner Kehle stecken. Alles, was er zustande brachte, war ein leises Krächzen, und die verflixte Heilerin rührte sich nicht.

Der Falke war ihr jetzt so nah, dass sein Gesicht ihre Wange berührte. Er schien ihr etwas zuzuflüstern. Ein schmerzlicher Ausdruck flog über Garsendes Züge, und für einen Moment schloss sie die Augen. Dann trat sie beiseite und gab den Weg durch die Tür frei.

Verständnislos blinzelnd spürte Bandolf seine Beine nachgeben. Der Erdboden kam auf ihn zu.

Kapitel 20

In der Karwoche machte der Frühling einen zweiten Versuch, die Herrschaft über den Winter zu erringen. Als Eltrudis am Morgen des Gründonnerstag tränenreich und mit zahlreichen Ratschlägen auf den Lippen Abschied nahm, strahlte die Sonne von einem wolkenlosen Himmel.

Der Burggraf versäumte ihre Abreise. Am Tag zuvor war Heinrich IV., König von Gottes Gnaden, mit seinem Gefolge in Worms eingetroffen und hatte ihn zur Audienz in die Bischofspfalz befohlen.

Als Bandolf zurückkehrte und mit grimmigem Gesicht durch das Tor auf seinen Hof stapfte, ging der sonnige Tag bereits zur Neige. Obwohl er Matthäa vor einigen Tagen erklärt hatte, er fühle sich vollkommen wohlauf und es würde ihn umbringen, müsste er viel länger faul auf seinem Lager herumliegen, verursachte ihm die Wunde in seinem Leib noch immer gelegentlich Schmerzen. Insbesondere dann, wenn er, wie an diesem Tag, lange stehen musste. Übellaunig dachte der Burggraf, er hätte ebenso gut sitzend den Zorn seines jungen Herrschers wegen des verlorenen Dokuments über sich ergehen lassen können.

Seine Stimmung besserte sich ein wenig, als er Matthäa lachen hörte. Mit den Augen folgte er dem Klang und entdeckte seine Gemahlin im Kräutergarten. Garsende an ihrer Seite, wühlten die beiden Frauen in der Erde. Matthäa lachte hellauf über etwas, das die Heilerin gesagt hatte, und ein schwermütiges Lächeln glitt über Garsendes Gesicht.

Während sich der Burggraf mit gebotener Vorsicht auf der

niedrigen Gartenmauer niederließ, überlegte er, dass seine Gattin einen heitereren Eindruck machte als seit langem. Garsende hingegen schien sich von den Ereignissen in der Klause und Beatrix' Tod nur langsam wieder zu erholen. Seit jenem Tag schien sie sehr bedrückt, und erst jüngst war wenigstens die Farbe wieder in ihr Gesicht zurückgekehrt. Bandolf dachte, dass ihm ihre Niedergeschlagenheit tatsächlich ärgerlicher war als ihre spitze Zunge.

Er runzelte die Stirn. Seine letzte deutliche Erinnerung an den Morgen in der Klause war der Augenblick, als Lothar von Kalborn Serafina getötet hatte. Er wusste, dass er noch einmal zu sich gekommen war, doch das Bild von Garsende und Lothar an der Tür war verschwommen. Die Stunden und Tage, die darauf gefolgt waren, lagen im Nebel und wiesen deutliche Lücken auf. Vage erinnerte er sich an Matthäas zu Tode erschrockenes Gesicht und an ihre zittrige Stimme, die ihn beschwor, sie nicht allein zu lassen. Im Hintergrund hatte er Eltrudis' endloses Geplapper in Erinnerung und Garsendes Stimme, der es schließlich irgendwie gelungen war, für Ruhe zu sorgen.

Sich über den lautstarken Widerstand ihrer Tante hinwegsetzend, hatte Matthäa die Heilerin ins Haus geholt, damit sie Bandolfs Wunde pflegte.

Von Garsende hatte Bandolf schließlich erfahren, dass Lothar von Kalborn mit dem Dokument geflohen war, nachdem er den Burggrafen außer Gefecht gesetzt hatte. Bruder Bartholomäus war nicht so schwer verletzt gewesen wie Bandolf, doch der Dolchstich hatte ihn offenbar derart erschreckt, dass er in eine tiefe Ohnmacht gesunken war. Nachdem Garsende die Wunden versorgt hatte, so gut sie es vermochte, war sie nach Worms gelaufen und hatte Hilfe geholt. Auf Tragen hatte man Bruder Bartholomäus und ihn schließlich in die Stadt geschafft, während der Leichnam Serafinas ins Kloster verbracht worden war.

In Serafinas Kammer hatte man erstaunliche Dinge zutage gefördert. Ihre Truhe beherbergte neben einer Anzahl kostbarer Gewänder zwei Phiolen mit Gift, ein Sammelsurium handlicher Dolche und das Gewand der Tucherin. Serafina musste es gestohlen haben, nachdem sie von Ulberts Absicht erfahren hatte, das Frühlingsfest zu besuchen. Offenbar hatte sie schnell handeln müssen, und in ihrem eigenen Gewand wäre sie auf der Hahnwiese aufgefallen.

Man hatte auch nach Serafinas Magd gesucht, doch die Hörige war verschwunden. Wenn es ihr gelungen war, sich nach Lorsch durchzuschlagen, mochte sich die Markgräfin von Turin ihrer annehmen. Adelheid wird dafür sorgen, dass die Magd verschollen bleibt, dachte Bandolf und zog eine Grimasse.

Dass er so töricht gewesen war, sich von Serafina hinters Licht führen zu lassen, hatte seinem Stolz einen mächtigen Schlag versetzt, und er dachte nicht gerne darüber nach.

Matthäa hob den Kopf. Als sie ihren Gatten auf der Gartenmauer entdeckte, raunte sie Garsende etwas zu. Die beiden Frauen erhoben sich und gesellten sich zu ihm.

»Wie ist Eure Audienz beim König verlaufen?«, erkundigte sich Matthäa, während sie sich neben ihren Gatten setzte. »Wie habt Ihr Seine Hoheit vorgefunden?«

»Wütend«, brummte Bandolf einsilbig.

Garsende ließ sich mit dem Rücken an die Mauer gelehnt auf dem Boden nieder. »Das war wohl nicht anders zu erwarten«, bemerkte sie.

Matthäa hingegen warf ihrem Gatten einen unzufriedenen Blick zu. »Warum war er wütend? Ihr tatet schließlich Euer Bestes und habt die Täter doch letzten Endes entlarvt.«

»Aber ich konnte dem König nicht das geben, was er haben wollte.«

Lothar von Kalborn war mit dem Schriftstück entkommen, und die Fürsten hatten es gewiss längst vernichtet, damit es ihren Wünschen nicht mehr in die Quere kommen konnte. Im Stillen dachte Bandolf, dass es so vielleicht am besten war.

Selbstredend war der junge König anderer Meinung gewesen und hatte Lothar von Kalborn zornentbrannt zum Vogelfreien erklärt. Bandolf war sich jedoch sicher, dass dem Falken die Unterstützung der Fürsten gewiss wäre.

»Ihr habt mir noch immer nicht gesagt, was so wichtig an dem Dokument war, um all das Übel zu verursachen«, sagte Matthäa in seine Gedanken.

Mit einem Schulterzucken meinte er: »Beatrix hat es der Heilerin anvertraut. Sie mag es dir erzählen.«

Garsende stieß ein tiefes Seufzen aus. Langsam wandte sie ihr Gesicht der Sonne zu und schloss die Augen.

»Alles begann vor etwa einer Dekade in einem Kloster in der Markgrafschaft Turin«, sagte sie schließlich leise. »Abt Hugbertus von Sankt Raffael hatte sich mit Adelheid, der Markgräfin von Turin, wegen mehrerer Pfründe überworfen. Einige Zeit nach ihrem Streit traf ein junger Edelmann, Philipp von Givenio, mit seinem Gefolge im Kloster ein. Und mit ihm kam auch seine Geliebte, Beatrix von Teveno. Der junge Edelmann war schwer krank und wurde ins Hospiz des Klosters verbracht, während man seiner Kebse Beatrix Aufenthalt im Gästehaus gewährte. Der Abt erfuhr, dass Philipp einige Zeit am Hof der Markgräfin verbracht hatte und das Gerücht umgegangen war, die beiden hätten einer heimlichen Liebschaft gefrönt.

Abt Hugbertus, der Adelheid von Turin noch immer grollte und auch offenkundig ein gieriger Mann gewesen war, stellte eine kleine Rechnung auf, und schließlich reifte in ihm ein perfider Plan heran.«

Garsende öffnete die Augen und wandte Matthäa ihr Gesicht zu. »Da er sein Vorhaben nicht allein bewerkstelligen konnte, zog er einen seiner Mönche ins Vertrauen – einen, von dem er wusste, dass er ähnlich dachte wie er selbst: Arnold von Clemante.«

Matthäa hob fragend die Braue, und Bandolf fügte erklärend hinzu: »Arnold war Schreiber im Kloster, und augenscheinlich verstand er sich auch gut auf sein Handwerk. Auch muss er ein unangenehmer Zeitgenosse gewesen sein mit aufbrausendem Gemüt und einem starken Hang zu weiblichen Reizen.«

Garsende nickte. »Auch auf Beatrix, Philipps schöne junge Geliebte, hatte er ein Auge geworfen.« Ärgerlich runzelte sie die Stirn. »Die Mönche ließen Beatrix nicht ins Hospiz, nachdem sie erfahren hatten, dass sie nur Philipps Kebse und nicht seine Gemahlin war. Und Arnold nutzte ihre Angst um ihren Geliebten und ihre Einsamkeit schamlos aus. Er besuchte sie oft unter dem Vorwand, ihr Nachrichten über Philipp zu bringen und sie trösten zu wollen. So kamen sie einander näher.«

»Arnold verführte Beatrix? In den Mauern des Klosters?«, fragte Matthäa erstaunt.

Garsende schüttelte den Kopf. »Ich glaube nicht, dass es so weit kam. Aber sie vertraute ihm und gab bereitwillig Auskünfte, die Arnold und der Abt zur Umsetzung ihres Plans benötigten.« Sie seufzte. »Als absehbar wurde, dass Philipp nicht mehr genesen würde, setzten der Abt und sein Schreiber ihren Plan in die Tat um. Im Geheimen fertigte Arnold ein Testament in Philipps Namen. Und als der junge Edelmann seine Stunde kommen fühlte und sein Testament diktierte, vertauschte der Abt, der als Zeuge fungieren sollte, das echte mit dem, welches Arnold angefertigt hatte. Philipp, der glaubte, sein eigenes Testament zu besiegeln, setzte sein Zeichen und sein Siegel unter das falsche.«

Matthäa runzelte die Stirn. »Der Abt ließ ein Testament

fälschen, damit Philipp seinen Besitz dem Kloster vermachte, anstelle des richtigen Erben?«

Bandolf schüttelte den Kopf. »Philipp hatte keinen Erben. Er rechnete wohl nicht damit, so jung zu sterben, und hatte sich noch nicht vermählt. In dem gefälschten Testament hinterließ Philipp sein Eigen zu gleichen Teilen dem Kloster Sankt Raffael und seiner Tochter, die *non matrimonium collocat*, also nicht in Ehe geboren, aber von ihm gezeugt und von Adelheid, Markgräfin von Turin und Savoyen, geboren worden war. Der Name der Tochter lautete: Bertha.«

»Philipp von Givenio war der Vater unserer zukünftigen Königin?«, rief Matthäa verblüfft.

»Nein«, widersprach Bandolf. »Und das war das Infame daran. Philipp von Givenio war zu keiner Zeit der Geliebte der Markgräfin gewesen. Er hatte sie wohl bewundert, als er an ihrem Hof weilte, doch im Gegensatz zu der Markgräfin war er noch sehr jung und erlag wohl eher frischeren Reizen.«

»Warum aber dann dieses Testament? Was hoffte der Abt denn damit zu erreichen?«

»Philipp starb zu einer günstigen Zeit, denn die Markgräfin stand just in Verhandlungen mit dem Kaiser um eine Verlobung zwischen ihrer kleinen Tochter Bertha und dem jungen Thronfolger Heinrich«, erklärte Bandolf. »Der Abt rechnete sich aus, was für ein Schrecken es für die Markgräfin wäre, würde er mit Philipps Testament vor ihrer Nase wedeln und ihr drohen, aller Welt zu verkünden, ihre Tochter Bertha, die sie als zukünftige Königin sehen wollte, sei in Wahrheit ein Bastard.«

»Aber es stimmte doch gar nicht.« Matthäa blinzelte ratlos.

»Nein, es stimmte nicht«, sagte Garsende leise. Ihre Stimme klang traurig. »Doch wäre nur ein kleiner Zweifel an Berthas Herkunft ruchbar geworden, wäre das Verlöbnis zwischen ihr und Heinrich niemals zustande gekommen.«

»Markgräfin Adelheid von Turin ist ein Weib von großem Ehrgeiz. Sie strebt nach der Macht, und das ist kein Geheimnis«, warf Bandolf ein. »Abt Hugbertus war überzeugt davon, sie würde ihm alles geben, was er haben wollte, nur um zu verhindern, dass ein Schatten auf die Herkunft ihrer Tochter fiele.«

Eine Weile herrschte Schweigen. Seine Gattin und Garsende schienen eigenen Gedanken nachzuhängen, während Bandolf sich fragte, wie lange es dauern mochte, bis der Zorn seines jungen Herrschers wieder abklingen würde. Des Königs Gebrüll hatte heute in der ganzen Bischofspfalz widergehallt, während Bruder Kilian mit hängendem Kopf neben dem Burggrafen vor seinem Thron gestanden hatte und Bruder Bartholomäus sich in einen Schatten seines schmächtigen Selbst zu verwandeln schien.

Um so sehenswerter war jedoch des Kämmerers Gesicht gewesen, der vor unterdrückter Wut rot angelaufen war, als der König ihm mitteilte, er könne ihm das verantwortungsvolle Amt des Dompropstes unmöglich übertragen, wenn sogar ein kleiner Schreiber ihn zu überlisten verstünde.

Bandolf grinste.

»Was geschah weiter?«, unterbrach Matthäa die Stille.

»Der Abt konnte die Früchte seines perfiden Plans nicht mehr ernten. Schon kurz nach Philipps Tod starb er selbst«, antwortete Garsende.

»Wurde er ermordet?«, fragte Matthäa.

»Darüber hat Beatrix nichts gesagt, daher vermute ich, dass keine Zweifel an seinem Tod laut wurden«, meinte die Heilerin mit einem Achselzucken. »Der Prior wurde zum neuen Abt gewählt, und das war offenbar ein Mann ganz anderer Art als Abt Hugbertus. Es dauerte nicht lange, und Arnold war mit ihm über Kreuz. Er fasste den Entschluss, das Kloster zu verlassen. Und Beatrix sollte mit ihm gehen. Man hatte ihr gestattet, noch einige Zeit im Gästehaus zu verbleiben, bis sie ihre Angelegenheiten geordnet hätte. Beatrix jedoch war verzweifelt. Philipp hatte sie unversorgt zurückgelassen, doch ins väterliche Dorf konnte sie nicht zurück. Nachdem sie sich entschieden hatte, als Philipps Kebse bei ihm zu leben, hatte der Vater sie verstoßen. Arnolds Versprechen, er würde sich mit ihr vermählen, wenn sie mit ihm ginge, erschien ihr wie eine Fügung Gottes.« Ein mattes Lächeln glitt über Garsendes Gesicht, das auf dem Weg zu ihren Augen erlosch. Sie schüttelte den Kopf, als müsse sie einen schlechten Gedanken vertreiben.

»Arnold war natürlich klar, dass er ohne Mittel sein würde, wenn er das Kloster verließe«, fuhr sie fort, »doch als Abt Hubertus starb, war er bei ihm gewesen und hatte Gelegenheit gehabt, das gefälschte Testament an sich zu nehmen. Er sagte Beatrix, er wolle mit ihr an den Hof der Markgräfin reisen, um dort eine Anstellung als Schreiber zu finden. In Wahrheit jedoch beabsichtigte er, den Plan des toten Abts in die Tat umzusetzen. Nicht um das Kloster zu bereichern, sondern sich selbst.

Arnold hielt Wort. Auf dem Weg nach Turin vermählte er sich mit Beatrix, und sie glaubte sich ehrbar gemacht und versorgt. Bei Hof erfuhr Arnold, dass die Markgräfin sich am Hof des Kaisers aufhielt, und so verdingte er sich zunächst tatsächlich als Schreiber.

Aber als die Markgräfin schließlich zurückkehrte, sah Arnold seine Gelegenheit gekommen. Er näherte sich ihr unter einem Vorwand und sprach von Philipps Testament, das er natürlich als dessen rechtmäßiges Vermächtnis hinstellte. Die Markgräfin ging auf seine Wünsche ein.«

»Aber Adelheid hatte sich doch nichts zuschulden kommen lassen«, warf Matthäa ein. »Warum hätte sie ihm nachgeben sollen?«

»Pah!«, schnaubte Bandolf. »Sie war mit dem Kaiser just einig geworden, was das Verlöbnis ihrer Kinder betraf, doch der Vertrag war noch nicht unterzeichnet. Adelheid hätte allem zugestimmt, was nötig gewesen wäre, um die Verbindung mit dem Kaiserhaus nicht zu gefährden. Und ich verwette meinen Bart, dass sie dachte, sie könne sich Arnolds entledigen, sobald sie das Testament erst in den Händen hielte. Doch Arnold war schlau. Er wusste, die Markgräfin würde ihn von nun an nicht mehr aus den Augen lassen und ihm ihre Häscher hinterherschicken, sobald er den Hof verließe. Er hatte Zeit gehabt, seine Flucht von langer Hand vorzubereiten, und als er Adelheids Silber in den Händen hatte, machte er sich davon.«

»Und Beatrix?«

»Sie wusste überhaupt nicht, was vor sich ging, als Arnold sie bei Nacht und Nebel von ihrem Lager hochzerrte, um Turin den Rücken zu kehren«, antwortete Garsende. »Erst als sie die Alpenpässe überquerten und er sich vor Adelheids Männern in Sicherheit wähnte, erzählte er ihr endlich von Philipps Testament.«

»Allmächtiger«, hauchte Matthäa und beugte sich gespannt vor. »Und dann?«

»Arnold beschloss, sich im Fränkischen niederzulassen. Niemand kannte ihn hier. Und niemand würde ihn an die Markgräfin verraten können. Mit den Münzen, die ihm Adelheid von Turin gegeben hatte, beschaffte er sich die einträgliche Hufe im Isenachtal.« Garsende hielt inne, um Luft zu schöpfen.

Aus dem Augenwinkel bemerkte der Burggraf einen grauen Schatten, der hinter der Scheune hervorhuschte. Unwillkürlich warf er einen Blick nach oben. Die Sonne war verschwunden und hatte rötliche Streifen am Himmel hinterlassen. Bandolf lächelte. Penelope tauchte häufig um die Abendstunde in seinem Hof auf. Überhaupt schien die Katze stets genau zu wissen, wann sie an der Tafel des Burggrafen mit einem Leckerbissen rechnen konnte.

»Beatrix fühlte sich im Fränkischen nicht wohl, das so anders war als das sonnige Turin«, hörte er Garsende fortfahren und richtete seine Aufmerksamkeit wieder auf die Heilerin.

»Sie kränkelte oft, und Kinder blieben ihr versagt. Und auch die Münzen der Markgräfin schmolzen dahin«, erzählte Garsende. »Arnold wurde seiner Gattin gegenüber zunehmend ungeduldiger, und schließlich verlor er immer öfter die Beherrschung.«

»Süßer Jesus.« Matthäas Augen verdunkelten sich. Sie fuhr sich über die Stirn. Bandolf warf ihr einen fragenden Blick zu, aber sie schüttelte nur den Kopf, schenkte ihm ein Lächeln und bedeutete Garsende, sie möge fortfahren.

»Eines Abends beobachtete Beatrix, wie Arnold das Dokument aus seinem Versteck hervorholte«, sagte Garsende. »Als sie wissen wollte, was er damit vorhabe, erklärte er, die Zeit sei reif, seine Mittel wieder aufzustocken. Die Markgräfin befände sich am Hof König Heinrichs. Die Vermählung ihrer Tochter Bertha mit dem jungen Herrscher stünde kurz bevor. Alle Welt wüsste ja, wie sehr Heinrich der Verbindung abgeneigt wäre. Also sei es doch ein Verbrechen, dem König nicht die Möglichkeit zu geben, sich der Vermählung zu entziehen. Und falls Heinrich kein offenes Ohr für ihn habe – nun, die Markgräfin hätte es gewiss.

Beatrix war zu Tode erschrocken. Zum einen fürchtete sie sich davor, Arnolds Plan könne misslingen, denn dann wäre auch sie dem Untergang geweiht. Dass sein Plan gelingen könnte, fürchtete sie jedoch ebenso sehr. Es würde bedeuten, erneut, weiß Gott wohin, fliehen zu müssen.«

Einen Augenblick lang hielt Garsende inne.

»Und dann?«, drängte Matthäa.

»Beatrix fasste einen folgenschweren Entschluss. Sie wusste, wo ihr Gatte das Testament und den kläglichen Rest der Münzen aufbewahrte. Als er im Februar das Gut dann einmal über Nacht verließ, nahm sie beides an sich und floh.«

»Allmächtiger«, hauchte Matthäa. »Gab es denn einen Ort, an den sie sich flüchten konnte?«

Garsende schüttelte den Kopf. »Beatrix beabsichtigte, sich an die Markgräfin zu wenden, um ihr das Testament zu übergeben. Sie hoffte, Adelheid wäre darüber dankbar und würde ihr helfen, in einem Kloster unterzukommen. Die Münzen sollten ihr dazu als Mitgift dienen.«

»Was für eine traurige Geschichte«, entfuhr es Matthäa. Dann fragte sie: »Und wie hat man schließlich bei Hof davon erfahren?«

»Als Arnold tags darauf zurückkam, entdeckte er, dass seine Gattin mitsamt dem Dokument und den Münzen verschwunden war«, gab Bandolf Antwort. »Wütend machte er sich auf die Suche nach ihr. Als Arnold auf dem Frankenstein nach ihr fragte, wurde Rutland neugierig. Er versorgte ihn mit reichlich Wein, und Arnold wurde gesprächig. Ich glaube nicht, dass er die ganze Geschichte erfuhr, doch wohl genug, um sich den Rest zusammenzureimen. Als Günstling der Fürsten wusste er, wie sehr ihnen daran gelegen war, dass die Verbindung zwischen dem Reich und Turin zustande kommt. Also eilte er umgehend nach Lorsch. Dort berichtete er den Fürsten, was er von Arnold erfahren hatte, und über Umwege erreichte es schließlich auch das Ohr des Königs und das der Markgräfin.«

Er zuckte mir den Schultern. »Da Heinrich schon lange einen Ausweg suchte, wie er sich vor der Vermählung drücken konnte, wollte er das Dokument unbedingt in seinen

Besitz bringen. Mit Philipps Testament in der Hand hätte er sich weigern können, Bertha zum Weib zu nehmen.«

»Dass er sich nicht schämt«, entfuhr es Matthäa.

»Er ist jung«, meinte Bandolf mit einem nachsichtigen Lächeln. »Und er wusste nicht, dass das Testament gefälscht war. Außer Arnold und Beatrix wusste das niemand. Jedermann, der sonst darin verstrickt war, hielt das Dokument für echt.«

Nachdenklich nickte die Burggräfin.

Eine Zeitlang herrschte Schweigen. Nur die Stimmen und Geräusche der Hauseigenen drangen aus Stall und Scheune, und allmählich wurden die Schatten auf dem Hof länger.

Endlich richtete sich Garsende mit einem Seufzen auf. »Ich muss gehen, sonst gerate ich auf meinem Rückweg in die Dunkelheit.«

»Warum bleibst du heute Nacht nicht hier? Filiberta wird …«, begann Matthäa.

Jäh wurde sie unterbrochen, als die stämmige Magd ihren Kopf durch die Tür streckte und ungeduldig über den Hof rief: »Wo bleibt denn nun mein Eimer Wasser?«

Vom Brunnen, wo Hildrun mit Eimer und Gewinde hantierte, kam ein mürrisches »Ja, ja, ich komme schon.« Kaum hatte sich Filiberta zurückgezogen, drehte die junge Magd sich um und streckte ihr die Zunge heraus.

»Nachgerade denke ich, meine Tante hatte recht. Ich lasse die Zügel in meinem Haushalt zu locker«, bemerkte die Burggräfin, während sie sich erhob.

»Gewiss wäre sie erfreut, das aus Eurem Mund zu hören. Ich könnte Ihr nachreisen und sie zurückholen, wenn Ihr das wünscht«, meinte der Burggraf und betrachtete seine Gattin mit todernster Miene.

»Das würdet Ihr nicht wagen«, rief Matthäa und drohte ihm mit ihrer kleinen Faust.

Bandolf grinste.

Mit einem Lächeln stand Garsende auf und schüttelte die trockene Erde aus ihrem Rock. Die Katze, die sich unweit der Mauer niedergelassen hatte, schien ihre Bewegungen als Aufforderung zum Spiel zu betrachten. Erheitert beobachtete der Burggraf, wie sie aufsprang, um sich an der Gartenmauer entlang an die Heilerin heranzupirschen.

Plötzlich neigte er den Kopf und fasste die Katze genauer in die Augen. »Penelope ist fett geworden«, stellte er fest.

Garsende hielt abrupt inne. Ein erstaunter Ausdruck huschte über ihr Gesicht, der sich in ein belustigtes Lächeln verwandelte, während sie seiner Gattin einen beredten Blick zuwarf. Matthäa gluckste, und dann brachen beide Frauen in helles Gelächter aus.

Verständnislos schüttelte Bandolf den Kopf.

»Weibsvolk«, knurrte er.

Mit Tränen in den Augen wandte sich Matthäa an ihren Gatten.

»Eure Katze ist nicht fett«, lachte sie. »Sie ist schwanger.«

Unvermittelt beugte sie sich zu ihm herunter und fuhr ihm zärtlich über den Bart. »So wie ich.«

Glossar

Abt/Äbtissin: Vorsteher/in einer klösterlichen Gemeinschaft.

Allmende: ein Stück Land, das zum Besitz einer Gemeinde gehört (Stadt, Dorf, Hof) und von den Mitgliedern dieser Gemeinde genutzt wird.

Blutbann: ein Privileg, das vom König verliehen wird und den Inhaber des Blutbanns berechtigt, die Hohe Gerichtsbarkeit auszuüben. Siehe auch Hohe Gerichtsbarkeit.

Burggraf: Der Titel Burggraf wurde von Amtsträgern geführt, die in einer Burg, einer Stadt oder einem Burgbezirk mit Aufgaben in den Bereichen Rechtsprechung, Verwaltung und Militär betraut waren. Der Burggraf stand in Abhängigkeit vom jeweiligen bischöflichen Stadtherrn, war jedoch, als Inhaber der Hohen Gerichtsbarkeit, auch dem König unterstellt.

Buße: Verallgemeinert ist im Mittelalter mit der Buße im weltlichen Sinne eine Bestrafung gemeint. Darunter fallen Sach- und Dienstleistungen des Verurteilten, aber auch Strafen an Leib und Leben; ebenso Sanktionen wie Vermögens-, Freiheits- und Ehrverlust. Wie hoch eine jeweilige Buße auszufallen hatte, wurde in sog. Bußbüchern aufgelistet und war regional sehr unterschiedlich.

Cellerar/Cellerarius: Verwalter des Besitztums einer klösterlichen Gemeinschaft, der seine Mitbrüder mit Nahrung und Kleidung zu versorgen hatte. Ihm unterstand auch der Handel mit der Außenwelt: Verkauf klösterlicher Produkte; Ankauf der Produkte, die die Gemeinschaft nicht selbst herstellte.

Dekan: hat den Vorsitz beim Gottesdienst und die Verwaltung der Pfarrstellen.

Dom: Bischofskirche. Kirche des Domstifts

Domstift: siehe Stift

Dormitorium: Schlafsaal einer klösterlichen Gemeinschaft. Das Dormitorium befindet sich zumeist im Kapitelhaus über dem

Kapitelsaal und ist unmittelbar über eine Treppe mit dem Querschiff der Kirche und dem Kreuzgang verbunden.

Eigenleute: siehe Hörige

Fibel: eine Gewandspange mit Nadel, um Teile eines Kleidungsstücks zusammenzuhalten. In Früh- und Hochmittelalter wurde der Begriff sowohl für Gewandschließen als auch für Gewandschmuck (z.B. Broschen oder aufgenähte Zierplättchen aus Metall) verwandt.

Hausmeier: Der Begriff ist eine Erweiterung von Meier, dem Verwalter eines bäuerlich bewirtschafteten Hofes. Im Mittelalter, insbesondere Früh- und Hochmittelalter, glich der städtische Besitz eines Dienstherrn oft einem kleinen Bauernhof innerhalb der Stadtmauer. Hier hatte der Hausmeier ähnliche Aufgaben wie sein ländliches Gegenüber: der Meier.

Hohe Gerichtsbarkeit: im Mittelalter das nur vom König übertragbare Recht, Strafen über Leib, Leben und Freiheit einer Person zu verhängen und über schwere Rechtsverletzungen wie z.B. Mord, Totschlag, schwere Körperverletzung, Brandstiftung, Raub etc. zu urteilen. Siehe Blutbann. Der Übergang zur Niederen Gerichtsbarkeit, die kleinere Rechtsverletzungen behandelt, ist allerdings fließend und regional unterschiedlich.

Horen: Stundengebete. Je nach Jahreszeit veränderten sich Beginn und Dauer der Horen, daher kann man sie nur bedingt mit heutigen Uhrzeiten gleichsetzen.
Prim – ca. 3.00 Uhr
Laudes – das Morgengebet – ca. 6.00 Uhr (Prim und Laudes fallen häufig auch zusammen)
Terz – ca. 9.00 Uhr
Sext – ca. 12.00 Uhr
None – ca. 15.00 Uhr
Vesper – ca. 18.00 Uhr
Komplet – ca. 21.00 Uhr
Matutin – ca. 00.00 Uhr

Hörige: Im Mittelalter gab es die verschiedensten Abstufungen der Hörigkeit. In der Regel werden von einem Leibherrn abhängige Menschen als Hörige bezeichnet (auch Eigenleute oder Unfreie genannt), die zu verschiedenen Dienstleistungen und/oder Abgaben verpflichtet und an die Scholle ihres jeweiligen Grundherrn gebunden waren. Hörige konnten daher auch zusammen mit dem Besitz verkauft werden.

Hospiz: ursprünglich Gasträume der Klöster und Stifte, wo Pilger, Reisende und Kranke aufgenommen, verköstigt und gepflegt wurden. Später wurden die Kranken von den übrigen Gästen getrennt, und nach und nach entstand das sog. Hospital = Krankenhaus.

Hufe: bäuerlicher Wirtschaftsbetrieb mit dazugehörigem Land und Hörigen.

Infirmarin: in manchen Klöstern Bezeichnung einer von der Äbtissin bestimmten Nonne, die sich um das Hospiz (Hospital) des Klosters und das Wohl der Patienten kümmert.

(Stifts-)Kämmerer: allgemein: Der Kämmerer regelt die Finanzen des Stifts, verfügt über die Gerichtsbarkeit auf dem Gebiet, das der Kirche gehört.

Domkämmerer: Ihm obliegt die Gerichtsbarkeit über die in einer Stadt ansässigen Juden.

Kapitel: siehe Stift

Kapitelhaus: meist viereckiger Bau, der mit dem Kreuzgang und/oder mit dem Querhaus der Kirche unmittelbar durch einen Gang verbunden ist.

Kapitelsaal: Räumlichkeit im Kapitelhaus, in dem sich die klösterliche Gemeinschaft zu Beratungen und Versammlungen zusammenfindet.

Komplet: siehe Horen

Kreuzgang: ein auf vier Seiten von einem Gang umgebener, rechteckiger Hof. Der Kreuzgang verbindet die Gemeinschaftsräume eines Klosters/Stifts an drei Seiten, während die vierte Seite direkt an die Kirche anlehnt. An der Ostseite des Kreuzgangs schließt meist das Kapitelhaus an.

Laudes: siehe Horen

Marschalk: frühmittelalterliche Bezeichnung für den Aufseher über Stall und Pferde.

Matutin: siehe Horen

None: siehe Horen

Pfründe: das mit einem Kirchenamt verbundene Recht, aus dem Besitz der jeweiligen Kirche, ein festes, ständiges Einkommen zu beziehen. Im Früh- und Hochmittelalter meistens in Form von Naturalien.

Prim: siehe Horen

Prior/Priorin: Stellvertreter/in eines Abtes bzw. einer Äbtissin.

Propst: Leiter eines Stifts.

Sakristan: führt die Aufsicht über den Kirchendienst in der (Stifts-) Kirche, und ist zuständig für die Reliquien.

Scholasticus: führt die Aufsicht über die Schule, manchmal auch über die Bibliothek eines Stifts/Klosters.

Seitenkrankheit: Blinddarmentzündung, die im Mittelalter meist zum Tode führte.

Sext: siehe Horen

Stift: auch Kapitel genannt. Eine geistliche Gemeinschaft, die nicht nach einer Mönchsregel, sondern ohne Gelübde nach einer eigenen – i.d.R. jedoch Mönchsregeln angelehnten – Ordnung zusammenlebt.

Auch das Kapitel einer bischöflichen Domkirche ist seiner Verfassung nach ein Stift.

Terz: siehe Horen

Thesaurarius: führt die Aufsicht über die Geräte, Lichter und Schlösser eines Stifts/Klosters; Obsorge für die Armen.

Vesper: siehe Horen

Vogelfrei: wird ein Täter genannt, über den man die sog. Acht ausgesprochen hat. Die Acht wird bei schweren Verbrechen wie Mord, Totschlag, etc. verhängt, wenn der Täter nicht zu seinem Gerichtstermin erschienen ist. Ein Vogelfreier darf nicht gespeist werden, jedermann darf ihn töten, ohne Strafe befürchten zu müssen, seine Frau wird zur Witwe, seine Kinder zu Waisen. Ein Geächteter kann nicht klagen, keinen Eid schwören, keine Geschäfte abschließen. Er ist rechtlos und heimatlos.

Die Acht konnte zeitlich begrenzt sein, galt meist zunächst einmal für Jahr und Tag. Damit wurde dem Täter Gelegenheit gegeben, sich doch noch dem Gericht zu stellen. Tat er das nicht, fiel er in die sog. strenge Acht, die unlösbar war und lebenslänglich galt.

Die Acht konnte auch örtlich begrenzt sein; wurde sie jedoch vom König ausgesprochen, galt sie für das ganze Reich.

Nachwort

Ein Dokument, wie ich es in »Das zerbrochene Siegel« beschrieben habe, hat es meines Wissens nie gegeben. Historisch belegt ist jedoch, dass sich Heinrich IV. vehement gegen eine Vermählung mit Bertha von Turin gesträubt hat, die noch sein Vater, Kaiser Heinrich III., in die Wege geleitet hatte. Die Abneigung des jungen Königs gegen diese Ehe, die an Pfingsten 1066 in Tribur geschlossen wurde, ging so weit, dass er im Jahr 1069 eine Scheidung von Bertha anstrebte. Doch anders als andere Fürsten seiner Zeit versuchte er nicht, die Scheidung zu erreichen, in dem er seine Gemahlin des Ehebruchs bezichtigte. Der Sachse Bruno schreibt in seiner Chronik darüber:

»Der König erklärte öffentlich (vor den Fürsten), er stehe sich mit seiner Gemahlin nicht gut; lange habe er die Menschen getäuscht, aber nun wolle er sie nicht länger täuschen. Er könne ihr nicht vorwerfen, was eine Scheidung rechtfertige, aber er sei nicht imstande, die eheliche Gemeinschaft mit ihr zu vollziehen. Er bitte sie daher um Gottes willen, ihn von der Fessel dieser unter schlimmen Vorzeichen geschlossenen Ehe zu lösen und die Trennung freudwillig zu dulden, damit er ihr und sie ihm, den Weg zu einer glücklicheren Ehe eröffne. Und damit niemand den Einwand erheben könne, ihre einmal verletzte Keuschheit sei ein Hindernis für eine zweite Eheschließung, so schwöre er, dass sie so sei, wie er sie empfangen habe, unbefleckt und in unversehrter Jungfräulichkeit bewahrt.«

Die für seine Zeit ungewöhnliche Bitte Heinrichs IV. stieß auf heftigen Widerstand von Seiten der Fürsten, und der vom Papst eigens in dieser Angelegenheit entsandte Legat lehnte die Scheidung ab.

Offenbar gelang es Heinrich dann aber doch noch, seine Abneigung zu überwinden, denn nur ein Jahr nach dem Scheidungsgesuch brachte Königin Bertha ihr erstes Kind zur Welt.

Ähnlich, wie bei dem Dokument in diesem Roman, das ein »Was wäre geschehen, wenn …« ist, habe ich mir auch bei den Örtlichkeiten eine Spekulation erlaubt: Noch heute kann man die Burgruinen von Diemerstein und Frankenstein über dem Isenachtal bewundern, doch stammen die steinernen Überreste sehr wahrscheinlich aus dem 13. Jh. (Diemerstein) bzw. 12. Jh. (Frankenstein). Da man in jener Zeit aber häufig einen Bergfried aus Holz durch eine Burg aus Stein ersetzt hat, könnte ein solcher auch durchaus auf dem Diemerstein und auf dem Frankenstein existiert haben.

Die Quellen über das 11. Jahrhundert sind nicht eben üppig, und dort, wo sie mich im Stich ließen, habe ich mir die Freiheit genommen, selbst zu interpretieren und sie möglichst stimmig zu ergänzen. Fehler, die sich trotz sorgfältiger Recherche hierbei eingeschlichen haben mögen, gehen natürlich allein auf meine Kappe.

Ganz herzlich bedanken möchte ich mich bei:

Barbara Heinzius und Eva Wagner, meinen beiden Lektorinnen, und Bastian Schlück, meinem Agenten, für all die großen und kleinen Hilfen, die man im einzelnen gar nicht aufzählen kann.

Dem Stadtarchiv und der Bibliothek in Worms für ihre wertvolle Unterstützung.

Karin Grüning für ihren Lesemarathon; Petra und Andy Anger für ihre Ermutigung und Freundschaft in schwieriger Zeit; meinem Mann Michael für sein unendliches Verständnis, und allen anderen, die mir mit Rat und Tat zur Seite gestanden haben.

Susanne Eder
Ludwigshafen, im Juli 2008